Staread
星文文化

U0450766

247 贰拾·欢尽

276 番外一

282 番外二

卷四·宿怨终成契 289

290 贰壹·执念一朝起,岁岁年年成疯癫

304 贰贰·夫子

330 贰叁·孩子

# 目 录

卷三·三世戏中人

001

002　拾叁·回看

037　拾肆·藏娇

070　拾伍·兔儿

103　拾陆·夺梦

139　拾柒·良辰

172　拾捌·幽咽

203　拾玖·心肝

三世历劫，虽有苦痛，吾心不悔。

卷三·三世戏中人

## 拾叁 回看

胭脂下了地府，就丧着张脸，在阎王殿外长跪不起。

殿外来来往往飘荡办事的鬼差纷纷不明所以地看向她，胭脂直垂着眼默不作声，任他们看着。

后头也不知怎么回事，殿外竟莫名其妙又多了许多鬼差，成群结队地飘来荡去，纷纷看着胭脂，一脸兴奋的模样。

鬼差见胭脂面善和软得很，便你一飘我一飘地荡了过来，将胭脂里三圈外三圈地围了起来，眼冒精光，拿手指对着胭脂指指点点，七嘴八舌聒噪道：

"这就是那个被凡人扔下来的阴物？"

"就是她，我来来回回认了好几趟了，那模样就是这样的。"

"简直丢尽了地府的脸面，被个凡人弄成这副模样，太丢人了。"

"就是，我瞧着还不如投了牲口道来得痛快，至少不会打不过畜生吧？"

"也不知当时是什么感觉，哎，你快说说呀，让我们乐呵乐呵……"

"就是，快快说来听一听！"

"……"

这群该千刀万剐的混账玩意儿，眼窗脱了不成！没看见她的脸色不好吗，背地里说些小话也就罢了，这件事已经够丢面儿了，还非得往她面前凑，死命地揭她的痛处，叫她的脸面往哪儿搁？！

胭脂的眉心狠狠一跳，一时三尸神暴跳，五灵豪气腾空，心里那滔天的怒火和怨气直往脑门蹿，当场就弹起身，和这群嘴碎的缠斗在了一块儿。

鬼魂能做鬼差，自然是鬼中之鬼，那一个个的怨气也是不小的，往日里都还收敛着，如今骤然放开，当然是收不住的。

胭脂因谢清侧而怨气深重，满身的戾气此时正好找到了发泄口。

两厢一交手，那可是天雷勾地火，场面火爆得很，连阎王殿外十根高耸入天的大石柱子都震塌了几根，柱子倒下来的时候，愣是将整个阎王殿震了三震。

阎王本不打算见她，见这般直气到肝疼头晕，只能吼着将胭脂叫了进来。

阎王殿还是没变，那墨玉石面光滑如镜，丝丝阴凉从地下透上来，连判官站的位置也是一毫没变。

胭脂看了看判官脚下，也没见他在地上标什么，怎么每次站的位置都毫厘不差。

阎王做了几个深呼吸，微微平缓下来，他慢慢端起一副威严做派，仿佛刚才气急败坏到跳脚的人不是他一般。他一开口就是声如洪钟，震得人脑仁疼，问道："你一下来就在殿外跪着，所为何事？"

胭脂收回视线，垂眼看着墨玉石地面，上面倒映着她模糊的样子，跟个被霜打的茄子一般，她默了半晌才开口道："这活我不接了，我要回乱葬岗。"

阎王爷微微一愣，并不立刻接话，而是看向判官，判官微有错愕："何故突有此意？"

胭脂一想到谢清侧，胸口就闷得难受，她猛地吸了一口气，忍住泪意和满腔的委屈苦毒，酸涩哽咽道："我斗不过那些人，你们另请高明吧！"

"怎么会，虽然说你下来的方式不大体面，但你这次的差事办得极好，龙子的情劫已然避过，日后龙子历劫归来，自然少不了你的好处。"判官可谓苦口婆心了，这阴物要是这时候撂挑子不干了，地府去哪里找这么个脱离六道的。

判官不说还好，一说还真是拿刀扎胭脂的心窝子，她下来的方式何止是不体面，简直是丢尽了脸面。

她堂堂一个阴物，竟然给个凡人一剑砍了脑袋，如杀鸡一般轻巧地踢下了地府，实在太过难看。

胭脂恼羞成怒到了极点，直抓狂道："我管他龙不龙子的，我不干啦！那些人居心叵测，我斗不过，你们那个命簿没半点用，叫我怎么办？！我年纪一大把了，经不起这般折腾，我不过就是想退下来，去乱葬岗颐养天年，你们还死揪着我不放,这是什么道理!"

阎王的肝又在隐隐作痛,他气不过,直骂道:"没用的东西,自己没本事,却来怪地府的命簿,还有脸这般叫……要不要地府借你一百张脸,让你一次性丢个够啊!"

胭脂只觉自己气瘫了脸,面无表情道:"站着说话不腰疼,你们怎么不上去斗斗,知不知道那是个什么玩意儿,浑身上下都是心眼孔子怎么斗?没看见我是怎么下来的吗,那是给人家玩腻了踹下来的!反正我把话撂这儿了,你们就是把我的脸面搁地上踩,我也是不去的。"

阎王爷见她这般,阴下了脸,严厉道:"不知所谓,你以为地府是你想来就来,想走就走的地方吗?"见胭脂一副无所畏惧的模样,便冷冷威胁道,"不愿意接这活也可以,但你也别想回什么乱葬岗,自去投了泯灭道,此事就算一笔勾销了,地府便也当作什么都没有发生,放你一马。"

阎王爷说得好听,投了泯灭道,还用得着它地府放过,这六界都彻底没她这只阴物了。

胭脂听了也没多大反应,面上愣是一丝波澜都不起,她的脸上现下就是个大写的生无可恋。投就投吧,她是打死也不会再上去了,她再也不想看见谢清侧这个人,便淡淡"哦"了一声。

阎王爷狠狠一噎,只得头顶冒烟,一时竟是拿她毫无办法,又见胭脂一副死猪不怕开水烫的模样,顿时暴怒,抄起案上的文房四宝就砸向胭脂:"不知所谓的东西,龙子在人间若是有个什么差池,龙王绝对不会善罢甘休的,你以为你能跑得了?"

胭脂连躲都懒得躲,任给砸了个正着,垂着眼充耳不闻。

判官见这样不是办法,连忙对阎王爷拱手道:"大人息怒,这只阴物怕是没休息好,所以才会这般想不通。不如我们一道去忘川河那处散散心,多看看美好的景色,心胸也会放宽些,指不定话就说开了。"

阎王爷默了半晌,觉得此法可行,缓缓道:"忘川河确实波澜壮阔,是我们地府为数不多的'名胜古迹',你往日来也没怎么去那处瞧,今日便由我们带你一道去散散心吧。"

胭脂还未答话,阎王和判官就已然飞快地闪到胭脂身旁,一左一右架起她往忘川河飞去。

胭脂多年未见这忘川河了,如今骤然一见,还是险些吐岔了气,这真……真不是阴物能忍得住的。

　　血黄色的忘川河水里还是一如既往地布满了蠕动的虫蛇蚯蟮，且越长越恶心了，根本就是怎么样能膈应到人，它们就怎么长……

　　里头的孤魂野鬼好像又添了许多进去，这一河满满当当的。

　　胭脂一个没忍住又吐了，险些晕厥而去，阎王和判官两个人愣是一点事都没有，他们二人负手而立于忘川河旁，河中厉鬼嘶吼嚎叫，不绝于耳。

　　风从忘川河面上荡来，连带着忘川河中的腥臭味也扑面而来，他们二人做深呼吸状，吸进一大口气，然后一同微微笑起，十分沉迷其中的模样。

　　阎王一脸沉醉，闭上眼感叹道："这忘川河的气息还是一如既往沁人心脾啊，你们听听这些个声音，真真是天籁之音。这天上地下，没有一处的景色能比得上这条忘川河，这条河是多么的美，它孕育了多少欣赏美的眼。"阎王看着忘川河，神情极为庄重，目光里隐隐透出一丝感慨的泪光。

　　判官闻言郑重其事地点了点头，他颇为赞同。

　　胭脂恨不能现在立刻去投泯灭道！

　　阎王爷站在河边静默许久，似乎想到了些什么，他脸色郁郁道："这忘川河之美，人尽皆知，何以九重天就是不把它排进'十大名胜'，就是排在瑶池之下也能接受啊，何以每每不能入列……"

　　"大人莫要介怀，能欣赏忘川河之美的人少之又少，看不懂的人永远看不懂，咱们又何必强求？"判官说完看了一眼胭脂，不再作声。

　　阎王爷闻言看向胭脂，一脸的悲天悯人。

　　胭脂这个看不懂的"人"在忘川河畔，已吐得眼冒金星，一副呕到快要归西而去的情形……

　　等到胭脂好不容易缓过气来，他们已然在忘川河旁变了张长方木桌出来，正坐着看景呢。

　　待胭脂走过去坐下，正打算再提一提回乱葬岗的事儿，阎王猛地看向奈何桥，对胭脂声如洪钟说道："有景无酒，实在是一大憾事，不过既然来了地府，自然少不了尝一尝孟婆熬的汤，那可是地府一绝，你一定要尝一尝。"

　　胭脂被阎王的声音震得脑袋发蒙，只觉得有些晕乎。

　　判官闻言，忙以迅雷不及掩耳之势闪身飞到那奈何桥头，趁着孟婆端汤给桥上鬼魂的工夫，偷舀了几勺锅里的汤，又若无其事闪身而来，面上还是一派庄重严肃，仿佛刚才做的那偷鸡摸狗之事根本就是胭脂的错觉。判官将汤摆上桌："喝，莫要客气，这汤刚出锅，要趁热喝味道才最佳。"

　　胭脂微一挑眉，细细打量起摆着的孟婆汤，还是和上回见的一样，碗里是清清淡淡的白水，上头荡着几缕袅袅白烟，瞧着就寡淡得很。

　　听说这孟婆汤喝了以后，会让人忘记前尘往事，然后便可以放下过往一切执念，投胎转世重新开始。

　　胭脂现下脸上虽写着生无可恋，但倒是没有想要忘记什么的打算，自然是不会喝这汤的，且这还是判官端来的，指不定有什么不妥。于是胭脂对判官摇了摇头，眼神平平静静地道："我不喝。"

　　阎王默默看了眼判官，判官看了眼胭脂又垂下眼去，场子突然就默了下来。

　　胭脂微微眯起眼，正暗道：果然不安好心。

　　他们两人已然端起孟婆汤，如喝药一般一口干下。

　　这路数太诡异了，根本不按常理出牌啊！

　　胭脂蹙眉看着阎王和判官，只觉语塞至极，半晌她才瘫着张脸静静道："这汤不是会让人忘记些什么吗，这么喝着玩儿真的没事？"

　　判官看着她，露出一副"你怎会如此想"的吃惊表情："怎么可能会忘……"

　　可他话还未说完，神情便猛地一滞，随后便一脸迷茫地看向他们，疑惑道："你们是？"

　　阎王爷见判官如此作态，先他一步猛地站起了身，环顾四周，一副不知今夕何夕的模样："这是何处？我这是从何处而来？这又是要往何处而去？"阎王说着便一步步走向远处，脚下不停，一路疾步而去。

　　判官看着阎王离去的背影静默了半晌，突然大悲感叹道："人生不如意之事十有八九，既然忘了便忘了吧，大不了从头来过，这点小事算得了什么……"他站起身，一副深受打击的模样，缓步离开了胭脂的视线。

　　胭脂看着桌案上的孟婆汤石化在了当场，过了会儿工夫，便有几只鬼差飘过，嘴里嘟囔着："判官大人也不知怎么回事，一回到殿中就开始收拾包袱，说要避避风头去。你说最近死了这么多人，魂魄都来不及勾了，他老人家还这般，不是要整死咱们吗？"

　　"就是，这般折腾，地府还不得失控？"另一鬼差回道。

　　胭脂闻言微微闭上了眼，继而突然笑出了声，那模样阴森森的，瞧着颇有几分不对头，片刻后她猛地掀翻了桌子，咬牙切齿道："还真将我当个傻子糊弄不成，他判官人在何处！"

几只鬼差僵立在一旁,继而猛地往后飘去,鬼魂最是嘴碎,鬼差自然也不例外。

白日这只阴物在阎王殿外和一群鬼差厮打,也没吃亏,还硬生生将其中几只鬼差揍得脸面扫地,飘在空中歇斯底里地哭号,这种难得一见的奇事,自然是片刻就传遍了地府。

现下就他们几只,势单力薄,肯定讨不了好去,还是先去多找些鬼差,再来修理这只阴物!

胭脂本就在气头上,见他们还这般不答话就想离去,一时没忍住猛地飘去,逮住他们就是一顿狠揍。忘川河里的一众也不鬼叫嘶吼了,纷纷一脸错愕地靠近河岸,趴在岸头看戏。

那河中本就堆得满满的鬼魂虫蛇,一时间都去到河岸旁,自然是堵得慌,可河中这些个又最是怨毒狠戾,平日里各叫各的,倒还两厢安好,这突然间你挡到了我,我踩到了你,两不相让,怨气一起,便在河中撒泼厮打起来。

这一打难免磕着碰着了旁边,旁边的又岂是好相与的,一时间这股怨毒迅速扩散开来,河中一众皆撂开了手撕打啃咬,怨怒到了极点,甚至连吐口水、抓头发这般下等的打架手法也使出来了,简直是无所不用其极,河里一时沸成了一锅粥。

河里的死命缠打,岸上的又鬼哭狼嚎,一时热闹得不行,可是叫排在奈何桥上等着投胎的一众鬼魂大开眼界。

这一闹,胭脂自然便被关了起来,吊打了一顿,胭脂觉得自己冤枉得紧。

哪有这样的,明明是忘川河里的打得不可开交,关她劳什子事,竟然还就关了她!

地府这一关,就生生关了胭脂两个月有余,才将她放出来。只是刚放出来便把她往那奈何桥上拖,她死命扒着桥栏不肯,可最后还是被扔了上去……

阳春三月的扬州是个繁华胜地,春风拂得水波绿,迎面便是穿柳风。

广阔的河面上画舫无数,又并货船来往卸货运货,岸上杨柳垂条随风轻摇,长街上摆满了小摊,那吆喝声儿接连不断响起,常有骆驼商队在其中游走,人来人往摩肩接踵,熙熙攘攘,极为热闹。

茶馆酒楼数不胜数,时有茶客酒友高谈阔论声从楼里传出。青楼勾栏林立长街,精雅别致,丝竹弄弦声不绝于耳。

胭脂在茶馆里头靠坐着,以前两世来看,谢清侧这一世十有八九会出现在龙子身边,她实在是怕了这煞星,这一世便不打算过多插手龙子的生活,只隐在暗处帮衬,她斗不过也就算了,总不可能避不过吧。

今儿胭脂打算先瞧一瞧龙子,过几日他的命中大劫就要到了,他们也该打个照面了。

这一世龙子是扬州大族的贵子,这个家族在扬州可是数一数二的大族,财势通天,本家说一,其他家族不敢说二,可以说是彻头彻尾拿着扬州的命脉。

只可惜他幼年走丢了,被说书人捡到便收做了养子,取名顾云里。

那说书人后头又添了个女儿,便取了个梦字,唤作顾梦里,两个人从小一块长大,青梅竹马,两小无猜。是以这顾梦里毫无疑问是龙子这一世历劫的女子。

他这一世倒是没了乱七八糟的心思,眼里也没有了旁的女子,只要等他自己开了窍,两个人自然也就和美起来。

坏就坏在这开窍晚了些,还没等顾云里琢磨出自己的心意,顾梦里就遇上了苏家的独子苏幕。这苏家在扬州虽说没有顾云里本家这般财大气粗,但在扬州也算个有头有脸的,多少也排得上名。

这苏幕本是苏家在外头的私生子,他娘亲是苏老爷养的外室,早年他一直跟着自家娘亲住在外头,打小就是个不服管教的。

苏老爷本还不管不顾,但他没料到自己早年在外风流败坏了身子根本,后头也没能再添子嗣,便忙不迭把人接进了府,大事小事都依着。

有这么个背景,又是家中独苗,苏幕自然而然就成了个纨绔子弟,奢侈成性不求上进,整日里斗鸡走马,看戏听曲,还偏爱圈养戏子消磨玩弄。

若只是这样也就罢了,偏偏性子暴戾得很,他这人没什么良知,下手又极狠,半点不留活路,从小到大折在他手里头的不知有多少。

他可以说是扬州有名的"混世魔王",还是到处惹事的那种,浑身上下都是逆鳞,人啊狗啊什么的最好别往他眼前搁,否则莫名其妙就会触到他的弦儿,到时这人就跟破裤子缠脚一般,不把人弄疯整残,弄得家破人亡,是不会善罢甘休的。

总而言之,苏幕的所作所为根本称不上是一个人,简直如同一只行走的炮仗,搁哪儿炸哪儿,所到之处人畜不留,寸草不生……

顾梦里面皮生得太美,被苏幕一遭瞧上了,自然是跑不了的,生生就从顾云里这儿把人抢走了,说书人一气之下就蹬了脚闭了眼。

苏幕这种两眼一抹黑的人岂会在意这些,又不耐烦顾云里成日找事,连带着将顾云里送进了大牢，打着让他将牢底坐穿的算盘。就这还不算完，他还买通了官府时不时折磨责打顾云里。

顾梦里无计可施，心中虽恨极了苏幕，却不得不为了救顾云里而委身于他，在苏幕身旁卑躬屈膝，后头还替他生了个儿子，这才敢在苏幕面前求一求。

饶是顾梦里如此相求，苏幕也没真的要放过顾云里，他假意答应放人，可后头又雇了人沿路追杀，索性顾云里有贵人相救，才免得这场杀身之祸。

三年牢狱折磨，又被抢走了心上人，养父一气故去，自己还险些被害了性命，此仇可谓不共戴天，顾云里心中的恨意可想而知。他逃出生天后正逢科举，一朝金榜题名，又因为长相与其父颇为神似，被本家认出，回归家族。

顾云里归族后，头一件事便是报复苏幕，救回顾梦里。苏幕其人本就是个纨绔子弟，再如何也不过是靠了家中扶持，只有斗垮了苏家才能彻底绝了苏幕的命。而顾云里本家是扬州有钱有势的豪商大族，对付苏家自然是易如反掌。

如此一来，苏幕的下场自然是不好看的，顾云里好不容易将顾梦里接了回来，顾梦里和苏幕的孩子都已然半大了，他们之间早已物是人非。

顾梦里对苏幕的感情极为复杂，她因为苏幕害了自己的爹爹和哥哥而恨他，可后头苏幕倒了，她又因为他对自己的好而常常想起他。

苏幕也确实爱重顾梦里，就算后头娶了妻，也是不管规矩地宠妾灭妻，正头娘子都是给他活生生气病而去的，这顾梦里又不是个死人，见苏幕如此，心中多少会有些许波澜。

是以顾云里在她这头就淡了些，虽然二人在一块，但她心中时时会想着苏幕，每到忌日便会去他坟前上香。

顾云里这一世的情劫也就成了，顾梦里人虽在他这里，心却已然不在，他原倒没什么错，却是造化弄人，这劫弄得三人的结局皆凄苦荒凉得很，叫胭脂看了都不由得心头堵得慌。

这不闲得没事干吗？

这三人脑袋莫不是被敲碎了，尽给她整事，有这劲头还不如多吃几碗饭，成日里伤春悲秋的，有条活活着就不错了，还非得死命折腾，有那闲工夫还不如养养花遛遛鸟，陶冶陶冶情操……

胭脂气得脑仁生疼，不过这一世要替龙子避劫倒是很容易，她只需看紧了顾梦里，不让她被苏幕瞧见便是，是以她不需要在龙子身上耗太多心血。

胭脂爱听戏，这一世打小就开始学戏，如今也算得上雪梨园里打配最好的小角儿了，这往后回了乱葬岗，青衣发病的时候她也能顶上几场好生唱唱。

这雪梨园原本是在京都，是个达官显贵常玩的地儿，里头的戏子皆是这些个贵人捧上来的。这要是想红，哄得这些贵人离不开你比唱好了戏还要紧些。

是以在雪梨园唱戏要红，功夫深面皮巧还不顶用，关键还是看后头的台硬不硬。

雪梨园里头又都是人精，身后都是有人捧的，这一个个争来斗去，里头怎一个乱字了得，那大鱼吃小鱼，小鱼吃虾米，简直就是受罪。

像胭脂这般的小角儿后头又没个靠山，最是会被欺负得，好在她这一世不想再被人一剑削了脑袋，于是下了苦功夫学了防身的武艺，加上这么个不妥帖的性子，也就少了人找她的不自在。

后头雪梨园的班主是不乐意搁那儿待了，那个圈儿权贵太多，动辄便会得罪人，实在是累得慌，便将戏班子迁到了扬州，也省得她为了龙子还得跳个槽。

扬州可是个风水宝地，寸土寸金的销金窝儿，多得是豪门巨室，盛出纨绔子弟，出手可比京都那些世家子弟阔绰上几倍，那挥金如土的架势，愣是连眼皮都不带眨一下。

这里的银子可不比京都好赚，加上雪梨园在京都的名头，这一来扬州自然是赢了个满堂彩。

今儿个胭脂是被班主拉到茶馆里，陪着他和班里的台柱子醉生吃茶来的。这倒也不是多喜胭脂，只是看她是个练家子才特地拉来防身的，他总觉着自己初来乍到便这般大显风头，会有旁的戏班子瞧他不顺眼，找人来给他下绊子，是以外出吃喝玩乐总要把胭脂捎上，来宽宽自己的心。

这倒是合了胭脂的心意，跟着四处逛逛，就当出来遛鸟了，虽说这两只鸟聒噪刻薄了些，但听着他们絮叨些戏班子里的秘闻也很是有趣。

胭脂默了默，看向茶馆中庭，见那收养顾云里的说书人还未出来，底下坐得满满当当的，她突然又想起了当初被地府甩上来的情形。

当时忘川河里并岸上看戏的也是这般满满当当，她一时唏嘘不已，本是打算宁愿投了泯灭道也不上来的，没想到判官却临时换了主意，将泯灭道换成了忘川河……

这摆明不是坑阴物吗！

她还真的勉力试过了，只是这一脚还没踏进去，就吐了里头一脸，差点没被里头的抓住脚踝生生给拖下去……

胭脂一想到那个场面，心头还是瘆得慌。她真不是怕，实在是这忘川河恶心得叫她头皮发麻，她这么一只爱干净的阴物怎么可能受得了忘川河！

胭脂一想到忘川河，连茶都不想吃了，只觉胭应得慌，一时缓不过来开始隐隐作呕。

曹班主坐在一旁可看不下去了，这茶多金贵呀，二两银子才那么一小壶呢，胭脂还这般不识货的模样，气得他直捻嘴上两撇胡子，一脸刻薄起调儿骂道："哎，好茶都不会吃，你也就配喝喝那糟糠水，尽糟蹋好玩意儿。"

醉生一身骚包紫薄衫，斜靠在桌上看着胭脂，一脸幸灾乐祸，又捏了个兰花指挡在嘴前直笑。

胭脂权作没听见，摸了把瓜子嗑着玩儿。

曹班主还待再说下去，说书人已经一拍那案上的惊堂木，扬着声儿道："上回书说到这南宁侯府的灭门惨案……"

说书人还未说完，底下人就喊道："南宁侯府这般势大，竟然一夜之间死得这般干净，也不知得罪的人是个什么路数，下手可真是够狠绝的！"

"就是，那可是侯府，上下多少条人命啊，收尸的时候还少了好几具尸体，听说是在后头养着狼狗的院子找到了不少残骨，那场面让人不寒而栗啊！"

"虽说这南宁侯府仗势欺人素有民怨，但到底不是泼天的罪过，也不至于这般丧尽天良，实在惨无人道。这么大的事情竟然无人去仔细勘察，就让它这般不了了之……"

"这还用说，南宁侯府必是犯了上忌，这么大的事当时的府衙都不曾细问，行事者必是得了天子的首肯……"

说书人一拍惊堂木，将话题引了过来："侯府其实并未灭门，还留着一个嫡女名单娆，不过她还不如在灭门中死去……"

"这个我知道，听说被找到的时候身上没有一块好肉，真真是千刀万剐，简直骇人听闻……"

"据说整个人是废了，却还被人养活着，那人摆明了是让她活着受罪。我听说那姑娘可是个绝色。"

这是人做得出来的事？

胭脂前世被单娆整得那般没面儿，也不过就是想痛扁她几顿，再狠捅个几刀踹下地府便算了，这人竟这般可怕残忍……

也不知这单娆做了什么，得了这么个惨绝人寰的下场，这般听听就令人毛骨悚然，连胭脂这般见惯了生死的都吓得不行。

胭脂想不下去了，浑身都不由自主发寒起来，这种人千万不要让她碰到，太瘆得慌！

"这单娆确实性子太不稳妥，仇家太多，自然会惹到几个不懂怜香惜玉的狠角儿，有如此下场也不足为奇。"说书人勉力将场子拉回来，台下却又道，"我若是这人，对着这么个娇滴滴的娘们儿可是下了不手的，这样的绝色往身边一躺，便是再大的仇也能一笔勾销了，哪用得着这般折磨人啊！"一时座间哄堂大笑。

众人纷纷附和道："就是，白白浪费了个尤物，要是给了我，指不定怎么宠着……"

"唉，确实可惜了……"

醉生听后翻了个白眼，伸出兰花指，捏了颗瓜子随手往下头一丢，嗤之以鼻道："要是这尤物作贱死他们的心肝儿，看他们还敢不敢这般说。"

"倒也不是敢不敢的问题，只怕他们也没那个本事灭了侯府满门还全身而退。"曹班主一脸意味深长，言罢又提着手中贴身不离的宜兴紫砂壶，对着壶嘴喝了一口。

胭脂闻言微一挑眉，又嗑着瓜子疑道："怎么不说说这单娆是谁杀的？"她实在太想知道了，这人也不知是哪一路的，竟比乱葬岗那个精魅还要可怖数倍。

醉生正要答话，楼下就传来一阵喧闹声，接着又是一阵惊呼声。

那说书人一个暴起，直脱了鞋往堂中那人一丢，吼道："给你能耐的，啥都知道，啥都要接一句！"

说书人气得青筋暴起，在众人还未反应过来之时，又单只脚跳着下台去捡鞋。

待弯腰捡鞋时，又突然怒上心头，拿着鞋往那人身上一顿猛劈，唾道："你说还是我说，说一句接一句，老夫出来说趟书容易吗，尽给老夫来事儿！"

茶馆老板一见场面失控忙大呼小叫地冲过来，拉住说书人："哎呀！小老哥啊……可快停手吧！"

胭脂一桌人正目瞪口呆，隔壁茶间便传来了女子似水如歌般的轻笑声："爹爹又乱发脾气了。"

又一道男声温和笑道："这般人都要给他吓跑了。"

二人这声音绝对是唱戏的好料子，有的一把好声腔儿。

胭脂看向那道竹木卷帘，可真是踏破铁鞋无觅处，这么容易就让她找到了顾云里。她听着这宛转悠扬的女声，突然很想瞧瞧顾梦里的模样。

她正想着，曹班主已然走过去伸出手将那道卷帘卷起来："这是你们的爹爹？"

那隔壁茶间二人闻言看来，微有错愕，但也不惊慌，片刻皆转为一笑，顾云里客气回道："正是。"

这二人面皮本就是个中翘楚，这般温和一笑，顿时满堂生辉，胭脂细细打量了眼顾梦里，肤如凝脂、目如秋水，一身粗布麻衣却不掩出尘脱俗的气韵，眉目秀美如画却隐藏一丝英气，愣是叫人百看不厌。

胭脂看得只想伸手给顾云里一巴掌，骂道：你爹可真是疼你，这些个美人都不知道是哪里找来的，面皮一个比一个巧，你个不争气是一个都没抓住，要你有半点用？

曹班主自来爱看美人，骤然一见这二人，眼睛就跟冒了光一般："相请不如偶遇，你们爹爹这性子实在太是有趣了，不如你们来咱们这处一道吃茶听书，正好多个排解。"

醉生一听就轻哼了声转回头，一脸鄙夷。

胭脂是一点也听不下去了，他们爹爹的性子和这吃茶有个劳什子关系，如此生硬地套近乎，实在丢尽了雪梨园的脸面。

胭脂却不想他们二人同意了，起身来了这处。刚一坐下，顾云里便对他们温和有礼笑道："在下顾云里，这是舍妹顾梦里。"

不说还好，这一说曹班主就一脸感叹，起调儿赞叹道："云里梦里？好，好名字！好一个云里梦里都是你！"

"噗！"醉生猛地喷了一口茶，直喷出了一道水雾，又在半空中洋洋洒洒落下。

场面一度凝塞，十分尴尬。半晌，胭脂才抬手慢条斯理地抹了把脸，摊开手扔掉了沾上醉生口水的瓜子，面无表情地提了茶壶将茶盏洗了洗，又倒了一杯茶微抿了口，强行按下满身的煞气，转头看向堂中。

气氛这才微微缓和过来，曹班主哈哈一笑，强行忘记了刚才发生的事，缓和道："咱们是隔壁戏楼的，刚搬来不久，鄙人曹庸，我是那儿的班主。这是我们那儿的台柱子醉生，还有个叫梦死的，下回你们去瞧戏儿就能看见了，这个是胭脂，专门打配的角儿。"

这话把个胭脂气得够呛，这鸟太不识趣，非得强调这些，让她这般没面儿，实在可恨！

顾云里笑着应了声，堂中惊堂木一响，说书人又开始娓娓道来："说到这单娆，就不得不提京都那谢二郎。"

胭脂一听心率猛地一顿，继而又加快了不少。

台下鸦雀无声，说书人微微一笑："你们说吧，老夫忍得住……"

片刻后，底下一人忍不住道："我知道这谢二郎，少时不服管教被祖父打断了腿才终于教成了才，也是个有本事的，一朝状元及第，后头又得天子重用，为百姓办了不少实事，到如今那功德碑都还笔笔记着呢！"

"由得你来出风头，这谢清侧谁人不晓得，这可是唯一被世族背弃，却还能爬到顶头的人。谢老太爷也确实是个大者，硬是将孙儿教得这般不同凡响，可不都是后人拿来教子的典范？"

说书人听后一笑，一副"这下你们可不知道了吧"的表情，他伸手轻拂胡须，幽幽叹道："这谢二郎可不是被世族背弃，那可是自请出族。"

胭脂端着手中的茶盏不由得发怔起来。

打断了腿？

所以……还是成了个瘸子？

为什么这般和他说了，他还是没有听进去！

有什么事情这般急，非要和他祖父硬着来！

胭脂心血上涌，不由自主地握紧了手中的茶盏，心口又气又闷，他这样骄傲的人，断了腿该多难受，胭脂一想到此，就心疼到不行，心口莫名发慌起来。

后头又想起他这样害自己，更是恼得胸口发堵，恨得咬牙切齿，这心绪迭起，复杂难解，叫她根本受不住这满心戾厉，直"啪"的一声捏碎了手中的茶盏。

破碎的茶盏割破了胭脂的手掌，鲜红的血慢慢顺着指缝流出，滴滴落在桌案上，楼下说书人缓缓道来："说来这单娆也是个可怜人，当初本是要嫁到谢家的，可后头也不知怎么回事又不嫁了。这谢二郎也是个重情的，为了单娆非要到侯府求娶，谢老太爷见拦不住就怒得打断了他的腿，据说谢二郎后头为了单娆还差点疯了……真真叫人唏嘘不已，这单娆若是在灭门之前嫁给了谢家二郎，以他的本事必能护住单娆，只可惜造化弄人，可惜了这一对天造地设的鸳鸯。"

胭脂的耳里突然"嗡"的一声，周遭的声响已然听不清了，说书人的叹息感慨、茶馆里的窃窃私语、街上的吆喝喧闹，一下子皆被隔绝在外。

她满脑子都是说书人口中"可惜了这一对天造地设的鸳鸯"，心中一阵阵发堵，怨恼痛苦到了极点，仿佛下一刻就要生生被逼疯了去。

半晌也不知谁慢慢叹息道："人啊……总是爱往自己喜欢的方向记事，却完全不管事情的本来面貌……"

　　胭脂垂眼默了许久，只觉眼眶酸涩得紧，忙站起身，松开握成拳的手，微微一甩，"叮当"几声，卡进肉里的茶盏碎片落到了桌案上，说道："你们吃茶吧，我想起院里的鸟儿还没喂，先回了。"说完，便疾步走到廊上，连楼梯都不走了，伸手撑着窗棂直翻下了二楼。

　　顾氏兄妹一时反应不及，皆看着空空如也的窗子呆若木鸡。

　　醉生回过神，一副"习惯了"的神情，这厮惯会出么蛾子的，也没啥好稀奇。

　　曹班主自顾自收回了视线，显然也是如此想，可片刻后他又想起了一茬，眉心一跳，猛地站起身疾步出了茶间，一撩衣摆，下了楼梯，往胭脂那头追去。

　　胭脂出了茶馆，疾步走过街，就往戏楼里头踏，里头刚起的芙蕖儿正打着织有山水纹的象牙色纱团扇，袅袅婷婷地走着小碎步。

　　一见胭脂红着对眼，失魂落魄地走进来，可稀奇坏了，忙婀娜多姿地凑上前，直捏着嗓子讽笑道："哟，你也有哭红眼的时候啊，这可真是天上下红雨，活脱脱的现世报呀！"

　　胭脂权作没听见，直挺挺地快步往前，狠狠撞过了芙蕖儿的肩膀往后院去。

　　芙蕖儿被撞得肩膀一阵钻骨疼，险些没给撞飞了去，直气得柳眉倒竖，小声唾道："呸，登不上台面的东西，活该打半辈子配也出不了头，半点不识抬举！"

　　胭脂到了后院是再也忍不住了，眼泪止不住地拼命往外冒，顺着脸颊直往下淌，一时呜咽出声，只觉仓皇无措得很。

　　胭脂正低头无助地哭着，却听院正中池塘里传来声声低沉柔和的叫声，胭脂抬眼一看，一对交颈鸳鸯在水面上畅游嬉戏。

　　曹班主一路小跑回了戏楼，遍寻不到胭脂，便心下不安往地后院的池塘走去，才走几步就听后院传来一阵阵"啾啾"的凄厉叫声。

　　曹班主心下一沉，暗道：不好！慌慌忙忙冲到后院，果然见胭脂正抓着他那对千金难求的五彩鸳鸯，搁那儿面无表情地拔鸳鸯毛。

　　曹班主直气得肝疼面青，冲过去尖声怒骂道："天杀的混账玩意儿，你这是要作劳什子孽，还不快放了手！"

　　胭脂趁着曹班主冲过来的工夫，猛地拔光鸳鸯身上的最后一撮毛，抬手往池塘里就是一甩，片刻后，又忍不住哭出了声，胸口直堵着透不上气来。

　　曹班主两眼一翻，一副快要气到归西的模样，半晌才缓过劲头，冲着一旁站着看戏的,尖厉怒叫道:"去,把她给我关柴房去,先饿她个三天三夜,谁要是敢送饭去,我就要了谁的命!"

胭脂被人推搡着关进了柴房里,曹班主还在喋喋不休地叫骂着,外头是一阵阵喧闹声。

胭脂垂眼默站了很久,一想起他和单娆那般恩爱,心头就嫉妒怨恨到发苦,满身的荒凉孤寂排解不出,胸口直堵得发疼,他这么喜欢单娆啊,为了娶她,就是被打断腿也在所不惜……

胭脂想到此都站不住脚,直靠着门板滑坐在地,眼眶里的泪水又淌了下来,一时悲从中来,哽咽出声,心被搅得一片生疼,疼得她喘不过气来。

许是胭脂哭得太过凄凉绝望,曹班主怕她搁里头悬梁自尽,没过三天便将她放了出来。胭脂在屋里躺着,一日日的,眼泪都淌尽了,心头的委屈难过却半点没少。

她这么一只阴物跟活活被掏空了一样,嗓子都哭哑了,搁屋里躺了好几日才不得不出来,再过几日就是顾梦里碰上苏幕的日子,她再不出来也就不用出来了。

照命簿里所写,顾梦里最拿手的是绣工,凡经过她手绣出来的东西都是栩栩如生、巧夺天工的绝品,是以她只要肯绣,就肯定有人会买。

顾梦里每月中旬都会将自己的绣品卖给西长街上的大盛绣庄,好赚些家用。

以往还没什么,只那日正好碰上骑马撞伤了人的苏幕,且还横行霸道地为难人,顾梦里看不过眼,便帮着老者开口说了几句。

顾梦里面皮长得好看,又是唯一敢这样和苏幕说话的人,这一眼就被苏幕看进了眼里,从此就开始了一连串的纠缠不休。

这劫好避得很,十五那日别让顾梦里出门便是,只是这劫胭脂势必要扼杀在摇篮里,如若不断了这一次见面,日后又猝不及防来一出,岂不是白费力气。

是以这日既要阻止顾梦里出门,还要再找个人代替顾梦里,让苏幕瞧上别的女子,这劫才算是彻底避过了。

胭脂为了这么个替代,跑遍了扬州大大小小的勾栏,扬州确实不愁找不到美人,这遭还真让她找着了个与顾梦里感觉相似的女子,虽说面皮没顾梦里出挑,但也称得上极品了。

那鸨儿要价太高,这遭可是花了大价钱,她唱了小半辈子的戏,一朝全给搭了进去,这苏幕要是还挑嘴,她就只能想法子带他下地府了……

这日天还没亮透,胭脂就从戏楼后门走出来,沿着小巷一路到了顾梦里住的地儿等着。

等到正午，顾梦里才提着木篮子从里头开了门踏出来。

粗布麻衣也挡不住天生殊色，穿在身上竟然半点不显磕碜，反而平添了几分清丽脱俗、身姿婀娜，难怪能叫苏幕一眼瞧中，这么个绝色站眼前要是还看不中，可不就是活脱脱的瞎子吗？

顾梦里关上木门，转身就瞧见胭脂往这处走来，她微愣了愣，片刻后，又落落大方地冲胭脂一笑，浅声问好道："胭脂姑娘早呀，好生巧竟在我家这头遇上了，要不要进里头坐一坐？"

胭脂微一顿步，抬眼看了看日头，片刻后才缓步上前笑道："其实倒也不是巧，我正是来找你的。咱们班主听说顾姑娘绣的帕子极为讨巧，特地让我买去分给班子里的人长长见识。"胭脂伸手指了指她手挽着的篮子，睁着眼睛胡说八道。

顾梦里顺着胭脂的手指垂首看向篮子，面含羞涩道："曹班主谬赞了，不过闲时摆弄摆弄，登不上大台面的。"

"不会不会，姑娘过谦了。"胭脂伸手摘下腰间早就准备好的荷包，塞进了顾梦里的手里，不待她反应便直接拿过了她的篮子。

顾梦里拿着荷包，只觉里头沉甸甸的，她忙举着荷包对胭脂道："要不了这么多钱。"

胭脂闻言微微一笑："就当加了篮子的钱吧。"语毕便转过身走了。

顾梦里见胭脂如此也就把钱收下来，目送胭脂离去才转身回了院里。

胭脂出了巷口就疾步往离这儿几条街远的西长街去了，这一遭避劫可是花光了她的家底，简直是倾家荡产，这一世的银子可是她一个铜板一个铜板辛辛苦苦攒下来的，接下来只怕得顿顿喝粥，她后院养的鸟儿也得勒紧裤腰带跟着她挨饿了。

胭脂一路到了西长街旁的酒肆，一进去便直接上了二楼，几日前买下的美人早就站在这处等胭脂了。

那美人身姿柔美，跟柳叶儿般细长好看，安安静静站在那处就已然有不少人细细打量起来。

胭脂上前将篮子给她："教你说的话可都学会了？"

"奴家都学会了。"胭脂见她与顾梦里越发相似，语气神态无一不像顾梦里，便也安下心来，与她缓声道，"一会儿莫要害怕，那人最喜你这般做派，你只要照着我说的话来便是。切记莫要慌了阵脚，叫人看出了不对。你只要挨过了这头，日后便是一切好说,他瞧上了你自然会待你好。"

柳叶美人闻言眼含泪水,言辞恳切道:"奴家谢过姑娘,姑娘之恩如同再造,往后若有相求,奴家必倾尽全力回报于姑娘。"

胭脂默不作声,缓步到了廊边的位置,这一条长廊未安窗子,坐在这处一眼望去,长街尽收眼底,看得极为清楚,胭脂垂眼看着楼下街上来来往往的人,半晌才缓缓开口:"你不必记挂心上,做好了这件事便是对我最大的帮助。此事一成,往后便当没有见过我,以后见到也当作不识便是。"

柳叶美人闻言静默片刻,虽不明白她的用意,却还是轻轻点了点头。

胭脂看着长街,又抬眼看了看日头:"走吧,时辰也差不多了。"

胭脂转身一抬眼就瞥见了酒肆对楼一抹熟悉的身影,那人正与几个外邦人一边说话一边踏出包间,为首的外邦人一脸笑意。待那人出了包间到了廊中还一路跟着不停歇地说着话,那人显然有些不耐烦了,外邦人一看忙止嘴与他道了别。

胭脂顿时腿就发软了,一下没站稳直跌坐在身后圆凳上。

"姑娘,你怎么了?"柳叶美人见状直叫出了声,吓得忙上前扶胭脂。

胭脂直愣愣地看着那人,连呼吸都紊乱了,她就知道……就知道还是会遇上的!

胭脂这处正对着对面的楼梯,外邦人一路相送,苏幕手执折扇微微抬起随意挡了挡,白玉扇坠在半空中晃起了一个好看的弧度,直晃得胭脂的眼眶微微发涩。

外邦人忙止了步,他便自顾自转身往楼梯口这处走来,一身茶白衣袍,袍边镶金丝镂空繁复花纹,腰间系着缀金丝花纹白玉带,乌黑的发用镂空雕花金冠束起,余下的发垂于身后,额前偶有发丝微微垂下,眉眼深远蕴染风流,一副翩翩世家贵公子的模样。

他沿楼梯而下,楼下几个小厮正等着,许是胭脂的目光太过专注,如有实质,他突然抬眼往这处看来,对上胭脂的眼,目光凛冽,疏离敏锐。

胭脂一时微怔,心下一颤,忙低下头避开了他的眼,感觉到那道视线落在身上似在打量,她突然紧张得喉头发紧,心跳快得发慌,放在桌案上的手猛地握上了桌角,指尖用力得泛了白。

待感觉那道视线的压力消失了,胭脂才敢慢慢抬起头看过去,楼梯上早已空空如也,人已然走得没影了,胭脂却还看得出神。

"姑娘,你没事吧?"

柳叶美人轻柔缓和的声音在耳边响起，楼下又传来一声浅浅的马鸣声，胭脂一听瞳孔猛地一缩，忙站起身疾步行到廊边，半探出身子往楼下看。

他一手执着扇，一手轻抚扇下的白玉坠子，正站在檐下漫不经心地看着外头。

小厮将马牵到近前来，他一步踏出檐外，将手中的折扇随手丢给了下人，接了马鞭翻身上马，茶白衣摆轻扬起，动作流畅飘逸。

胭脂默然看着他打马而去，马蹄声"嗒嗒"落在一块块暗青石板铺成的路上，隐没在嘈杂的喧闹声中。她将后头的小厮来来回回默数了好几遍，不多不少正好八个，皆一路小跑跟着。

胭脂狠蹙眉头，只觉心猝然一紧，压抑难受至极。

柳叶美人走近前来，又顺着胭脂的方向看过去，心中微有窃喜，她微默了片刻，轻轻问道："姑娘说的可是这人？"

胭脂看着他一路打马街前过，心中是说不出的滋味，一时千头万绪无从理起，终只成了两个字——苏幕。

胭脂的眼眶慢慢泛红，突然轻笑出了声，眉眼带笑却又隐隐透出了几分伤感泪光，一时失望悲凉到了极点。

还是个歪门邪道……

胭脂一想到此心都凉了半截，她微微吸了一口气，缓和了眼眶的湿润，却压不下满心的荒凉苦楚。

胭脂微微垂下眼，静默了许久，才平静开口："去吧。"

苏幕那头已然撞倒了一位老者，柳叶美人闻言忙应了声，提了篮子快步下楼。

胭脂心中难言复杂，她其实早已有数，可这般事实摆在眼前还是叫她受不住，他们之间早已千疮百孔，再没什么必要纠缠不清了。

往后的漫长岁月里，她都不会和这个人再有什么交集，再也不会有了……

苏幕垂眼看着从地上爬起的老者，面上丝毫不见半点怜悯愧疚之意，底下的小厮忙骂骂咧咧上前推搡着老者，将他生拉硬拽地往街边拉，免得挡了自家公子的道。

人群微微聚集起来，事不关己高高挂起的有之，窃窃私语交头接耳的也有之，愤愤不平疾恶如仇亦有之，却没人敢开口说话，这人手下这般多，打起来个个踹上几脚，就能把人打得半身不遂。

柳叶美人已然出了酒肆，一路往前去，站定在马旁，默站了片刻才开口说话。

苏幕坐于马上静静看着她，不发一言，似在用心听着。

胭脂本还怕出什么岔子，现下见了便觉着自己没挑错人，这一遭是必然能成的。

她心下感慨万千，一时失落到了极点，再不想看下去，转身正要提步离开，忽听一道凌厉的鞭打声临空响起，女子的凄厉尖叫声猛地传进胭脂的耳里，接着便是人群惊吓叫声。

胭脂心下一沉，忙转过身看去，刚才还围聚着看热闹的人群一下子退散开，柳叶美人被打倒在地，映丽的脸上一道深红隐约见血的深红鞭痕直从额间布到下巴，触目惊心。

柳叶美人吓得魂飞魄散，惊恐悚然地看着苏幕，全身都不住哆嗦起来。

胭脂见状一时怒不可遏到了极点，一股气血猛地涌上心头来，差点咬碎了牙，这孽障竟然这般毫无良知，暴戾恣睢！

马上的苏幕面无表情地看着倒在地上瑟瑟发抖的美人，全然无视旁人的眼光，眼里半点情绪也无，抬手一扬就要继续打。

胭脂的眉头狠狠一跳，心下大急，踩着凳子踏上廊缘猛地飞身而出，在一旁茶客的惊呼声中一跃而下，一落地便飞驰而去。

待到近前，零零散散站着好些人，胭脂足尖轻点灵巧翻身一跃而过，衣带裙摆翻飞若仙，飞快伸手接下了即将落在美人身上的马鞭。

又拽着马鞭借力轻盈落地，胭脂色的薄裙微荡起一个好看的幅度又随着她动作轻落下，她眼蕴薄怒，抬眼看向马上的苏幕，正对上了他的眼，那是一副不动声色打量人的模样。胭脂心下一颤，暗道："不好。"

一阵静默后，人群中突有人叫了声："好！小娘子好干净利落的身手！"

人群里一时纷纷附和，如烧水般沸开，叫好声接连不断。

这一声声听得胭脂越发不安，看着苏幕面无表情安静又冷血的模样，心越发沉了下去。

柳叶美人被苏幕吓得不轻，见胭脂一来，忙捂着脸惊慌失措地从地上爬起来，连跑带赶头也不敢回，一路拼命往前逃了。

胭脂拽着马鞭一时愣在当场，直看着苏幕不知该如何是好。

还没待她回过神琢磨，苏幕抬手一拽马鞭将她猛地拉了过去，胭脂反应不及直往前跌去撞到他的腿边。

胭脂只觉胸口撞得生疼，又一下靠得他如此近，一时大乱失了方寸，满目慌乱地看向他，镂空雕花金冠在阳光下折射得五光十色，眉眼都染上了璀璨的细碎阳光，耀眼夺目。

他的眼里一片凛冽，透着噬骨的危险，看着胭脂微微眯起眼，语调微扬，慢条斯理说道："好大的胆子，敢接……"

他的话落在胭脂的耳里，不是以往听惯的沉穆清冷，而是清越恣意，一听便知晓其人必是肆意妄为、无所顾忌的行事做派。

胭脂心下一凛，不待他说完，骤然抬手狠抓了一把马鬃，那高头大马猛地一扬前蹄，惊疼得嘶鸣声迭起，带得苏幕向后一仰。后头的小厮吓得不轻，连忙上前围着，以防自家公子跌落马下，余下的皆去擒拿胭脂。

胭脂后退几步避开马蹄，猛地足尖一点腾地而起，一个翻身越过后头来抓她的小厮，胭脂色薄衫飘飞若木槿花绽，花瓣层叠鲜艳夺目，几息之间已在十步开外。

胭脂又抬眸看了眼马上的苏幕，正对上他如画的眉眼，心下一慌忙转身轻踏街边小摊腾空而起往屋檐而去，胭脂色衣带翩起，身如轻燕地落在古旧乌沉的屋檐上，又朝屋檐那处灵巧飞快地轻身跃下，眨眼间便消失在众人视线范围。

胭脂下手太刁钻，疼得这马根本不听命令，苏幕的眉心狠狠一折，眼里杀意尽显，猛地一掌拍在马背上，只听一阵骨裂尽折声清脆响起，苏幕一个临空跃起，茶白衣摆轻扬，干净利落地翻身落地，身姿敏捷飘逸，同时白马的凄厉嘶鸣声响起，格外刺耳。

白马轰然倒地，奄奄一息后片刻就绝了气，小厮纷纷小心翼翼围了上来，皆不敢轻举妄动。他额间微微散落的发丝在眉眼轻拂，衬得面若冠玉，也显得越发莫测，众小厮胆战心惊地唤道："公子。"

苏幕抬眼看向远处屋檐，微微眯起眼，眉眼凛冽如染刀剑锋利光芒，刺骨冰冷，半晌他猛地一个扬声，言辞狠绝，暴厉可怖地吐字道："查，掘地三尺也要把这个人挖出来！"话间字字戾气如厉鬼般张牙舞爪扑面而来，叫人避无可避，一听便让人惶恐不安至极，只觉毛骨悚然，异常瘆人，头皮一阵发麻。

胭脂一路逃似的回了戏楼，强撑着进到屋里扶着桌案坐下，直捂着胸口不住喘气，心跳快得叫她发慌，喉头都不自觉收紧。

他们已有十几年未见了，不见倒还好，这一见往昔种种便如走马观花般浮现眼前，她一时听见他在耳旁轻道：夫子，算了吧。一时又听见他苦苦哀求她别走，那一声声"胭脂",哽咽凄楚直叫人肝脾俱震,她的心口猛地一窒,直疼得喘不上气来。

真是魔怔了,竟做出这般臆想来,他何时说过这样的话?

他若是说过这样的话,她又怎么会舍得弃他不顾?

胭脂一时又想起他那样对待自己,自嘲一笑,只觉满心苦涩,他那般爱重单娆,自己竟还在这想有的没的,实在可笑!

所幸晚间戏班子上的牡丹亭需要胭脂打配,便也没多少时间胡思乱想,唱戏可不能马虎,她缓了许久才强行按下了心中的起伏。

胭脂开始认认真真地净面上妆,又戴上头面,穿上戏衣,微一翻手转着圈吊嗓子,又将早已烂熟于心的戏,仔仔细细地准备了几番才算作罢。

待到开场,戏楼上下三楼,已是座无虚席,人声鼎沸。

戏楼中庭是露天的,上头没了屋檐遮掩,月光淡淡洒下,戏台就设在戏楼中庭,无论是楼上雅间,还是下头大堂,都能一览无余。

二、三楼皆是雅间,权贵一般不爱坐大堂瞧戏儿,是以特整了雅间专供贵人所用,现下也早已订满了,下头大堂也坐满了人,没位置的皆在廊下站着看。

一阵锣鼓喧天,角儿刚一上台便引得一阵叫好声。

原来姹紫嫣红开遍,似这般都付与断井颓垣。良辰美景奈何天,便赏心乐事谁家院。朝飞暮卷,云霞翠轩,雨丝风片,烟波画船,锦屏人忒看得这韶光贱。

一唱三叹,哀感顽艳,轻易便勾出了一幅画儿,叫人登时身临其境,直叹妙哉。

胭脂轻轻撩开布帘往外看去,外头可是满满当当的人,一时只觉心中满足,她实在爱极了这般热闹,乱葬岗的戏台是比不得这般热闹的,鬼魅精魂本就凄凉可怖得很,若是碰到个悲戏,那一只只哭起来,真不是能熬到住的,越听越瘆得慌。

等大半场戏过,可算到胭脂上了台,她一时又满心欢喜起来。

胭脂每每上台皆是入戏得很,有回武戏,一时入戏太深,手上没个准头还将芙蕖儿打了个仰倒。

芙蕖儿以为胭脂嫉妒她,暗里给她下绊子,害她在台上失了体面,是以每每见到胭脂总要一顿冷嘲热讽。

胭脂搁她耳边叨叨解释了好几回,愣是听不进去,把胭脂气得直拧她的耳朵。

芙蕖儿哪躲得过去，每每都被拧红了耳，气得面色发黑喉头呕血，每每都要叫骂够三条街不止。

这倒也让胭脂养成了个习惯，每觉冷清了便去拧一拧，一时就又热闹得不行，这梁子也就莫名其妙地越结越深了。

戏楼里锣鼓喧天，台上正唱到妙处，台下一阵阵喝彩声不绝于耳。

楼外突然一阵喧闹声，外头走进几个人高马大的小厮，气势汹汹的架势叫人看着就犯怵。

远处有个人站在阴影里，看不清面容，只静静站着就能让人觉出骨子里的倜傥儒逸，蕴染风流。

台下看戏的见这般动静，纷纷看向门口。台上的周常儿微微一顿，忙又开口继续唱，胭脂蹙眉，忙打了个转，接着周常儿开口起调，眼却不住往门外瞄。

台下的人见没什么大事，便纷纷转回了头，看向戏台。

小厮看着周遭的人，一个怒瞪，廊下本还站不下脚的人群皆不由自主地退散开，入口一时宽敞了不少。

远处站着的那个人这才慢慢从阴影里踱了出来，白衣墨发束金冠，容色如画惊绝，眉眼深深稍染恣意，手执白玉扇，白玉腰带下缀和田白玉佩，身姿修长挺拔，负手而立于台阶之上，默不作声地打量堂内。

胭脂骤然见了他，心下猛地一室，继而心跳越发快，一时慌得不行。

一个包打听模样的人，忙从人群里跑了出来，站在台阶下向他说着什么。

那个人本就矮小，堂中又太吵，他轻敛了眉微微俯身去听，一缕黑发微垂于身前，一瞧便是文质彬彬风流气派的贵公子。

那人正说着，突然抬起手往台上这处一指，他顺着那手看过来，正对上了胭脂的眼。

胭脂心下大惊，慌得嗓子一抖，微颤了音儿，与她配的角儿讶异非常，忙一个眼锋扫来。

苏幕慢慢直起身，看着台上越发意味深长，眼里透出几分凛冽，眉眼如染刀剑锋芒，耀眼夺目却透着噬骨的危险。

胭脂忙别开眼，心下猛跳都快从嗓子眼里蹦出来了，一时不知自己在唱些什么，她强迫自己镇定下来，脑子里却还是一片空白，所幸这戏她早已烂熟于心，这般也没出什么幺蛾子。

那头曹班主手捧着个紫砂壶，弯腰屈背地迎上去，一脸讨好指了指上头的雅间。苏幕微微讽笑，抬手用折扇虚指了指台前头排启唇说了句话，曹班主转头看向堂中，不由得错愕。

不待曹班主反应过来，苏幕已然下了台阶往这处而来。后头的小厮忙小跑着上前将坐在前排的人一一赶到后头去，台下的人见状皆无心看戏，纷纷不明所以地看着台前。

胭脂瞥见他一步步走来，心下又慌又急，恨不能早早唱完了这段，下台避开了去。

苏幕几步就到了前头位置，手执折扇，微撩衣摆便坐下看向戏台，一副安安静静看戏的做派，一排小厮立于他身后，挡住了后头些许人的视线，却没人敢说什么。

楼上雅间的见状，心下突突，其中或多或少都知晓这是扬州那位霸道惯了的公子爷，平日见着了皆是能避就避。

须知这位的性子可不是好相与的，一朝得罪了可有的是苦头吃，这雪梨园刚来扬州，也不知如何得罪了这位，这模样怕是不好善了的了，不过现下他们见祸不及己，便也纷纷乐得作壁上观。

大堂中不知道的也是会看的，这人一瞧就有来头，谁会没事为了看戏触了大霉头，再说，有那工夫争位置还不如边上挤挤来得快。

一时戏楼里只余台上"咿咿呀呀"的唱戏声锣鼓声，余下皆静得没声儿。

胭脂只觉台前那道视线一直落在她身上，这戏衣本就贴身，又因着阳春三月的日头，便做薄了些，多少会显出些身姿来，往日倒也没什么，只今日他在台下坐着，她便是浑身不自在。

胭脂疑心自己想多了，待到打了个圈，往他那处一瞟，刚捻的手势猛地一颤差点没稳住，人可不就是在看她吗？胭脂拿眼瞧他，他慢慢抬眸对上她的眼，眼里意味未明。

胭脂心下一颤，一下僵硬了起来，只觉腿不是腿，腰也不是腰了，整场戏下来如同提了线的木偶，远不如之前唱的好。

台上的角儿多多少少都有些发挥失常，实在是苏幕这默不作声又摆明找碴的架势叫人没法安心唱戏，他这么个人便是安安静静不发一言地坐在那，也是叫人半点忽视不了的。

后头的曹班主忙使了人去沏茶倒水，末了自己端到苏幕跟前，卑躬屈膝地讨好着，见苏幕眉眼间透出了几丝不耐烦，便忙住了嘴退到一旁静观其变。

好不容易唱完了戏，胭脂这头正要下得台去，却听台上"咣当"一响，苏幕旁边站着的小厮往台上丢了块大金锭子，足有男子手掌一半大小，这分量可真不是一般足。

只实在没见过这般打赏人，瞧着就像是打发乞丐。

一旁敲锣打鼓的也停了下来，堂内一时鸦雀无声，静得仿佛没有人。

苏幕手中的折扇在指间打了个转，一副纨绔子弟的逍遥模样，扇下的白玉坠子渐渐停下晃动，他才漫不经心地开口："我道这雪梨园有多么大的能耐，今儿听来也不过如此。"他微顿了顿，眉眼染上几丝讽意不屑，淡淡嘲弄道，"也不知怎么就在京都混出了个戏中瑰宝的名声？"

此言一出，台上站着的人一时不知如何是好，大堂里皆交头接耳，窃窃私语声迭起。

曹班主立在一旁，脸色登时就不好看了，他实在想不通自己究竟何处得罪了这苏家的公子，平白遭了这一劫。

他琢磨半晌也想不出个所以然，但这些个权贵他是见惯了的，也不是经不起风浪的，便上前一步直笑道："登台小面儿值不上公子生闲气，这出公子不满意，怕是没见到我们那台柱子，过会儿便叫他给公子唱一出，必能叫您满意！"

苏幕一听微一挑眉，用折扇虚指了指胭脂，言语微讽道："打配的也是这个？"

胭脂被这么一指，直僵立在台上，一时虚得不行。

这感觉真是难以形容，她就如同个唱戏不认真的弟子被师父点名教训，且还当着这么多人，实在难堪得紧，羞恼之后心中便越发起了怨气，却又因着刚才确实唱得不如意而发泄不出。

曹班主是何等玲珑心思之人，一听便知晓是胭脂这挨千刀的混账在外头招惹的是非，又见胭脂直挺挺地站在台上，半点没有眼力见儿的模样，更是气不打一处来，直冲她怒道："你还不给我滚下来，搁那儿杵着做甚？！"

胭脂被这当众一吼，越发没了体面，只拿眼看向苏幕，心中怨气迭起，直从眼里透出，越发显得阴气森森。

苏幕的眼神也慢慢凛冽，刚才闲适松散的纨绔模样慢慢敛了起来，面无表情地看着胭脂，不发一言，瞧着就是个丧心病狂的做派。

曹班主在下头可是急得不行，他心知胭脂的那股劲头又上来了，他也不敢逼急了这混账玩意儿，生怕一个不好就闹得越发不可收拾，便只搁台下朝着胭脂挤眉弄眼了好一阵。

胭脂见状默站了会儿，才慢慢抬步往前，连侧梯都不想迈了，直越过前头站着的角儿走到台前，轻掀眼帘瞧了眼坐着的苏幕，强压住想要扑上去一口咬死他的冲动。

待脾气压得差不离了，才从半人高的戏台轻巧跳下，色彩斑斓的戏衣随着动作轻轻荡起，身姿轻盈曼妙，行走间裙摆如木槿花层层叠叠开绽。

胭脂几步到了苏幕跟前，站定在曹班主身旁，垂眼看着地面，默不作声。

苏幕看了胭脂半晌，眼里意味未明。

场子一时只余轻微的人群嘈杂声，曹班主尴尬地笑了笑，正要开口缓和气氛，却见苏幕敛了眼中神情，淡淡开了口："去将脸洗了，画得跟猫儿似的，瞧不出个模样。"

曹班主闻言心中暗松了口气，刚要吩咐胭脂去后头将脸洗了，可这厢还没开口，胭脂已然瘫着张脸，寡淡道："小的一会儿还有出戏要唱，怕是洗不得。"

曹班主一口气差点没上来，可不就要被这混账给气厥过去，净个脸能让她脱层皮不成？

非搁这儿一个劲地往墙头窜，瞧着就想一巴掌给她拍下去！

苏幕闻言轻笑出声，笑声清越恣意，他慢条斯理往后一靠，语调轻忽道："照你这意思，是让爷等你？"

那语调轻缓又意味未明，但凡长了耳朵的人都听得出这隐在其中的危险，更别说胭脂这么个看惯他这般做派的人，那话语间的威胁直让胭脂心头火起。

胭脂慢慢抬眸对上苏幕的眼，一想起过往那些，心中便更是又怨又恨，浑身的戾气是掩也掩不住。

苏幕看着胭脂这般，微微眯起了眼，眼里的危险意味不言而喻。

曹班主听得苏幕此言，倒吸了一口凉气，心中急得不行。

他可不想才来这扬州没个几日，戏楼就平白无故地给人拆了，他忙一把架起胭脂的胳膊往里头走："哎呀，我的小姑奶奶，这可不是硬气的时候，赶紧把脸洗了去！"到了里头院子，忙将胭脂往里一推，又对着台上的周常儿使了个眼色。周常儿一见忙也下台去，跟着胭脂而去。

胭脂进了后院，默默走到墙边水缸处，看着水面上倒映着模糊的月影，轻风拂过泛起微波，她一时心中难挨，胸口压抑得透不上气来……

细白的手指慢慢摸上水缸边缘，要不直接溺死自己好了，这一世不过拔了这煞星的马儿几根毛,就这般不依不饶找上门来,后头哪还有她好的时候?

她实在是吃不消了,年纪也一大把了,真经不起他这么玩,末了后头又被玩死了,地府那群必会死死抓住这么个机会,狠骂她是个不得用的窝囊废,可叫她情何以堪!

周常儿站在后头默了一刻,才挽起袖子上前,拿了瓢子往水缸里舀,一边用手将瓢子洗净,一边叹息道:"咱们这些戏子呀,在那些个贵人眼里都是些下九流的玩意儿,平白讲不来骨气的。你不爱往这些权贵面前凑,是有骨气,可那是因为你一个人无牵无挂,没什么顾虑,得罪了人便得罪了人,至多也不过你一人倒霉罢了。可咱们这些人不一样呀,哪个家中没本难念的经,但凡是有个好出路,谁愿意来当戏子,咱们这些个辛辛苦苦地爬上来,哪能再下去呀。"

周常儿言到伤心处,眼里微微泛起了泪花,哀求道:"胭脂,我这厢可替大伙儿求求你,莫要开罪了人,这苏家公子在扬州是横行惯了的,咱们刚来就有人特意提点过,让我们莫要惹了他的眼。这真不是什么好相与的人,旁人碰上都是能避则避的,你倒好竟还这般硬气……没得一会子将他惹怒了,堵死咱们的路子也不过跟玩儿似的,末了还有什么活头啊……"

周常儿平日在戏班里不常说话,今日倒是说了一筐子,想来也是真怕胭脂这狗性子招惹了大祸来。

他打小就有一把好嗓子,长相自也是出挑的,为人又正派,只是命数不好被家中卖给了戏班子。这戏子能有什么好出路,想要出头自然是要被那些个权贵视为玩物儿轻贱的。

他要是像芙蕖儿那般没心的,不在意这些,这日子也还能过,可他偏偏又是个在意的,自然每过一日便是熬一日。

胭脂闻言心下压抑,诚然她这么个阴物不懂这些个人心中所苦,却也明白什么叫身不由己,现如今这真不是他们想怎样就能怎样的世道。

周常儿洗净了瓢子,又从水缸里舀了一勺,递给胭脂,见她垂眼默不作声,便又叹道:"洗了吧,我瞧着这苏公子未必会拿你怎么样。你一会软和些,磕个头求一求便也过去了。胭脂,你听我的,骨气真当不得饭吃,人和人啊,是真比不得命,你莫要为了一时硬气坑害了自己。"

胭脂瘫着脸接过水瓢,跟着叹了口气,真是愁死个阴物……

她真不是硬气,磕头认错这事儿她早做过了,可顶个劳什子用?

那煞星软硬不吃,根本就不是个好性的,末了还不是照样把她往死里整。

胭脂看着周常儿一脸苦口婆心的过来人模样，有心想和他说一说，劝他看人莫要看面皮，那煞星瞧着斯斯文文方正君子的好模样，那里头可叫一个墨里泛黑，焉儿坏焉儿坏的！

可周常儿又不知晓这些，胭脂根本无法说起，直呕到心肝淤血。

外头一阵敲锣打鼓声响起，台上又"咿咿呀呀"唱起戏来。胭脂用水慢慢吞吞将脸洗净了几番，才磨磨蹭蹭地踏出去。

苏幕还坐在那处漫不经心地看戏，曹班主陪在一旁说乐逗趣儿，打起一万个小心伺候着，一个抬眼瞧见了胭脂，忙招手唤她。

苏幕顺着曹班主的动作看了过来，眉眼如画，平和非常，眼里便是漫不经心，也能透出几分惑人味道。

胭脂心下酸涩，又想起他往日待她好的时候，这好便像是深入骨髓的毒，与他后头对自己所做的事这一搅和，便一下全发了出来，毒入五脏无药可救。

胭脂慢慢垂下了眼睫，掩住自己的神情，慢吞吞挪到他跟前，默然不语地站着。

曹班主那叫一个恨铁不成钢，只用手虚指了指胭脂，急赤白脸道："干杵着做甚，还不快跪下给苏公子好好认个错儿，半点不会看眼色的东西，白叫你生了这双招子！"

苏幕默不作声地看着胭脂，靠着椅子一手执着折扇，一手轻轻摩挲着扇下的白玉坠子，手指修长白皙，衬得白玉坠子越发好看。

胭脂垂眼看着地面默了许久，终是伸手轻抬裙摆，在苏幕面前端端正正地跪下了。可跪下以后她却说不出半句求饶的话，这一楼满满当当的人看着，叫她如何开得了口？

戏台上正唱到好处，众人看得起劲，也有几个好事的看着台前指指点点窃窃私语。

这一跪下便是无话可说，胭脂的面上慢慢烫起来，这一遭可真是把脸面往地上踩了，往日跪他没个旁人看倒还好，这关起门来的事胭脂自也不会太难为，现下这般大庭广众之下，实在有些难堪。

半晌，一柄折扇从胭脂眼前伸来，贴在她的下巴处，将她的头轻轻抬了起来，做工精细的茶白衣袍慢慢映入眼帘，接着是缀金花纹白玉带。胭脂的脸慢慢对上了俯身看她的苏幕，如玉的面容靠得这般近，眉眼深远，蕴染风流，他温热的气息轻轻拂在她的面上，带着一如往昔干净清冽的滋味。

胭脂慌忙垂下眼，一时心跳如鼓，连呼吸都困难起来。

面上审视的目光如有实质，在她的面上细细打量，她气息渐乱，细长微翘的眼睫微微颤动，脆弱得不堪一击。

半晌，她实在受不住了，越发难堪起来，他根本就是刻意羞辱人，这般在人前将她当作个玩物肆意打量，直让她觉得自己就是那迎来送往的娼妇，半点得不到尊重，真叫人心中说不出个滋味，一时委屈，难堪得紧。

可她只能死死忍着任他打量，若是不忍，以他现下的性子，只怕不是拆了雪梨园这么简单的事。

苏幕漫不经心地看着，视线慢慢扫过她的眉眼，微微颤动的眼睫，在她青涩软嫩的面上流连了几番，最后落在了鲜嫩欲滴的唇瓣，半晌才轻启了薄唇，慢条斯理评道："中庸之姿。"

胭脂闻言眉头一皱，心中徒然一怒，哪不好看了！

胭脂气得抬眼瞪向他，可一对上他深远如画的眉眼便泄了气，现下处处受他压制，面皮还比不过他，实在有些郁结。

胭脂一时觉得生无可恋得很，直瘫着脸垂下眼皮，任由脑袋垂下，靠在他的折扇上，一脸丧气。

苏幕手中的折扇被骤然往下压了压，他下意识地提着劲，拿折扇撑着她的脑袋，默了半晌，他看着胭脂忽道："叫什么名儿？"

胭脂耷拉个眼皮充耳不闻，一副爱答不理的模样。

苏幕半晌没得到答案，脸色慢慢沉了下来。曹班主在一旁看得胆战心惊，忙开口说道："叫胭脂呢，胭脂水粉的胭脂，就是女儿家往面上涂的那玩意儿。"

"我问你了吗？"苏幕转过头面无表情地看着曹班主，语气淡得跟风过无痕一般，可里头的不悦就是个聋子也听得出来。

这一下可把曹班主吓得不轻，忙用手捂着嘴摇了摇头，安安静静作壁上观。

苏幕这才收回了视线，看向胭脂，言辞微讽道："白日里敢接我那一鞭，现下却连话都不敢说了？"

胭脂一想到他白日那个做派，眉心狠狠折起，心下极为不喜，从面上透了出来，叫人看在眼里便是厌恶不齿。

苏幕静了片刻，浑身上下慢慢阴沉透骨，他骤然收回了折扇，看了胭脂半晌也不说一句话，神情越发高深莫测。

胭脂跪得膝盖疼，见他这般，心下隐隐不安，也不知该如何才能叫他放过自己。

胭脂微微垂首看着地面，正想着如何脱身，却听苏幕淡淡吩咐道："去端锅沸水来。"

立在一旁的小厮忙应声去办。胭脂闻言轻轻眨了眨眼，唇瓣微动，琉璃色的眼珠微微转动着，心里莫名发慌。

后头戏台上还在"咿咿呀呀"唱着戏，台下又乱哄哄一片，叫她半天也理不出头绪来，一时只觉头痛不已。

不过片刻，几个小厮便从院子里抬了一口大锅沸水过来，又在下头摆了火堆，将那大铁锅架在上头，一锅水登时热气腾腾，一大串白烟直往上冒。

如此这般，台下的人哪有心思看戏，或多或少皆看着这处指指点点，台上的自然也唱不下去了，下头摆明要出事儿，他们哪还有心思唱下去？

曹班主见这架势心下大为不安，他向来会摸人心，往日在这些权贵之中行走也皆是如鱼得水，只这苏幕的性子他实在摸不清，太过多变且又是个心思深的，轻易就能被他拿捏了去。

就刚才陪他瞧了会戏的工夫，就累得他出了一身汗，与这人应酬实在太过劳心，他往日在京都达官显贵之间也没这般劳累。

这一遭还真是眼皮子浅薄了，竟还以为在京都混得好了，便在何处都吃开了去。唉，实在是有些狂妄了。

现下也不知该如何是好，这雪梨园要是在扬州闹出了什么，他还有什么可待的，趁早收拾了包袱回乡养老得了！

曹班主想到此一时心急如焚，却又是半点没折，只能在一旁干着急。

这锅沸水搁在胭脂几步远，本就沸开了的水再加上猛火那么一烧，直沸出"咕嘟咕嘟"的声音，水面上一个劲儿地冒气泡，水直往外头溅。

胭脂听在耳里，心下已然掀开了锅，只面上平平静静，强忍着不起波澜。

苏幕淡淡看了她一眼，平静道："今日也不为难你，你哪只手接的鞭子，就将那只手伸进去烫一烫，也好叫你长个记性，没得什么事都要强出头。"

胭脂闻言眼睫猛地一颤，不敢置信地抬眼看向他。她其实早该心里有数，知道他不是个正直良善的人，可真等听到还是半点不能接受。

堂中一片哗然声，这人好是心狠，这么个年纪少的青涩小娘子竟这般糟蹋，这水烧得这沸，伸进去哪还有好皮？可不是当即就煮熟了吗，这般未免太过残忍了！

曹班主闻言直吓破了胆，看着面无表情的苏幕，颤巍巍道："苏公子，这……您可高抬贵手饶过小人吧，这若是出了事还有谁敢来听戏，咱们这戏班子可怎么办，这一班子人可全靠这处养活呀……"

苏幕充耳不闻，只不发一言拿眼看着胭脂，听得他在一旁絮叨也没见什么不耐烦。

曹班主是何等会看眼色之人，自然是落一叶知一秋，忙俯身对着胭脂轻声道："赶紧的，服个软求一求，苏公子还会真拿你怎么样不成？"

胭脂只觉遍体生寒，心下一片荒凉凄楚。

求？

他这样的人……求他有用吗？

当初那样小心伺候了几年，末了看不顺眼了，还不是照样不留情面地除了她，且还是将她当个物件儿般，随意丢了去。

胭脂想到此，眉头狠狠蹙起，心下难受委屈至极，放在腿边的手都不自觉握紧了戏衣，用力得指节泛了白。

越想心中怨气越重，眼神怨到发寒，又冷又厉。

苏幕看着胭脂浑身上下透着不加掩饰的怨厉，他慢慢俯下身看她，见她一点也不害怕，便伸手捏着她的下颌，将她的脸抬起。

胭脂看着他，眼里一片冷漠刺人，苏幕突然冷笑一声，慢条斯理道："骨头硬的，爷也不是没见过，只一会儿别哭着求爷饶过你。"

胭脂闻言越发冷了心肠，眼里微微泛起了泪花，却还是淡淡笑起，缓声讽道："公子不必担心，小的这点疼还忍得过。"

"胭脂，你魔怔了不成！"曹班主闻言面上错愕，继而猛地站起身直冲胭脂尖利吼道。

苏幕已然松开了胭脂直起身，垂着眼面无表情看着她，淡漠道："那你便忍着吧。"

话音刚落，几个小厮就上前架起胭脂的胳膊，将她往锅前移。

堂中哗然声此起彼伏，台上的皆面面相觑，一时不知该如何是好。

整个戏楼这般多的人，却没一个敢出言相救，谁也不会为个下九流的戏子平白得罪了贵人，将祸惹上身。

苏幕只静静坐着不发一言，眼睫长长显得眉眼越发深远，一只胳膊靠在扶手上，面无表情地看着胭脂被架到锅前。

胭脂骤然被拉到锅前，一时有些呆愣，看着锅里"咕嘟咕嘟"直冒热气的沸水，慢慢瞪大了眼，锅里头沸腾而起的水汽一个劲儿地往她面上扑，实在……实在是有些烫……

胭脂一时犹豫起来，这好汉不吃眼前亏，要不……还是回头求一求吧，求一求又死不了一只阴物，总比煮熟了强。

胭脂微微转头瞄了一眼苏幕，不想正对上了他的眼。

他微微弯了弯嘴角，眼里的笑意越发意味深长。胭脂慌忙别开了眼不敢再看他，快到嘴边的话也说不出口了，面上热起，只觉他一笑如同将她的皮揭了一般，难堪羞耻得紧。

曹班主忙上前扯住一小厮，对着苏幕急声恳求道："公子爷，这可真使不得，这丫头要是没了手往后可怎么过活，公子这不是要她死吗？"

胭脂闻言突然湿了眼眶，连曹班主这般不喜她的人，都有存怜悯之心，他却一点也没有，非要这般为非作歹，没有半点良善之心，胭脂顿时失望透顶，越发没了气力。

他一点道理也不讲，非要把她搁锅里煮了，她心中越发难过，一时委屈得只垂着头，看着眼前这口锅，默默掉起了金豆子。

苏安拉着胭脂的胳膊，见她既不挣扎也不求饶，只闷声不吭地搁锅前一个劲儿地掉眼泪，他一时也不知该如何做，抬着她的胳膊僵在半空中。

半响，他抬眼看向自家公子，希望能得个明确的指示，好让他别这么僵着，可没想到这一看便更摸不着头脑了。

本来按照公子的性子，若是真不喜这小戏子，早就一脚踢残了去，哪里还会费这般多的周折？

可现下一看，他又不确定了，都这般了自家公子也不叫停，难不成是真要废了这戏子的手？

曹班主在一旁急得火烧眉毛，一副戏班子快要塌了的模样，却见苏幕淡淡看了他一眼，他一个福至心灵，松了一大口气，忙要上前拉开小厮，打算好生劝胭脂服软。

突然，堂中有人高声叫道："住手！"

胭脂一听，眉心猛地蹙起，心下大为不安。

再抬眼一看，更是愣在了当场，只见一身浅灰布衣的顾云里，越过人群大步走来，后头还跟着仙姿佚貌的顾梦里。

二人相貌皆是出挑，便是粗布麻衣也挡不住那面皮的好看，又是一身正气凛然，不由得便叫人多看了几眼。

胭脂看着他们一步步走来，顿时慌了神，一时不知该怎么办，这三个竟然碰到一起去了，这要是叫苏幕瞧见了顾梦里……

末了他们死磕起来，她又要费尽心血地陪他们折腾，胭脂暗暗呕血，这可真是怕什么来什么！

顾云里疾步来到锅前，看了眼锅里的沸水，抬眼又看见这般架势，眉头一皱正要开口说话。

胭脂忙扬声截道："顾公子，这事你别……"

顾云里见得胭脂这般，根本充耳不闻，看向一旁坐着的苏幕，愤愤不平道："公子这般未免太过分了些，这位姑娘与你有何仇怨，竟要遭你这般折磨！"顾云里看着戏楼里这么多人，竟然无人敢出来说一句话，一时只觉世道荒凉，人心冷漠，他们一群人难道还对付不了这么几个人！

顾云里环顾四周，扬声说道："各位可都看见了，这位公子无视王法，当着这么多人的面就敢这般为非作歹，实在太过猖狂，这事若是不报官抓人，这王法何在，天理又何在！"

胭脂闻言气得无言，他竟然和苏幕谈天理、说王法！

只觉头痛欲裂，她猛地吸了一口气，强行压住想要自绝而去的念头。

一时人群中也出了几句附和议论声——

"当着这么多人就敢这样，确实太无法无天了。"

"大兄弟可小声些，没见人这么多人跟着吗，到时找上你，那有什么好果子吃。"

"哼，不过仗着人多势众，不然老子一拳便能打晕了去。"

一旁的小厮闻得此言，猛地转过身看向说话处，人群里一时静默无声，一点声响也没再发出，好像刚才根本没人说过话一般。

楼上知晓苏幕的，皆露出一副惊愕神情，不由得佩服起这位兄台，实在是好胆色。只心下隐隐惋惜，这位兄台勇气可嘉，只是见识太少了些，怕是不清楚"死"这个字，是个什么样的写法……

苏幕抬眸看了顾云里一会儿，突然慢慢笑了起来，片刻后又慢悠悠散了脸上的笑，再看顾云里时已如同看待死物一般。

胭脂见状直瘫坐到地上，彻底没了力气，心下越发不安，只能细细留意苏幕的神情，却见他突然抬眼看了过来，眼里一点情绪也无，神情淡到可怖，胭脂忙垂下眼去，被吓得心口发慌。

几个小厮忙冲上去堵住了顾云里的后路，胭脂余光瞥见苏幕慢慢站了起来，踱步到她这旁站定，茶白的长袍下隐着流云暗纹白靴，胭脂侧眼正好看见他垂在身侧的手。

苏幕手握着折扇，节骨分明、修长白皙，白玉的扇坠垂下，微微晃动着，胭脂越发无措起来，根本不知如何收拾此局，连脑子都是空白一片，眼珠跟着这扇坠晃。

苏幕垂眼看胭脂，半晌才抬眸看向顾云里，眼里意味未明，片刻后才微敛眉头，一副刚才没听清的做派，故作疑惑问道："你刚才说了什么？"

胭脂偷摸着抬眼去瞧他，她实在有些摸不清他的心思，照命簿里来说，他早该如同个炮仗炸开了花，哪会像现下这般安安静静的模样。

顾云里见人一下围了上来，微一皱眉，神情也慢慢凝重起来。

顾梦里拉住顾云里的衣袖，他忙伸手将顾梦里挡在身后，抬眼看向苏幕，义正词严道："这位公子，我奉劝你……"

苏幕的神情突然一暗，胭脂心下大慌，忙要起身。

苏幕已然抬脚踹翻了前头的水锅，这一脚极准，连锅带水直撞到顾云里的腿上，一下就撞倒了站在前头的顾云里。锅里的沸水"噗"一下漫过了他的腿，疼得顾云里撕心裂肺一叫，脖间青筋疼得暴起。

锅"咣当"一声落在地上，正在不住地摇晃，干燥的地面瞬间湿了一大片。

顾梦里吓得惊声尖叫，堂中也是惊呼声迭起，众人纷纷不由自主地退了去。

胭脂见状骇了一大跳，整个人都蒙了，看着眼前的残局回不过神来。

顾梦里慌忙蹲下身子去扶顾云里，一时间哭得泪流满面，看了眼顾云里的腿，又猛地抬起头怒瞪着苏幕，仿佛下一刻就要冲上去和他拼命。

胭脂心下大急，苏幕已然抬步向他们走去，胭脂急忙伸出手拉住了他的衣摆。

苏幕止了步，低头看向她，眉头早已狠狠蹙起，眼里透着噬骨的狠厉，仿佛下一刻就要杀人。

胭脂心下大骇，吓得慌道："您别……别这样，我不敢了，真的不敢了！千错万错，都是我的错，您别牵连了别人，小的任你打骂便是，绝对不会多一句嘴！"

胭脂真是怕极了他这样，都不像个人了，连一点点人的良知都没有，太可怕了，如同泯灭了人性，淡漠到病态。

胭脂浑身都不由自主地发起抖来，这么个人，她竟然和他耳鬓厮磨了这般久，如今想起来实在叫她后怕不已。

苏幕垂眼看向胭脂，见她抓着他的衣摆抖成了个筛子，他微一挑眉，默了半晌，这般一来，身上的暴戾也慢慢淡了下来。

曹班主忙上前，一脸谄媚道："苏公子，您瞧这丫头抖成这样，必然是吓着啦，这般岂不是扰了您的雅兴？不若您到楼上雅间坐一坐，让这丫头也到上头缓一缓，末了必然伺候得您尽兴而归。"

这说的都是些什么，听着可真是叫人恍惚不已，直把这戏楼当成了勾栏，曹班主仿佛就是里头花枝招展的老鸨儿，只差一条手帕儿就可以挥着招揽客人。

胭脂死死抓着他的衣摆，不敢有一丝松懈，心思都在苏幕身上，没留心其中的意味，否则一听这话只怕当即就要气背了去。

苏幕收回了视线，抬眼淡淡扫了眼曹班主，手腕一抬，折扇轻轻一挥，"啪"的一声打在了胭脂的手背上。

这一下看似轻巧，却暗含力道，直打在胭脂的手骨里头。

手背一阵钻骨疼，胭脂眉头猛地一蹙，下意识地收回了手。

苏幕不再理会胭脂，抬步往顾氏兄妹那处走。

胭脂看着他一步步靠近顾云里，眼里泛起了水光，衬得一双眼灵动清润，只可惜满含怨愤苦毒。

这般不知良善为何物的孽障留着何用，他既然做不来人，那便不要做人了！

胭脂狠狠蹙起蛾眉，一时间怒发冲冠失去了理智，浑身都抑不住地颤抖起来。片刻后，她猛地站起身，往前疾行几步追上苏幕。

堂中些许人瞧见，皆瞪大了眼睛看着。

一旁的曹班主见状，瞳孔猛地收缩，快吓掉了半条命，忙上前按住胭脂的肩膀。

胭脂眼神一暗，一个抬肩甩了曹班主，伸手为刀就要袭向苏幕的后颈。

外头传来一声："公子！"胭脂被叫得心头一慌，忙收回了手，抬眼看向堂外。

堂外来了一个四十来岁管事模样的人。这人面色焦急苍白，仿佛遇到了十万火急的大事，一见到了苏幕就如同找到了主心骨，忙拨开人群疾步而来，伸手为掌捂着嘴边，附在苏幕耳边低声耳语，待将事情交代清楚后，却见苏幕半点不急，面色一派波澜不惊，一时更乱了阵脚，直慌道："公子？"

苏幕淡淡"嗯"了一声，末了转身淡淡看了眼胭脂，面上含着讽笑，眼底隐着冷漠淡然。胭脂下意识后退了一步，他慢慢弯起嘴角，露出一个意味深长的笑，片刻后收回了视线，手执折扇抬步离去。

胭脂太熟悉他这个眼神了，后头他们闹成那样，他便是常常这样看着她，阴郁危险。

他就像猎食的狼，隐在暗处一眼不错地盯着，一旦失了防备，就会猛地扑上来，一下咬住你的要害，凶残致命，绝无还手的余地。

等到苏幕带着人出了戏楼，一路而去，胭脂才慢慢冷静了下来。

"你是不是疯了，若是伤了苏家的公子，不只你跑不了，整个戏班子都得陪着你死！"曹班主一时目眦欲裂，怒不可遏地瞪着胭脂，高声骂道。

胭脂闻言微微垂下眼睫，眼眶微涩，眼里慢慢湿润起来，唇瓣微动了动，却说不出心中滋味。

视线慢慢落在了地上，他刚才一直看着那处，胭脂举起手做了一个和刚才一模一样的姿势，果然灰白的地面上出现了深黑的影子。

头顶的灯笼微微摇晃，散落下淡淡的光，一个手刀动作格外清晰。

楼中一时闹哄哄的，顾梦里的哭声夹杂着顾云里的低吟声，众人议论纷纷，有的出手相帮，有的安慰细语，一阵阵嘈杂声此起彼伏。

胭脂离得近，声音却又慢慢抽离而去，她僵立片刻，一想起他刚才那个样子，忽然如同被抽出了力气一般站也站不稳，打了一个寒战，顿时头痛欲裂至极。

## 拾肆 藏娇

戏班子的人帮着将顾云里抬回了顾家院子，便又回去收拾残局了，胭脂坐在外间等着。

顾云里烫得不轻，腿上的伤口泛起一大片水泡，没有一块好皮，一眼看去惨不忍睹。

待送大夫出了门后，顾梦里才哭着走了进来，看见顾云里便越发伤心地哭了起来。

顾云里靠在床榻上，面色苍白得像死人，腿上的伤口还在一阵阵泛疼，他看着顾梦里泪流满面的模样，忙强撑着缓声安抚道："梦里，没事呢，就是瞧着吓人了些。"

顾梦里闻言哭得越发伤心起来："这人好是可怕，不声不响地就来这么一下，叫人根本反应不及。"

胭脂坐在外间，垂眼不语。

顾云里闻言一脸义愤填膺，皱眉恨声道："行事如此暴戾残忍、目无王法，实在可怕，我势必要找到此人，将他送进衙门绳之以法！"

胭脂闻言差点暗喷一口血，一时只觉头昏脑涨，疲惫不堪。

她实在是吃不消了，晚间在苏幕那头已然耗尽了心力，现下还要应对顾氏兄妹，这地府的差事是真不容易做，真是要活活把"人"耗死！

胭脂伸手按了按额角，缓了缓劲才慢条斯理开了口："不能报官。"

顾云里闻言一愣，看向外间坐着的胭脂，以为她心中害怕，便开口缓和道："胭脂姑娘不用害怕，公道自在人心，待我上衙门将这事报了官，这人自然无法再来找你麻烦。"

顾梦里慢慢收了泪，见胭脂怯生生的模样，忙附和道："是啊，你不必害怕，我们会帮你的，这人平日里一定没少做恶事，这次定要给他一个教训，免得旁人再吃苦头。"

胭脂听得两眼发直，看着里屋二人一派天真，实在不忍心揭穿事实，苏幕这种破裤子缠脚的人，要想不让他继续纠缠，除非他自己揭过不提，否则就是个无休无止死磕下去的局。

可不说也是不行的，真让他们去报了官，岂不是别生枝节？

"这事因我而起，顾公子为了救我受了这般重的伤，实在让我过意不去，这事我一定会负责到底，只公道一事还望二位莫要再提……"胭脂微顿了顿，半响才斟酌道，"那人是扬州苏家的公子，家中穷得只剩下钱了，知县的四姨太是这个人家中送去的，听说极为得宠，她说什么便应什么，这枕头风一吹，进大牢的便就是我们了。"

二人看着胭脂，一副呆滞模样，顾梦里一阵错愕之后，愤愤不平道："竟然有种事！"

顾云里只觉腿上的伤口越发疼了起来，他默了一默，忽扬声道："知县不行便找知府，我就不信他苏家还能将手伸到府台大人跟前。"

胭脂轻轻咳了声，默了一刻，缓声说道："府台大人的正室夫人有个庶出的妹妹，昨日才刚满月，几日前苏家刚好送了座大宅子，说是作为那姑娘满月的贺礼……"这宅子实际在谁手里，自然是不言而喻的。

气氛彻底凝固住，安静得落根针的声响都听得见。

胭脂看着他们二人，一时觉得自己太过，这般直白地将阴暗面一下揭开，撂在他们眼前，心思不稳的难免会一下大失所望，对这世道产生怀疑，从而再不相信人间能有正道。

胭脂想到此，忙微微笑起，开口缓和道："这事只是因为咱们运道不好，恰巧碰上了，你们不必太过放在心上，别处一定会有不爱银子，不爱美人，不爱宅子，只爱一心伸张正义的青天大老爷！"

她是说得对，可他为什么越听越玄乎？

顾云里突然觉得很绝望，天下真的会有这样的官吗，真的会有不谋己利，只一心为百姓的清官吗？

若是有，那为何苏幕这样的人能这般逍遥法外，难道皆是钱权勾结官官相护吗？

胭脂没想到自己作为劝解的一句话，反倒让顾云里对官道彻底失望，心中的正义之道垮了大半。

胭脂见他们默然不语，以为他们将自己的话听进了心里，便站起身准备告辞。

末了突然想起说书人的命数，好在这段时间说书人去了外乡访友，不在家中，胭脂忙看向他们，郑重道："这事还是莫要让伯父知晓得好，知晓了难免会担心气苦。且若是找到苏幕那头去，指不定是个什么后果，你们可一定要小心些。"

顾云里对为官者抱有多大的希望，对正义有多大的渴望，心中便有多大的失落，他一时沉浸在失落之中脱离不出来，听到胭脂的话也没什么反应。

顾梦里起身送胭脂，闻言忙客气回道："多谢胭脂姑娘提醒，此事我们心中明了。"

胭脂一步踏出屋外，对顾梦里挥了挥手："进去吧，我过些时日再来看你们。"若是过些时候还活着的话……

顾梦里止了步目送胭脂离去，又想到顾云里腿上的伤这般重，却无处说理，直难过地叹了口气才转身回了屋去。

胭脂回了戏楼已然大半夜了，楼里的人早散尽了，整个戏班的人也都歇下了，堂中只余下一张张椅子，冷清寂寥。

胭脂站在堂中默了半晌，缓步走到戏台前，垂眼看着青石板地面，上头干干净净一尘不染，仿佛晚间根本没有发生那桩事一般。

胭脂一时只觉累极，苏幕比她想象的还要难伺候，他上一世的心思再是难测，也没这般暴戾，如此实在叫她难以应对。

不过这一遭应该不会再找顾云里的麻烦，否则以他的性子，便是有再大的急事，也会留下几个小厮叫人好瞧。

只她自己便有些悬了，他走时的那一眼，摆明还会再来找她麻烦，胭脂现下光想一想他那个性子，就头痛不已。

胭脂默了许久，抬眼看了看头顶的一轮圆月，这苏幕果然是只行走的炮仗，且一爆便是持续不间断的无限波及，根本拦不住半点，这不才一晚上功夫，就已经把她折腾得一个头两个大，恨不能撞墙自尽了事。

胭脂静站了许久才缓步往屋里去，躺在床榻上却是半点睡意也无，满脑子都是他，一直到天边泛起了鱼肚白也没睡着。

班子里的皆被吓得不轻，人心惶惶，唱出来的腔儿都变了个调，听着都能觉出几分惶恐不安，曹班主无法，只得停了一日以作休整。

翌日，曹班主也没让胭脂上台打配，将她当作块抹布儿，干晾在了一边。

胭脂没了事做便闲得想东想西，整整两宿都没睡着。

第三日也没见苏幕找来，她暗松了口气，说不准多了个人触了这煞星的逆鳞，转移了他的注意力，便忘了这回事。

日头高起，戏楼里皆忙碌起来，准备着午间的戏，大堂陆陆续续进来些了人，三三两两围坐在台下闲谈逗乐儿，等着开场。

胭脂百无聊赖至极，便靠坐在二楼栏杆上晒太阳，顺道看他们吊嗓子，又拿了一把瓜子嗑着玩儿。

芙蕖儿在下头忙得团团转，一抬眼见胭脂闲得二大爷似的，脑门儿一下火蹿上来，几步走到楼下，手叉着细腰做茶壶状，抬头看着胭脂骂骂咧咧道："你搁那儿瞅什么，没看见人都进来了？就你这样的还想偷师，做梦吧，你就是再学个百八十年也没法当大角儿，趁早死了这条心吧！"

胭脂被苏幕这么一整，两宿都没能合眼，正憋屈着，闻言便瞪向芙蕖儿，慢条斯理地切齿道："我琢磨着你是欠削吧！"说完便一个翻身跃下二楼，直冲她的面上掷了把瓜子，上手就拧她的耳朵。

芙蕖儿一急，忙沿着大堂回廊四下逃窜，胭脂正无聊着，便追着玩儿似的，跑几步就猛地上前拧一把，拧了便放。

一放芙蕖儿忙又跑了，没跑几步又被胭脂逮到故伎重施。

如此跑了一圈，芙蕖儿便筋疲力尽了，气得尖着声儿骂道："天杀的畜生，早晚有一天你该遭报应！我……哎哟，疼疼疼！混账玩意儿，天打雷劈的贼杀才！"

胭脂当作没听见，开开心心快跑几步，又狠狠拧了一把芙蕖儿的耳朵，把芙蕖儿气得心肝淤青，可就是摆脱不了这么个混账玩意儿。

堂中人越来越多了，乍见这架势觉得新鲜得很，一时看着她们打戏楼里来来回回跑窜，只以为是女儿家的玩闹。

戏班里的早见怪不怪了，一时权作没瞧见，一会儿就开戏了，哪还有时间管这个。

醉生正在台上想着把戏变通变通，正琢磨到关键头儿，芙蕖儿的骂声陡然而起，一下扰了他的思绪，再一抬眼瞧见她们在堂里瞎跑，更怒得杵个指头，高扬着声儿指桑骂槐道："这可真是狗咬狗一嘴毛儿，也不嫌堵得慌。"

芙蕖儿闻言差点气背了去，边躲胭脂边阴阳怪气道："就你能耐，成日搁那儿捏个兰花指，还自以为风流潇洒，当旁人眼窗子脱了不成，撑死不过个贼娘炮，还有脸面在这儿卖弄！"

场中一片哗然声，皆瞠目结舌看着这场闹剧，这雪梨园可真是不一般，上了台唱得一手好戏，下了台这戏也一出出的没断过，鸡飞狗跳的劲头儿真是别处戏班少见的。

醉生闻言一个淤气于胸，直憋得额间青筋迭起，戏也不备了，直撩了戏袍捏着个兰花指，怒气冲冲地奔下台来，一副就要拼命的架势。

胭脂见状冷冷一笑，正好搁一块儿削，全是没眼色的东西，没瞧见她眼下一团青黑，半点不懂体谅人。

曹班主捧着个紫砂壶，嘴里哼着曲儿，悠悠哉哉地从后头晃出来，乍一瞧这架势，气得一噎差点呛背了去，他一个暴怒，吼得整个戏楼晃了一晃："作死呢！天天没个消停，你们一个个嫌命长是不是！"

醉生哪顾得上曹班主，气性上来直冲上来，扬手就给了芙蕖儿一个大耳刮子，芙蕖儿被打得一愣。

胭脂搁一旁阴气森森笑道："今儿叫你们尝尝什么叫两眼一抹黑！"说着便飞快扑向他们。却不妨芙蕖儿尖叫一声："老娘要你的命！"直豁出命猛地扑向醉生，两个人在地上滚成一团，厮打起来。

胭脂的速度太快太猛，一时收不回力扑了个空，眼看着就要正面往地上跌去。这一遭怕是要摔成个半残，胭脂绝望地闭上了眼，这刚一闭眼就跌进了一个温暖的怀抱里，那人伸手接过她，顺着她的力道往后退了两步稳稳站住。

胭脂的脑袋直埋在那人的胸膛里，忙抓住他的衣襟稳住自己，那人便伸手将她提了提，让她站稳。

干净清冽的气息极为熟悉，胭脂睁眼一看，茶白衣袍就在眼前，她抓住衣襟的手微微一紧，心跳如鼓，直震得她脑袋发蒙。

耳旁响起几个人含笑调侃声："哎，苏哥哥艳福不浅，这刚一进门，便有小娘子投怀送抱。"

"我头先进来的，怎么不往我怀里钻，这小娘子可使坏了，惯会挑人。"

"那是苏兄动作快,等你那速度,人早磕地上了。"

"呸!赶明儿把我那船货吐回来!"

胭脂慢慢抬起头,正巧对上了低头看她的苏幕,眉眼还是那般好看,眼里如同盛着细碎璀璨的星光,一如往昔,她一时愣住。

苏幕看着她,眼里含着淡淡戏谑,胭脂忙垂首退后几步,离开了他的怀抱,静静站在一旁,可还是感觉到他的视线落在身上,让她一寸寸地发烫,胭脂只觉面热得紧,浑身也越发不自在起来。

芙蕖儿和醉生见来了贵人,忙站起身来,后头的曹班主一下扔掉了手中一直捧着的紫砂茶壶,茶壶"啪嗒"一声落在地上,碎成几瓣儿。

曹班主两步并作一步疾步冲来,扬起衣袖对着他们三个劈头盖脸就是一顿猛甩,边甩边骂道:"劳什子玩意儿,雪梨园迟早得败在你们手里,成日里丢人现眼,平白扰了贵人的眼!"

三人被曹班主劈头盖脸一通甩得发蒙,忙后退几步避开。

"还不赶紧收拾收拾上台去,搁这杵着做甚!"

醉生和芙蕖儿闻言忙往后院里走,边走还边使绊子。

胭脂抬眸看了眼苏幕,见他看着自己的眼神太有深意,慌了神,忙快步跟着醉生他们往后院躲去。

胭脂还没走几步,就听曹班主在后头唤了她一声,胭脂被吓得不轻,忙当作没听见疾步往后院里去。

可这样自然是逃不掉的,曹班主将人恭恭敬敬送到了二楼雅间,就撩起衣摆下了楼来,吹胡子瞪眼地跑来后院逮人了。

一见人搁池塘边蹲着,支着胳膊拿眼瞅着他新买的五彩鸳鸯,曹班主一个心口瘀血,忙冲上前去,对着胭脂咆哮道:"挨千刀的混账东西,你搁这儿干吗!迟早离远些,它要是再掉根毛,我要你的小命儿!"

胭脂闻言睨了眼曹班主,又垂眼盯着池塘里那对交颈鸳鸯,曹班主见她这般固执,心头一塞险些气厥了去,刚才又吼得太用力,他现下脑袋都有些晕乎。

曹班主缓了半晌,又想起楼上还有位煞星,更觉头痛不已,这一个个怕是要把他逼疯魔了。

曹班主按照大夫说的养生之道,闭眼深呼吸一口气,慢慢心平气和下来,待一睁眼还是屁用没有,一看胭脂便扬声儿骂道:"你耳朵生来当个摆设的,那般叫你还一个劲儿地跑，没瞧见苏家的公子来了吗？还不上去小心伺候着！一会儿戏楼给人拆了，咱们这一班子全都得去喝西北风！"说完也不待胭脂反应，一把抓住胭脂的胳膊，将人架起就往楼上那头拖去。

楼里一阵敲锣打鼓声起，戏台上已开了腔，台下一阵喝彩声，戏楼里一派热火朝天。

胭脂被曹班主一路拉着上了二楼，离得越近胭脂的心里就越慌乱，一想到他的性子就头皮发麻，直扒着栏杆死活不走了，苦着脸对着曹班主凄厉道："我不能去，我真的不能去，他会把我折磨死的，我都一大把岁数了，想多活几年还不行吗！"

"混说什么，人苏公子摆明瞧上你了，怎么可能折磨你！没看刚才那眼神吗，那就是男人瞧女人的眼神，这事儿错不了，你懂事些小心伺候着，保管少不了你的好处，说不准往后能有造化得个姨奶奶当！"曹班主那是一脸恨铁不成钢，有这金枝的机会还不赶紧攀，搁这儿哭丧着脸瞎琢磨，自个儿吓自个儿，丫白生了个脑袋，净搁身上当个摆设！

胭脂瘫着脸看着曹班主，眼里都是"你站着说话不腰疼"的神情，一副连话也不想接的丧气模样。

曹班主一急："赶紧的吧，你搁这儿磨什么，早晚要有的事儿，苏公子能看上你，是你八辈子都修不来的福！"

胭脂看向曹班主，差点哭出来，竟然有人可以这般睁着眼睛说瞎话，且还说得这般理直气壮……

曹班主一见叹了口气，由衷感慨道："是难伺候了些，你万事多顺着，多看看眼色，别跟着傻愣子似的死命较劲，我保管你出不了事！"又见胭脂恍恍惚惚不知今夕何夕的模样，便一下打开了她扒在木栏上的手，拉着胭脂往前疾行几步。

待到了雅间门口，曹班主抬手轻轻敲了敲门，再推开门将胭脂推了进去，站在门外冲里面笑眯眯道："苏公子，人给您送来啦。若有什么需要随时唤小人，小人随叫随到！"待确定了里头没他的事，曹班主才伸手关上门离去。

这处雅间位置极好，分了里外间，中间隔了一道水晶帘，随着窗子外头荡进来的阳春风轻轻晃动着，发出清脆悦耳的碰撞声，如轻灵飘逸的乐曲声声入耳。

里间正对着戏台，排排窗子大开，一眼看去，戏台尽收眼底，外头荡进"咿咿呀呀"的唱戏声，里头桌案上觥筹交错，几个公子哥儿搂着外面带来的粉头时而高谈阔论，时而亲昵耳语。

苏幕靠坐在榻上一腿支起一腿平放，神情散漫恣意，榻上摆了张小桌，上头摆着盘甜糕和酒盏，后头临街的窗子大开着，外头的阳光大片洒下，散落在他身上，整个人如同镀了一层暖暖的光，衬得容色越发耀眼夺目。

胭脂骤然被推了进去，里头的人皆停了下来，默不作声地打量着她。

胭脂站在外间有些不知所措，隔着眼前的帘子对上苏幕如画的眉眼，他长长的眼睫垂下，显得眉眼越发深远，同时染上几分漫不经心的散漫惑人，一眼看去平白叫人心跳加快。

胭脂微微垂下眼睫，眼里神情慢慢暗淡下来，站在外间看着地面一动不动。

里间的一个公子哥突然出声调侃道："这小戏子倒是半点眼力见也没有，干站在外头做什么，还不进来好生伺候你苏哥哥吃酒？"说完见胭脂没什么反应，便搂着一旁的粉头，往芙蓉面上用力亲了口，那粉头忙娇羞叫了声，伸出柔荑端起一杯酒轻笑着喂给他。

蒋锡斐仰首喝了，末了又看向胭脂笑道："看见了吗？多学着点，光会唱戏可不行，伺候不来人便是再会唱戏也不过是个下九流。现下好生伺候了你苏哥哥满意才是正理，往后包管你享不尽的福。"

胭脂听在耳里默不作声，抬眼看这情形，突然又想起了自己倾家荡产买的柳叶美人被苏幕那般打跑了，一时心中复杂不已，颇觉惆怅。

一旁眼里带笑的贺淮见胭脂青涩稚嫩的模样，便开口解围道："许是年纪轻没经过事儿呢，还得苏兄慢慢教着。"

胭脂看了眼贺淮，眼神微暗。

苏幕漫不经心看着胭脂，等了片刻，耐心彻底耗尽，他轻启薄唇语调轻忽道："你以为叫你过来，是干看你站……"

苏幕还未说完，胭脂便觉出不好，这语调可真不是一般熟悉。她忙上前几步撩开眼前的水晶帘，快步跑到苏幕跟前，爬上榻乖乖巧巧往他的怀里一靠，速度快得不过几息之间，随即抬头拿眼小心翼翼看他。

苏幕看了靠在自己胸口的胭脂半晌，眼里神情莫测，片刻后才伸手揽住她，将人圈在怀里。

席间见状皆轻笑出声，调侃这戏子颇会看人，知道哪个能惹哪个不能惹。

贺淮见这般，微微疑惑，苏幕什么时候许人这般亲近了，他这个人最是厌恶旁人近身，往日贴上来打死打残的也不在少数，据说房里连个合意的人也没有，可是挑剔得紧。

　　有回哥儿几个实在看不过眼，强拉了他去勾栏找乐子，真真是个难伺候的，高的他嫌长，矮的又嫌短，丰腴的嫌低俗，纤细的嫌瘦弱……

　　一宿下来竟没挑出一个合他心意的美人！那可是扬州最好的勾栏，里头的美人可是出了名的会勾人，就这样，竟连一根头发丝也没能叫他看上一眼……

　　哥儿几个都觉着女色入不了眼的他，往后必是个要遁入空门的。

　　可现下瞧这熟练的动作，贺准又不确定了，没想到这戏子倒有点本事，只是可惜了他那妹妹一片痴心，出身大家又相貌出挑，哪点比不上这么个下九流的戏子。

　　贺准一想到此便有些愤愤不平，不由自主细细打量起胭脂来。

　　这戏子眉眼倒是生得好，一双眼眸水光潋滟，蕴生灵气，且这乖巧温顺的模样，看着就舒服可人，贺准暗想，指不定就是这乖巧劲头得了苏幕的眼。

　　贺准正想着便看向苏幕，却一下对上了他黑漆漆的眼，显然自己刚才打量人的举动被他看在眼里了。

　　贺准心下一惊忙别开眼去，抱了个粉头逗弄一番，强笑着开了话头。

　　胭脂安安静静地靠在苏幕的怀里，闻着他身上清冽干净的熟悉味道，一时心绪复杂万千，说不出个中滋味。

　　她许久没有这般亲近他了，一时只觉窝着很是舒服，这般靠近他，才意识到自己有多想他，想得心口生疼，连呼吸都牵动着疼。

　　苏幕微微低头来看，胭脂的眼眶涩涩的，怕被看出不妥，忙抓着他的前襟将脑袋往他的怀里窝，避开他的视线。

　　胭脂却不料他将自己往上微提了提，一抬头就正面对上了他。他温润的气息扑面而来，呼吸交缠，往日的亲昵之感一下就淹没了她。

　　胭脂一时没受住，心跳快得发慌，放在他身上的手能感受到衣下微微传来的体温。她觉着烫手，想离开却又不行，颇有几分不上不下的感觉。

　　苏幕伸出手握住了她的，温热的体温从他的手掌传到她的手背，他许是觉着小巧稀奇，便握着细细把玩起来。

　　胭脂整个人如触了电一般，一时乱了呼吸，不由自主抬眼看向他。他察觉到，便微微垂眼看来，眼里意味未明。

　　胭脂心下一窒，喉头微微发紧，忙低头避开他的眼神，靠在他的胸膛上，看着他握着自己的手把玩。他指节修长有力，节骨分明，握着她的手微微用力。

胭脂又想起他以往那个蛮狠劲，那手最是不规矩，心下慌跳，胳膊微微一动便想要收回手。苏幕却一下握紧她的手不放开，胭脂顿时羞得浑身不自在。

尤其他的手还放在她的细腰上，春日衣裳本就单薄，他的体温透过薄衣传到她的身上，胭脂不由自主面热起来。

头顶响起他清越的声音，带着散漫味道，似乎是随口和她说说话："从哪儿习的武？"

胭脂微垂下头，苏幕眼里闪过不悦，便伸手轻捏着她的下巴，抬起她的头，慢条斯理地浅声道："爷问你话呢。"

说话间那清冽的气息轻轻喷在她的面上，胭脂一时反应不过来，细长的眼睫微微发颤，如同蝴蝶脆弱的翅膀。

苏幕视线慢慢从她的眉眼落在了微微发颤的唇瓣上，娇嫩欲滴，他眼里意味更深，却是半点不动声色。

半晌，胭脂挨不住他的眼神，才低声喃喃："小的自己琢磨着玩的。"

苏幕的眼里闪过一丝意外，夸道："你琢磨得不错，很聪明。"

胭脂闻言微微一愣，不错眼地看着他，被他折磨惯了，随便夸一句便让她心里不由自主地乐开了花。

苏幕看了她一眼，微微一顿，随后便别开了眼没再理会她。

戏楼里"咿咿呀呀"的唱戏声不绝于耳，临街叫卖吆喝声时不时响起，席间高谈阔论，几个人讲得兴起，苏幕便也接上几句。胭脂靠在他的胸膛听着他的声音，那种感觉好生奇怪，他以往从来不曾这般讲话，或清润温和，或低沉清穆，从不似这般清越恣意，让她一时有些不太习惯。

刚开始席间讲话，胭脂还会听一些，后头便不过耳了，说的那些实在是无聊得紧。胭脂靠在他的怀里，百无聊赖地看着外头戏台，看着看着便也失了兴趣，这戏她都看过百八十遍了，唱词她都能倒背如流了，如今又哪里还看得进去？

于是胭脂便不自觉注意到苏幕浅酌时的习惯，皆是一口酒配一块桂花糕，顺序一点不乱，一口酒就是一口酒，一口糕就是一口糕，且间隔时间都差不了多少，叫人不得不注意。

胭脂看入了神，脑袋不由自主地跟着他的手转。

苏幕笑着说了几句话，刚端起酒杯才发现怀里这个随着他的动作微微一动，他默了默，照旧浅酌了一口，慢慢放回小桌，怀里又悄悄一动。

苏幕微微一挑眉，低头看着胭脂，随手拿起一块桂花糕，果然见她盯着他手里的桂花糕瞧。

胭脂心想：都第十二块了，不腻吗？

胭脂微微抬头，看他拿着糕递到唇边咬了一口，她趁机细细看了看他嘴里的白牙，发现还是很利的模样，便下意识抬眸瞪了眼苏幕，却见他眼含戏谑地看着自己。

胭脂见状一愣，片刻后，面上浮起几分被抓包的心虚。

胭脂正心虚着，苏幕将手里的甜糕递到她的嘴边，且还是咬过的那一边。胭脂抬眼飞快地略过他的薄唇，唇瓣上沾着清酒的水泽，显得唇色越发潋滟可口，一时更觉面热不已，忙摇了摇头。

苏幕的眼睫慢慢垂下，里头的不悦微微从长睫里透出来，脸色一下就沉了下来，将桂花糕蛮横地压在她软嫩的唇瓣上。如花瓣般娇嫩的粉唇被压得泛起鲜艳的红，苏幕默了一刻，看着她的唇，平静问道："吃还是不吃？"

胭脂见他如此，心下猛地一紧，忙张嘴乖顺地就着他的手，轻咬了一口桂花糕，抬眼看他却神情未变，接着把他手上的甜糕一口咬来吃了。

苏幕的神情这才微微缓和了些，可手还是放在她的嘴旁未动，胭脂看着他空空如也的手，白皙修长的手指上只有一些甜糕碎末，胭脂一时摸不着头脑，看向他一脸不解。

却见他低下头来看着她，眼睫颇有几分意味深长慢慢透出来，蕴在眉眼上成了一派别样的风流做派。他抱着她，有些漫不经心地浅声说了三个字："舔干净。"

胭脂闻言心口一室，脑子里闹哄哄一片，软嫩的脸上猛地染上了一片薄粉，整个人都羞得抬不起头，周围这么多人，她怎么可能做得出来。

胭脂慌忙拉着他的衣袖，伸出细白的指头想要握住他的手："公子，小的帮你擦干净好不好？"

苏幕淡漠着眉眼，微微一抬手，避开了她的细白小指，只拿眼看着她不发一言，那意思再明白不过，胭脂看着他只觉委屈得很，可人苏公子权当没瞧见。

胭脂心头一阵憋屈，犹豫了许久，才一咬牙撑起身子微微挡住身后的视线，伸手握住他的手腕，启唇含住他的手指，飞快地挨个舔干净了他的手指，末了将头埋进他的胸膛里，只觉整个人都烧烫了起来，半点不想看见他。

胭脂的速度太快了，苏幕也不过只看到了她唇瓣贴上来，指腹就被温热的唇瓣内壁包住，软嫩湿润，舌尖轻轻扫过他的指尖，一触即收，叫人心痒难耐。

苏幕垂眼看着胭脂，眼眸慢慢晦暗，放在她腰间的手将她锢得越发紧。

胭脂感觉到他的手微微发烫，只觉勒得慌，便微微动了动身子，抬头看向他，苦着脸轻声埋怨道："别这么用力……"

可这般说了，苏幕也没有放缓了力道，他的呼吸微微一重，更加用力地将她搂着。胭脂微蹙蛾眉，被压得透不上气来。

可她又不敢动作太大地挣扎，生怕惹到了他，做出什么更加让她难堪的事，便只能慢慢放软了身子，乖巧懂事地靠在他身上，默不作声。

半晌，苏幕换了几次气，才慢慢放缓了力道，随后便再没理会她。

胭脂吓得不轻，愣是窝在他怀里连动都不敢动。以她对他的了解，他现下虽然是平平静静的，但绝对还是有危险性的，一定要小心提防，不能有一丝的懈怠。

待酒过半巡，胭脂觉得苏幕已然把她当个松软的枕头一样抱着，她也没了不安全的感觉，这才敢慢慢放松下来。

这一松下来，连着两宿没睡的筋疲力尽之感，突然排山倒海般压来，叫她眼皮都不住地上下打起架来。

许是真正等来了苏幕，而他也并没有对她做什么，又或许是窝在他的怀里太过舒服，清冽干净的气息太过熟悉，胭脂不由自主放松下来，靠在苏幕胸膛上，只觉眼皮千斤重，眼睫一垂一垂的，终是熬不住闭上眼睡着了。

胭脂潜意识觉着这般也没什么关系，可她忘了现下他不是谢清侧，而是苏幕，他是谢清侧时自然不会苛责，可现下就不一样了。

台上又换上一出戏，席间便有人察觉了，看着胭脂调侃道："这戏子派头倒是大，不伺候人也就罢了，竟还自顾自睡着了？"

苏幕闻言低头看向怀里，果然睡着了。他微微一眯眼，伸手捏着胭脂的下巴，将她脑袋抬起来，她整个人都软绵绵的，细长的眼睫微微垂着，在眼下投下一片阴影，被他这么一弄微微睁了睁眼，一副将梦半醒的模样。

胭脂被他捏着下巴抬起了头，迷迷糊糊间对上了他如玉的面容，瞧着他斯斯文文的模样，可微微眯起的眼里隐约透露出几分不善来。

胭脂见状微微一愣，片刻后如梦中惊醒一般彻底清醒了过来，见他如此心下极为不安，浑身不由自主僵硬起来，一副如临大敌的模样。

蒋锡斐见状轻笑出了声，面上透出几分纨绔子弟惯有的不怀好意，看着胭脂调侃道："你这戏子也太不像话，半点不懂规矩，哪有贵人坐着粉头却自顾自睡着的道理？"蒋锡斐微微一顿，又对着胭脂调笑道，"雪梨园在京都可是出了名的权贵玩意儿，怎么可能不知道这么个道理，你莫不是在京都有什么相好的撑腰，才不把扬州的客人当回事了？"

其中一个抱靠着粉头的公子哥儿应声接道："我说这小戏子怎么这般大性，原是后头有人罩着，这倒也说得过去。只是……你千不该万不该，不该在你苏幕哥哥面前摆架子呀，这不是摆明找苦头吃吗？"

话音刚落，席间便一片笑声迭起，其中颇有几分幸灾乐祸的意味。

胭脂闻言微微蹙眉，心下越发不安，又见苏幕安安静静的模样，胭脂眼里透出了几分害怕。

苏幕没有看她，刚才他们说话时他就一直垂着眼面无表情地听着，后头才慢慢抬眼看向胭脂。

胭脂放缓了呼吸，一脸紧张，浑身戒备紧绷。

苏幕看了她半晌，长长的眼睫微微垂下，慢慢透出几分深意。

片刻后，他慢慢伸手端起酒盏漫不经心地一口喝了，末了又将胭脂抱着往上提了提，低下头来看乖乖靠在怀里的胭脂，面上一副斯文安静的君子模样，眼里却透出几分意味深长。

胭脂见状心下一紧，这模样可不就是她往日见惯了的吗？她忙伸手撑在他的胸口，起身离了他的怀抱，却被他伸手一把揽住了细腰往怀里靠。

胭脂一个受力不稳，直扑到他身上去，还没反应过来，他已然伸手按住自己的后脑勺吻了上来。他的薄唇一贴上她娇嫩的唇瓣，便启唇厮磨啃咬，胭脂疼得"唔"了一声，心头气结，忙伸手推他。

苏幕半点不为所动，胭脂越抗拒他便越用力，一如既往蛮狠不讲道理，仿佛真的要把她一口吃了。

胭脂有些喘不上气来，又因为他这般动作又羞又急，后头这么多人看着，胭脂感觉那些视线都要把自己活生生烤熟了，一时间难堪羞耻得不行。

席间的几个公子哥儿一时皆愣住了，他们本以为苏幕一定轻饶不了人，这小戏子怎么也得成个半残，却没想到能见到这般活色生香，意外之后纷纷出声起哄嬉笑。

胭脂听在耳里越发羞恼，他竟然这般放肆胡为，胭脂羞辱难堪至极。

胭脂气急败坏地大力挣扎，他便越发用力缠磨吻吮，锢着她的手也越发紧，竟叫她半点都动弹不得。

一时有些力不从心，正想着这时不该和他硬来，要冷静下来先顺着他，再想法子脱身。

可还没等胭脂放松下来，苏幕已然越发变本加厉，另一只手突然往下移，一把用力握住她的胸前。

胭脂一个吸气不及险些叫出声，脑子空白了一片，气息一下子就紊乱了，急忙伸手去扒他的手，他的舌头趁机探了进来勾着她的舌头狠搅一番，越加放肆。胭脂一时心口发慌，整个人不由自主地战栗，直急得眼眶泛红，慌乱中也不知怎么的就坐到了他身上。

苏幕眼里清清冷冷，半点情欲也不沾染，任由她坐到身上，殊色的面容透着几分漫不经心，可动作放肆露骨得很，显然就是故意折辱她。

这姿势从后头看，仿佛是胭脂强行压着人家文弱公子一般，胭脂色的薄裙与茶白衣袍交错叠乱，暧昧心跳陡然而起，叫人看得喉头发紧，不自觉吞咽口水，以缓和喉咙的干涩。

如此姿势让胭脂越发觉得头痛，又恐后头的人看见他的动作，不由得有些束手束脚，费了九牛二虎之力去拿他锢着自己后脑勺的手，着急忙慌得跟只被逼急的猫儿似的，苏幕逗着玩儿般依着她把手拿下来。

胭脂一朝脱离忙直起身喘气，苏幕停了下来抬眼看着胭脂，眼里颇有几分意味未明，另一只手的动作也越发过分起来。

胭脂吓得忙伸手按住他放在胸前的手，却阻止不了他的动作。胭脂不由得怒目而视，见他眼里满是戏弄，摆明了将她当作个粉头肆意玩弄！

胭脂气得心口生疼，他竟然这般……羞辱自己！

她一时失去了理智，满身的戾气骤然而起，死死按住他的手，抬手就要给他一掌。

苏幕眼神猛地一暗，凛冽非常，阴冷之意从长长的眼睫透出，猛地伸手擒住了她的手腕，往后一剪。

胭脂心下一惊，忙伸脚踹向他，却被苏幕的腿一下挡开，直踹翻了榻上的小桌。

小桌上的酒盏盘碟随着小桌一下翻倒在榻上，些许滚落到地上，"啪啦"一声碎成片，席间有人惊呼一声。

胭脂陡然失了衡急忙收回脚，苏幕已然一个翻身将她压在榻上，用膝盖分开她的腿，将她死死按在榻上，让她的腿找不到可以踹的位置。

胭脂只觉难堪到了极点，她忙抬腿掩饰住，用衣裙遮挡住这令人羞愤欲死的姿势。

如此动作也不过几息之间，席间的人一时间皆愣在了当场，不明白怎么就从气氛旖旎的暧昧难解，变成了剑拔弩张的紧张敌对。

苏幕神情淡漠地按着胭脂，漫不经心地看着胭脂，面容慢慢显出几分恣意放肆。

片刻后，他竟然丝毫不顾及旁人看着，膝盖微动顶了顶她。胭脂被顶得呼吸一窒，心口发慌，一脸的不可置信，片刻后，面上一片通红，恼羞成怒到了极点，气得呼吸都不顺了，一时间气红了眼，冲着他咬牙切齿怒道："孽障，你找死！"胭脂猛地死命挣扎起来。

苏幕的眼微微眯起，眼里满是不悦，按着她的手越发使劲，任她如何挣扎就是不放手。胭脂一时如同砧板上的鱼，任人宰割毫无还击之力。

胭脂急得忙抬起膝盖，将腿弯曲到极诡异的角度，用膝盖抵到苏幕的怀里，想将他推开。

苏幕腾出一只手握住她的膝盖，将她腿按在腰间，伸手按着胭脂的肩膀，压得她动弹不得。

胭脂心下一紧，狠皱眉头，他的手劲太大了，胭脂那点力气在他这儿如同蝼蚁一般，腿这般被按着，根本没有着力点，也使不上半点力来。

这个姿势实在叫胭脂羞耻得透不过气来，他们不知做过多少回这般动作，私下里倒也罢了，现下这么多人看着，她如何受得了！

她已然这般顺着了，还要遭他这般折辱，一时气上心头彻底失去了理智，红了眼使劲用力打他，整个人剧烈扭动着，一心想要挣开他。

胭脂在崩溃边缘胡打，还真叫她打着了人，她一时发了狠，越发使劲地乱打。

苏幕眉间狠狠蹙起，饶是再有力气，也没法在不伤人的情况下将人按住，直被胭脂弄得有些狼狈，一个不留神，竟被她得了手去。

苏幕垂眼看着胭脂，一脸的高深莫测。

胭脂的眼里隐显杀意，伸手为掌就要劈向他。

苏幕猛地伸手，一把擒住了胭脂的手，强行将她按在榻上，眼里透出一丝狠厉。

席间的人一时不知所措起来，皆在不知该进还是该退的位置上犹豫不决。

苏幕看向他们，眼里一片凛冽刺骨："滚出去！"

席间几位被这一吓，心下猛地一慌，片刻后才缓过神来，哪里还敢再留，皆慌忙跑了出去。

胭脂被他按在榻上动弹不得,又被他在上头的蓦然一声吓得浑身一颤,心脏一个跳停,头皮一阵阵发麻,哪里还敢再与他纠缠下去。

席间的人疾步离去,才刚踏到门口,胭脂狠一蹙眉,接着骤然发力,将没被苏幕按住的脚往榻上用力一蹬,忙借力一个鲤鱼打挺便脱离了苏幕的压制。

苏幕眼神一凛,猛地腾出手按住她的细腰,将她狠狠压回到榻上,手又顺着她的细腰往腿上移去,一路移至膝盖处,抬起她的腿架在自己腰间,身子一沉猛地压在她身上。

胭脂险些被压岔了气,剧烈呼吸间都是他的气息缠绕,与他全身没有缝隙地紧贴着,所有的感觉都那样明显。胭脂一时想起过往那些,猛地心跳加快,呼吸急促,只觉羞耻到了极点。

苏幕居高临下地看着她,二人之间不过一张薄纸的距离。胭脂连气息都紊乱了,他却半点没有受影响,眼里一丝情绪也没有,一副清心寡欲的方正君子模样,现下表情冷淡地看着她,仿佛在取笑她一般。

胭脂见他这般越发难堪,羞愤崩溃道:"苏幕,你起来!"

苏幕充耳不闻,拿眼静静看着胭脂,眼里颇有几分漫不经心的戏弄意味。

胭脂一恼,被他架在腰间的腿忙使劲挣脱他的手,可苏幕死死按着,她自然是挣不开的。

挣不开不代表不能动,胭脂每动一下就如同在他腰间勾缠,牵连着她全身动起来,像是刻意勾引。

这一下下磨得苏幕呼吸渐重,原本清明淡漠的眼神慢慢晦暗,神情莫测,却不阻止胭脂的动作,任由她动,只是越发用力地按着她的腿,胭脂只觉他要拧断了自己的腿。

胭脂吃不住疼,忙用手去推他,他却跟座山似的压着她半点推不动。一股无能为力之感油然而生,胭脂气得直飙泪,拿手使劲捶打苏幕,发狂一般地使劲挣扎。

片刻后,苏幕像是挨不住一般,猛地低下头埋在胭脂的颈脖处喘气,胭脂的脖颈处被他温热的气息烫到。

胭脂心下猛跳,一时说不清心中感觉,她看着屋里的房柱,窗外的阳光洒进来,细微的尘在光线中上下浮动,外头"咿咿呀呀"的唱戏声荡在半空回旋,一时有些分不清今夕何夕,她喃喃颤声道:"公子?"

苏幕气息已经彻底乱了,听闻她叫唤,慢慢从她的颈脖处抬起头,视线慢条斯理扫过她小巧柔美的下巴,娇嫩的唇瓣,往上一点点看去,一寸寸地审视,带着莫名的意味。

胭脂微垂眼睫看向他，神情透着几分迷离，眉梢眼角暗隐几分媚态，丝丝勾人，偏还生得一副可人疼的青涩软嫩模样，让人一看就忍不住想要下死力蹂躏。

苏幕的呼吸越重，看着她的眼神也越发不对劲起来，颇有几分虎视眈眈的意味。

胭脂被他看得不自在，羞怕得喘不上气来，一想到他在床笫之间的那个劲头就一阵胆战心惊，忙结结巴巴求道："公子……您快起来吧，别……别这样了，小的不敢了……唔……"

苏幕猛地低下头蛮横地封住了她的嘴，薄唇在她的唇瓣狠狠缠磨吸吮。胭脂疼得直皱眉，不由自主张开了嘴，他的舌头一下就沿着唇瓣进来，勾着她的小舌搅弄不休。

胭脂被他吻得浑身发软，他的气息萦绕在她的鼻尖，呼吸间都是他身上清冽干净的味道，整个人仿佛都沾染上了他的气息。

似曾相识的感觉又慢慢袭上胭脂的全身，她的胸口发堵，一股子心有余而力不足的感觉袭上心头，叫她越发难挨。

苏幕慢慢吻到胭脂的面颊、耳垂，湿润温热的吻连带着他的气息触到胭脂细腻的肌肤，叫她忍不住战栗，她狠蹙眉头，死抿着嘴不发出一点声音。

突然耳垂微微一疼，胭脂心下猛地一颤，忙伸手抓住他的肩膀抬头看向他，眼里泛起难耐的水泽，一副春色撩人的模样。苏幕眼里越暗，低下头惩罚似的吻咬，半点不带柔和。

她突然心下感伤，只觉难堪羞耻到了极点，他现下根本就把她当成了个娼妓来对待，她心口生疼委屈不已，忍不住呜咽出声。

苏幕乍闻细微的哭声微微一顿，慢慢抬眼看向胭脂，见刚才还白白净净的一下就哭成了只小花猫。

半晌，苏幕慢慢缓了下来，眼里也渐渐恢复了清明，面上难得有了几分错愕。诚然，饶是他再会谙人心，也琢磨不出胭脂的心思变化。

他默看了半晌，见她还是不停哭，才支起身子俯身去看她，深远的眼眸里颇含几分莫名。

胭脂见他这般，越发委屈起来，泪珠不断往外头冒，一想起刚才她不过就靠在他怀里眯了一小会儿，他就这般不依不饶地为难人，一时更是悲从中来，整个人沉浸在巨大的悲伤中无法自拔。

胭脂越哭越伤心，忙翻个身面朝下从他身下往外爬。苏幕微一挑眉，也不出声阻止，微一侧身躺在榻上支手撑头就看着她爬。

胭脂爬到榻边就筋疲力尽了，天知道对付苏幕要费她多少力气，她现下连一根指头都疲乏难动。

胭脂再也不想看见他了，只趴在榻边上看着地面直掉眼泪，刚才躺着仰面哭，眼泪一个劲儿往她的耳里、发间流，实在很是难受，这样哭可干净舒服多了。

苏幕听得这猫儿叫般的哭声，又见胭脂趴在榻上哭得抽抽嗒嗒的，好不委屈的可怜模样，强按下性子直起身，伸手去搂胭脂的细腰，想将人轻轻抱回来。却不想胭脂一见他来抱，手忙扒着榻边不放。

苏幕见状狠敛眉头，彻底失去了耐心，生硬地将人从榻边强行扯过来，一把压进怀里，突然半点不想理她。

胭脂整个人被他按在怀里，本就哭得上气不接下气急需呼吸，现下差点给苏幕闷死在他的怀里，一时也顾不得淌眼泪，忙扒拉着他的前襟往外头钻。

待到了外头，一抬头就看见苏幕如玉的下颌，胭脂心下一堵，半点也不想看到他，忙伸手搭在他的肩膀上借力想要起身。无奈他的手锢在自己的腰间，一下没能起来，反倒成了想要抱他的模样。

胭脂还要再试，苏幕已然揽着她的腰将她往上一提。胭脂一下对上了他的眉眼，眼眶又不由得涩然，垂下眼不想理他。

苏幕低头看着她，见她哭得眼眶红红，小巧的鼻尖也红红的，又一脸委屈，默了半晌，才缓声问道："怎么了？"

胭脂闻言越发不想理他了，看了他一眼，眼里含着幽怨，只拿湿漉漉的眼瞅他，像只可怜巴巴的小幼鹿。

苏幕静等了半天也没见回答，自然是要刨根究底的，毕竟她不哭现下也该到……苏幕揽着胭脂的手慢慢收紧，看着她的眼神颇含深意。

末了，苏幕见她不说话，便淡淡"嗯"了一声，其中暗含一丝警告。

胭脂听在耳里，脑中千头万绪无法理起，如何说得清楚自己怎么了。

她现下只想知道他后头为何这样对自己，可又问不了，他什么都不记得了，又能告诉她什么？

胭脂垂下眼睫掩住一阵失落，又想起他刚才那样过分，直瞪向他，愤愤不平道："你为什么不让我睡觉！"

她一想起刚才那番莫名其妙的折辱，就委屈难堪得不行，那么多人他权作没看见，如此肆意妄为的性子实在叫她无力招架，根本不知该如何是好……

苏幕闻言神情淡漠地看着她，片刻后，轻启薄唇淡道："你以为找你来，是为了看你睡觉的？"

胭脂见他这般，心口越发堵得慌，话到嘴边又强行咽了下去。现下自然是不能再接下去的，他如今就是个不讲道理的人，与他接话必然是说多错多，到时惹了他不称意，吃苦头的不还是她自己？

她一时只觉心累不已，便一下松懈下来，倚靠在苏幕抱着她的胳膊上。

苏幕侧头看向她，长长的眼睫微微垂下，掩住了眼里的神情，显得眉眼越发深远莫测，看着胭脂不依不饶淡淡道："没听见爷和你说话吗？"

胭脂靠在他肩头轻抬眼睫看向他，有些反应不过来，只觉很是错乱，他这样的人管自己叫爷？

实在是看惯了他以往的做派，现下这般叫她听得很是纠结，看向他都是一副无语凝噎的模样。

苏幕得不到回应，脸色慢慢沉了下来，垂眼看了她半晌，忽道："怎么……"

胭脂见他这般，忙软着声儿截了他的话，靠着他的肩膀，乖巧温顺地嘟囔道："听见了呢。"

苏幕闻言不发一言，刚才还和煦的气氛慢慢凝结住。胭脂心下不安，不由自主地浑身僵硬起来，连呼吸都微微放缓，她想不明白自己又哪处惹他不快了。

就在胭脂紧张得手心冒汗时，苏幕突然低下头在她的唇瓣上轻啄一下，触感温香软嫩，他微默了默，又靠过来吻着她的唇轻轻缠磨。

胭脂悬着的心落了下来，刚才的紧绷一时松了下来，整个人都软绵绵地靠在苏幕的怀里。见他低头来吻她，温软的唇瓣轻轻碰上她的，长长的眼睫微微扫过她软嫩的面庞，叫她不由得轻轻战栗起来，心率渐失，呼吸气息相互交缠沾染。胭脂一时压不住心中情愫，伸手环上他的脖子，不由自主地想要靠近他。

苏幕见她伸手抱上来，便将她整个人微微提起，让她倚靠在自己身上，轻轻揽在怀里细细密密地亲吻。

胭脂被他这般亲着，一时羞得有些不敢看他，正羞怯着，又突然因为这亲昵的姿势想到了往昔，胭脂的心口猛地一窒。

一想到他末了那般冷心绝情的模样，便如同一盆冷水从头浇下，瞬间浇冷了心思，神情越发淡漠起来，眼里直透出几分冷意，也不再回应苏幕半点。

苏幕一下就察觉到了不对，见她又莫名变了脸色，一时也有些不悦，他微敛起眉头，面色渐沉，抬眼看着她，默不作声。

胭脂慢慢收回了环在他的脖子上的手，眼里是藏不住的冷意，比之寒冬过犹不及。片刻后，垂下眼去不想再看他一眼。

苏幕见状眼里越发淡漠，忽道："不爱爷这么对你？"

胭脂眼睫微眨了下，慢慢抬眼看向他，眼里一片冷淡。

苏幕的眼神一凛，猛地将她往外一抛，胭脂一个不备顺着力道扑到了榻上，撞得手肘一片疼。

苏幕已然站起身一步跨下了榻，站在榻前看着她冷冷道："既然这般不识抬举，就莫要怪爷不留情面。"

胭脂听他的语气和以往一样冷冷冰冰的，心口发疼起来，却只安安静静趴在榻上一动不动。

苏幕看在眼里，越发没了耐心，转身抬手掀了水晶帘，打开门径直走了。帘子晃荡不已，只余下一阵阵清脆悦耳的撞击声。

胭脂低垂着头听见他几步出了雅间，眼睫微微一眨，眼里的泪一下"啪嗒啪嗒"落在榻上又慢慢晕湿开来，心头一阵阵悲戚难挨，十几年前是这样，十几年后还是这样，这可真是避不开的冤家，一世世的净惹她难受。

胭脂一时只觉累极，哭着哭着就趴在榻上睡着了，才过了一会儿曹班主就冲了上来："你刚才又做了劳什子事惹了苏家公子不快，人怎么突然就走了？"

胭脂一下被惊醒，一醒又乍听苏幕的名字，她微微一愣，直偏过了头继续趴着当作没听见。

曹班主已然气爆了肺，扬声骂道："你个烂泥扶不上墙的窝囊废，半点用也没有，伺候个人都不会！这下好了，这苏家的公子也不知道会怎么整咱们雪梨园，且就等死吧！"

曹班主可真是一语成谶，这死路不过几日就显了出来。

戏班的生意一日比一日萧条，扬州的贵人仿佛一夜之间消踪灭迹了，愣是一步也不往雪梨园踏，就是路过也刻意绕着远路走，仿佛这里是个不祥之地。

雪梨园这样靠纨绔一掷千金供养的金贵地，自然是吃不消这般冷落的，时间短了还能熬一熬，时间一长，这每一日的开销就是笔大头，再怎么缩衣节食也不可能做到和寻常百姓一般的用度，如此下去也就是一条关门闭园的绝路。

胭脂站在后院喂鸟，看着笼中饿瘦了一圈的鸟儿，一时感慨万千，直唏嘘道："这几日我也没吃饱饭呢，我的银子都砸在那孽障身上了，亏得是一塌糊涂……

你们且忍忍罢，实在养不起我也不耗着你们，自放飞了给你们一条生……"

胭脂话还没说完，就被曹班主一下打断了："老天爷，求您给一条生路啊！"戏楼里响起曹班主凄厉的叫声，吓得笼中的鸟儿惊慌失措地上蹿下跳。

接着，便是一阵阵惊呼喧闹接连不断，直比唱戏还热闹了几番。

"班主又要跳楼啦，你们都快上来拉一拉！"

"班主究竟何事郁结心中，让我来替你排解一二？"

"班主，您可不能跳啊，这二楼跳下去也摔不死啊，没得成个半残可怎么是好啊！"

胭脂伸手按了按太阳穴，头疼得不行。

不过短短几日，曹班主就已经搁戏楼里跳了八次楼，给自己喂了七次砒霜，投井了六次，悬梁了五次，没一次不在人眼前折腾，一出接一出地演，愣是没个消停。

胭脂在院里站了半天，见外头越闹越大，才出了后院缓步到了堂中。抬眼一看，曹班主正一脚挂在栏杆上，半身前倾，一个劲儿要往楼下跳，后头的一堆挤成一团，七手八脚地拉着。

曹班主一看见胭脂，嚎得越发卖力，胭脂的耳朵差点没废在他的爆破音里。后头那一堆差不离都聋了，皆如躯壳一般，半点没个反应，显然被曹班主折腾惯了。

胭脂看了半炷香，曹班主带着一群人在上头挪来挪去就是没跳下来。

胭脂默了默，瘫着脸道："别演了，我心里有数了，都听您老的吩咐。"

曹班主当即收了音，一刻便恢复了常态，一脸万幸地冲下楼，抓着胭脂的胳膊就往外头走边走边张罗道："快快快，马车赶到门口等着，醉生你们几个跟着一道去。"

胭脂顿住，死死定在原地不动，看着曹班主一脸惊恐："现在就去？"见曹班主一副理所应当的模样，胭脂强行镇定下来，一本正经缓和道，"这未免太突然了，苏公子一定不会喜欢我们这般冒冒失失地上门，还是再等一等。"

曹班主闻言急赤白脸地骂道："等什么，你还想等到咱们戏班子彻底倒了，这一班子的人都去街边蹲着讨饭不成！"

胭脂站在原地不敢动，一想到苏幕就微微有些腿软。

曹班主一拉没拉动，刚才跳楼又耗了不少劲，一时有些乏力，瞪向后头站着的一群人，猛地甩出一筐子话骂道："你们眼窗脱了不成，还不赶紧过来帮忙！要得你们有何用，一个个杵那儿跟摆设似的，半点没得眼力见儿，白养你们这么多年,我倒不如养几条狗,好歹也知道冲我摇摇尾巴,你们这些个窝囊废,劳什子用也顶不上,饭倒是会吃,贵人的脚却没一个勾得住!"

后头一群人被骂得一阵晕乎,忙上前七手八脚地按着胭脂往外走。

胭脂一急,忙对着曹班主一脸严肃地郑重道:"班主,让我先想想法子怎么把人哄住……这样去是绝对不行的,他本来就很难对付,如今还习了武,我这么赤手空拳地去,摆明就是送死,不如让我先回去研究清楚他的路数,再……"

曹班主半句废话也不想听,直冲着大伙儿扬声吼道:"还不快把人给我架到马车上!"这一声令下,胭脂就被生拉硬拽一路拖到马车边,片刻工夫就被塞进了马车。

胭脂被周常儿和芙蕖儿一左一右架着坐在马车里头,醉生坐在一旁死死盯着胭脂,唯恐一个不小心她便跳车而逃。

曹班主一脸忐忑不安,恐怕她临到头又得罪了人苏公子,到时他们雪梨园又是一顿苦头好吃。

曹班主心想着,便忙坐下对着胭脂开口嘱咐道:"我可明明白白地告诉你,这苏家真不是好相与的,你再这般门面不清地得罪了人,咱们整个戏班子可都得陪你死!我这前前后后都跑了多少地方,愣是没个人愿意帮衬,人家这轻轻飘飘随手一下,就把咱们雪梨园弄到这般境地,你说你拿什么和人家硬气啊!你有那个能耐吗?"

曹班主在京都混得多好,便是连国舅爷这样的皇亲国戚都给他几分薄面,现下敢来扬州闯自然也是有门路的,能帮衬他的人皆是有头有脸的。

可没想到这一遭竟是求助无门,个个闭门不见,都言他既然得罪了苏家,在扬州便是没有活路好走的,这事除非苏家揭过不提,否则就别想着翻身,现下闭园回乡已然是他最好的结果,可曹班主怎么可能甘心这般下场,自然是要搏一搏的。

周常儿闻言皱眉,一想到戏班子这后头的日子直叹道:"苏家如此势大,我们只是平头百姓,又如何斗得过,胭脂你怎么就不听劝呢?"

胭脂一脸憋屈,她哪里和他斗了?

她真的很懂事听话了,明明是那孽障太难伺候,她又不是个木柱子,还不能有点小情绪!

曹班主懒得跟胭脂讲这般多,现下只要她心甘情愿地去给苏幕请罪便行了,于是便安慰道："这几日苏公子都在猎场那处，一会儿咱们过去，你可要记清了自己的立场，多软和些，赔个不是便好了。"

胭脂垂下眼睫默不作声，要是真这么简单就好了……

苏幕也不知用了什么法子，这般轻巧就叫扬州豪商巨贾敬而远之？

若是单靠命簿里所说的性子暴戾乖张，是个成日里为非作歹的败家子，那撑死也不过就是个纨绔子弟的翘楚，混吃等死的典范，又哪里值得人看得起半点？

而扬州这些豪门贵胄，不是在财力上俯视于他人数百倍，就是在权力上凌驾于他人于千里，本就是顶端的人，又怎么会将这样的人放在眼里，且还这般顺从甚至于忌惮于他？

这般情形，以他一人之力是绝对不可能办到的。若说是苏家就更是无稽之谈，就连顾云里那样的本家也不可能做到这般只手遮天，苏家又怎么可能做得到！

胭脂微蹙蛾眉，心中深惑不解却未觉着烦恼，苏幕这般情形虽然与命簿出入太大，但与她并无多大关系，毕竟他与顾云里没再对上，也不至于让她花太多心力在这上头。

她如今要做的，便是想法子脱离苏幕，让他远离了这处，免得又再遇上顾氏兄妹，横生枝节。

待马车驶到了南郊猎场，成片的林子隔成一道屏障，将广袤无垠的野外一分为二，林子后头砌起了高墙，彻底断了人要进去的路，叫人无尽遐想林子那头是什么景象。

林子外头停满宝马雕车，车里下来的人皆是非富即贵。

胭脂一行人下了马车待要进场，却被外头的一排看守拦住。那看守眼尖得很，一看他们就知晓不是名门贵胄这一派的人，当着众人的面指着他们驱赶般喝道："此处不是你们这些闲杂人等可以进的，速驾了马车离了此地，免得堵了后头贵人的路！"

这一通呵斥弄得几人皆有些面热，芙蕖儿更是气得发抖，恨自己未将那价值百金的头面戴上，没得平白叫人看低了去。

胭脂闻言微微窃喜，少见一刻煞星就少遭一刻折磨，于她而言可不就是件天大的好事？

曹班主什么场面没见过，这点都不够他拿眼看的，他上前几步对着那看守颐指气使地冷冷道："鄙人曹庸，和你们家主子冯施是老友，你且去问问看我是何人，再来与我说这样的话！"

　　看守的惯会看人，若是曹班主好声好气，指不定更遭一番鄙夷轻视。可这般作态他便有些不确定了，忙去里头问。

　　几人便头顶着大太阳在猎场外头做门神，后头接连不断来的贵人皆细细打量着他们。

　　胭脂这一行人站着，打头三个便是雪梨园的招牌，周常儿面含忧郁却不失清秀俊俏，芙蕖儿身姿曼妙柳眉微挑顾盼生辉，醉生雌雄莫辨，别有一番美态，胭脂青涩软嫩，眉眼却是灵气蕴生。

　　面皮自然是个个出挑的，可明眼人一看就知道，这些个人都是平日里摆玩消遣的玩意儿，是以这视线中多有放肆亵慢。

　　几人皆有些羞恼不喜，这一道道视线落在身上，就像是揭身上的皮一般。

　　胭脂抬头望向外头一棵棵参天大树，不由得咋舌，这真真是大手笔，光外头就是成排的百年古树，里头还不知是个什么情况，便也生了进去瞧瞧的心思。可一想到那孽障就在里头，就歇了这心思。

　　没等多久，里头的人就往此处跑来了，指着曹班主怒道："臭糟老头，叫小爷白跑一趟，咱们家主子根本就不认识你，还不快滚，搁这儿堵了门必要叫你好瞧！"那人如同赶乞丐一般推搡着曹班主。

　　曹班主被弄得面红耳赤，一个怒气冲天便扬着声儿冲里头破口大骂："好你个冯施，咱俩打小光着屁股一头长大的，现下竟说不认得我，当初在京都若不是我在那些权贵之中为你牵线搭桥，你以为你能有今天？呸！忘恩负义的东西，今儿可算是见到了真心！"

　　那看守如何见得这般大闹，高声厉道："你走是不走，若这般蛮缠下去，便叫你今日走不出此处！"

　　曹班主见那看守人高马大的魁梧身姿，当即便收了音，低垂着头默默走到马车旁，片刻后竟然带出了几分荒凉，感叹道："没想到我曹庸也有今日，这可真是墙倒众人推呀！"

　　醉生几人闻言心下戚戚然，皆是心中酸涩说不出话来。

　　胭脂愧疚更甚，若不是因为她惹了苏幕不快，根本不至于让雪梨园吃得这般苦头，也不至于让曹班主这把年纪了还遭受这般羞辱。

　　她有心想要求一求苏幕，可现下却连猎场都进不去，默站了片刻，她慢慢抬头看向眼前成排的参天大树，这么个高度想进去也不是不可以，只是不能叫人看见，便对着曹班主他们说道："走吧，绕到他们看不见的地方。"

几个人闻言忙应了声，正要接连跨上马车，却听后头一声："曹班主，好生巧。"

回过头去，蒋锡斐已然下了马车，英俊潇洒的好模样，揽着个罗裙薄衣的美人儿，与上一回的那个又不一样了。

曹班主忙迎上去，蒋锡斐揽着粉头，几步走到近前笑嘻嘻道："曹班主，你那戏园子还没倒？"

曹班主闻言忙一副遇到大救星的模样："哎哟，您可别拿小人打趣啦，今日可是为了这而来，只偏生这猎场进不去，叫小人好是着急！"

蒋锡斐拿眼看向胭脂，上下细细打量了一番，末了又莫名一笑："曹班主这是要让这小戏子来赔礼？这未免太过天真，真以为得罪了他一次的人还能再搁他眼前晃？"

胭脂垂下眼睫，微微蹙起眉头，这个人说得对，她完全忽略了苏幕的性子，以命簿里的例子来看，她这一遭怕是没什么好下场的。

胭脂记得很清楚，命簿特地点了有一出，苏幕身边伺候的一个通房丫头在床笫之间惹了他不快，愣是让苏幕狠狠罚了，末了打发到下流的娼馆，这一轮糟蹋下来真是没了个人样……

胭脂突然有些不寒而栗，只觉自己太过掉以轻心，失了分寸。

蒋锡斐刚一说完，却又觉得不对，这个戏子那样开罪苏幕，以苏幕的性子早把人磨死了，雪梨园也早整没了，哪会像如今这般轻巧？

蒋锡斐这般一想，却觉是个好机会，若是真能讨好苏幕，往后的路自然更好走。

这个戏子年纪不大，瞧着就没见过什么大风浪，苏幕那个性子如何抓得住女人的心，待他温柔小意地哄着，可不就成了他的？

到时让她常在苏幕一旁吹吹枕头风，他的好处自然少不了，最好能把苏幕拉下马，终日挨他的训斥也挨得够多了。

曹班主正一脸为难，蒋锡斐又看着胭脂，慢慢摆出一个最温和好看的笑来，柔和道："罢了，我便做这一番人情带你们进去，小戏子你可要记住你蒋哥哥的一片心意。"

有蒋锡斐这么个出了名的纨绔子弟带路，胭脂一行人自然是畅通无阻地进了猎场。

丰美的水草一望无际，尽头一片林子密密匝匝，浓翠蔽日。

猎场里头的人引着一行人先往山庄而去，蒋锡斐来的次数多了，自然知晓这去向，便冲那领头的摆了摆手，问道："苏幕如今在何处？"

那领头的闻言微微一愣，片刻后忙接声说道："苏公子一行人已然下了场，小的先带您几位去拿护具……"

蒋锡斐不待人说完，便直接开口打断道："不必了，我这处有事找他，你直接领了我们去寻他便是。"

那领头闻言忙应了声，又多叫了几个全副武装的护卫，一路跟着他们径直往林子里去。

无边无际的丛林，直入云霄的参天古树，铁干虬枝碧绿茂密。其间古树千态万状，盘根错节，叫人看着眼花缭乱，叹为观止。

一行人进入丛林里便如同蝼蚁一般大小，一时皆油然而生一种望洋兴叹之感。

林下有半人高的草被，连绵不断，郁郁葱葱。他们一行人走到林子深处，惊得里头各种动物四下逃窜，时隐时现。

胭脂还没见过这场面，一时只觉稀奇得很，眼珠子跟着那些个四下奔走的动物转，这要不是一会儿还有正事要办，她早就一头窜进去逮来几只长毛玩意儿，兴高采烈地摸秃它们的毛儿。

这真没法儿怪胭脂，乱葬岗出来的都有这毛病，凄凉惯了的，骤然瞧见这么个生机勃勃的场面，怎么能不亢奋？

胭脂其实还算好的，若是让那群精魅来了这处，怕是会终日沉迷于逮这些玩意儿吓着玩、追着玩、打着玩，怎么丧心病狂怎么玩。

总之以那群"鬼"间歇性发癫的劲儿，磨死这些讨喜的长毛玩意儿，不过也就是个把月的工夫。

胭脂微一眨眼就瞧见了前头林子里飞快跑过的野鹿，远处不见人影，只闻马蹄声渐近，野鹿像是感知到了危险，更是仓皇逃窜。

突然"嗖"一下，一道白光从他们面前飞驰而过，射中了那只快要逃出生天的鹿，一箭穿喉，干净利落。

他们还未反应过来，那野鹿已然气绝倒地。

忽见一人从林间飞驰而来，到了野鹿跟前轻手一提，便飞身而回。与此同时，远处的马蹄声也慢慢由远及近，出现在视线里。

马上一人见提来的鹿，一时惊呼讶异道："苏兄好生本事，这只幼鹿竟能这般轻巧地射中？"

"这是听声辨位,想当年我也是学过几年武的,只如今荒废了下来,否则必然也如苏兄这般好耳力。"

"你耳根的本事也不差,就是软了些,出门玩个粉头还差点被骗光了身家。"

"那……那也是小爷的本事,谁也偷不走!"话音刚落,一阵阵哄笑声远远传来。

胭脂闻声望去,一群人骑着马缓缓而来,十几个护卫分散在四周,留心丛中情形。

胭脂看见了中间的苏幕,清雅深远的眉眼蕴生风流,他安安静静坐在马上淡淡看着那只野鹿,神情若有所思。

参天大树下的鲜衣怒马本就出挑,偏还生得这般玉容殊色,气度洒然,一眼看去,这视线就会不由自主地落在他身上。

胭脂默看了半晌,移了视线打量起一旁的人,上次见过的那几个也在其中,只里头多了几个身着劲装的女儿家,皆各有各的美态,看得人赏心悦目。

其中一个骑着马跟在苏幕身旁的女子最为出挑,面皮比之顾梦里也没差一丝半点,霞姿月韵,清风霁月,有着寻常女儿家不曾有的英姿飒爽,且不属于大家闺秀小家碧玉这一列,叫人见之忘俗。

那女子看了眼那人手中拎着的野鹿,视线转落在苏幕身上就没再移开过。胭脂不由得顺着她的目光又看向苏幕,一时胸口微有闷堵,说不出个中滋味。

苏幕漫不经心听着,末了似有所觉抬眸看来,眉眼深远雅致,稍染恣意不羁。

胭脂看着他,微微晃了神,心头不由自主地慌跳几下。

那群人视线皆在野鹿上,没人理会这边还站着的人。

苏幕见了胭脂,眼里闪过一丝莫名意味,微微垂下眼睫,扫了眼那护卫手中提着的野鹿,又慢慢抬眸看向胭脂,那眼底的危险意味叫胭脂心下莫名一颤。

"好!"蒋锡斐拍手扬声喝彩,"苏幕哥哥真真是好箭法,可把咱们吓得不轻。"说着便一步当先,领着他们走向苏幕那处。

胭脂微蹙蛾眉,神情凝重,静默顿了半晌,才提步跟着他们走,越近苏幕心下便越发忐忑。

苏幕的面色慢慢阴沉下来,眼里又重回了平静冷漠,刚才眼里的莫名意味早散得半点不存。

待走到跟前,曹班主便上前一步仰着头看向马上的苏幕,觍着脸笑道:"苏公子,那日园里这不懂事的,不知轻重惹了您不快,小人是终日惶恐不安,故特地带了这不像话的来给您赔罪。"

曹班主见苏幕不发一言地听着,便忙冲后头的胭脂招手:"还不快过来给苏公子赔不是。"

胭脂抬眼看了一眼苏幕,见他面无表情的模样,就有些怵得慌。

她微默了一刻才咬牙迈出脚走到苏幕的马前,撩起裙摆便朝他跪下,言辞恳切道:"那日无礼冲撞了公子,全是小的有眼无珠,不识抬举。公子离去后小的每每自省己过,夜不能寐。

您要如何责罚,都是小的应得的……"胭脂默了默,微微抿了抿嘴才斟酌求道,"只求……只求公子能高抬贵手放了雪梨园这一遭。"

苏幕闻言看了胭脂半晌,慢慢垂下眼睫,忽轻笑了一声,微微敛眉看向胭脂,言辞微讽,淡淡道:"你以为你是个什么东西,也配来爷面前求?"他微顿了顿,眼里满是轻视,片刻后,又轻启薄唇,神情散漫地嗤笑道,"不过一个下九流的戏子,还真把自己当回事了,倒是有意思得紧。"

众人听得,皆哄笑出声。

"原是个唱戏的,这般怕是将自己当成了戏里的角儿还未出来呢。"

"我说这戏子就是戏子,上了台是个玩意儿,下了台也还是个玩意儿,若是真把自己当个角儿,那可真是闹了大笑话了。"

"由得这般费唇舌,这处可真是越发不像话了,什么阿猫阿狗都将放进来,平白惹人不喜。"

胭脂闻言微垂的眼睫狠狠一颤,手握着裙摆慢慢收紧,只觉羞辱难堪到了极点。

在苏幕一旁安静看着的贺璞,不由得细细打量起胭脂,眼中暗含一丝怜悯可惜。

蒋锡斐闻言微微皱起眉,越发埋怨起了曹班主,没得非在眼前晃动,让自己将他们带了进来,这下也不知会不会牵连到他。

曹班主如何想得到这处,他一直以为苏幕看中了胭脂,只要人到他面前求一求,他自然就轻轻揭过不提了,如何想得到这人的心思如此多变难料,且瞧这模样哪有半点喜欢的意思,根本就是厌烦胭脂至极。

这一步竟是走错了,曹班主一想到自己操劳了大半生就要这般毁于一旦,面色顿时苍白如死人,整个人一下苍老了几十岁。

雪梨园要垮了,他要怎么办,这些跟了他这么多年的人又要怎么办?!

曹班主忙跪下，慌道："苏公子，小人求求您饶过雪梨园吧，咱们这些个都是贫苦人家里头出来的，不过是靠着唱戏来谋生机，求您网开一面放了我们吧。"说罢，曹班主便冲着地上死命磕起头，片刻工夫，额上便磕破了皮，血顺着额头流了满面，后头的几个也忙跟着一同跪下求饶。

一旁的公子哥儿见到这般情形，皆是嘻嘻笑笑如同看戏一般，半点不见怜悯，这一道道鄙夷目光落在身上，轻易便能压弯了人的背脊。

一下下磕头闷响声落在耳里，听得胭脂狠狠蹙起眉头，难言心中滋味。

胭脂慢慢抬眼看向苏幕，他正冷眼看着曹班主动作，半点不为所动。

显然，今儿曹帮主就是在他眼前把头磕断了，他也不可能有一丝心软。这样一个冷血绝情的人，跟他乞哀告怜能有什么用呢？

苏幕平平静静地看着，眼里淡漠越盛，曹班主在他看来俨然如同死物一般。

胭脂见状狠狠一蹙眉，当初他害自己杖责四十，便是如今这般做派……

她心下一慌，大为不安，猛地伸手按住了曹班主的肩膀，阻了他的动作："别磕了。"

苏幕闻言漫不经心地看向胭脂，眼神淡淡，面上却一派安安静静的方正君子模样。

曹班主猛地被按住，脑袋一阵晕眩，待缓过劲来便一把甩开胭脂的手，怒骂道："松开，你懂什么！"言罢便又转头对着苏幕继续磕头恳求，越发卑微到了骨子里，可在他们的眼里却跟街边摇尾乞怜的狗没什么两样。

"公子，小人求求您了，求您发发慈悲，饶过我们这些个可怜人吧，小人往后一定当牛做马回报您的善心……"曹班主额上的血不断蜿蜒而下，混着眼里流出的泪水，滴滴落下，晕湿了衣襟。

苏幕静静看着，半晌竟轻笑出声，像是觉得曹班主这般极为有趣。

胭脂见得苏幕如此冷血做派，失望之余又兼之羞愧。

她一点也不想和这样一个冷血无情的人有干系……

可她做过他的夫子，还和他做过那些难以启齿的事……

胭脂一时难堪得抬不起头来，听着那清越好听的声音都只觉刺她的心。

曹班主那一声声哀求传进耳里，越发揭开了胭脂死死盖着的那层布，她一时恼羞成怒，拉住曹班主猛地往后一扯，痛苦切齿道："我让你别求了，听不懂吗！"

曹班主一下倒在醉生他们身上，满目惊愕，不明所以。

胭脂气得眼眶泛红，一股子悲凉劲往上头冲来，只觉舌尖都微微泛着苦意。

半响，她才慢慢站起身抬眼看向苏幕，仿佛一下被抽了力气一般道："你有什么便冲着我来，要怎样我都受得，没有必要将他人牵扯进来，弄得这般麻烦。"

众人闻得此言皆讶异非常，倒是不曾想到这个戏子有这般大的胆子，皆细细打量起胭脂来，见她面皮青涩软嫩，一副年纪不大的模样，便有些理解了，想来是初生牛犊不畏虎，这倒也是活该吃些大苦头的。

苏幕不发一言，眼里寒意渐起，面无表情的模样叫人心下胆寒，半响，他慢慢伸手拿过马鞭。

胭脂浑身紧绷，背在后头的手慢慢握成拳，继而又松开。

不过是一顿鞭子，她还是能挨得起的，待他彻底出了气，往后自然也就没了纠葛。

胭脂想着便也平平静静地等着，眼里没有半点求饶的意思。

胭脂这头好不容易做足了被打得浑身没处好皮的准备，却不防后头曹班主痛哭出声，醉生几人一时怕极，也跟着慢慢哭出了声儿。

苏幕听后眼里微微透出几分诡异的笑意，胭脂见状一顿，他已然慢条斯理地看向曹班主。

胭脂微一蹙眉，心下不安至极，忙出声吸引他的注意力："……苏公子？"

苏幕权作没听见，只坐在马上，面无表情地看着曹班主。

往日熟悉的感觉又压上心头，胭脂一时心急如焚，忙转身扶起曹班主，又看向苏幕，不徐不慢道："都是我们太过冒失冲撞了公子，以后再也不敢了，我们现下就离了此地，免得惹了公子生气。"说罢，忙架起曹班主往来时方向走，醉生几个见状连忙跟上。

众人不明所以地看着几人慢慢走远，又略带疑惑看向苏幕，却见他只是看着人离去，平平静静不动声色，周围的气氛越发凝滞，压抑得人透不过气来。

苏幕太过安静，让胭脂心里越发没底，不由得回头看了他一眼，发现他正面无表情地看着这处，黑漆漆的眼珠里毫无人的一点情绪。

胭脂心下一惊忙收回视线，拉着曹班主走越快，到了后头几乎是飞奔而跑。醉生几个皆被胭脂吓得不轻，忙跟着快跑起来。

没跑几步便听后头轻微的拉弓声，胭脂心头一凛，猛地推开了曹班主。

下一刻，便听"嗖"的一声，一支箭从曹班主的耳边飞驰而过，牢牢钉在前头的树木里，箭尾微微摇晃，吓得曹班主慌叫出声，一下便瘫软倒地。

"啊！"芙蕖儿一声尖利惊叫在林中突然想起，气氛越发紧张诡异，林中幽深寂静，他们就好像这林中的猎物，正任人宰割。

马上的人看着这场面，皆露出兴奋的神色，猎物如何比得这猎人有趣？

看着这些人恐慌失措、拼命奔逃的模样，岂不比打猎更是刺激！

胭脂瞪眼看着树木里的箭，若是刚才她晚了这么一息，现下这箭已然射中了曹班主的脑袋，血早喷了一地。

胭脂感到头皮一阵阵发麻，他竟然这般丧心病狂，这如何是一个人该做的事？！

他们这些人现下如瓮中捉鳖，根本走不掉。若是只有自己倒还好说，可现下带了几个人根本不可能！

胭脂狠狠蹙起眉头，竟是想不出任何应对之法。

急促呼吸之间，又听后头传来轻微的拉弓声。

胭脂的瞳孔一缩，心下一凛，微微侧耳听得那箭已然离弦而来。她用耳朵辨了方位，便疾步上前，快速伸手一把抓住了射向曹班主的箭。

那箭离曹班主的眼珠只有一根发丝的距离，轻轻一动那眼睛就瞎了，曹班主尖叫一声当即吓晕了去。

这般毫无人性，牵连无辜！

胭脂一时怒不可遏，彻底失去了理智，猛地转身看向苏幕，厉声道："苏幕，你究竟要如何！"

苏幕闻言突然轻轻笑起，看着胭脂气红了眼的模样，眼里慢慢透出几分病态偏执的可怕意味，衬得眉眼惊艳绝伦。

胭脂见状，握紧了手中的箭，指节微微泛白，她真是疯了才会和这种破裤子缠脚的人对上。

"既然曹班主晕了，那便由你来代替吧。"苏幕漫不经心地说完，便垂下眼伸手拿起一支箭，慢条斯理地搭在弓上轻轻一拉，那箭头不偏不倚正对着胭脂。

醉生几人吓得一动不敢动，皆闭眼不敢再看。

苏幕面上的笑已然了无踪迹，眼里杀气突现，眉眼凛冽如染刀剑锋芒。

胭脂看着那箭，只觉脑中嗡嗡作响。

这支箭不能躲，若是惹急了他，其余人的性命乃至整个戏班子的性命都可能白白送掉。

他杀人如同杀鸡一般轻巧随便，胭脂如何敢赌？

胭脂的呼吸慢慢急促起来，浑身僵硬，不动声色地盯着那支箭，不过几息之间她额间已微冒冷汗，背脊一片润湿，却是一动也不能动地等待死亡，只觉煎熬难挨到了极点。

　　苏幕微微弯起嘴角，继而眼神一凛，手指一松，箭"嗖"的一声离弦而出。

　　胭脂看着那箭迎面射来，仿佛下一刻就要刺进她的眼里，她只觉一阵胆寒可怕，忍不住闭上了眼睛，不自觉微微侧了侧头，那箭已然擦着她的脸颊飞驰而过，带着凛冽的风劲，定在了后头的树木里。

　　一阵惊呼慌叫声后，胭脂只觉脸颊一处刺痛，微微有些湿意。半晌，她才慢慢睁开眼看向苏幕，如同被抽干了力气，险些没站住脚。

　　苏幕慢慢放下手中的弓，一眼不错看着胭脂，眼里透出几分古怪笑意："胭脂，你好好想一想，要不要乖乖听话？"他的语调平静随意，甚至于轻忽和善，可底下藏着不为人知的危险意味。

　　胭脂看着他只觉头皮发麻，哪里还敢再接他的话，只僵立在原地看着他，琉璃色的眼珠不安地微微转动着，气息渐乱，薄衣已被汗水浸湿，林中的阴风穿梭而来，一下荡起胭脂色的裙摆，吹在身上透着刺骨寒意，叫她不由自主地打了个寒战。

　　苏幕轻嗤一声，随手扔了手中的弓，看向胭脂，面无表情吐字道："还不过来？"

　　这淡漠又熟悉的语调听得胭脂心头发颤，默了片刻，才神情凝重地一步步往他那头走去。

　　一路到了苏幕的马旁，却见他不发一言淡淡看着自己，眼里的神情让胭脂越感瘆人。

　　半晌，他俯身朝她伸出手，白皙修长的手指微微张开，骨节分明，瞧着文气却极为有力，按着她的时候根本挣脱不开。

　　胭脂看了许久，才认命地扔了手里的箭，小心翼翼地将手放在他的手掌上，干燥温暖，掌心微有薄茧，与以往的触感大为不同，让她生出几分陌生。

　　苏幕不动声色地看着她，慢慢将手放上来，精致的眉眼染上了几分莫名古怪的笑意，末了便一下握住胭脂的细白小手微一使劲，轻巧地将她提起揽坐在身前。

　　胭脂一靠近他便心有余悸，忙伸手抱着他的腰，整个人乖巧安静地窝在他的怀里，一动也不敢动。

　　苏幕揽着胭脂的细腰将人微微往上一提，抬手捏着胭脂的下巴，将她的脸微微抬起，低下头看了看她软嫩的脸，末了眉头一蹙，面色一下阴沉得仿佛要滴下水来。

胭脂心头慌张，眼睫微微颤动，垂下眼不敢再看他。

视线慢慢落在他的前襟上，茶白的衣袍上沾了点点鲜红血迹，她才意识到自己破了相，心头一阵后怕，她刚才可差一点被弄成了只独眼阴物！

这要是传到了地府那群嘴碎的耳里，她的面皮只怕都要被他们笑脱一层。

苏幕彻底没了打猎的兴致，一扬马鞭连话都未留一句，便带着胭脂自顾自地往山庄而去。

胭脂待他打马路过醉生几人时，忙悄悄扒开苏幕的衣袍，示意他们快走。

周常儿头一个回过神来，连忙扶起曹班主，准备速速离去。

苏寿和几个护卫忙骑马跟上，一行人渐行渐远，慢慢消失在林中。

马上几个人的视线皆不约而同落在贺璞身上，她正看着苏幕离去的方向微微出神，半晌不见反应。

贺准轻咳了一声，略带忧心地看向她，贺璞这才回过神来，神情微微一黯，末了又接着与众人谈笑风生，言辞间顾盼生辉，大方得体，叫人看不出半点不妥。

## 拾伍 兔儿

林间的风本就阴冷，苏幕骑马速度极快，那风刮在脸上，让人只觉刺得一片生疼，胭脂的衣裳半干不湿，风一吹便是透骨寒意，还没待她缓过劲来就已然到了山庄门口。

山庄气势恢宏，依山而建，放眼望去，仿佛连绵不断的山峰从山庄里长出，山庄旁连着层层叠叠的林子，前头碧波万顷，让人心境开阔。

苏幕勒停了马，抓着胭脂的胳膊将人一提，随手往地上一放，也不管她的脚尖落没落地。

胭脂不防脚下踩空，一个不稳便撞到他的腿上，忙抱住他的腿稳住自己的身子，待站稳了才抬眼看向他。

苏幕坐在马上，居高临下地看着她，末了视线又慢慢往下移，落在了胭脂贴着他腿的那处。

胭脂只觉这视线烫人得很，吓得忙松开手后退了几步，手背在后头不敢再靠近他半点。

苏幕看着她嗤笑一声，便不再管她，下了马一路往山庄里头走去。

山庄里头的仆从忙迎了出来，胭脂站在外头，一时有些踌躇不前。

胭脂才犹豫了一会儿工夫，走进大门的苏幕已然停下脚步转身看向她，眼里神情莫测，片刻后，忽道："走不动？"

胭脂闻言心头一跳，忙往他跟前走去，站定在他前头抬眼看着他，一副静等他吩咐的懂事模样。

　　苏幕却只是面无表情地看着她，胭脂心下不安，细长的眼睫微微发颤，显得越发柔弱可怜，神情颇有几分胆战心惊。

　　苏幕伸出手捏住她的下颌将她往前一拽，想要细看她脸上的伤。

　　胭脂被他这突如其来的动作吓到，忙下意识伸手推他。

　　苏幕见状狠一敛眉，松开了她，直接俯下身揽住她的膝盖弯，一下将人扛了起来，转身就大步流星往里头走。

　　胭脂只觉一阵天旋地转，人就跟条抹布似的搭在了他的肩头，一时只能看见地面快速移去，茶白的衣袍在他行走间行云流水般微扬轻摆，白玉带束腰衬得越发长腿窄腰，胭脂一时又想起些有的没的，自己把自己吓得心肝儿乱颤。

　　周围的仆从纷纷侧目看来，胭脂只觉面热得紧，忙轻声慌求道："公子，能不能别这样，小的肚子硌得疼，您能将我放下来吗？"

　　苏幕理她才有鬼，愣是充耳不闻往前走。

　　胭脂哼哼唧唧了一路，苏幕听得不耐烦了，便抬手"啪"一下打在了她软嫩圆翘的臀部上，力道还真不轻。

　　疼得胭脂当即便住了口，片刻后，又直臊得满脸通红，他这一世实在太过放肆乱来了，这叫人如何招架得住！

　　胭脂不敢再出声儿，认命地搁在他肩上任由他走进了一处院落，上了台阶进了屋。

　　屋里布置得极为雅致，宽敞大气，里头的每样摆件皆有心思，颇有韵味。

　　苏幕走到床榻前，便将胭脂当块抹布似的往床榻上一扔，力道也没个轻重，胭脂被砸得一阵晕眩，半天没缓过劲来，待微微清醒了些，又忙支起身。

　　苏幕一把按住她，俯下身来捏着她的脸微微一侧，细细看了眼才言辞威胁道："你最好给爷安分些。"

　　胭脂一脸无辜，不明白又怎么了，苏幕这厢已松开手，直起身往屋外去了。

　　胭脂见他走了不由得暗松了一口气，又忍不住心头憋屈，狠骂了他一顿，才一下倒在了软和的锦被上。

　　今日与他耗了这么多心神，实在是筋疲力尽，她得歇一歇先养足了精神，一会儿还要打起精神应付。

胭脂太累，这一觉便睡到了傍晚，醒来发现自己躺在被窝里头，她抓着被子一角直发愣，苏幕这性子会做这般体贴的事？

　　前两世倒还可能，这一世……做梦吧！

　　他要是看见她睡着了，指不定挥手就是一掌，硬生生将自己打醒……

　　胭脂起身下了榻，屋里灯火通明却空无一人，她突然想起自己的脸，忙快步跑到镜前细细一看，果然见面上破了一道细长口子，上头似乎抹了一层药。

　　胭脂默了默，还是忍不住暗骂了一顿苏幕，又问候了他家祖宗十八代一遍才略略消了气。

　　胭脂待一细看，视线又不由自主地落在唇瓣上，鲜红娇嫩得极为不自然，像是被人……

　　胭脂猛地甩了甩头，只觉自己魔怔了。

　　待到晚间用饭的时候，苏幕派了人来叫胭脂到大堂去，让她伺候用饭。

　　一进门，里头的人已经坐得满满当当，胭脂一眼就瞧见了坐在上位的苏幕，他已然换了衣衫，白衣墨发，金冠束发微有额发垂下，落在眉眼处，衬得眉眼蕴透风流，轻轻一瞥叫人骤然失了心跳，旁边还坐着那个林间惊鸿一瞥的大美人，二人坐在一处非常顺眼登对。

　　苏寿领着她往苏幕那走，胭脂默了默才提步跟上，一路走去引得不少人侧目，本就因为苏幕而遭人注意，如今脸上又破了一道口子，能不叫人细细打量吗？

　　胭脂伸手摸了摸自己的脸颊，慢慢沉下了脸，心情极为不爽利。

　　这些人没有见过破了相的人吗？非要这么一个劲儿地盯着看，要不要递个梯子一个个蹦跶到前头来看啊！

　　被自己的弟子教训得破了相，本就是抬不起头的事儿了，他们还半点不给她留脸面，真真叫人郁结。

　　胭脂越想越不开心，瘫着张脸就坐到了苏幕身旁，整个人就是个大写的不高兴。

　　苏幕默不作声看胭脂坐下，视线慢慢落在她的唇瓣上又慢慢往下移去，嘴角微微扬起，眉眼染上几分莫名意味，笑容恣意风流，叫人看过一眼便暗生邪念。

　　胭脂发现他的唇瓣微泛水光，衬得唇红齿白，容色潋滟，她微微一顿，忍不住看向他一旁的那个女子，心头滋味难言。

　　苏幕见她安分坐下便没再理她，众人见没什么稀奇，便也收回了视线又接着刚才的话头高谈阔论。

苏幕听后也接着笑言几句，胭脂正想替他摆饭，另一旁的贺璞已经伸出了手替他张罗，一会儿工夫便一一弄好了，这轻车熟路的动作一看就是往日做惯了的。

胭脂垂下眼睫，神情复杂。

待所有都摆好了，贺璞双手举着筷子递到苏幕手旁，笑道："苏幕哥哥。"她的声音很好听，如清风过耳般极为舒服，一点也不矫揉造作，这一声苏幕哥哥，唤得落落大方，叫人一点都讨厌不起来。

苏幕闻言"嗯"了一声，抬手自然而然地接过了她手中的筷子。

胭脂心中微涩，慢慢将手收进了袖子，坐在一旁不声不响看着。

一顿饭下来，贺璞什么都没吃，光顾着给苏幕夹菜倒酒，时机把握得极为准确，夹的菜皆是苏幕爱吃的，而这些胭脂都不知道。

她只知道他以往爱吃什么，现下的……她一无所知……

苏幕和贺璞可以说极为合拍投缘，苏幕说什么，贺璞都接得上，笑意晏晏，相谈甚欢。

胭脂如同摆设般坐在苏幕一旁，默然看了许久，眼眶微微涩然，只觉胸口一片闷苦，透不上气来。

胭脂郁结了许久，才别开眼去不想再看他们一眼，待瞥见了桌案上摆着的饭菜，便有些饿了。

她连晌午饭都没吃，现下又是个伺候人的，自然也是不能吃的。

胭脂强忍着饿意，又瞥见了桌案上摆着的一盘葡萄，颗颗晶莹剔透，小巧如珍珠大小，十足十的可人疼。

胭脂盯着看了许久，实在饿得不行了，不能吃饭，吃颗葡萄总可以吧？

胭脂想着不由得瞄了一眼苏幕，见他正与旁人说着话，便悄悄从他衣袖下伸出手飞快摘了一颗小葡萄。

看了眼见他并无察觉，便慢条斯理地剥了吃。

果肉新鲜多汁，酸酸甜甜的，引得口水直淌，胭脂丧了张脸，半点提不起劲。

可拿太少了！

这还不如不吃，这么颗葡萄塞牙缝都不够，真是越吃越饿！

胭脂默了一默，又伸出手去拿，细白小指才刚碰到葡萄。

苏幕慢条斯理地拿起筷子"啪"的一声打在她的手背上，力道拿捏极巧，直打到胭脂的手骨里头，叫她疼得狠一皱眉忙收回了手，贺璞见状看了过来。

胭脂捂着手背，一脸无辜地看着苏幕，满眼都是"你葡萄都不让我吃"的惊愕。

苏幕看了她半晌，淡淡道："让你过来是看你吃葡萄的吗？"

胭脂胸口一闷，强压下心头一口血，憋屈了半晌才诚恳道："小的就是想试试这葡萄甜不甜……"

苏幕漫不经心地看着她，颇有几分不依不饶的意思在里头。

胭脂面上八风不动，心头已经怒出了一片火山海。

真真是个难伺候的混账玩意儿，吃他几颗葡萄要他的命了？

她究竟造了哪门子的孽，被这么一条破裤子给缠上了脚……

不！应该是缠上了脖子，这动辄就要勒一勒，实在叫她吃不消……

胭脂垂眸想了想，又看向他斟酌道："小的其实……是想剥给公子吃。"

"哦？"苏幕闻言微微挑了挑眉，慢条斯理说道，"这倒是难为你这般用心了。"说完，又意味深长地看了她一眼。

胭脂被这一眼吓得不轻，他这摆明就是知道自己在骗他，胭脂一时不敢再接话，忙垂首搁在他旁边安安静静地当个摆设。

贺璞看在眼里，神情一时极为复杂，后头的工夫也不再说话，只时不时看着这个凭空冒出来的女戏子细细打量。

待到席尽，苏幕拿了折扇便要起身离席，准备回屋好生修理这个要剥葡萄皮的。

贺璞忙站起身，强笑着提议道："苏幕哥哥，这处满天星斗极为好看，夜里大家可以一道去看看星星。"

苏幕手拿折扇随手一摆："我累了，你们看吧。"说完，便提步往前走。

贺璞闻言站着不动，一脸失望落寞。

胭脂依旧跪坐着，一心等他离开后去看星星，却没想到苏幕顿下了脚步，转头看着胭脂，眼里满是不悦。

胭脂见状如何还会看不出来，她犹豫了片刻，才磨磨蹭蹭地站起身。

苏幕这厢已然不耐烦了，他上前几步，一把抓住胭脂的胳膊，将她往外提去。

胭脂吓得不行，一心想要脱离了他去，便忙颤颤巍巍道："公子，我能去看星星吗？"

苏幕闻言，慢条斯理地轻哂道："你不是想剥葡萄吗？"

胭脂噎了一噎，瘫着脸做最后挣扎："您能忘掉那句话吗？"

答案显然易见，苏幕径直将她一路提回了屋，到了外间便松开手往里头去了。

胭脂站在外间踌躇半晌，愣是不敢跟着他进去。

"公子，芙蓉膏买来了。"院外头跑来一个小厮，站在门口气喘吁吁地说道。

胭脂转头看向他，苏安见到胭脂，眼里兴奋得直冒光，他可算见到苏寿他们说的这个惹了公子，却还莫名其妙活着的女戏子了！

苏幕从里头走出来，见她还搁外间站着，便淡淡说道："进里头去。"

胭脂以为他要走了，心下十分窃喜，等了会儿却见他并没有离开的打算，一时有些失望，过会子也不知要怎么被折磨……

苏幕见胭脂站着一动不动，将他的话当成耳旁风，微敛了眉看向胭脂，还未开口说话就吓得胭脂忙往里头窜了。

待进了里屋，胭脂便有些不知所措，这站也不是坐也不是的，不自在极了。

苏幕让苏安备了饭菜，才进了里间，走到桌案前一撩衣摆坐下，抬眼漫不经心地看着胭脂，神情透着散漫，眉眼蕴染几分恣意惑人。

胭脂的脚跟生了根一般，半点不想往他跟前挪。

苏幕默不作声看了会儿，忽语调轻慢道："要我去请你吗？"

胭脂微微一抖，忙快步走到他跟前站定，神情忐忑。

苏幕看了她一眼，才拿着药膏用手指抹了一些，抬手要往她脸上抹时，却见人还跟个木桩子似的杵在他面前。

这般突然安静下来，让胭脂浑身不自在，她便俯下身伸手去拿他手中的药膏，喃喃道："小的自己能抹，不敢劳烦公子。"

苏幕抬手避开胭脂的白皙小指，"啪"的一声将芙蓉膏拍在桌案上。胭脂抖了下，不敢再说一句话，忙要直起身退远些。

苏幕已经伸出手一把捏住了她的下颌，微微眯起眼看着她。

胭脂心下一慌，瞪圆了眼对上他，浑身紧绷戒备。

胭脂却见他抬起手，将药膏抹到自己的面皮上，胭脂的眼珠子顺着他的手看，奈何根本看不到自己脸上那道伤，便也只能作罢。

这般站着实在有点累人，且还被他这样捏着脑袋，真是说不出个中滋味。

胭脂强忍了一会儿，见他抹得这般细致，轻声建议道："公子，您随便抹抹就好了，小的站得好生累。"

苏幕认真抹着，闻言看向她淡淡道："自己不会坐下？"

胭脂看了一眼他的脸色，便"哦"了一声，想要伸手拿一旁的凳子，却被他锢着下颌不能动。

胭脂微微瞄了他一眼，见他不为所动，便只好伸出脚勾凳子脚。

却不料苏幕捏着她往前一拉，胭脂一只脚伸出，整个人本就重心不稳，这般一拉猛地往前一倾。

她忙伸手撑在桌案上，才堪堪稳住没扑在他身上。

苏幕漫不经心地看着她，片刻后，忽启唇轻缓道："往哪儿坐？"尾音又轻轻勾起，带着些许危险意味。

她做错了什么，这不是他让自己坐的吗？

胭脂的脑袋被他的手这般卡着，想直起身都不行，不上不下极为尴尬，试探道："公子，小的不太明白您的意思，可否透露一二？"

苏幕眼里透出几分意味深长，言辞轻浅而又缓慢道："胭脂，你是真不知道，还是装不知道？"

胭脂听在耳里，只觉他有几分意有所指，可又摸不透他到底什么心思，头又这般撑着实在有些累人，她丧气地放弃了抗争。

何必白费力气呢，随他吧……

"公子，饭菜到了。"苏安站在外间轻声唤道。

胭脂一惊，没人看见便也随他折腾，可这要是叫外人看见她被这般逮着，成何体统！

胭脂神情一凛，轻声呵斥道："松手！"见这孽障充耳不闻，便忙抬手握住他的手腕往下扯。

苏幕纹丝不动，又淡淡"嗯"了一声。

外头的小厮听见，忙使人端着饭菜进来。

胭脂一时急得不行，现下又不能跟他动手，忙使出吃奶的劲往后挣扎。苏幕的手跟钳子一般死死锢着她，眼里含着几分戏谑。

胭脂气得头晕，外头的脚步声越来越近，便急忙顺着他的力往他腿上一坐。

苏幕当即便松开了手，胭脂搂住他的脖子，将脑袋往他的颈窝里钻，叫人瞧不清她的模样。

苏幕眉眼微微一弯，伸手将她揽住，侧头看了眼她窝在肩头的脑袋，故意伸手轻轻拉扯她。胭脂恨得牙痒，越发往他颈窝处钻。

苏安带着仆从进到里间，见得如此景象，哪敢多看一眼，皆低垂着头将饭菜迅速摆好，待摆好了皆眼观鼻、鼻观心地退了出去。

胭脂见人都出去了才从他颈窝处抬起头，见他垂眼看来，眉眼一如既往的熟悉，那清冽的气息慢慢萦绕到她身上，胭脂心口猛地一紧，忙垂下眼站起身离了他的怀抱。

又见得桌上的饭菜，胭脂忙在凳子上乖乖坐下，开开心心地看向苏幕。

苏幕面无表情看了她半晌，继而又慢条斯理地端起桌案上的一盘葡萄，摆在她面前，淡淡道："刚才不是要替我剥葡萄？剥吧。"

胭脂硬生生被苏幕折磨了一宿，累得不行，眼底是一片青黑，手指都微微抖动。

待到第二日出了房门，还有些恍恍惚惚。

昨儿胭脂勤勤恳恳地给他剥葡萄，这厮是挑剔得不行，那葡萄但凡是破了一个小角，他便不要吃了。

到了后头更是过分，连她喂的角度不对都能惹了他不如意，硬是叫人抬了几筐葡萄来，这一折腾便是一宿，直到天边隐隐透出鱼肚白，人才算彻底放过了她。

等他早间出了屋，胭脂就累得倒在床上和衣睡了一早上，听到外头的喧闹声才醒了过来。

胭脂顺着人声往热闹处走，廊间来来往往的仆从，抬着烤羊往大堂里送，后头又跟着几个端着碗碟的丫鬟。

胭脂又一路晃荡到了山庄外，见到外头一片水草丰美，顿觉心胸开阔不少，剥了一宿葡萄的憋屈，自然也不算回事了。

山庄在林旁而起，围山而建，极为开阔大气，胭脂一眼就瞧见外头立了许多篱笆，边上来来往往许多仆从，正在忙碌地收拾着。

胭脂慢慢走近，瞧见一处篱笆里圈了许多长毛小玩意儿，心下一喜，撩起衣袖正要往里头去。

"姑娘，你醒了呀？"苏寿一见胭脂可稀奇坏了，这可真是头一个跟公子搁屋里头待一宿的姑娘。

公子今早出门时还抬手按了按太阳穴，一夜没睡的模样，这可真是厉害，能把他们公子弄得……这本事可大过了天，往后小主子还不得一个接一个往外蹦！

苏寿不由得满心欢喜崇拜，还未等胭脂反应过来，便兴冲冲问道："姑娘昨夜辛苦了，可有什么想吃的，小的给你抓来补身子！"

胭脂闻言转头扫了一眼篱笆里头，这些个小玩意儿都是用来补身子的？！

这些个丧心病狂的，比孤魂野鬼还要可怕。

胭脂瘫着脸看着，突然瞥见角落里一只白白软软的兔儿，眼前猛地一亮，忙伸出纤细的手，指着那只小玩意儿兴奋道："那只，那只白软的！"

苏寿一听忙应了声儿，打开篱笆亲自给胭脂捉了那只兔儿。

苏寿拎了兔儿的耳朵忙又出来，冲着胭脂一咧嘴笑道："姑娘是要红烧还是清蒸？小的这就让人给你准备。"

胭脂忙伸手接过这只长毛小玩意儿，一把抱进了怀里，使劲摸了摸它的毛儿，半响才一脸不舍将它递了出去，郑重其事道："不吃了，抱去给你们家公子养着玩儿吧……"也好多学学这兔儿温顺软绵的性子，别成日跟个一点就着的炮仗似的，动辄"噼里啪啦"连环炸……

胭脂见苏寿半响没回应，便将兔儿强塞在他的怀里，笑眯眯道："去找个笼子给你家公子装起来。"

"这……不好吧，我家公子那性子养这……姑娘，要不你亲自送去？"苏寿一脸为难，自家公子怎么可能喜欢这软绵绵的玩意儿，他这般送过去不是找打吗？

胭脂听后默想了片刻，觉得言之有理，他如今的性子指不定一下就把这兔儿给摔死了，还谈什么劳什子的陶冶情操！

胭脂想了想，还是自己伏低做小地送过去妥当些，便又伸手将兔儿抱了回来："那我自个儿送去吧，他如今在何处？"

苏寿见状忙松了口气，转身指着林子深处，欢快道："公子正和几位公子哥寻大虫呢，姑娘，你在这处随便逛逛走走，过了不多少时候公子便回来了，小的就先行告退了。"

胭脂笑着应了声，待人走了便举目往林中望去，不由得暗暗纳闷，昨儿吃了一宿的葡萄，今早又去逮大虫，哪来的这么多精力耗，也不嫌累？

胭脂想着便抱着兔儿往林中走了几步，林间清风徐来，微微拂起胭脂的裙摆，裙曳微扬，走动间窸窣作响，脚下草被松软湿润，林中偶起几声鸟啼，清脆悦耳，衬得林间平和静谧。

一片嫩绿叶儿缓缓落下，末了在半空中打了一个旋儿慢慢落在胭脂的肩头，又轻轻滑落而下。

突然，身后袭来一阵凌厉掌风。

胭脂微一侧头，眼神刹那间变得凛冽，猛地一个俯身避开了那一掌，那人见一击不中，又接二连三袭来。

胭脂从容不迫地抱着兔儿，轻轻巧巧闪身一一避开，胭脂色的薄裙随着动作渐扬渐收，灵动洒然，如花开花落般绚烂夺目。

胭脂一个回身抬眼看去，见到来人不由得一愣。

这人一身霜色劲装，衬得肤白胜雪，蛮腰盈盈一握，亮滑如缎面的墨发用霜色发带高束起，简单干净，英姿飒爽，一派大家风范。

原来是昨日坐在苏幕一旁相谈甚欢的那个女子。

贺璞正红着眼盯向胭脂，眼里杀意阵阵，攻势越发猛烈。

胭脂微微一眯眼，不再一味避闪，她单手抱着兔儿一个翻身避开她的一击，又回身伸掌轻接过她的又一掌，缓了她的力道，继而又突然发力一击。

贺璞瞳孔一缩，忙收回的掌力向后一退，身姿柔韧地避开了胭脂一掌，手指一点地，翻身跃起落在了几步开外，看向胭脂，面上忍不住透出一丝欣赏，清声赞道："好！"言罢又细细打量起胭脂来，只觉她根本不像一个戏子，且底子深藏不露，一招一式颇有章法。如此步步紧逼竟也不见她丝毫慌乱，且还游刃有余，她当即清楚了自己绝非此人对手，便不再做无谓争斗。

胭脂闻言微一挑眉，收回手低头摸了摸怀里受惊的兔儿，又抬眼不动声色地看了眼前头站着的人，却意外发现这人的眼睛比兔儿眼还要红。

胭脂微微一顿，忍不住抬起手中的兔儿，看了看它红通通的眼，又看向那女子。

贺璞见她如此，伸手摸了摸自己的眼，想起昨夜一宿没睡，仪容不整，面色憔悴，面上起了一丝丝的小僵硬。

胭脂也觉自己眼神太过直白，使得场面有些尴尬，便轻咳了一声，开口缓和道："不碍事，其实并没有比兔儿眼红太多。"

贺璞想：这是安慰？

贺璞一时又想起昨晚她在苏幕房里待了一宿，他们……她只觉满心说不出的苦涩，眼眸中又带出几许落寞感伤。

胭脂见她突然变了一副神情，微微疑惑，她摸了摸手中的兔儿，随口问道："小姑娘意欲何为呀？"

贺璞闻言看向胭脂，微微有些恍惚，见她这般青涩软嫩，不由得露出一丝苦涩的笑意："你和苏幕哥哥是如何认识的？"

她不提还好，她一提，胭脂就想到了昨儿林间丢的那脸面，她纵横乱葬岗这么多年，从来没有像昨日那般丢面儿！

当着这么多人的面又是跪，又是求，末了还要遭他那般奚落折辱，后头竟然连觉也不让睡，葡萄也不让吃，硬生生折腾了她一宿……

这是人做得出来的事？

这碧落黄泉的诸天神佛、妖魔鬼怪、芸芸众生，不可偻指算！

而她这样脱离六道轮回之外的阴物，可就这么一只啊，为何就不能好好对待她！

胭脂想到此，气得脑仁儿一阵阵抽疼，又忍不住冷笑了一声，阴郁回道："你问我和那孽……"话到嘴边又强咽了下去。

隔墙有耳，这个道理她还是懂的，这话若是传到他的耳边，没得又是一顿苦头吃。

她实在吃不消了，真的不想再剥葡萄皮了，还是能少一事就少一事吧。

胭脂顿了顿，才平平淡淡道："路上瞧见他鞭打女子，一个没忍住插了手就莫名其妙地招惹了他。"

贺璞见她说得好像走在路边不小心招惹了一只恶犬儿，又被莫名咬住了衣摆不让走的心塞模样，噎了一噎，半晌接不上话。

贺璞静默一阵又暗暗开导自己，男子三妻四妾本就是常事，寻常男子都尚且如此，他这样出挑的人又怎么可能只有一个女人呢？

她若总是计较这些，岂不是害得自己惹他不喜？

贺璞苦笑一阵，又微微涩然道："倒也是难得的缘分……"

胭脂摸着兔儿的手微微一顿，不可置信地看向她，见她一派认真的模样，胭脂只觉头上被拍了一砖，忍不住扬着声儿尖利反驳道："是孽缘吧！"

贺璞抑郁的情绪被这阴阳怪气的调儿莫名搅散了一二，又见胭脂如同参了毛的猫一般瞪着她，怀里还抱着一只软白兔儿，一时便有些哭笑不得。

原来他喜欢这样软嫩嫩的小姑娘。

要是早点知道就好了，她一定会努力变成这样的人，只可惜……她知道的太晚了。

贺璞强压下眼眶里的湿润之意，抬眼看着胭脂大方一笑，笑里满是苦涩酸楚，叫人看了便忍不住跟着揪心。

"刚才是我失了方寸对不住你，只是……"她微微一顿像是不想再说下去，便又强笑着另起一个话头，"我叫贺璞，恭贺的贺，璞玉的璞，你叫什么？"

胭脂骤然听得此名，眼睫微微一颤，愣愣地看向眼前这个人，微启唇瓣轻声重复道："贺璞？"

林间的古树枝叶随风微微摇晃，风轻轻撞在树叶间，发出轻微细小的声响，<u>丝丝缕缕</u>的阳光照在<u>层层叠叠</u>的树叶上，透着淡淡青绿光芒，映得林中氤氤氲氲。

胭脂越发喘不上气来，突然像是见到了什么可怕的东西一般，猛地转身逃也似的跑了。

只撇下贺璞一人站在原地，一头雾水。

胭脂一路不停歇地跑到山庄里头，待到了屋门口才停下来，紧紧抱着怀中的兔儿，失魂落魄地坐在了台阶上，垂眼看着地面不发一言。

她其实早该想到这个女子是贺璞的。

贺璞……就应该是她这样的，秉性大方，为人处世颇有名士之风，言行举止并无世家小姐的矜傲。

琴棋书画、武艺骑射，又无一不精，是名门闺秀中的大家，上门求娶之人多如过江之鲫。

贺璞是命簿里唯一叫她唏嘘不已的人，她原本是人生的大赢家，却因为苏幕输得一塌糊涂。

她……是他这一世的正室娘子。

苏幕这一辈子风流债多，可正妻只贺璞一个，他虽然不爱她，却敬重她，待她与别人也确实不同。

贺璞年少时就喜欢苏幕了，整整九年，她为他拒了太多青年才俊，终于在十八岁那年嫁给了她的苏幕哥哥。

本以为苦尽甘来，却不想他会那般爱重顾梦里。

她百般讨好却换不来一点爱意，吵过闹过，恨过怨过，却改变不了什么。

贺璞便也只能终日郁郁寡欢、借酒消愁，后头又因为顾梦里给苏幕生下了长子，气得一病不起，不过双十年华便被生生耗死了去。

贺璞喜欢了苏幕这么多年，叫她如何自处，她又怎能不落荒而逃？

日头渐盛，远处一只野猫从微布青苔的院墙跃下，悄无声息地落在松软的青草地上，冲着胭脂轻轻"喵"了一声，片刻后又从眼前窜过出了院子，怀里乖巧白软的兔儿微动了动。

胭脂直愣愣地看着空荡荡的院子，只觉满心荒凉。

贺璞在命簿里是他的娘子，他们之间也再没有了顾梦里，自然也不会有那么一个悲凉的结局。

他们必然会相知相爱，会白头到老……会儿孙满堂。

而她，永远是被摈弃于六道轮回之外的那一个，荒凉入骨地飘荡世间却又不容于世。

自己便是得了这么一个为人的机会又如何,也不过是一具皮囊罢了,到头来还不是茕茕孑立的下场。

胭脂再如何恨苦他,也无法避开自己心中有他的事实,他是谢清侧,可他也是叶容之啊,本来就是一个人,叫她又如何分得清楚……

她现下唯一知道的是自己嫉妒贺璞,满心苦毒怨念无处排解。

他和贺璞是一对,原是命定的姻缘,她再不甘心也不过是局外人,注定是一个过客……

胭脂一时满目凄凉,满心都是被抛弃了的荒凉绝望之感,眼眶里渐渐泛起水意,轻轻一眨,泪便落了下来。

她不敢哭得太大声,唯恐引了院外的仆从,只能死死压着自己,晶莹的泪水如断了线的珠子一般颗颗无声滑落,落在兔儿的软白毛上。

胭脂垂首哭了许久,硬生生把自己哭干了,怀里的兔儿动弹得越发厉害。

胭脂眨了眨眼,才发现怀里兔儿被她的泪水浸得湿哒哒的,忙吸了吸鼻子,泪眼汪汪地拿着衣袖给它擦着,一边擦,还一边"啪嗒啪嗒"地直掉眼泪。

胭脂眼前罩下一道阴影:"怎么,给兔儿咬了?"声音清越好听,带着些许漫不经心,听在耳里便觉惑人。

胭脂慢慢抬眼看去,看见了一角茶白衣摆,再往上看,果然见苏幕站在跟前,居高临下地看着她,眼中略含调侃。茶白衣衫清简雅致,垂在一侧的手拿着扇柄,白玉扇坠垂下,在白皙修长的手旁微微轻晃,煞是好看。

一旁跟着的苏寿见状一脸莫名,不明白午间还好端端的人,怎么突然就哭成了一只花猫?

胭脂心中复杂难言,忙垂下头去,默默看着怀里的兔儿。

苏幕上前一步在她面前蹲下身子,看她哭得眼帘尽湿,软嫩的面上泪渍未干,委屈又可人疼。他顿了一顿,缓声问道:"和我说说从哪儿受了委屈,哭个什么劲?总是有法子让那人吃不了兜着走。"

胭脂看了他一眼,心塞至极,她十分想知道他怎么让自己吃不了兜着走……

刚想开口,却又想到他什么都不记得了。

他们之间的种种过往,只有胭脂记得,也只她一人活在过去,而他,早就忘得一干二净了。

胭脂顿时没了力气,伸出手拉过他的手,将怀里的软兔儿端端正正地摆在他的手掌上,便站起身默默往屋里去了。

苏幕慢慢站起身，垂眼看着手中这只湿漉漉的兔儿，默不作声。

苏寿忙上前笑着解释道："公子，胭脂姑娘一起来就心心念念要想送您这只兔儿呢，说是要拿给您养着玩儿。"

苏寿见自家公子并不排斥，便琢磨着这只兔儿这么湿漉漉的，拿着必然不会舒服，便开口问道："公子，要不奴才先将它拿去擦干了。"

兔儿在手中微微一动，苏幕不由自主地轻轻握着，他看着兔儿，轻挑眉梢，开口吩咐道："去拿块布来。"苏寿忙应声去办。

胭脂一进屋就直奔床榻窝在了上头，将脑袋埋在锦被里歇息，刚才哭了这般久，实在是有些累得慌。

胭脂正歇着，却听见屋里一阵窸窸窣窣的细小声响，夹杂着兔儿时大时小的咕咕叫声。

胭脂心中疑惑，转头一看，只见苏幕坐在远处寡淡着张脸，手里捏着兔儿，面无表情地擦着兔儿毛，力道也没个轻重，把个兔儿唬得不轻。

兔儿怕是吓疯了，一直不停地咕咕直叫，胭脂看着竟有几分同病相怜之感，同情之余又不敢开口求情，她现下和它也没什么分别，都被苏幕攥在手心折磨呢。

苏幕垂眼漫不经心地擦着，不经意间，轻掀眼帘看了过来，胭脂触到他淡淡的眼神便不自觉闭上了眼，心口慌跳如鼓。

胭脂一闭上眼，听觉便格外灵敏，只听衣衫窸窸窣窣声，她隐隐约约感觉到苏幕起身往这边走来，心更是不由自主地狂跳起来。

片刻后，面前一道阴影罩下遮着她，一团毛茸茸的东西被放在床榻上，正一下一下地拱她的手。胭脂忍不住睁开眼睛，她的手旁搁着一只干干的白软兔儿，苏幕就站在榻旁。

兔儿一个劲儿地往胭脂这处钻，像是要远离这个可怕的人，胭脂觉得它快崩溃了，忙伸手把兔儿揽到怀里，又顺着茶白的衣摆往上看向苏幕，一脸无辜。

苏幕神情寡淡地看了她半晌，才在床沿边上坐下，俯身看着她："又哭什么？"

胭脂闻言说不出半句话来，微微有些面热，她确实越发爱哭了，这来来回都哭了好几遭了，实在有些丢面儿，便只垂着眼睫默不作声。

苏幕没得到回应，便伸手抚上她的面，胭脂心下涩然，微微偏头避开了他的手。

苏幕垂眼看着她，眼里神情莫测。

胭脂见他的手放在她眼前半晌没动静，心下隐隐约约有些不安，不由自主地将怀里的兔儿抱得紧紧的，抬眼瞄向他。

却不想苏幕突然将她连人带被揽到身旁,一手抱过她的细腰,另一只手又穿过她的膝盖弯,轻轻一抬,她整个人一下就腾空了。

胭脂心下一紧,抱着手中的兔儿不敢动。苏幕已然将她转了位置,抱坐在他的腿上,他那清冽干净的男子气息一下萦绕而来,叫她有些无力招架。

苏幕低头看着胭脂,冷着脸道:"你再敢不回爷的话试一试?"

胭脂抬眸瞄了他一眼,怀里的兔儿动来动去,她忙护着不让它乱跑免得招惹了不该惹的人,又低声回道:"没不回您的话呢。"

这可真是个不要脸的,净睁着眼睛说瞎话,连苏幕听着都默了一默。

苏幕微微敛眉,语气淡漠道:"你再给我说一遍。"

胭脂闻言委屈到心肝爆裂,抬头看向他一脸憋屈,这又是要干吗,都给剥了一宿的葡萄了,还没个消停。

一宿没睡,怎么也没见得累,还有精力花工夫折磨她,可真是稀了奇了。

见得苏幕的面色慢慢沉下来,胭脂慌得不行,忙想着转移话题,片刻工夫她便伸手摸了摸脸,看向苏幕,一脸担忧,轻声问道:"公子,小的面上这道疤会好吗?"

苏幕闻言微微一怔,拿下她的手细细看了看她的脸,一道伤痕在软嫩白皙的面上极为明显。

他缓和了脸色,揽着胭脂在她的面上轻轻落下一吻,语气硬邦邦道:"这哪是什么疤,每日抹了那药膏,过几日便就好了,豆大点儿的事也值得这般哭闹。"

胭脂细细看了他一眼,见他好像是在安慰,又好像是在责备,一时有些摸不清,不过见达到了目的,便也轻轻"嗯"了一声,又靠在他身上,再不作声。

胭脂靠了半晌,感觉到放在腰间的手微揽了揽她,只听头顶上传来一声淡淡的询问:"要不要瞧大虫?"

胭脂闻言眼眸一亮,忙抬起头看着他:"你捉来了?"

苏幕低下头看向胭脂,浅声道:"嗯,现下还晕着。"见她哭肿的小眼有趣得很,便又伸出手指戳了戳她肿肿的小眼皮,软绵娇嫩,手感极好。

胭脂微微僵住,只觉丢尽了脸面,感觉到他修长的手指又戳了戳她的鱼泡眼儿,胭脂忍不住沉了脸色,这孽障为何这般没有眼力见儿,给她留点脸面能要他命!

苏幕看在眼里,又故意戳了一阵才停下手,看着胭脂戏谑道:"那大虫可比你胖多了,一会儿带你去看看。"

胭脂下意识摸了摸怀里的兔儿，一脸新奇，她还真没摸过大虫，光看一眼她怎么能甘心，那玩意儿毛那么多，如何能轻易放过！

　　胭脂想着，便看向苏幕，睁着眼睛说瞎话："小的见过什么世面，这大虫也不过在戏本里见过，公子能让小的摸一摸吗，最好多摸个几天？"

　　"公子，陈大人已经到山庄了。"苏寿在外头说道。

　　苏幕闻言淡淡应了一声，又看向胭脂："你自个儿玩吧，过会子我派人送你回戏楼。"说罢，也不待胭脂回答，转身将她放在榻上，起身便要往外走。

　　胭脂忙拉住他衣摆的一角，急声道："那大虫呢，我自个儿去摸？"

　　苏幕闻言冷了脸："不行，若是想要摸，下回再带你来。"

　　胭脂松开了手，躺在榻上，一脸生无可恋。

　　他这一世真是不可理喻，觉不让人睡，葡萄不让人吃，大虫也不让摸，明明刚才说得好好的，现下却又变卦，分明就要着她玩。

　　苏幕见胭脂一脸幽怨，眼里微微透出几分笑意，又上到榻前，捏着她软嫩完好的面皮，调侃道："可真不像话，爷要走了也不起来送送。"

　　胭脂面上吃疼，直皱起了眉，忙抓住他的手扯开，强压下想要一口咬死他的冲动，瘫着脸道："剥了一宿的葡萄，手疼。"胭脂躺在床上一动不动，俨然将自己当成了个残废。

　　苏幕倒没管她手疼又不是脚废了的矛盾，伸手握住她的手细细看了看，没看出什么毛病来，便握着她的手轻轻摩挲，微微笑道："想要什么，爷下回给你带。"

　　想要摸秃大虫……

　　胭脂想着苏幕刚才那个模样，又不好出声要，可又不知道自己该要什么，一时突然想起自己把钱都砸到他身上，身上连一个子儿都没有，又郁结于心。

　　胭脂想着后院里，本来被她养得圆鼓鼓的鸟儿们，现下皆饿瘦了一圈，瞧着就可怜，便厚着脸皮开口道："给我几个铜板吧，最近手头有些紧，后院还有一群鸟儿要喂，实在有些养不起。"

　　苏幕闻言，默然无语地看了她半响，才直起身唤了外头的苏寿进来，从他手上拿了钱袋来。

　　苏寿递了钱袋不由得满眼疑惑，却不敢多看，忙退了出去。

　　苏幕将手中的钱袋扔给了胭脂："只带了这么多，先拿着玩儿吧。"

　　胭脂见状起身将兔儿放到床榻一旁，一点没客气伸出手拿过了钱袋。

　　苏幕看着胭脂，突然俯身靠近她缓声道："你该怎么谢谢爷解了你的燃眉之急？"

　　胭脂闻言哪里还会不懂，忙在他的脸上蜻蜓点水般亲了下，眼睛弯成了一道桥，软声道："谢谢公子。"

　　"没有诚意。"苏幕淡淡评价道，伸手一把揽过她的细腰，低头在她软嫩的唇瓣上惩罚似的落了一吻。

　　胭脂的心口微微发颤，有些不知所措，不错眼地看着他。

　　苏幕低头静静看着她，末了轻轻笑起，眼里带了些许莫名意味。

　　他本来就皮相惑人，这样近的距离笑起来简直要命，胭脂只觉不自在得很，总感觉他的眼神太过意味深长，叫她有些受不住，便忙垂下眼睫避开了他的眼。

　　"等着爷回头找你。"苏幕又在她的唇上轻啄一下才转身离去。

　　胭脂看着他离去的背影静默了半响，才拿起钱袋在手上掂了掂，可真是不少呢，这败家子，随随便便就给这么多银子。

　　她往日唱戏可都是一个铜板一个铜板积攒起来的，人比人那真是不能比，得被活活气死。

　　胭脂琢磨着将多余的钱送去顾家，顾云里腿上的伤可是要费不少银子，顾家清贫，在这上头用度肯定是要节省，这般腿上的伤必是慢慢熬好，这要是叫龙王知道了，还不得搅海淹人，大闹一场，苏幕的银子花在这上头，也算是用得其所了。

　　胭脂在山庄等到眼皮微微消了肿，才回了戏楼，一进楼便被曹班主拉住絮叨了半响。

　　他如今一提起苏幕，就忍不住瑟瑟发抖，直问胭脂这两日有没有得罪苏家公子，有没有说错话办错事。

　　胭脂摇头摇得脖子都快断了，曹班主才肯放了她走，待回到屋里都已经快半夜了，她累得一躺下就睡着了。

　　第二日，天还灰蒙蒙的一片，胭脂就起来了，拿着苏幕的钱袋慢悠悠出了后门，穿过羊肠小巷，沿着灰墙青苔一路而去。

　　到了顾家，胭脂也不敲门，站在墙外就将手中的钱袋往里头随手一扔，只听"咣当"一声后，里头的鸡给吓得不轻，一迭声地"咯咯"直叫。

　　听得胭脂连忙遁走，省得顾家人看见了她，又推来挡去费唇舌耗工夫。

　　待到离远了，胭脂才变跑为走，慢悠悠沿着青石小巷一路往集市去。

　　天色已褪去了灰蒙，微微亮敞起来，街上三三两两的过路行人，街边贩夫皆摆摊而出准备一日的营生，早点铺子前排起了长龙，远处面摊坐满了挑夫货郎，白烟袅袅，早间书堂的孩童正琅琅读书，声声入耳，一派生机勃勃的好景象。

胭脂悠悠闲闲地在街上逛着，戏班子早间都是不开戏的，这种消遣地没人会大清早去看，现下她自然是偷得浮生半日闲。

空旷的大街上，远处一个身着灰色长袍的人走来，由远及近。

极大的灰色衣帽遮住了大半张脸，只露出精致苍白的下巴和失了血色的薄唇，浑身上下透着一股阴气森森，叫人忍不住侧目。

那人行色匆匆，片刻间便与胭脂擦肩而过。

胭脂耳畔传来一阵妖魔鬼怪的号叫，凄厉可怖，叫人顿觉不寒而栗，一瞬之间便又消音而散，仿佛刚才只是胭脂的幻听一般。

她脚步微微一顿，感觉身后被人盯上了，隐隐约约一股森然冷意袭上心头，那感觉就好像走在平坦地面上，却突然从地里伸出了一只干枯的手，死死抓住脚踝，惊悚而又瘆人。

胭脂慢慢转过身看去，果然见那人站在自己身后几步远，目不转睛地盯着自己的头顶看。

胭脂心中疑惑，细细打量眼前这人，面皮极为精致好看，颇有几分阴柔之美，只是脸色太过苍白，像是刚从坟地里挖出来的死人。

胭脂不动声色地看着那人，这种感觉很熟悉，像是乱葬岗，又脱离于乱葬岗之外，不属于鬼魂更不属于人，她默了半晌，才微微启唇问道："看什么？"

那人闻言收回了视线，慢慢看向胭脂，伸出如枯枝一般消瘦苍白的手，指着胭脂发间的花木簪，低声问道："从何处得来的这木簪？"嗓子粗糙得如同被马车轮子一圈一圈压过，听着格外刺耳难听。

胭脂闻言微微眯起眼，默不作声。

那人默了半晌，猛地扑身而来，以迅雷不及掩耳之势伸手袭向她。

胭脂抬手一挡，后退一步准备回击，那人却已然收回了招式，眨眼间退到了十步开外，低头拿着从她头上取来的花木簪细细端详。

胭脂见状微微蹙蛾眉，这人身形如同鬼魅，根本已经脱离了人的极限，实在不好对付，可一看到他那只古怪的手碰着那根花木簪，心头就极为不爽利。

胭脂眼里闪过一丝狠厉，一副蓄势待发的紧绷模样，慢慢伸出手，看着他一字一顿轻缓阴冷道："还回来。"

那人拿着木簪看向胭脂，固执问道："这木簪从何处得来？"

胭脂闻言眼睫轻颤，末了慢声回道："已故之人所赠，还望兄台归还于我。"
　　"已故？"那人慢慢重复道，片刻后，他突然仰天大笑起来，仿佛胭脂说的是一个极大的笑话。
　　这笑声实在太过粗犷难听，胭脂听在耳里忍不住微微蹙眉，街上的过路行人纷纷投来异目，有的甚至于是惊吓而走。
　　胭脂不动声色看着，片刻后，笑声戛然而止，那人目光阴冷地看向这处，拿着手中的木簪对胭脂缓缓说道："你说谎……"语调粗糙中透着一丝诡异，仿佛笃定了胭脂在骗人。
　　胭脂神情一凛，沉声道："你究竟是何人？"
　　那人冷笑一声，神情轻蔑："小小阴物也配知晓？"
　　胭脂闻言瞳孔猛地一缩，浑身紧绷到了极点。
　　那人看了一眼手中的木簪，又看向胭脂，微一思索，突然抬手将木簪向胭脂这处掷来。
　　胭脂眉心微蹙，足尖点地翻身一跃避开了木簪掷来的方向，半空中伸手接住了花木簪，待一落地看向那处，人早已消失得无影无踪。
　　街上行人三三两两，胭脂站在清冷的街头，早间风轻轻拂过她胭脂色的裙摆，寂静沉闷的诡异之感随风而来，四下荡开。
　　这人显然不是人，木簪是他做叶容之时送的，以凡人的寿命来算，是三辈子前的事，那时的人早已化成了灰，只有妖魔鬼怪才能活这么久。
　　这样的"人"却认识叶容之……
　　胭脂微微垂眼看向手中的花木簪，簪身绕着一片黑雾，在细白手指和木簪间缭绕。片刻后，簪身微微泛着温润白光，环绕外头的黑雾突然皆被吸进了木簪里，接着木簪恢复如常，仿佛刚才的一切不过她的错觉。
　　胭脂心口一阵阵发慌，神情凝重地看着木簪。

　　那日过后，胭脂连等了十几日，那人却如同昙花一现般，再也没有出现过。她有心想寻地府问一问，奈何自己如今是个凡胎肉体，无计可施。
　　一切皆如深海表面般平静不起波澜，底下的波涛汹涌却半点看不出。
　　胭脂暗中打听了许多，发现苏家如今早已不同命簿所言。
　　苏家三年前就已是朝廷钦点盐商，垄断经营大权，坐收暴利。
　　苏家产业遍布扬州，赌坊酒肆茶馆勾栏，吃喝玩乐谋取大利的产业，无一不涉猎，可以说是扬州的龙头老大，死死掐着扬州的财政命门。

换而言之，苏家若是倒了，扬州风月娱乐的大营生也就瘫痪了大半。

苏家老爷年轻时，也不过是个靠祖业吃饭的纨绔，心思皆在女色头上，待到年迈更不可能有什么建树。

除了苏幕，苏家再没旁的人能做到这般，这简直如同扬州的土皇帝，也不知他究竟使了多少手段，现下顾云里本家和苏家，她还真拿不住谁高一筹。

可他……他如今才堪堪十七岁啊！

这般年纪为何不去斗鸡走马，不去斗斗蟋蟀，不去流连勾栏为个粉头一掷千金，非要在这给她一个劲儿地添乱！

胭脂忍不住以手扶额，只觉头痛欲裂，他本来就极难对付了，现下更叫她难上加难，这戏子对上"霸王龙"，简直是鸡蛋碰石头，一撞一个脆声儿。

苏幕如今这样一个性子，顾云里又住得这般近，二人难免会碰到。

不怕一万就怕万一，她还是先想想法子，骗着顾氏一家子离了此地才好。

胭脂正暗自琢磨着，却听门口一声叫唤："胭脂。"

胭脂抬眼看去，顾云里推开微敞的门，腿脚有些不方便地倚在门外。

胭脂默了一默，想起那日顾梦里拿着银子来找她，一口咬定这钱就是她给的。

她自然是不认的，顾梦里无法只能默默回去了。

胭脂这边此事告了一段落，可顾氏兄妹的毅力如何能这般小觑，他们心中认定这钱就是胭脂给的，她不要，他们也不碰，仿佛这银子是块烫手山芋。

胭脂不理便常来她这念叨君子爱财取之有道的劳什子话，道理是一套接一套，直磨得胭脂一个头两个大。

且这银子他们也不用，当做个积灰的摆设，胭脂没法只得承认这银子是她给的，就当借他们的，来日翻成两倍还来，才算让这二人消停下来。

顾云里一进门便见胭脂腿上摆了只兔儿，靠躺在长摇椅上一摇一摇，打个蒲扇闲得跟二大爷似的。

顾云里没有看错，胭脂确实闲得嘴里都淡出只鸟，曹班主也不知中了什么邪，完完全全将她当作了个摆设，戏也不让她唱了，每日好菜好饭倒也没断，如同喂猪一般，将她当成了一个闲人养着，实在叫胭脂百无聊赖到了极点。

苏幕那一阵揭过了，戏班便又开始接活儿了，现下正在大户人家的寿宴上摆大戏，整个戏班都去了，就剩下她一个看门。

他们一个个忙得跟个陀螺似的，就她一人跟根"定海神针"一般稳坐泰山，实在有些不好意思。

胭脂想了想，又摸了摸腿上的兔儿，拿着蒲扇指了指一旁的小矮凳儿："来来来，坐我边上儿来。"

顾云里默了一默，才走来坐下，刚一坐下就听胭脂道："伤好得如何了？"

顾云里微微笑道："已能下来走动走动了。"

胭脂点了点头："书可温了？"

"温了。"顾云里答道。

胭脂又点了点头："饭吃过了？"

顾云里只觉怪怪的，可还是答道："吃过了，两菜一汤。"

胭脂微一蹙眉，继而又慈眉善目，嘱咐道："吃得太少了，叫梦里给你炖只老鸭补补，你们两个瘦得跟牙签似的，忒不好看。"

顾云里终于觉出哪里不对了，他们现下的对话实在像极了慈爱的祖母，懂事的孙儿……

顾云里沉默了半天，看了一眼胭脂，她是半点也没觉出不对，摇了摇手中的蒲扇，一副无聊到想要上吊的模样。

顾云里默了一默，又伸手到怀里拿出了一大串铜钱，递到她面前："胭脂，这钱是我孝敬……"

胭脂："？？？"

顾云里微微一顿，神情颇为郁闷，半响才改口道："往后我每日都送来，你放心，钱我一定尽快还给你。"

胭脂闻言无语凝噎，有气无力道："不要每日来……"

她只觉心口在滴血，她这厢千方百计地阻止他和苏幕见面，他要是每日来，那可不是炮仗碰火苗，一点就着？

顾云里以为她又不要，忙拉过她的手，将一吊铜钱塞在她的手里，神情激动道："胭脂，你不必再说，往后我赚的每一分每一毫都会送过来给你！"

后头传来声响，像是一个人慢慢走进了后院，胭脂细细一听，这脚步声也真不是一般的熟悉。

胭脂顿在那处，可真是怕什么来什么，她一时放弃了抗争，只觉疲累得很。

苏幕手执折扇站定在廊下看向这处，神情淡漠。

顾云里慢慢站起来，原本平和的眼神慢慢趋于锐利，疾恶如仇地看着苏幕，怒道："你还敢来这里？"

胭脂心想：还是管一下吧，不然她可能要收拾收拾随顾云里一道下地府了。

苏幕闻言慢慢从廊下踱步出来。

胭脂忙放了兔儿下地，站起身看向顾云里，拿着那串铜钱，语气冰冷刺骨道："拿着你的钱滚。"说罢，手轻轻一抬，将那串铜钱随手扔到了地上。

顾云里闻言一脸错愕，看了眼地上的铜钱，又看了胭脂半晌，才不明所以道："胭脂，你为何突然这般……"

"这么点钱就不要拿出来丢人现眼了，打发乞丐都未必会要。"胭脂斩钉截铁打断道，"往后不要再出现在我面前，免得那股穷酸味熏到人。"

苏幕闻言止了脚步，漫不经心看向胭脂，眼里神情莫测。

顾云里闻言臊红了脸，看着胭脂的神情不似作伪，又看了看一旁的苏幕，只觉羞辱到了极点，抬手指向胭脂："好啊，算我看走了眼！"

胭脂嗤笑一声："姑奶奶需要你看？也不照照镜子琢磨琢磨自己是个什么东西，家徒四壁的窝囊废还敢在这里充大头！"

这番话可真真是刺心，顾云里作为读书人，科举是他的大事，旁的他管不了多少，论起赚钱他或许还不如自己的妹妹。

他向来视金钱如粪土，有些许读书人的自命清高，钱财于他自然如秽物，这些往日皆被人称道，可没想到今日会在这上头被人瞧不起。

他有心放些狠话，证明自己不是个窝囊废，可没考中之前，他什么也不是，一时竟也无从说起。

顾云里只觉一阵羞辱难堪，看着胭脂咬牙切齿恨道："你最好记住今日的话，往后有你后悔的时候！"言罢，便再也压不住心中怒火，转身摔门而去。

胭脂看着摇摇欲坠的门，又看着顾云里离去的背影彻底消失在视线中，才暗暗松了一口气。

胭脂慢慢看向苏幕，发现他正默不作声地看着顾云里离去的方向，神情莫测，胭脂一时心慌不已。正想着如何才能将他的注意力拉回来，苏幕已经收回了视线看向她，眼里神色未明。

胭脂的心一下子提到了嗓子眼，面上却半点不显，忙看向苏幕，开口缓和道："多日不见公子，小的心中颇为挂念。"

苏幕闻言莫名一笑，言辞浅淡道："是吗？"

胭脂闻言心中不安，他这般模样她见得何其之多，以往在这上头不知吃了多少苦头，一时竟接不上半句话来。

苏幕淡淡看了眼胭脂,漫不经心问道:"这人住在附近?"

胭脂心下一凛,面上却不动声色,看着苏幕平静回道:"是住在附近,不过平日里也没怎么见着,是个只会埋头读书的迂腐之人。"

苏幕轻笑一声,缓步走到胭脂跟前,语调轻缓道:"你说没怎么见到?"

胭脂心下一紧,不敢再接话。

苏幕的脸色越沉,轻声嗤道:"刚才看情况可不是见了一次两次这么简单,我瞧着你们郎情妾意得很。"

胭脂神情微僵,眉心不着痕迹轻轻一蹙,默了默便马上郑重其事道:"小的不敢有半点欺瞒,确实见过几面……"她微微一顿,又半真半假接着道,"那日他言语放肆冒犯了公子,得了教训后,他那妹妹哭得实在惹人心疼,小的便给了一些银钱权当打发了他们,可没想到这人性子迂腐,今日又将银子送了回来。"

见苏幕不发一言静静看着她,胭脂摸不透他究竟在想什么,又琢磨着凡人忌讳,便忙伸手为掌,故伎重施道:"若有一句欺瞒公子,便叫小的天打雷劈,不得好死!"

这可真真是皮厚得紧,好在眼前这位忘了前尘往事,否则还不知道得怎么个修理法……

苏幕闻言不为所动,只伸出手捏住她的下颔,淡淡威胁道:"最好如你说的这般,我不管你往日在京都如何行事,但现下既在我跟前伺候,就把那些不该有的心思收拾干净。往后若再叫我看见你与旁人有纠葛,可就没这么简单了。你哪处被人碰了,爷便砍了你哪处。"

胭脂闻言微微一震,唇瓣微动却没吐出一字,说不出心中滋味。

苏幕眉眼淡漠,捏着她的下巴随手一推,松开了她。

胭脂被推得偏了头,只觉自己半点不受尊重,心里直堵成了一团。她强按下心里的不舒服,缓了半晌,才轻声应道:"小的省得。"

苏幕见她这般自然没了半点兴致,抬步就后门那处走去。

胭脂一见便以为他要去寻顾云里的麻烦,顿觉脑仁儿一阵阵抽疼,这孽障可真难伺候,这般不依不饶,叫她如何弄!

她一时又急又怒,忙跟着冲了过去,苏幕听见胭脂跟来的声响,微一挑眉,毫无征兆地停下脚步。

胭脂收势不及撞到了他硬邦邦的背上,撞得她生生后退了两步,胸口是一片生疼,胭脂一下红透了脸又不好意思揉,只微微垂眼瞄了瞄,一脸担忧。

苏幕转身看向她，顺着她的视线慢慢往下移。

胭脂只觉浑身不自在，抬眼看去果然见他看来，忍不住抖了抖，一想起以往，气息就有些不稳起来。

苏幕慢慢抬眼看向她，面容散漫，眼神却透出几分莫名意味。

胭脂强自镇定下来，看着他缓声道："公子好不容易来了一趟，不进屋里坐坐吗？"

苏幕下了台阶，低下头看着胭脂，视线慢慢从她青涩的眉眼下移到小巧的鼻尖，最后落在粉嫩的唇瓣上，他突然微微笑起，意味深长道："好啊。"

胭脂直愣愣地看着他的白牙，又见他斯斯文文的模样，一时又想起些有的没的，吓得忙垂下眼掩住自己的神情，浑身不自在得很。

胭脂有心不管，可让他这么走了，她又实在不放心，便暗一咬牙，转身飞快往自个屋里跑去，速度快得仿佛后头有狼追着一般。

胭脂到了房门口，一时有些不想迈进去，她现下颇有几分引狼入室的微妙感。

身后脚步声渐近，停在她身后，片刻后，苏幕从后面靠上来，在她耳旁轻缓道："你堵着门我怎么进去？"

他的气息轻轻扑在耳畔，胭脂下意识一躲，心口一阵阵慌跳。

苏幕见状轻笑一声，眼里满是戏谑。

胭脂微一咬牙，狠下心推开了门，一步踏了进去，站在门边眼巴巴看着外头的"狼"。

"狼"在门外看了眼里头，才抬步踏了进来，到了一眼就能看完的屋里，又淡淡开口嫌弃道："太小了，转个身都能磕着脚。"

胭脂闻言默了默，哪里小了，她都能在屋里翻跟头了，怎么到他这儿就要磕着脚了？

又见他看来，胭脂忙又开口道："公子，小的给您倒茶。"她快走到桌案旁，伸手慢慢吞吞倒了杯凉茶，一转身苏幕已经站在她后头，漫不经心地看着她。

悄无声息，吓得胭脂往后一退靠在了桌子上，手中的茶水晃了大半出来，尽数洒在了身上，一片透心凉。

苏幕低下头来看她，那呼吸轻轻喷在她软嫩的面上，调侃道："怎么都倒在自己身上了？"

胭脂眼睫猛地一颤，心口一阵阵慌跳，湿漉漉的极难受，许是预料到后头要发生什么，她便有些慌乱，神情颇有几分不知所措，拿着茶盏无意识喃喃道："公子喝茶。"

苏幕看了眼茶盏，微微笑起，抬起手慢慢抚上胭脂的手，又轻轻包住她的手："爷不喝，你喝。"

胭脂闻言直愣愣地看着他，直觉他手上微微使劲，握着她的手将茶水尽数倾倒而下。

胭脂眼睁睁看着茶水尽数倒下，凉凉湿湿的，忍不住打了个寒战。

苏幕的眼神微暗，眼神越发放肆，胭脂忍不住握紧手中的茶盏，心跳快得透不过气来。

苏幕微微放松了手劲，拿过了她手中的茶盏，往前一步靠近胭脂，将手中的茶盏放到了她身后的桌案上。

胭脂被他这般靠近，清冽熟悉的气息一下萦绕鼻间，她忍不住手撑在桌案一角，上半身往后仰去。

下一刻，苏幕的手就抚上了她的细腰往怀里一带，低下头吻上她软嫩的唇瓣。

胭脂只觉他的唇瓣温软一如往昔，熟悉的感觉一下袭上心头，叫她呼吸慢慢急促起来，唇齿交缠间都是他的气息。

苏幕流连几番，又慢慢往下移去，吻过胭脂细白如玉的下巴，吻上她的颈脖处，那温软的呼吸轻轻喷在胭脂的颈脖处，叫她忍不住一阵阵发颤。

苏幕气息渐乱，将手中的折扇随手放在了桌案上，将一小半重量压在她身上，叫胭脂处处受制。

风慢慢透进来，胭脂余光瞥见门还大敞着，她连忙挣扎起来，死命躲开他的吻，喘道："门……门还开着！"

苏幕骤然被打断，一时有些不耐烦，他抬起头看向胭脂，软嫩的唇瓣泛着不同寻常的红，上头布着微微水泽，衬得细嫩肌肤越发白皙，眉梢勾着媚色，眼里泛着水雾，一副被欺负狠了的模样。

苏幕眼神一暗，弯下腰打横抱起胭脂，几步走到床榻前，将她往床榻上一抛，转身便往门那处走去。

胭脂被他这么一扔，在床榻上滚了一滚才停下，好在床榻上的棉被铺得厚，没让她摔疼，不过她还是给苏幕吓得不轻，忙抬眼看向他，见他已经关好了门，往床榻这处走来。

胭脂的心口一阵阵发颤，一时慌到不行。

见他站定在床榻前，抬起白皙修长的手不快不慢地解着腰带，面容散漫恣意，一举一动都透着惑人味道。

　　胭脂只觉心跳快得让她脑袋一阵阵发蒙，临到关头便越发想起以往的惨痛教训，心跳快得她受不住，忙颤巍巍求道："公子，能不能先缓一缓？"

　　苏幕的手微微一顿，轻掀眼帘慢慢看过来。胭脂被他黑漆漆的眼眸吓到，又唤道："公子……"话还未说完，苏幕已经上前一步，猛地俯身压了上来。

　　胭脂被他吓得慌叫了一声，面上一阵阵滚烫，苏幕的手指慢慢抚过她的脸颊，细细摩挲起来，语调轻缓道："你可真是不像话。"说罢，他的眼神一暗，捏着她的下巴恶狠狠吻了上来。


　　自那日后，苏幕便常来找她，后头嫌麻烦，便索性在外头给她买了间宅子。本想让她住在那儿，可胭脂不喜欢，戏楼里多热闹啊，那宅子冷冷清清的，她如何住得惯，乱葬岗都比那处热闹，至少还有些孤魂野鬼成日与她争抢住处。

　　苏幕便也依她，每每派人将她接去，住个几日又再送回来。

　　胭脂虽然觉着这般很奇怪，但到底还是心里有他，便没有太多计较。

　　他这一世对床笫之事似乎没有太大兴趣，除去头一次荒唐了些，狠狠折腾了她几番之外。

　　后头的日子便也克制了许多，皆是一回便止，绝不会有第二次，这也让胭脂没有过多排斥。

　　这些时日，胭脂越发乖巧顺意、懂事听话，颇讨苏幕欢心，二人倒也顺遂甜腻地过了好一阵子。

　　苏幕每每见她都会带些贵重的玩意儿给她，单单女儿家戴的金银首饰，就送了一屉又一屉。

　　可胭脂并不是很喜欢，比起这些金贵的首饰，她更喜欢头上这根花木簪，便也没怎么戴。

　　苏幕本还想将她捧成个角儿，可胭脂不愿意，她总觉得这样很奇怪，那感觉就像是勾栏里的娼妓伺候得恩客满意，便能得大把的好处。

　　胭脂每每想到此，心中皆是不喜，可是一见到他，便又都忘到脑后了，等他走了，心头又是一阵空荡荡。

　　春去秋来，戏楼后院的古树都染了金黄，嫩青的叶儿成了一片片枯黄的叶，早秋的凉风微微一吹，便从枝头打旋儿落下，院子里落了一地金灿灿，极为好看。

　　胭脂站在后院看了慢慢落下的叶儿许久。

她想，上一世的事过去了便就让它过去吧，本就是她自己负他在先，怨不得后头他喜欢上旁人，虽然他们后头的结局不好看，但这一世努力一下，或许不会再像以往那样。

她本就不喜纠葛繁杂，如今也想通了，既然喜欢他，这一世便好好对他，他与顾云里的纠缠已然过去，她也不必再为顾云里避劫，好歹能按照自己的心意办事了。

可她不知，她自己心中是这样想的，苏幕……不是。

已经整整六十天了，他再没找过她，一下凭空消失了，就好像从来没有出现过。

戏班子里的人早就看清了，这不过是个纨绔子弟，一时兴起玩弄了个小戏子，现下失了新鲜劲头，自然就不会再来了。

这本就是戏班子的规矩，雪梨园说得好听了是京都的戏中瑰宝，但揭开了瞧，还不就是那些权贵的玩意儿，不过披了件好看点的外衣罢了，门面上镀了层金，里头其实和勾栏没什么区别，皆是迎来送往的营生。

要说胭脂也不是头一个拎不清的戏子，这种事情戏班子里常常有，最有名的就是十几年前的那个旦角儿"九树香"，年纪轻轻就成了戏班里的台柱子，面皮生得可真不是一般巧，身娇体软，唱得一手好戏，颇得京中权贵喜爱。

后头追着捧着的富家子弟数不胜数，九树香千挑万选，看中了一个京中贵家之子。

相恋之时，海誓山盟的话儿说了个遍，末了该娶妻的时候还不是回了家，安安分分地娶妻生子，以往的风流韵事皆被传为雅谈。

可九树香看不透啊，还真以为人家会将一个戏子纳进府里，平白让家族遭人笑话。

九树香这一等就等了两年有余，那贵家子妾室一个接一个地往屋里抬，早早忘了有她这么一个人。

九树香这才灰了心，彻底看明白了，隆冬腊月的半夜里便投河自尽了。

后头这些传到人贵家子的耳里，却只得了一句"傻子"，便被不痛不痒抛到了脑后。

人家摆明把你当个玩意儿，高兴时哄哄说些好听的，竟还当了真，可不就是个傻的吗？

这戏子哪里能动真心呀，这心捧出来也不会有人珍惜的，向来低贱的玩意儿，哪值当人看得上眼。

　　胭脂本是戏班子里最自在、看得最开的那一个，如今却在情字上面跌跟头，叫人如何不唏嘘，是以戏班子里的人看胭脂的眼神皆是怜悯可惜的。

　　胭脂默站了会儿，才转身往屋里去，后头一阵脚踩落叶声传来，她不由转头看去，见了来人，却是周常儿。

　　胭脂微微垂着眼睫，有些失落，正打算转身回屋，却听周常儿在后头唤她："胭脂。"

　　胭脂便停下脚步又看向他。

　　周常儿微微一笑，末了，神情又有些纠结，片刻后才开口问道："你可是在等苏公子？"

　　胭脂闻言唇瓣微动，想要否认，却又不得不承认，她确确实实有些想他，刚才可不就是下意识地在等他吗？

　　周常儿默了半晌，略一斟酌才缓声说道："我前些日子去陈大人府上唱戏时，瞧见了苏公子，便特地打听了一二，苏公子这些日子都在扬州，未曾出远门……"周常儿略顿了顿，"我见他身边还坐着上回咱们在猎场见过的那个女子。"

　　胭脂闻言微微一怔，心口一闷，难受得说不出话，只慢慢垂了眼看着地上的片片落叶，默不作声。

　　周常儿见状轻叹了一声："胭脂，苏公子若是心里真有你，早便来了。可真不是我说得不好听，那姑娘通身的气派，一看便是大户人家的小姐，与苏公子站在一块儿可是门当户对的一对佳偶。我们这些下九流的戏子哪里能比得人家一根手指头？"

　　胭脂闻言眼睫毛轻轻一颤，眼眶酸涩不已，心头一阵阵闷疼。半晌，她才微微笑起，笑里藏着些许酸楚，言辞苦涩难堪道："倒是我自作多情了。"

　　其实这些早有端倪，他好久之前就不像一开始那样勤快地见她了。

　　一开始还每日相见，到后头的隔几日见一次，再到后来十几日都见不了一次，她就该知道"以色事人，焉能久矣"这个道理。

　　他失了那个新鲜劲儿，又怎么会再来找她。

　　他都打算抛下她了，她却还在这处琢磨他们往后的日子，实在是可笑到了极点。

　　周常儿看在眼里，便劝道："你还是早为自己做打算吧，你这性子根本不适合做戏子，还是趁早寻个好人家嫁了吧。"

他见胭脂默然不语实在有些可怜，想了想又另开一个话头："我瞧着那蒋公子对你倒是真心实意，每每来总挂念着你，你不若费些功夫在他身上，讨得他欢心，说不准还真能讨个姨娘当。"

胭脂心口一片涩然，看着周常儿勉力一笑。

讨个哪门子的欢心，她现下只想讨阎王爷的命，都说了她接不了这活，还非要让她来！让她来！现下好了，心口闷堵得不行，死又死不透，活又活不了的，简直就是活受罪。

胭脂正想着，忽一阵风平地而起，卷着地上的落叶荡起，又慢慢落下，衬得院里越发荒凉寂寥。

顾梦里刚从绣庄里卖了绣品，正提着木篮子往家中去，还未到家门口。便见开前头茶馆的伯伯疾步而来，一见到顾梦里，便急声问道："梦里，你哥哥在何处？快去寻来追你爹爹去，刚才也不知他从哪儿听说云里腿伤的事，叫他知晓了那个苏家的纨绔，便非要找上门去算账，我这一个没留神没瞧见他了，这十有八九是去了苏府！"

顾梦里心里"嗵"一下，手中的篮子跌落在地上，反应过来忙开口急道："伯伯，我哥哥在城隍庙那处摆摊卖字画，请您派人去说一声，我这头先去，晚了可不得了！"说完，等不及人回答，便转身急忙往苏府方向跑去。

那老伯见状忙急着开口喊道："哎，梦里，你一个姑娘家去有什么用啊！"可人一溜烟就消失在巷口，他有心去追，跑了几步却喘得不行，没得法子，只能赶紧回了茶馆，派了小二去城隍庙寻顾云里。

顾梦里一阵疾跑而去，到底是女儿家，跑得再快也是费了些时候，还没到苏府，他爹那头已经拦住了正要出府的苏幕，指着他破口大骂："你便是那个烫伤了我儿的恶霸？我儿与你有何仇怨，竟得你下此毒手！长得人模狗样，没想做出这般恶事，猪狗不如的东西，别想着我能轻易饶了你，我一定要将这事报官，叫你好瞧！"

苏幕静静听着，一旁的小厮忙拉着说书人，往他肚子上使劲挥了几拳，那说书人不仅没停了叫骂，还骂得越发凶了，怎么硌硬人他就怎么骂。

苏幕长睫微垂，眼里隐约透出了些许不耐烦，看着说书人淡淡盼咐道："让开。"

几个小厮听得此言忙放开了手，站到一旁。

说书人以为他怕了，正打算开口再说，却不防苏幕猛地一脚踹来，只觉胸间骨头尽数断裂，说书人闷哼一声，一下飞了出去，"砰"的一声扑倒在地，嘴里吐了一大口血，染得身上布衣一片鲜红，一大摊血迹落在青石地上，周边是星星点点的鲜红，触目惊心。

顾梦里刚到便见了这一幕，心头大骇，慌声叫道："爹爹！"又见苏幕一步步靠近她爹，她忙冲上前去拦在前头，瞪着苏幕咬牙切齿恨声道，"你若再敢碰我爹爹一根头发，我就跟你拼命！"

苏幕平平静静看着顾梦里，片刻后，突然微微笑起，像是碰到了什么极有趣的事一般。

事情传到胭脂耳里，已是傍晚时候了。

胭脂忙赶到顾家院门口，见到一路触目惊心的血迹，她身子一晃，险些没站住脚。

顾家大门正敞开着，一旁的街坊邻居皆聚在门口议论纷纷。

"顾老这是得罪了谁呀，被打成了这样？"

"谁知道呢，刚才背进来的时候，嘴里还直呕血呢，这么大年纪也不知在哪受的罪。"

"我是瞧见了的，是个富家子弟，想是和顾家小子有了过节，那人瞧着斯斯文文的，却没想到下手这般狠绝，顾老这一大把年纪也不知挨得过挨不过？"

"光天化日之下竟敢行这凶恶之事，未免也太过嚣张了，怎么着也要报官，将这人送进大牢去。"

"报官又有什么用啊！那人瞧着就有钱有势，赶明儿打点好了官府，还不是一两天就给放了出来，顾老一家人微言轻，如何是人家的对手？"

胭脂闻言微垂了眼睫，默不作声地站着。

片刻工夫，大夫就从里头走了出来，顾梦里一路跟出来，拉着那大夫的胳膊哭求道："大夫求求您了，您再想想办法救救我爹！"

"大夫，您别走，您一定有办法的！"顾云里一下拦在那大夫面前，情绪激动道。

"胸骨都震碎了，这伤真的没法治，你们还是收拾收拾准备好后事，多陪人最后一遭吧。"大夫见惯了生死，自然没把这些放在眼里，只不过见得二人可怜才多嘴道了一句。

顾云里闻言整个人都晃了一晃，神情绝望悲凉，顾梦里一下瘫软在地，美目聚泪，片刻间便又泪流满面，只摇头喃喃道："不会的，怎么可能……"

大夫见状轻叹一声，便抬步离去了。

一旁站着的纷纷出言安慰，顾云里才回过神来，强忍着心头悲痛，流着泪扶起伤心欲绝的顾梦里，搀扶进了屋。

众人皆唏嘘不已，怕顾氏兄妹过会子受不住，皆站在门口议论守着，到了半夜才挨不住散了去。

夜风寒冷刺骨，月色如水倾倒而下，洒了满地，巷子口的老树随风轻摆，仅有的几片枯黄叶儿被吹落下，只余一棵枝干上光秃秃的枯树立在巷口，显得越发荒凉凄楚。

胭脂在远处站了许久，才慢慢踱步出来，站在顾家门口看着敞开的大门，许久都提不起勇气迈进去，现下只觉羞愧难当，苏幕的所作所为让她根本抬不起头来。

她这些时日错了太多，满脑子情情爱爱，却忽略了苏幕的为人，连着三世，他一直没有改变过本心，从来视人命如草芥，毫无怜悯良善之心。

这样的人，她究竟爱他什么，他连人最基本的正直良善都做不到，她是疯了才会想要和他过一生。

可是……道理她懂又如何，真到这情字上头，又如何拎得清楚，胭脂越发觉得自己没什么用，连心都管不住，眼睫轻轻一眨，一滴滴泪砸落在青石地上，慢慢晕染开，最后被风吹干了去，了无痕迹。

胭脂静静站着门口，忽听里头高喊了一声"爹！"接着又隐隐约约传来了哭声。

胭脂猛地闭上眼，寒风萧瑟，心头冷意渐起，只觉一阵阵锥心刺骨，绝望而又迷茫，她喜欢的是这样一个丧尽天良之人，叫她如何不难过。

院里头传来一阵急促的脚步声，只听顾梦里哭喊道："哥哥，你别去，咱们去报官！"

"你放手，我要去杀了他！"

"哥哥！"只听一阵拉扯声，顾云里手拿菜刀杀气腾腾迈出了门，见胭脂站在门口，微微一怔，继而拿着菜刀指向胭脂："你还来干吗，滚！"

胭脂看着他手上的菜刀，平静问道："去哪儿？"

"由得你管！"顾云里见胭脂不让道，便径直绕过胭脂怒气冲冲往前头去。

"哥哥，别去，他根本不是人，你这样去肯定……"顾梦里急得忙追上拦抱住顾云里，哭得梨花带雨。

顾云里被死死抱着寸步难进，一时泣不可仰，哽咽道："梦里，你放手！"

胭脂默了许久，才开口缓缓道："顾云里，去了苏府你连大门都未必进得去，真以为一把菜刀便能帮你？"

"你说什么？"顾云里怒目而视，仿佛下一刻就要冲上去和胭脂拼命。

顾梦里忙按着顾云里的手，生怕他一个不小心把刀挥出去。

胭脂微垂了眼睫，慢声道："你若是能打得过我，我便不再多说一句，随得你去。"

顾云里见胭脂如此小看自己，越发愤怒，加之心头悲戚难过，彻底失去了理智，猛地甩开了顾梦里，双目赤红，怒吼着拿刀砍向胭脂。

顾梦里心下大骇："哥哥！"

胭脂微一侧身避过，移动身形极快变换着位置，黛色裙摆在浓重夜色里微微扬起，身姿灵巧轻盈。

顾云里怒极，毫无章法地乱砍乱挥，愣是没有碰到胭脂的一片衣角，一时气急败坏，猛地将手中的刀扔向胭脂。

顾梦里在一旁吓得惊声尖叫，在这半夜深巷尤为吓人。

胭脂微微闪身避开，"当啷"一声刀落在了地上。

顾云里站在原地直喘气，刚才的怒火发泄了大半，慢慢恢复了理智。

顾梦里忙上前扶住他，心中无助至极。

胭脂看了他半晌才开口道："连我的衣角都碰不到，你还想要去找苏幕，你可知道他身边随便一个小厮便能叫你落个半身不遂。"

顾云里也清楚自己根本无能为力，一时悲愤到了极点，猛地一拳砸在了院墙上，一拳又一拳，嘴里发出一阵阵痛苦绝望的嘶吼，手受伤了也不停歇地砸，血迹沾染在院墙上，看着只觉触目惊心。

顾梦里见状悲戚到了极点，再也撑不住号啕大哭起来。

胭脂不敢再看，便别开了眼去，半晌才开口问道："今日究竟是怎么一回事？"

胭脂冷静稳当的模样，让顾梦里如同找到了主心骨一般，忙哭述道："今日爹爹知晓哥哥腿伤的真正原因，便非要去找那苏幕算账，我到了的时候苏幕已然动手了……"

胭脂心头一凛,看着顾梦里问道:"你给他瞧见了?"

顾梦里不明所以,可还是哭着点了点头:"我上前狠骂他几句,他才没敢再逞凶!"

他被骂得不敢?

怎么可能!

顾梦里骂了他却能安然无恙地全身而退,只有一个原因,便是他看中了顾梦里,现下指不定要出什么阴招拿捏顾梦里。

胭脂想到此只觉头痛欲裂,千避万避还是这么一个死局!

顾云里闻言强压下心中的悲伤,看向面前站着的胭脂,眼里满是入骨的仇视怨毒,怒道:"你和他根本就是一丘之貉,不用来我们这里装什么好人,你回去告诉他,此仇不报,我顾云里誓不为人!"

胭脂闻言怒极,言辞激烈斥道:"报仇,拿什么报,你是天真还是愚蠢?一无所有要怎么和苏幕斗,就凭一把菜刀?没有那个本事就别充那么大的头,没得白白送了死!我现下就告诉你,若是再这般只凭心中意气行事,你连你妹妹都护不住!"

顾云里听着前头还一阵阵怒火攻心,待听了后半句心下猛地一沉:"你什么意思?"

"你觉得他是能骂走的人?"胭脂话中有话回道。

顾氏兄妹闻言如何猜不出意思,一时皆抬眼看向她,神情无助到了极点。

胭脂默了半晌,才开口道:"此处留不得了,我在扬州曾认识一个大户人家的老爷,为人爱打抱不平,心地极是良善,我将你们引荐给他,你将这事与他一说,他必会相帮。"

顾云里半信半疑:"我为何要相信你?"

胭脂看了他半晌,突然轻声笑起,笑里满是苦涩嘲弄,片刻后才开口缓缓道:"你只能相信我,你现下的情形根本毫无赢的可能,只有我能帮你。"

夜色渐浓,巷子里一片寂静,只余风声呼呼作响。

## 拾陆　夺梦

　　胭脂让顾氏兄妹尽快料理了后事，她这头回戏楼收拾好行囊，枯坐了几个时辰。

　　天边渐渐泛起了鱼肚白，戏楼里慢慢热闹起来，胭脂与曹班主说有事离开几日，又暗暗打点好了一切，将鸟儿和兔儿皆托给了周常儿，打算送顾云里归了本家，便不再回来。

　　可她没料到，曹班主早已暗暗留了心眼，他在京都权贵中厮混了这般久，又如何不知权贵的心思？

　　苏幕虽然不闻不问了，但不代表他同意这个女人不经他允许跟别的男人走。

　　所以早在胭脂失魂落魄地去了顾家，他就暗暗留心，胭脂前脚刚走，他后脚就派人去了苏府。

　　胭脂毫无所觉，换了方便赶路的便装，雇了辆马车，停在顾家等顾氏兄妹，没过多久，顾云里就抱着骨灰盒出来了。

　　胭脂视线落在那盒子上，心中极为复杂，只觉一股气郁塞于心中，怎么也透不出来。

　　顾梦里跟在后面一步一回头，眼中满是眷恋伤感，她不明白，好好的一个家怎么就成了这样？

　　自家爹爹的笑容还在眼前，转眼间却都成了空，一时更是悲从中来，她忍不住痛哭出声。

顾云里握紧了手中的骨灰盒，想起养父待他恩重如山，一时不禁潸然泪下。

胭脂看在眼里，心中越发恨苦了苏幕，怨他为人这般残忍冷血。

树影斑驳，层层叠叠的林中，一架马车在林间道上飞驶而去。

胭脂赶了一段路便觉着有些不对劲，一拉缰绳停下马车，神情极为复杂地看着前方。

坐在一旁的顾云里全身一下紧绷起来，神情戒备地看向前方，沉声问道："怎么了？"

顾梦里也从里头掀开了车帘，蛾眉微蹙，看着四周寂静的林子，神情极为凝重。

胭脂见得二人这般如临大敌，一时有些尴尬，前头真没什么人，她……只是找不着路，句家的方向似乎是往这条路去，又似乎不是……

这林子的树长得差不多，她驾着马车行了这么远，这路就一直没变过，莫名让人有种走不到尽头的古怪感觉。

胭脂微微语塞，默想了片刻才看向二人："我摸不准方向，你们在这此处歇着，我去前头看看路。"言罢，又将手中缰绳递给顾云里，二人还未回过神，她便从马车一跃而上，飞踏过林，身姿干净利落，衣带飞扬，黑衣一下融入夜色，眨眼间便消失在了林子里。

此处树木太过密集，地形复杂偏僻，林子里头一片漆黑，幽深寂静，雾气极重，五步开外便能瞧不见人，极难辨路。

胭脂这一探路就已然花费了半个时辰，摸清了大概方向忙原路返回，待到近了原来的位置，却发现只余一辆空马车。

环顾四周，竟空无一人。

胭脂脚下微顿，忙疾步上前掀开车帘子，里头也是空荡荡的，只余端端正正摆着的骨灰盒与行囊。

四周一片寂静，只余夜风打在叶儿上簌簌作响，衬得林中越发瘆人。

胭脂心下微沉，伸手拿起放在马车上的刀，微微侧耳细听，一听到远处细微声响，她转身疾走几步，一个飞身跃起，踏叶林间，往那处方快略去。

待到近前，便见顾氏兄妹在林间小道里相携而逃，身后几个人紧追不放。

胭脂慢慢俯身近前，悄无声息隐在树间，这些人她见过，是苏幕身边的小厮，他们来了，那苏幕自然也来了。

胭脂只觉艰难得很,他竟然这般快就追了过来。

顾氏兄妹一个是文弱书生,一个是弱质女流,如何敌得过这些人的速度,不过片刻工夫,他们便被拦了下来。

顾云里忙将顾梦里护到身后,看着他们厉声道:"你们究竟要如何?"

几个人拦着他们的去路,却不接话。

林间雾气渐深,又随风拂去,不远处慢慢走来一人,鸦青衣袍系着同色腰带,腰间缀着一块暗金镶玉,手中的折扇坠着暗青暖玉,墨发用暗金雕花冠束起,额前微有发丝垂落,眉眼如画,蕴染风流,行走间清贵之势压人三分,如玉的面容隐含一丝"山雨欲来风满楼"的平静。

胭脂微微一怔,他们好些日子没见,现下骤然瞧见竟有几分陌生之感。

他缓缓站定,神情淡漠地看着二人,忽言辞轻缓道:"胭脂呢?"那稀松平常的语调叫人心头莫名一紧,尾音慢慢落下,胭脂下意识放缓了呼吸。

顾氏兄妹满目仇视,闻言皆闷声不吭。

一旁站着的苏安冷不防一拳挥向顾云里的肚子,顾云里闷哼一声,疼得直不起腰。

顾梦里吓得尖叫一声,忙伸手扶住他。

苏幕神情淡漠,也不说话,就静静等着,显然他若是没等到一个满意的答复,这顾云里必然是会被活生生打死在这儿的。

胭脂越发握紧手中的刀,目不转睛看着,她连六成的胜算都没有,绝不能贸然行事。

苏安并几个小厮见他们不回答自家公子的话,撩起了衣袖准备大干一场。

顾梦里见状忙看向苏幕急声道:"我们兄妹二人根本没见过什么胭脂!"

顾云里看着他,讽刺道:"你这种人是要用用胭脂,遮遮面上的残暴之相!"

苏幕闻言看了顾云里,半晌,突然垂首轻声笑起,折扇在指间轻轻一转,神情颇有几分漫不经心,笑看他们,明知故问道:"二位这般披麻戴孝,可是家中出了什么变故?"

顾氏兄妹闻言皆恨不能生啖其肉,饮其血,将眼前这人挫骨扬灰,已解心头之恨。

顾云里闻言发指眦裂,胸腔剧烈起伏,暴怒到了极点,恨声道:"苏幕,我顾家与你不共戴天,似你这般罪恶滔天的人,早晚有一天不得好死!"

苏安狠踹了顾云里一脚,顾云里直往地上跌去,顾梦里连带着倒了下来。

顾云里被踢得狠了，一时竟有些站不起身。

顾梦里在一旁慌叫道："哥哥！"

苏幕看着他们，神情淡漠到令人发指。

胭脂神情凝重，心慢慢沉了下来。

顾梦里眼含恨意看向苏幕，既然怎么样都是死，何不直接和这人拼了命去！

她猛地站起身，拿下发间的银簪子冲向苏幕。

一旁小厮见状也不拦着，上回公子可不就放过了这姑娘，还让人打听了住处，不就是瞧上眼的意思。

这姑娘面皮生得这般好，心思又单纯得很，拿了根银簪就想着杀人，天真烂漫得实在叫人不忍心动手。

苏幕静静看着，待人进到跟前，才慢条斯理伸手擒住了顾梦里的手腕，反手一折。

这力道自然是不轻的，顾梦里疼得倒抽一口凉气，死死咬着牙硬是一声没吭。

苏幕微一挑眉，手上用劲，顾梦里终是挨不住痛叫出声。

顾云里一声怒吼："你放开我妹妹！"

苏幕微微一笑，漫不经心道："你这妹妹倒是能忍，比你有出息得多……"苏幕微微一顿，故意用折扇轻轻滑过顾梦里的脸，神情恣意，意味深长道，"且来得这般巧，我怎么可能轻易放开？"

顾梦里眼里的恨意更盛，恨不能当场就杀了苏幕。

胭脂闻言心口一刺，既而又觉胸口一阵阵闷疼。

顾云里忙挣扎着起身往前冲，一旁的小厮上前拖住了他，顾云里挣脱不得，只能恶狠狠看着苏幕暴怒道："苏幕，你要是敢碰我妹妹一下，我做鬼都不会放过你！"

苏幕权作没听见，只微启薄唇淡淡问道："我再问你一遍，胭脂在何处？"那平平淡漠的语气，莫名让林中气氛平添压抑之感。

"你先放了我妹妹！"

苏幕闻言微垂眼睫，片刻后，忽平静说道："既然如此，我便只能送你一程了。"他眼神一暗，猛地推开了顾梦里，突然出手袭向顾云里。

胭脂没料到他突然出手，这眼看顾云里就要送命，她顾不得那么多，只能从树间飞快跃下，挡在顾云里面前。

下一息，苏幕近到跟前，一掌猛地落在了胭脂的胸口。

胭脂被这一掌击得往后一倾，猛地撞到了顾云里身上。

苏幕微有呆怔，面上竟有几分反应不及的错愕。

胭脂生受这催心一掌，脸色骤白，继而不带半刻停顿，猛地抬脚用尽全力狠狠踹向苏幕。

苏幕受力不稳，连退几步往后倒去，吓得身后小厮忙七手八脚地上前扶住他。

苏幕借着小厮猛地站起身，额间微有发丝垂落，抬眸看来，眉眼骤染凛冽杀意。

胭脂的呼吸渐乱，抬手按住胸口，心中后怕不已，这一掌要是搁顾云里身上，只怕早已气绝，苏幕下手实在太狠绝，连她也受不住。

胭脂喉头腥甜骤痒，微微一咳，猛地喷了一口血。

"胭脂！"顾云里忙伸手扶住胭脂，神情极为担忧害怕。

苏幕看在眼里，忽缓缓说道："胭脂，你真是太让我失望了。"那模样神情跟捉奸在床的相公没什么分别。

胭脂见状突然笑出了声，他摆明将自己当作娼妓玩弄，现下又这副作态，可不就是有趣得很吗？

苏幕眼眸渐暗，黑漆漆的眼看着胭脂，只觉瘆人。

林中静得只余飕飗风声，夜风微微拂过苏幕的衣摆，他微垂眼睫，眼里神情莫测，半响才轻掀眼帘看了过来，手中折扇微微一转，抬步向这处缓缓走来。

胭脂全身紧绷，胸口的伤隐隐作痛，目不转睛地看着他一步步而来。

苏幕渐近，眼神突然一变，凛冽阴狠，猛地伸手袭来。

胭脂抬手拿刀一挡，只觉手一下被震麻了。

苏幕淡漠着眉眼，手中折扇微转，带着凛冽风劲袭来。

胭脂忙伸手一挡，只觉入骨之疼，胳膊骤然失了力，她忙后退几步避开，手还在微微发抖。

苏幕几步上前，一刻不放松出手擒拿，胭脂忙一个闪身迅速避开，足尖轻点，一个飞身而上隐入树间。

苏幕一击落空，轻身上得树间，追着胭脂而去。

顾云里见状一急，忙追赶而去，才跑了几步就被一旁的小厮拦住，他神情顿如阴云密布，这一遭只怕三个人都要折在苏幕的手里了。

林中弥漫着雾气，衬得树上叶儿深绿苍翠欲滴下水。

胭脂几个起跃一下扑落在地，她实在跑不动了，苏幕简直如蛆附骨，她竭尽所能也摆脱不了。

她强忍胸口的闷疼,往林子更深处疾步行去,不过行了几步,胸口突然一阵令人窒息的刺疼,她忙扶上一旁的树干剧烈喘气。

时间不等人,苏幕这一世偏偏不是个路痴,要不然她哪用得着这般狼狈。

胭脂微蹙黛眉,略缓了缓,才强忍着疼往前而去。

后头一阵细微动静,胭脂眼神一凛,忙快步掩到树后闭气凝神,此处树林密集,雾气弥漫,这般一藏极难看见。

片刻后,身后脚步声渐近,胭脂一时心跳如鼓,后背都微微汗湿。

"胭脂。"

胭脂心下大骇,手慢慢握紧刀柄,又疑心有诈,硬是不敢动一下,周遭都是雾气,她根本确定不了苏幕的方位,忽然有些战战兢兢。

林中雾气愈加弥漫,氤氤氲氲,静谧幽深,偶有几声虫鸣,衬得周遭更加寂静阴森。

胭脂琉璃色的眼珠不安转动着,一遍又一遍地查看四周,整个人紧绷到了极点。

胭脂这般等了好一会儿也没动静,才暗暗松了口气,可她心里还是隐隐不安,便又耐着性子站了小半个时辰。

林中的雾气渐渐消散,她再待下去也不安全,胸口的疼痛已然渐缓,胭脂才慢慢从树后走出来,正对上了静静站在林中的苏幕。

胭脂脚下骤顿,瞳孔不住收缩,他竟然还在,且这般悄无声息地静静等着!这心思是何其的病态阴鸷,明明知道她的位置,竟然……

他根本就是故意让她提心吊胆,捉弄她玩。

苏幕见她出来才微扬嘴角,眉眼染上一丝古怪笑意,略带一丝关切,温和地问道:"胭脂,你怕吗?"

胭脂忍不住打了寒战,不由自主往后退了一步,浑身警惕地看向他。

苏幕安安静静站着,鸦青色的衣袍衬得他面若冠玉,斯文温润,瞧着便是一派谦谦君子的模样,可只是表面瞧着像罢了。

胭脂一想起他枉送了无辜之人的性命,心头就一阵戚戚然,眼眶一阵发涩,她默了许久才低声问道:"那个老者死了,你心中就没有半点愧疚吗?"

苏幕微垂眼睫,平平静静回道:"怎么,为你的奸夫抱不平?"

胭脂黛眉微蹙,根本不想接这种毫无意义的话,她只执着于那个答案,虽然这个答案她知道,可她还是想从他嘴里听到不一样的话,问道:"你有没有后悔,哪怕是……一点点？"

苏幕轻掀眼帘看过来，面上带着淡淡讥讽，慢条斯理哂笑道："我做事从来不后悔，现下倒是有些可惜没将他儿子一并杀了。"

胭脂闻言猛地闭上了眼，心头酸涩难忍至极。

半响，她才慢慢睁开眼看向苏幕，她早该知道的，他这样的人能有什么怜悯之心。

胭脂只觉心中一阵阵闷疼，失望透顶间怒意渐起，她抬手握住了刀柄，慢慢拔出了手中的刀，一字一顿尖利道："好一个没将他儿子一并杀了，苏幕，你说得可真是太好了。"胭脂眼神骤然发狠，猛地扔了刀鞘，挥刀而前劈向他。

苏幕见她骤然上前，眼里一沉，不慌不忙执着折扇随手一挡，将刀打了回去，右手为掌猛地击向胭脂。

胭脂忙收刀转身避开，黑色衣摆临空荡起，眼神一凛，半空间猛地挥刀以极诡异的角度袭向他。

苏幕侧身避过，刀锋擦过颈部，一缕发丝落在到刀身上，碰得刀锋截成两段，缓缓落下。

苏幕看着发丝微微落下，面上神情平静。

胭脂一朝得手又挥刀往前，凌厉的刀面在月光下碎成千片，仿如千万把刀。

苏幕眉心微蹙，"啪"的一声展开折扇，精准地挡住了刀刃，刀刃微颤发出清越吟声，动作干净利落，行云流水洒脱好看。

刀刃微颤，震得胭脂手腕一麻，疼痛顺着手臂传到胸口，震得她险些握不住手中的刀。

她勉力握刀，苏幕踏步向前，随手一扬收起折扇，以扇为剑猛地击于胭脂的胸口。

胭脂收势不及被打了个正着，连退几步，胸口一阵尖锐刺痛，以刀撑地才勉强稳住身子，胸口疼痛一下荡开，一股血涌上头，她按住自己的胸口，一阵疼痛难忍间猛地咳出血来。

这孽障下手太狠，挑的位置太准，如此伤上加伤，叫她越发艰难。

胭脂气息紊乱，胸口剧烈起伏，呼吸一下胸口便闷痛难忍，细嫩白皙的额间慢慢布满细密剔透的汗珠，唇瓣被血染红，嘴角一道血迹蜿蜒而下。

苏幕神情淡漠，抬手摸过颈部，伸手一看，指尖染红，鲜红的血迹在白皙的手指上分外明显。

苏幕神色莫测，嘴角勾出一抹浅笑，在这阴森寂静的林子里诡异至极，瞧着便让人不寒而栗。

他看着胭脂许久，忽意味深长慢慢说道："胭脂，你可真是好本事，藏得这般深。"

胭脂听在耳里，心头戾气骤起，言辞讥讽道："比不得公子好本事，装得和人一般。"

苏幕眼神猛地一沉，面上的笑一下便消失得无影无踪，面无表情地看着她。

胭脂慢慢直起身，手心一阵一阵发麻，根本握不住刀。她一边留心苏幕，一边抬手撕了自己的衣摆，将自己的手和刀柄一圈一圈裹起，死死缠住。

苏幕见状嗤笑一声："不自量力。"

胭脂心头大怒，一扬手中的刀，刀锋带起凌厉的风劲，一字一顿尖刻道："自不量力也好过没有良善之心！"

三世了，他终持畸心，残害无辜，她却一次又一次地无视、偏袒，她又如何没有错！

胭脂眼神凛冽，挥刀指向苏幕，严厉道："君子良善，济弱扶倾；君子方正，厚德载物。你既行诸恶不辩善心，便该诛之！"胭脂微微一顿，眼里泛起水雾，片刻后狠下心肠，厉声道，"杀一人便该偿一命，做错了事就该付出代价，这才是道！"墨衣黑发，唇瓣染血，刀锋上的璀璨光芒染上眉眼，一息之间便能夺人心魄。

胭脂眉眼凛然正气，周身锋芒毕露，脱离于容貌之上的气韵本叫人心折，此时仿若一道光劈开云雾缭绕骤然洒下，叫人避无可避，猝不及防间顿失心跳。

苏幕看着她，神情竟有些许怔然。

胭脂猛地飞身上前，举刀从上而下向他的头顶劈去。

刀锋带着凛冽的风劲袭向苏幕，他才回过神，轻抬折扇暗使内劲，"啪"的一声打偏了刀。

胭脂狠蹙黛眉，猛地抬脚袭向苏幕腿间。

苏幕脚下微转，身形极快，眼还未察觉便已然轻移到她身后，伸手揽上她的细腰，抱过她软嫩的身子，薄唇贴上着她小巧玲珑的耳朵，言辞暧昧地淡淡说道："这般狠，踢坏了你往后要怎么用？"

胭脂一时怒得面红耳赤，他竟还敢将自己当作娼妓一般耍弄。她胳膊一抬，耗尽了全力将刀挥向二人的脖子，索性来个同归于尽。

苏幕的眼神骤然凛冽，手抬折扇狠狠打在她的手腕上，胭脂整个手臂震麻，骤然失了力道。

她心下慌起，忙抬起另一只胳膊，用胳膊肘狠狠往后一击，打在苏幕身上，急欲脱身。

苏幕硬是不放手，腿往前一屈，狠顶在她的膝盖弯，胭脂腿一弯跪倒在地，越发力不从心，本来男子力道就大许多，如今硬拼力气，她如何能拼得过？

胭脂反应未及，苏幕已然猛地将她压倒在地。胭脂黛眉狠蹙，心头怒意迭起，死命挣扎起来，抬手向后胡乱挥刀。

苏幕抓住她的手向后一折，力道狠辣非常，半点不留情面。

"嗯！"胭脂闷哼一声，冷汗直冒，只觉手臂被他折断了，手上的疼痛连到胸口，一时没喘上气来，两眼一黑就疼晕了去。

苏幕面无表情默了半晌，见胭脂毫无动静，便将人翻过身来。

细长的眼睫垂下，额间汗湿，发丝凌乱越显苍白柔弱，仿佛刚才遭了一场折辱一般。苏幕见人晕了过去，微微一皱眉，直起身正要将人抱起，却见她的手上还绑着刀。

苏幕默了一阵伸手去解，绑得极紧一时竟解不开，他狠一敛眉，手上动作越加蛮横，生拉硬拽狠狠扯开了布带，弄得细白的手勒起一道道红痕。

苏幕拿起刀用力一扔，"锵"一声刀子如同破铜烂铁般落在远处。他瞧着满意了便站起身，将胭脂一把扛在肩上，环顾四周微微分辨了方向，才带着"猎物"慢悠悠地往回走。

苏安几个人将顾氏兄妹绑起来，回到马车一旁等了许久，才见自家公子扛着人从林子深处走来。他忙牵了马上前，正伸手想接过胭脂，还没触到衣摆便被苏幕避开。

苏安一愣，忙收回了手跟在一旁。

"胭脂！"顾云里见胭脂昏迷不醒，又这般被苏幕扛在肩上，忙挣扎起来，勃然大怒道，"苏幕，你做了什么！"

苏幕充耳不闻，将胭脂如同块抹布一般搭在马上，见顾云里一副气到毛发倒竖的模样，只觉有有意思得紧，便漫不经心地言辞暧昧道："还能做什么，都瞧出来了还明知故问……"

顾梦里看了眼苏幕，又看了眼软绵绵的胭脂，二人的衣发皆也有些凌乱，胭脂更盛，那模样一瞧就没少遭罪，她不由得面上烧红了一片，一时又羞又怒。

顾云里闻言怒不可遏，看着苏幕仿佛想要撕碎了他一般，恨声道："你这样的人早晚有一天会遭报应的！"

苏幕嗤笑一声，翻身上马，坐在马上居高临下看着顾云里，意味深长缓声道："可惜你永远等不到那一天……"他看向苏安，淡淡吩咐道，"将他送到陈府，让陈大人帮我好生招待招待。"

苏安闻言忙应了声。

午间日头高挂，从大敞的窗透进来，半空中轻尘微扬，屋里弥漫着淡而不觉的紫檀香，微风从大敞的门漫进，檀木珠帘轻动，屋外偶有几声鸟啼清鸣。

苏府的仆从早已来来往往忙碌起来，孙婆子端着刚熬好的药，一路进了屋，昨个半夜里，公子爷带了两个姑娘回来。

一个让苏安绑着进了别处，另外一个便是她现下伺候的这个，公子爷是一路扛进了自己屋里，又将人剥得只剩件里衣，一下塞进了自己的被窝里。

这可真是叫孙婆子开了眼界，自家公子爷最不喜旁人近他的床榻，那榻上锦被每日一换都是俗成的规矩，却没承想能让这狼狈的小姑娘上了榻。

孙婆子打小看着苏幕长大的，如何琢磨不出这里头的意思，自然是要打叠起心思伺候的。

胭脂眼睫轻轻一颤，微微睁开眼，窗外的阳光透进来让她颇觉几分刺眼，忍不住眯了眯眼，待微微适应了才睁开眼。

床头垂着浅青色绣竹纱帘，微微起身见身上盖着整面绣麒麟瑞兽的暗青锦被，胭脂默了一默，还真没见过在被面上绣这么一大只的，实在有些说不出的莫名古怪。

胭脂转头看向外处，却被巨大的蜀绣松柏屏风挡住，只隐隐约约看到屋外人影晃动，仆从轻声走路，小声打闹。

这间屋子宽敞明亮，布置大气雅致，一看便知是男子住的屋子。

胭脂微微一咳，只觉胸前伤口一阵闷疼，身上只剩了件单薄里衣，一抬右手，倒是没有断，只有些疼加之使不上力罢了。

胭脂一想起是在苏幕手上晕了去，不由得眉心轻蹙，强撑着坐起身。

脚一动便发出一阵细微的声响，脚腕上像是带着什么东西，她忙抬手掀开锦被，细白的脚腕上拴着一条极长的细金链子。

胭脂微微错愕，不可置信地拉起那条金链子顺着看去，细长的链子拴着她连在大床柱上。

这简直就是把她当作畜生一般拴着，胭脂只觉羞辱到了极点，顾不得身上的伤，拉着那条链子在手中绕了一圈，使了内劲狠狠一扯，那链子声响倒是大，偏偏半点没见断。

外间的孙婆子听到动静，忙绕过屏风进来，一见这模样忙笑着和善道："姑娘醒了啊？"

胭脂闻言猛一抬头，满面怒气，看向那婆子也不接她的话，只气急败坏怒道："那孽障呢，让他过来！"

孙婆子闻言也没半点意外，昨儿公子爷还亲自寻了条金链子将这姑娘拴到了床榻上，她心中便有了计较，这姑娘八成是自家公子从哪处硬生生抢来的，现下自然也料到这姑娘醒来会有一场闹腾。

胭脂一时气急，连着胸口直疼，她忙伸手捂住胸口轻轻喘气，太阳穴那处一阵阵地抽疼。

孙婆子忙上前安抚道："姑娘少安毋躁，公子爷还在外头办事，待到晚间便回来瞧你了。"

胭脂缓过气来，想起顾氏兄妹，便急问道："和我一块儿的人你可有看到？"言罢，见孙婆子一脸错愕，胭脂便晓得她必是不知道的。

胭脂一时只觉头痛欲裂，顾氏兄妹情况未明，她又这般伤重，根本对付不了苏幕，好好的局越结越深，简直弄得一团糟！

胭脂默了许久，正要起身，脚还被死死锢住，不由得怒上心头，气得狠狠一捶床榻，又死命拉扯那金链子。

那链子极为牢固，无论胭脂如何使劲都扯不断，她一时怒极抬脚踹向床柱，连着床榻微微晃动了一下。

她便越发不管不顾死命狠踹，想要将那大床柱踹断了去。

孙婆子见她不顾自己身上的伤，便忙开口劝道："姑娘可要小心身上的伤，这链子不急，等公子回来了，你好生与他说一说，自然会给你解了去。"

胭脂充耳不闻，猛踹那床柱许久，依旧纹丝不动，胸口的伤越发疼得她心有余而力不足，只剩一阵阵上气不接下气的垂死模样。

孙婆子见状忙道："姑娘，你可别乱来，叫公子爷看见指不定要怎么……"

胭脂闻言眉心一跳，尖利着声儿怒道："别跟我提那畜生！"心头气结至极，又拿起榻枕狠狠往地上砸去，见了眼前碍眼的纱帘又抬手一把扯掉，整个人活脱脱像条脱了水的鱼，死命蹦跶。

孙婆子被这模样唬得不轻，忙快步退了出去。

胭脂发泄了好一阵子，身上的伤实在撑不住了，才靠在床榻上拼命喘气。

孙婆子守在门外等到天黑，才见自家公子爷进了院子，她忙迎了上去："公子爷，您可是回来了。"

"怎么样了？"苏幕边往屋里走边问道。

"午间的时候醒来了，药也没喝，饭也没吃，闹腾了好一阵，现下累得睡着了。"孙婆子忙快步跟上。

苏幕绕过屏风一进屋里，脚下一顿，看着里头微一挑眉。

可真能耐啊！榻上一片狼藉，纱帘给搜得七零八落，枕头落在地上，床上的锦被被拆得七七八八，里头的棉絮散满了床，些许落到地上。

胭脂侧躺在床榻上，黑色及腰长发散落在身旁，一张小脸欺霜赛雪，粉唇软嫩，细长的眼睫微微垂下，现下正安安静静睡着了，一派乖巧模样。

白色单薄的寝衣微微有些凌乱，细嫩的脚腕上拴着一条细金链子，链子下一道道红痕，微有破皮，一看便知是用力挣扎时落下的。

胭脂听到脚步声猛地弹开眼帘，见苏幕正往这处来，她慢慢坐起身，眼睛一眨不眨地看着他。

苏幕走近榻前，随手抓了一把榻上的棉絮，缓声淡道："脾气倒是不小，将爷这榻糟蹋成这样。"

"把链子解了。"胭脂强忍着太阳穴抽疼，懒得再接他的话，直接说道。

苏幕一身白衣衬得面若冠玉、唇红齿白的好模样，瞧着和善温润的谦谦君子，听得此言却一点都不温和，他伸出手一把抓住了胭脂的脚，猛地拉到身旁。

苏幕垂眼看了看上头的伤痕，又用手指勾了勾上头的金链子，缓声讽道："怎么能解开呢，我瞧着这链子很衬你，你要是不喜欢，便再让人多打些，送来给你挑挑。"

胭脂闻言脸色一沉，猛地伸出手指戳向他的眼。

苏幕微微后退，抬手抓住她的手腕狠狠一折，将人一把按在床榻上。胭脂闷哼一声，白皙的额间布满了冷汗。

一旁站着的孙婆子吓得不轻，一声尖叫死死卡在喉头不敢发出。

胭脂疼得一阵阵冒冷汗，整个人都发颤起来，这只手只怕要被他弄脱臼了。

苏幕神情淡漠,看着胭脂淡淡斥道:"再敢使这些恶毒的阴招,莫怪我不留情面。"

胭脂闻言突然冷声笑起,强忍着身上的疼,言辞尖利讽道:"再恶毒又如何比得上你,残害无辜连眼睛都不眨!"

苏幕默不作声看了她半晌,才面色不好看地松了手,朝孙婆子伸出手,吩咐道:"锁匙拿来。"

孙婆子忙将锁匙掏出来,上前递上来。

胭脂不可置信地看向孙婆子,若是早知道锁匙在这婆子身上,她一早就脱身了,何须再跟苏幕纠缠不休?

胭脂顿时一阵气血上涌,他身边的人果然没有好人!

苏幕刚才被这般一刺,自然没了好脾气,伸手一把拽起胭脂的脚。

胭脂被这骤然一拉,上半身猛地倒在床榻上,心中一阵戾气渐起,若不是看他有解开这链子的意思,只怕又是一阵阴招百出。

胭脂心里想着,面上却是半点不显,只强忍身上的疼,垂着眼睫默不作声等着苏幕解开链子。

苏幕握着她的细白脚踝看了她一眼,见着一副怯生生的软嫩乖巧模样,才解开了链子上的小锁。

脚上的金链子刚一解开,胭脂眼神骤变,突然使了内劲狠狠踹向苏幕的腹部。

苏幕像是早有防备,往后退了两步,轻松避过。

孙婆子见状吓得"哎呦"了一声。

胭脂无暇顾及旁的,忙站起身从床榻一步跃上了窗边的黄花梨几案,正要跳窗而逃,苏幕已然从后袭来,一把抓住她的脚踝往后一拽。

胭脂被拽地一下跪倒在案上,她忙用手撑在几案上,才不至于磕着,又强忍着胳膊上的痛,一脚往后使尽全力狠踹向他。

苏幕眼神一凛,不顾胭脂踹他,手上一使劲,猛地将她硬生生拽了回来。

几案"砰"一下应声倒地,胭脂被一下拽回了屋里,一只脚腕被他高高拽起,重心不稳,只能面朝下双手撑着地,勉强支撑住了身子。

胭脂见挣脱不掉,越发气恨起来,手掌一拍地面,借力整个人半空翻转踹向苏幕。但被他后仰避过,胭脂半空翻转一圈落了地,他的手还跟钳子一样拽着她的脚踝不放,胭脂眼神越发凶狠:"给我放手!"

苏幕越发用力捏着她的脚踝。

胭脂吃疼，便伸手为掌击向他，待苏幕伸手过来，她又中途换道，转掌为指戳向他的双眼。

苏幕狠一眯眼，手快如闪电般抓住了她的手腕。

胭脂这才提劲猛地踢向他，力道之狠让苏幕猝不及防，连连后退了几步，在孙婆子的惊呼声中撞倒了后头的大屏风。

"砰"的一声巨响，屏风倒地掀起极大的风浪，震得一旁珠帘猛烈晃动。

力的作用是相互的，胭脂这处也没好到哪里去，她被自己的力道硬生生撞飞到床榻上，后脑勺磕到榻里的墙面上，疼得差点没一下晕过去。

孙婆子站在一旁，见状吓得呆若木鸡，她活了大半辈子，还从来没有想过有朝一日，自家公子爷这么个见不惯就处理掉的性子，还能和个姑娘死磕到这个地步。

胭脂还没缓过劲来，苏幕这厢已经慢慢站起身，面色微沉，看着她的眼神越发古怪，瞧着竟有些病态，再加之白衣墨发，容色出挑，斯文有礼的温润模样反差，倒让人越觉诡异。

片刻后，他脚下微动往这处而来。

胭脂微一蹙眉，只觉难缠至极，强撑着起身一步跨下了床榻。

才一下榻，苏幕这厢已至跟前伸手猛地袭来。胭脂忙抬起另一只手硬接了他一掌，掌力顺着胳膊震到了胸口的伤，胭脂面色骤然一白，后退一步，嘴角溢出了血。

下一刻便被苏幕按在了床榻上，苏幕坐在她身上，半点不留情面，抓住她受伤的胳膊往上按在榻上，疼得她直冒冷汗，加之如此姿势让胭脂越发气苦，死命喘气，咬牙怒道："给我下去！"

苏幕闻言眼神一狠，手上越发使劲，胭脂只觉手骨都要给他捏碎了，一时疼得额头直冒冷汗，动弹不得，也说不出半句话。

苏幕俯身锢着她的手，呼吸微有紊乱，居高临下看着胭脂，慢条斯理且语调危险道："再敢胡闹，信不信我把你的腿砍掉？"

胭脂看着苏幕，眼神越发冰冷，冷笑一声，阴阳怪气地嘲讽道："怎么不信，你砍人跟砍豆腐块似的，厉害得很！"

苏幕不怒反笑，腾出一只手摸了摸她嫩滑的脸蛋，意味深长地调侃道："讨厌爷？你再讨厌又能怎么样，还不是被爷压在榻上摆玩。"

胭脂闻言怒目含煞，眼里都能喷出火来，气得胸口剧烈起伏，她如今看他百般不顺眼，又如何肯在口头上输了他，便又冷声刺道："苏幕，你有本事等我伤好了再来比过，这般乘人之危，也不嫌胜之不武！"

苏幕会上当才有鬼，他管你受不受伤，他要真像表面上看到的这般君子模样，会讲公平讲道理，胭脂哪还需要如此费劲？

是以听到回答的胭脂自然是一声嗤笑。

胭脂越发气苦，恨自己将一半精力花在唱戏上，她若是早知今日，必会没日没夜地练武，也不至于落个这般受制于人的狼狈下场。

她是真有些吃不消了，苏幕这条破裤子比她想象中还要缠脚，从昨儿到今，她已经从头到脚皆受了伤，一时越觉心有余而力不足。

她本想先缓一缓，却没想到本还正常的苏幕突然收了笑，面无表情地掐住她的下颌，眼神狠厉至极，说道："说，和那奸夫成事了没？"

胭脂闻得此言，只觉侮辱到了极点，这说的都是什么混账话，竟然把顾云里和她联系到一起，她是这般淫乱弟子的畜生……胭脂想到此大脑突然卡着，眼神复杂地看着苏幕，她可不就是个畜生……

她越发恼羞成怒："你胡说什么！"

苏幕静看了她半晌，突然抬手拽下垂落在一旁的纱帘，三下五除二将胭脂捆成了麻花，那动作粗鲁得跟捆猪没个区别。

胭脂越发气急败坏，叫骂道："孽障，你放肆！竟敢这般对我，你这个忤逆不孝的畜生！我真真后悔当初没一掌将你拍死，让你走到今日这般不可理喻的地步！"

苏幕愣是充耳不闻，眼帘都没抬，待捆好了便站起身，将胭脂打横抱起走到外间，当块抹布一般扔在了外头的榻上。

胭脂在榻上滚了一遭，被裹着动弹不得，只拿眼怒瞪着他，眼神像是要杀人。

苏幕走到桌案旁的凳子上坐下，不发一言地看着她。

孙婆子到底年纪大见多了风浪，早已回过神来，现下见二人消停了，忙唤了丫头进来将屋里收拾干净。

外头的丫鬟进来，瞧见胭脂被捆成了个粽子，如何能不好奇，皆忍不住拿眼偷瞄。

胭脂面上一阵阵发青，浑身上下又没一处是不疼的，便闭着眼睛不去看苏幕，索性来个眼不见心不烦。

苏幕看了半晌，才开口淡漠微讽道："胭脂，你可真是能装，在我跟前演了大半年的兔子。"

　　胭脂闭着眼充耳不闻，再和他接话也讨不了什么好，都绑成了这样，她还能往哪处逃？

　　孙婆子见苏幕的脸色慢慢沉下来，才上前问道："公子，这时辰也不早了，可要用膳？"

　　苏幕看了胭脂半晌，才淡淡"嗯"了一声。

　　孙婆子闻言忙唤了人来摆饭，待饭摆好，苏幕拿起筷子便自顾自地吃饭。

　　胭脂浑身不舒服，闻着饭菜香味，半点胃口也提不起。

　　孙婆子有些不知该如何是好，这小姑娘一整天也没吃过饭，现下额头还直冒冷汗，瞧着就不大好。

　　苏幕眼帘都没抬，淡淡讥讽道："不用管她，死不了。"

　　孙婆子闻言忙应声，站在一旁不说话了。

　　胭脂正一阵阵犯困，却听人一下摔了筷子，她忍不住瞧了一眼，苏幕已经面色沉沉地站起身，往里屋去了。

　　孙婆子见人不吃了，忙吩咐丫鬟将桌案收拾干净。

　　苏幕在净室洗漱完便自顾自睡了，完完全全当没胭脂这个人。

　　孙婆子看着胭脂左右为难，入了秋半夜里可是极为阴冷的，穿得这般单薄，身上又受了伤，这样过一宿必然要大病。

　　孙婆子有心给她拿条被子盖，可一想到自家公子刚才那个样子，便也做了罢，熄了灯，轻手轻脚退了出去。

　　屋里静悄悄，漆黑一片，显得越发阴冷，胭脂不禁打了个寒战，里屋隐隐约约传来锦被翻来覆去的细微声响。

　　如此到了半夜，苏霸王又不知哪根弦搭错了，猛地一把掀开被子，腾一下"弹"起身。

　　胭脂在榻上冻了半宿，浑身都有些僵硬，早已感觉不到疼了，只觉脑袋一阵阵发晕，连苏幕什么时候到她跟前都不知道。

　　胭脂被他吓了一跳，见他还要来事的模样，便越觉顶不住了，这真不是一只阴物能对付的人。他现下同做谢清侧的时候完全两个样子，吵起来不是先避开，而是死缠着没完没了，胭脂哪来的这般好精力和他耗，没得送了命去，遂慢慢闭上眼，半点不搭理他。

　　苏幕面无表情地看了她半晌，突然转身往外走去，"砰"的一声甩开了门，外头也不知是哪个倒霉悲摧的守夜，被苏幕狠踹了一脚："爷还没睡着，你倒是睡得香！"

外头忙哭天抢地求饶，如此一闹可真是鸡飞狗跳，仆从忙都起来了，一时间院里屋内灯火通明。

没过一会儿，孙婆子便带着几个端着衣物的丫鬟来到胭脂跟前，见胭脂这模样，一时竟不知如何下手。

苏幕在外头莫名其妙责罚了一顿下人，才一身煞气进来，径直走到胭脂跟前，一把拽起她，狠拉硬扯撕开了她身上的纱帘，一手锢着她的胳膊，拿了衣裳准备给她穿上。

其实他根本不用这样锢着，胭脂早没力气逃了，她现下全身软绵绵的，抬根指头都费力。

孙婆子一干人可真是看傻了眼，她们家公子爷会给人姑娘穿衣裳，且还这般轻车熟路的模样，瞧这动作可不是一回两回这么简单？！

胭脂默不作声随他折腾，只平平静静看着他。

以往他是有给她穿衣的，只那都是第二世的事情了，那时他在床榻上的劲头太可怕，把她折腾得一点力气都没有，是以都是他抱着去净室洗漱穿衣的。

胭脂想起这些就越气苦他的所作所为，一张小脸顿时冷若冰霜，眼神又冷又厉。

苏幕抬眸看了眼，本还微微缓和的面色一下沉了下来，随手系好她腰间的衣带，伸手捏着她的下巴，阴沉沉道："爷带你去看看你的情哥哥。"

胭脂心下一突："你把他怎么了？"

苏幕松开她，眼中透着几分意味深长的笑意，衬得眉眼越发好看，隐染几分惑人味道，慢条斯理说道："急什么？去了不就知道了。"

胭脂黛眉狠蹙，心中隐隐透着几分不安。

苏幕拿了披风给胭脂披上，待穿戴齐整了，便擒着她一路往外大步流星走去。

胭脂脚下飘浮，几乎被苏幕半拉半抱一路带上了马车。

待马车一路颠簸，停在大牢门口，胭脂的不安才真真正正做了数。

阴暗潮湿的大牢，一间间木牢一排而去，每间木牢只余一个小窗，外头夜色微凉透了进来，更显孤寂冷清。

胭脂被苏幕一路半扶半抱着走到里头，狱卒又打开了一道大铁门，里头一排排刑具连续排开，皆沾染了难闻的血腥味。

一间间刑室排去，里头一阵阵抽打声，哀号求饶不绝于耳。

胭脂听得微微一颤，极为吃力地想要挣开苏幕。

苏幕漫不经心地看了她一眼，松开了手随她去，如画眉眼沾染上些许狠戾笑意，在阴暗的牢里越显病态诡异，叫人看着不由自主骨寒毛竖起来。

胭脂一步一步慢慢走到里头第五间，往右一看，果然瞧见了遍体鳞伤的顾云里。

狱卒皆不明所以，这姑娘明明头一次来，怎么会如此准确地知道位置，待他们转头看向苏幕，才恍然大悟，必然是苏家公子告诉了她。

可苏家公子也是头一次来，又是如何知道的？

然而苏幕根本只字未提，连带她来大牢都不曾说过，胭脂却像是事先知道一般。

苏幕的神情越发莫测，眼睛一眨不眨地看着胭脂。

他审视许久，才慢慢提步走向胭脂，站定在她身旁，抬手将她耳旁的细发轻轻撩到耳后，清越好听的声音暗透几分温和笑意，轻缓问道："胭脂，喜欢我给你准备的礼物吗？"那语气平常得仿佛真的只是送胭脂一样女儿家喜爱的物件。

胭脂慢慢看向他，长长的眼睫衬得眼眸愈加深远，眉眼清隽雅致，面若冠玉，一派方正君子的好模样，可偏偏金玉其外，败絮其中，她看着便越发觉得胸闷气短至极。

狱卒上前打开了牢门，胭脂正想进去，却被苏幕一把拉住揽进怀里，低头看着她浅声说道："里头脏，让他们进去便好。"语调轻缓，又含着几分危险的意味深长。

胭脂不明所以，她现下头重脚轻，难受得很，早已分辨不清他其中的用意。

那些狱卒惯在牢里做事，自然明白他其中的意思，径直进了里头去，提起一桶冷水泼向顾云里。他浑身一颤，片刻后才悠悠转醒。

他慢慢抬头看了过来，看见了胭脂，又看向苏幕，恨意入骨地咬牙道："苏幕，你把我妹妹弄到哪里去了？！"

只听"啪"的一声，是鞭子落在身上的声音。

胭脂忙要挣开苏幕往里头去，可这般软弱无力的兔儿劲哪够苏幕看，便是没病没痛也未必抵得过他的力气。

那狱卒手上不停，下手愈加狠重，鞭子挥舞，带着风劲呼呼作响。

她却只能干看着，无能为力，苏幕突然抱着她微微往上一提，眉眼染笑，温和地问道:"胭脂,喜欢吗?"

胭脂抬眼看向他,只觉身上寒意阵阵,他竟然以折磨人为乐趣,这是何其病态的心理。

胭脂垂下眼,喃喃道:"苏幕,你要怎么样才肯放了他?"

苏幕面上的笑突然一下敛起,看着就觉病态得很,他伸手抚过胭脂的脸颊,在细嫩的肌肤上轻轻摩挲片。刻后,手又慢慢往下抚上她纤细的脖子,突然一把掐住,眼神凛冽,语气狠厉地道:"胭脂,是爷这些日子对你太好了,才会让你觉着爷是个好性的,连这头顶绿帽都忍得了!"

胭脂只觉脖子被锢紧,一时呼吸都觉困难,只能勉力断断续续开口道:"是我……非要跟他们走的,和他们一点关系也没有……"

里头的顾云里见状勃然大怒,强撑着断断续续道:"苏幕,你有什么……冲我来,不要……为难她……"

苏幕闻言一声嗤笑,面含讥讽看向顾云里。

里头鞭子又是一阵阵的声响,顾云里忍不住疼叫出声,胭脂只觉心头戚戚然,他们两个和苏幕简直就是八字犯冲。

苏幕松开了胭脂的脖子,抚上她的脸,低头看向她,言辞轻浅地道:"可真是郎情妾意……"

胭脂的面色越发苍白,冻了一宿,整个人越发昏昏沉沉,看他都觉得累得很。苏幕见她这般迷迷糊糊的模样,反而开心起来,低头在她软嫩的唇瓣轻啄一下,末了又极温柔道:"胭脂,爷带你玩些有趣的。"

胭脂听后只觉一阵阵害怕,苏幕已经半扶半抱着她,推开了一旁的木门,往里头走去。

狱卒忙停下来,忙跟在一旁等候吩咐。

里头一阵阵血腥味袭来,胭脂脚下不动,极为排斥。

苏幕硬揽着她往前几步,拿起插在火里烧着的烙铁头,胭脂见状不可置信地看向他。

苏幕面无表情看了她一眼,握住她的手,拿着烧红的烙铁头,将胭脂揽到怀里,半抱半扶推着她往顾云里那处一步步走去。

胭脂看着眼前烧得通红的烙铁头,忙顿下虚浮的脚步,摇着头有气无力地道:"苏幕,你不要这样……"可她浑身软绵绵,连站都是倚靠在他身上的,又如何挡得了他。

胭脂越这般求，苏幕眼里的冷意便越重，推着她几步走到顾云里跟前，握住她的手用力往前一送。

"啊……！"胸口剧烈的疼痛让顾云里忍不住撕心裂肺地惨叫出声，额角青筋暴起，五官疼到扭曲。

发红的铁烙头触到皮肉上直发出"呲呲"声，胭脂听得头皮发麻，想收回却被苏幕握着不放。

"你松手！……苏幕！"胭脂越发气苦，几乎是咬牙切齿说道，可因为浑身无力，这般气极而言也不过微弱细声，半点没有威慑力。

片刻后，皮肉上冒起阵阵白烟，顾云里没熬住，彻底晕死过去。

胭脂慢慢闻到了一阵皮肉烤焦的气味，夹杂着牢中的血腥味、潮湿霉味，直叫她胃中一阵翻搅，忍不住隐隐作呕。

苏幕的病态可怕远非她所能想象，这般丧心病狂，根本毫无人性！

胭脂一时间情绪迭起，脑袋一阵阵犯晕，本就是强撑着，现下根本受不住心中激荡，一阵天旋地转后，眼前一黑硬生生厥了过去。

苏幕见人晕在他身上，才慢条斯理松开了手，铁烙头"当啷"一声掉落在地。

他伸手揽住了她的细腰，低头看着她，细长的眼睫垂下微微颤动着，眉间微蹙，似有极重的心事，面色苍白衬得人越发娇弱可怜。

一旁的狱卒看着颇有些不忍心，这么娇娇嫩嫩的小姑娘，哪里经得起这般恐吓？

这苏公子行事未免太过残忍，都这样了，他面上竟然流露出意犹未尽的神情，这公子爷怕是还有一大堆招在后头没机会使出来呢！

不过这也是可以理解的，这男人嘛，头上帽子颜色戴得这般翠绿，如何能忍得了，这自然是要往死里整治的。

只不知这小娘子为何如此想不开，非要在这霸王头上戴帽子，这一遭被发现且不是个得不偿失？

且这二人相比，怎么看都是这苏公子略胜一筹，这实在有些不合常理。

狱卒暗自琢磨了下，这姑娘家不愿意跟着，难道是因为那档子事？

这苏公子怕也就是个表面好看的空壳，真到上了阵，只怕下一刻就鸣金收兵了。这事儿可是有钱也买不来的，不行就是不行，勉强不了半点。

狱卒这般想着，心里莫名舒坦起来，这天下哪有这么好的事啊，还真能什么都让人占了。

顾云里的头无力垂下，不知是死是活，胸口烫焦了一块，浑身上下没一处好皮，被折磨得人不像人，鬼不像鬼。

苏幕看了一眼竟微微笑起，一副心情愉悦的做派，将胭脂打横抱起，转身往外走去。

那狱卒忙从后头跟上："公子，陈大人让小的问您，这人是留着慢慢磨，还是直接……"狱卒说着又在脖间轻轻一划做了个手势。

苏幕看了眼怀里的胭脂，她的身子越来越烫，面颊上泛着不正常的红，唇瓣微微颤抖，无意识地嘟囔着，像是吓得不轻。

苏幕微微垂下眼睫，眼里神情莫测，片刻后才微勾起嘴角，看向狱卒，意味深长地道："好生吊着。"

狱卒一下就明白了，这便是要日日折磨，却不能让人死了的意思。

他忙笑着点头哈腰应道，一路送着人出了牢房。

天色将亮不亮，灰蒙蒙一片，半空中微微飘起细雨，牢外高墙围筑寸草不生，荒凉寂静，细雨落在身上微有些许凉意。

苏幕抱着胭脂一路往马车方向走去，突觉一道阴冷的视线落在身上。抬眼看去，只见一个灰色衣袍的人站在不远处，目不转睛地盯着这处。

苏幕静静看着，那人半点没有收回视线的自觉，眼里还带了些许挑衅意味。

这可真是上赶着找不自在，苏幕这样的性子怎么可能轻易放过。

苏安见这家公子出来，忙让车夫将马车驶近，自己拿着伞快跑着上前，为自家公子打伞。

苏幕收回视线，将胭脂塞进马车，转身再看去时，那处已没了人影，环顾四周皆没有那人的踪影。

此处高墙屹立，一眼望去便能看遍所有地方，根本无处躲藏，而大门离这处极远，更不可能眨眼就到，便是轻功再高强，也不可能一下飞得这般高。

刚才的一切仿佛都是苏幕的幻觉，那处根本就没有出现过人。

苏幕微微垂下眼睫，眼眸越发幽深，他默站片刻才转身上了马车。

待马车微微驶动起来，苏幕抬手撩开了帘子，面无表情地看了眼外头，依旧空无一人。

待马车慢慢驶离那地，他才收回视线，垂手放下了帘子，将软绵绵的胭脂揽到怀里，伸手抚上她软嫩的脸颊，垂眼静静看着。

一阵轻风拂过，细雨微斜，刚才无影无踪的人又站在远处，看着慢慢驶远的马车，露出了一个古怪阴森的笑容。

胭脂昏昏沉沉之间，只觉耳旁极为喧闹嘈杂，慢慢睁开眼来，还是原来的屋子，屋子里头空无一人，悄无声息。

可外头却极为吵闹，一阵阵尖叫声、哭喊声，刀剑碰撞声此起彼伏，这个屋子却没人进来，好像一切都隔绝在外。

胭脂微微蹙起眉头，脚腕上也没了那条金链子拴着，她忙起身掀开锦被下了床榻，疾步行到外间，一下打开了房门。

外头夜色正浓，薄雾弥漫，声音明明就在附近，院里却没有一个人，一种诡异之感慢慢缠绕心头。

胭脂默默站了半晌，一步踏出了房门，顺着声音而去。

苏府实在大得离谱，且这屋檐楼阁金碧辉煌的模样，让她越发觉得似曾相识，却又想不起究竟在何处见过。

声音近在咫尺，却怎么也找不到位置，胭脂心下疑惑，却只能漫无目地在苏府走着。

过了几个小院，突然瞧见一道狭小阴暗的窄道，声音从里头清晰传来，一声声低泣在寂静的深夜里，叫人不自觉骨寒毛竖起来。

这种感觉让胭脂越发想起了乱葬岗，只觉一种"故乡"的亲切感扑面而来。

胭脂慢慢走进去，里面一片漆黑，走到深处连月光都照不到，那声音越来越近，前头有了微弱光源。

她加快脚步，几步就到了外面，此道通往大院中庭，只见庭中跪坐着满满当当的人，满府的人都在，连老弱妇孺都在其中。

前头跪着的人平平静静，一瞧就是主子派头，大祸临头却丝毫不乱。

黑衣人围着外侧，一个个手上皆拿着宽面大刀，月光大把洒下，刀面折射出的光芒晃花了人眼。

胭脂略一蹙眉，飞快移步往檐柱后头一躲，暗暗观察庭中情形，这般一细看，却发现自己根本看不清那些人的脸。

她不伸手揉了揉自己的眼，再睁开眼瞧却还是看不清，可他们的衣着瞧得清清楚楚，哭喊求饶不绝于耳。

胭脂心下微沉，所有的一切都透着诡异古怪。

苏府得罪了何人，怎么会一夜之间出了这般大事，命簿里根本就没有这一出？

苏幕又去了何处，他怎么可能放任苏府落到这般地步？

胭脂正想着，忽见堂屋一人拉拽了一个女子出来，往人群里一甩。

那女子惊慌失措，不住尖叫一声，猛地扑倒在地，半晌也没能爬起来。

又听里头一阵缓慢清脆的拐杖落地声由远极近而来，片刻后，那人从屋里慢慢踱出来。

一身墨衣，白玉簪发，乌发一丝不乱垂下，手握一根半人高的细拐杖，他腿脚不方便，走得极慢，却不妨碍身上的气度，举手投足竟是说不出的赏心悦目。

诚然，气度这玩意儿非常玄乎，要是有这玩意儿，便是个瘸子那瞧着也是赏心悦目。但若是没有，那可真不好意思了，便是双脚健全，瞧着也未必比瘸子好看了多少去。

胭脂看着那人的背影，神情呆怔，一时不知今夕何夕。

即便看不出这人面貌如何，她也能一眼就认出他来……

可是怎么可能呢，他明明已经故去了这么多年，这一世他已然成了苏幕，又怎么会出现在这里？

视线慢慢落在他的腿上，直愣愣地看着，他成了瘸子会是什么样子，她从来想象不出，也不敢想象，如今却亲眼看见了……

这个人就是这样，无论是毁了容还是瘸了腿，也丝毫不影响他骨子里透出来的东西。

谢清侧静静站定在人前，看着那些人哀哭求饶，面上一丝多余的表情也没有，整个人淡漠到可怕。

为首一人突然出声喝道："胆子倒是破了天，只不知明日到圣上面前，你要如何保住自己这条命？"他微一顿错，又言辞狠厉道，"今日之事你可要牢牢记在心头，本侯一定会让你千倍百倍地还回来！"

那人闻言也不回话，不知是听见了，还是没听见。

刚才扑倒在地的女子这时也缓过劲来，一时尖利刺道："你一个瘸子还真以为能抵得过我们侯府，真是不知天高地厚！你以为自己这般所为能跑得了，谢家能跑得了这天下还是讲王法的！"

谢清侧闻言一脸平静，忽淡淡重复道："王法？"语调轻浅，末尾微扬，含着淡淡讥讽。

胭脂闻言眉心一跳，视线一下模糊起来，所有的一切都扭曲起来，一旁突然现出一个人，灰色衣袍从头罩到脚。

是许久不见的灰衣人，胭脂眉心微蹙，平静地看着他，半响才开口道："怎么个意思？"

灰衣人花了极大力气才带了这阴物来此，现下颇有些承受不住时空逆转的反噬之力，再加之叶容之这样的在一旁，便愈加吃力起来。

他沉气静默片刻，才缓缓开口语调平平道："带你来看看你所谓的弟子，究竟是人还是鬼……"粗犷的声音在耳旁响起，灰衣人如烟一般慢慢消散而去。

周围的一切慢慢清晰起来，连刚才看不清的人面都瞧得一清二楚。

胭脂一时顾不了这么多，在廊下疾步往前，找到个极好的位置看向那人，眉眼一贯清隽雅致，微染凉薄，眼神淡漠地看着中庭那些人，月光淡淡洒下，笼在他身旁，却更透出几分孤寂清冷。

她站在原地微微发怔，还未反应过来，便听他沉穆的声音远远传来："一个不留。"语调不含一丝感情，比这夜风还要寒冷刺骨。

黑衣人们上一刻听见吩咐，一时间，尖叫声，惨叫声，不绝于耳。

胭脂猛地瞪大眼睛，瞳孔不住收缩起，只见一妇人魂慑色沮地往她这处奔逃而来，后头黑衣人举着滴血的刀随后跟来，眼看就要劈到那妇人身上。

胭脂忙从廊内一步跨去，伸出二指欲接那刀。

手指快要碰到那刀时，却一下穿过了过去，眼睁睁看着刀劈在眼前妇人身上，鲜血喷涌而出，径直穿过她的身子，洒了满地。

她盯着看了许久，像是看不懂地上是什么东西一般，良久，她才慢慢抬眼看向远处那个人。

一如既往的凉薄淡漠，平平静静地看着面前这场丧心病狂的屠杀。

侯府人多，黑衣人下手再快，屠尽也要费些工夫，胭脂僵立着一动不动，一眼不错地看着。

半盏茶后，血水在青石板上汇成宽河，蜿蜒向四周而去，汇成一条条涓涓细流，触目惊心的红，将整个院子染红了一遍。

谢清侧淡淡看着眼前这副景象，面上没有一丝神情，他就像是一个躯壳，做着自己认为对的事。

一场屠杀结束后，就剩下了为首的几个人。

谢远上前一步问道："公子，剩下的如何处置？"

谢清侧还未开口说话，那为首的中年人已然慌了神："你竟要灭我侯府满门，你这个疯子，你以为我侯府上下这么多人死于非命，圣上会不闻不问？"

谢清侧闻言，轻笑一声："你侯府上下为非作歹多年，惹得多少民怨，圣上早有耳闻。我此番也算是为天子行事。"

他神情淡漠说道："我听说贵府中养了喜食人肉的狼狗……"他说到这儿，神情才微微有了些许变化，清隽眉眼染尽苦毒，眼里神情未明，"清侧从未看过这般场面，还要劳烦侯爷一家替我演一演。"

话音刚落，几个黑衣人猛地上前擒人，侯府家眷皆惊恐万状，缩成一团尖叫不已。

单侯被按倒在地，满目惊愕，不可置信地看着谢清侧："我们究竟如何招惹于你，难道只是因为言语上的几句得罪？"

谢清侧默了许久，才淡淡开口，言辞中微透叹息："七年了，我连一次都没有梦到她，你们说……"他微微一顿，眸色猛地一变，透出深入骨髓的狠戾，语调重厉道，"你们该不该杀？"

胭脂目不转睛地看着他，眼眶慢慢润湿，她根本说不出心中滋味。

即便知道他在为她报仇，她也接受不了！

周遭所有一下化为浓雾，脚下传来狼狗撕咬喘息的声音……

眼前浓雾慢慢化成了实景，谢清侧站在她面前，他们之间隔了一道半人高的围栏，他正神情莫测地看着这一处，轻启薄唇，淡淡问道："单娆，是不是很有趣？"

胭脂心头一骇，眼下似有东西晃动，她慢慢低头往脚下看，自己正站在狼狗为食的地方。

胭脂垂眼看着狼狗，那撕咬声声入耳，她的呼吸慢慢急促起来，胸口突觉一阵窒息。

脑中的一根弦"嚓"一下断裂开来，胭脂猛地抱住自己的脑袋。

"啊啊……"她歇斯底里地尖叫起来，疯一般冲出了棚子。

谢清侧还站在那处看着，神情淡漠，慢慢转回头，看向瘫软在地的单娆。

单娆满面惊恐，不住往后退，直退到胭脂这处。

谢清侧神情淡漠平静，斯文清冷的君子模样却叫人越觉毛骨悚然，他看向那个木头一般立着的人，浅声道："以后就只有你和你家小姐相伴了。"

那人沉默许久，才点了点头。

谢清侧面无表情地站着，像是半点不满意那木头人的回答。

那人终究慢慢走向单娆。

单娆看着那暗卫，满目不信，不住往后退去，一下穿过了胭脂，美目含泪似有几分真心实意在里头，哭求道："不要这样对我……求求你了，我对你是真心，除了你，我没有想过跟谁一辈子，我看旁人不过是瞧中面皮，但那些又怎么比得过你朝夕相伴……"

那人闻言心中更加气恨，举剑穿过了胭脂，挥在那女子身上。只是手下微颤，神情极为痛苦。

单娆痛得满地打滚，尖叫嘶吼，一阵阵剧烈的疼痛叫她痛不欲生。

谢清侧安安静静看了会儿，颇有几分索然无味的意思，半响，他忽开口道："做得很好，尚书千金一定很喜欢你这样的人。"

那人闻言一怔，手虽然还在发颤，但下手再没有一丝犹豫。

胭脂根本不敢看身后的单娆现下是什么样，只听得不住传来一声声痛苦呻吟，胭脂忍不住瑟瑟发抖，这该是怎么样的痛……

突然，她被一股力道猛地一吸，往后跌落在地，片刻间，浑身上下传来一阵阵剧烈疼痛，接连不断。

她感觉全身的皮肉都在疼没了，夜里寒冷的冷风拂来，一下如千万针扎般刺进骨里。

胭脂忍不住哀号出声，嘴里发出的声音却是单娆的。她勉力抬手一看，根本没有一块好皮，像是骷髅一般。

她惊恐地睁大了眼，呼吸一下急促起来，疼入骨髓。

她根本不知道自己为何会变成单娆，开口大叫却说不出一个字，只能像哑巴一样发出极为艰难的单字音节。

又是一下，她真的挨不住了，太疼了，疼到窒息！

可就是这般了，她的意识还这般清醒，简直生不如死！

她强撑着一步步爬向谢清侧，伤口擦过地面，尖锐难忍的疼痛叫她额角青筋一阵阵迭起。

好不容易爬近了，她忙伸手拉着他的衣摆一角，想要告诉他自己不是单娆，可却说不出一个字，只能"呃……呃呃"个不停。

谢清侧垂眼面无表情看着，半响，像是看完了她的垂死挣扎，微微抬起手中的细拐，一下打开了胭脂的手。

细拐的头慢慢放在她手背白骨处，胭脂微微呆怔，突然，那细拐力道猛地加重，狠狠压住她的手。

胭脂汗如雨下，终于挨不住，撕心裂肺地惨叫起来。

半空中微微回响起粗犷的声音："你的弟子为人不善，是罪魁祸首。你为师者，放任不教，实乃原罪，苦果自酿便该你尝，弟子犯错师父来担，本就是天经地义……"

胭脂眼眶慢慢润湿，一颗晶莹剔透的泪珠砸落在地，她慢慢抬眼看向他，墨衣乌发，面如冠玉，端方有礼，良善君子。

胭脂缓缓闭上眼，慢慢失去了意识，夜风萧瑟，而她的噩梦才刚刚开始……

再醒来时，她还是单娆，被关在一个暗无天日的牢笼里，每到一个时间点，那暗卫便会来折磨她。

谢清侧给了暗卫极大的好处，帮他谋了一个官职，娶了他后头喜欢上的尚书千金，有了自己的子嗣，什么都给他安排好了，对他可以说是恩重如山。

那暗卫自然对谢清侧敬重有加，做事越发卖力，却不会让她死，永远都留她一口气，待她身上的伤养得差不多了，便又是一场生不如死的酷刑。

终日在黑暗与痛苦中苦熬，不知道过了多少年，她才知生不如死这个词竟是这般惨烈。

后来不知怎么，暗卫疯了，她也被人发现了，抬出了那个暗无天日的地方。

没过几日便见到了谢清侧，华发早生，墨衣白玉簪，面容一如往昔，气度越渐稳重，那威严之势越发压人，叫人透不上气来。

他提剑缓步而来。

他说："若能再来一次，一开始就该杀光你们……"

那一剑穿过她的心口，钻心剧痛，待最后的痛意慢慢消失，意识渐渐模糊，她突然微微笑起，看着他唇瓣微动，喃喃开口道："阿侧……咱们……还是不要再见面了……"

她以为舌头断了不能说话，可这一次竟能了，且还是她自己的声音。

她不由得微微苦笑起来，对上谢清侧不可置信的眉眼，眼眶酸涩，慢慢失去了意识。

丝丝阳光洒落而下，偶有轻鸟低飞，掠过窗前，在半空中打圈儿，清脆悦耳的鸣叫时远时近，时重时轻。

床榻上昏睡着的人眼皮下的眼珠剧烈转动，整个人如陷在噩梦中无法挣脱，眼睫如蝴蝶翅膀般微微颤动，轻盈脆弱。

突然，胭脂猛地睁开眼睛，眼里神情惊悚骇人，片刻后又无神迷茫起来，往上看一眼，映入眼帘的是鸦青色纱帘。

她呆怔地看了许久，才慢慢从被子里伸出手，极为吃力地抬起，细白干净，完好无缺的皮肉，没有一块不完整，手指轻轻一屈，手筋也没断。

她又微微动了动脚，脚上链子发出细微的声响。

那一剑，显然又将她送了回来……

胭脂忍不住闭上眼，只觉疲惫不堪到了极点。

突然一个人俯身靠近她耳畔，幽幽问道："做噩梦了？"那温热的气息轻轻喷在她耳旁，清越熟悉的声音听得胭脂心一下悬起，如在悬崖峭壁一脚踩空的惊骇之感。

她猛地睁开眼，慢慢转头看向那人，眉眼如画，极长的眼睫遮掩着眼眸，叫人看不懂他究竟在想什么。

胭脂恍惚之间，只觉一条毒蛇在一旁冲着她咝咝吐舌，下一刻就要咬上来，一时心头大骇，忙慌慌张张往床榻里侧挪，动作极为僵硬缓慢。

苏幕维持原来的动作没变，脸色一下阴沉下来，看向胭脂，一言不发。

一见到他，胭脂脑子里又止不住回想起那些可怕的场景，历历在目，越发清晰，那些无穷无尽的折磨和痛苦，蚕食着她清醒的神志。

她仿佛回到了那段遍体鳞伤的日子，浑身上下一阵阵泛疼，忍不住瑟瑟发抖，只觉痛不欲生至极。

苏幕见胭脂抱着被子，缩成小小一团，直抖成了个筛子，他才微微缓和了脸色，正要伸手，胭脂却更往角落里缩。

苏幕眼神一暗，猛地扯开被子一把甩到地上，伸手抓住她的脚踝一拉，胭脂整个人一下就被拽到了床榻边。

骤然失了被子，如同失了安全感，胭脂浑身疼得头皮绷紧，崩溃之余，尖利慌叫道："别碰……别碰我……"她早病得神志不清了，只知道手脚并用挣扎着，毫无章法地乱打，显然是入了魔怔。

苏幕眉心微敛，按住胭脂乱蹬的脚，神情淡漠。

孙婆子在一旁看得胆战心惊，生怕自家公子爷一个不高兴就拧断了小姑娘的脖子。

胭脂的眼神又惊又惧，整个人都不可遏制地颤抖起来。

苏幕神情莫测看了她半晌，突然俯身过来抱她。

胭脂见他靠近过来，一时吓得不轻，挣扎不开便张口咬在了他的肩膀上，因太过用力，腮帮子都疼，片刻工夫，嘴里就尝到了血腥味。

苏幕眉心一蹙，抬手捏着她的脸颊挪远，眼神凛冽非常。

胭脂的眼睛瞪得圆圆的，如同受惊的小动物一般，眼里仓皇不安，一副视苏幕为毒蛇猛兽的惊恐模样。

孙婆子见二人剑拔弩张，忙得上前劝道："公子爷，姑娘怕是病糊涂了，不如让老奴好好劝劝，说不准一会儿就好了。"

苏幕闻言默看了胭脂半晌，确实是吓得不轻的模样，这才没发作，松开了胭脂。

孙婆子上前一看，这脸都捏红了，怯生生的模样，一瞧就可怜得不行，她暗叹了口气，大老爷们手上也没个轻重，对姑娘家哪能这般硬来的。

到底娘亲去得早，他爹又是这么个……唉，这没个人教，哪里会知道这些？

胭脂一见孙婆子便抓着她不放，直缩成一团，仿佛这样才有些安全感。

这小姑娘想来是吓得不轻，孙婆子伸手轻抚胭脂的背，不由得看了眼一旁的苏幕，可不就啥都不懂？人都吓成这样了，这公子爷还面无表情地站在一旁看着，这不摆明找事吗？

胭脂越发疼痛得受不住，直靠在孙婆子怀里闷哼叫疼。

苏幕像是彻底待不下去了，转身头也不回就往外头去。

一出院子，苏安见到苏幕脸色不好看，忙迎了上来："公子，那位顾姑娘每日都在哭闹，您要不要去看看？"

苏幕心头正不爽利，闻言当即狠踢了苏安一脚，怒道："这么点小事也来问爷，要得你们有何用！"

苏安硬生生挨了一脚，在地上滚了一遭，吓得忙跪下趴俯在地："奴才错了，公子息怒，公子息怒……"

苏幕一个字都不耐烦听，怒气冲冲几步就离了院子。

苏寿忙上前扶起苏安："你作什么死，没看见公子从屋里出来脸色就不好吗？还这般没眼力见，你这般莽撞早晚得死。"

苏安苦着张脸："我这不是瞧公子心情不好，那顾家姑娘长得这般好看，去看看指不定就没什么气了。"

苏寿真是恨铁不成钢："你怕是见人家姑娘长得好看，被迷了魂吧！"

苏安一下闹了个面红耳赤，支支吾吾半天反驳不了。

苏寿可是给唬住了，忙说道："可收起自己的心思，公子的女人你也敢肖想，你是疯了吧！"他想了想又不放心地吩咐道，"公子如今对哪个上心都不关咱们的事，现下这些姑娘再如何出挑也没用，往后公子还是要娶妻的，咱们别在里头掺和，省得得罪了未来主母，平白遭了罪去。"

苏安闻言神情落寞下来，良久才苦笑着应了，他也说不出自己图什么，他就是希望顾姑娘能别再哭了。

她说想要见自家公子，他便替她想办法，可到底是没帮上什么忙，还平白挨了这么一脚，确实有些得不偿失。

到了晚间，胭脂才微微缓了过来。

孙婆子是个极好的人，见她难受便搬了一张矮凳坐在床边，如同照顾孙女一般，给她讲些小话儿故事。

她也没个孙女，胭脂瞧着软嫩嫩怯生生的，一看便叫人心生疼惜，但这自然不包括自家公子爷，他要是个会疼人的，哪会下这般重的手，瞧这脸上的红印子到现下还没消呢。

胭脂缩在被窝里，听着孙婆子温和慈祥的声音，眼皮有一下没一下地眨着，过了许久，渐渐入睡。

突觉被子一角被一下掀开，床榻微微一陷，胭脂躺在正中间，正好被那人一把揽到怀里，熟悉的气息扑面而来。

胭脂猛地睁开眼，一对上他的眼，不防他又回来了，他以往从来不和自己同榻而眠，做完那档子事便会回自己屋睡，现下却突然过来，直把胭脂吓得连忙用手抵在他的胸口使劲推他。

苏幕懒得理她，闭眼自顾自睡觉，只是手却锢着不放。

胭脂见推不开，越发挣扎起来，手脚并用乱蹬，也不管身上的伤疼不疼，越疼她就越动，活生生自虐一般。

脚上的链子弄得丁零当啷响，苏幕颇有些不耐烦起来，猛地支起身俯看着胭脂，眼神不善，一拳砸在胭脂的耳旁："你再给我闹一下！"

胭脂心头一颤，下意识侧头避过，被吓得不轻，整个人都颤颤巍巍的，眼眸湿漉漉的，瞧着就可怜得很。

苏幕瞧了半晌，才低下头来在她软嫩的唇瓣上轻啄了一下，面色倒是缓和了些，语气还是有些放不下架子，只硬邦邦道："你要是乖乖听话，爷自然不会再带你去那种地方。"

胭脂琥珀色的瞳孔不安转动着,一想起那些场景,都不敢看他,这哪里是一个人做得出来的事?

她醒来以后还有面对这一堆烂摊子,这叫她如何受得了!

苏幕见胭脂惶惶不安的模样,唇瓣娇娇嫩嫩微微颤动,苏幕默了一阵,硬是说不出一句安慰的话,只默不作声。

二人僵持许久,胭脂熬不住先睡着了,她实在太累了,身上还有伤,且还在病中,脑袋一直昏昏沉沉的,极为难受,虽不及千刀万剐来得痛苦,但到底还是耗神的。

可睡着没多久,她又做起了噩梦,回到了那个暗无天日的地牢,那一下一下又在折磨着她,她叫不了,也挣扎不了,只能默默忍受。

又是一刀下来,胭脂尖叫着猛地醒了过来,见还在苏幕的床榻上,这才回过神,一阵心有余悸,整个人如脱了水的鱼,大口大口地喘息。

苏幕骤然惊醒,见她一副睡眼惺忪的迷蒙模样,在他的怀里一直抖,他微一敛眉,学着孙婆子在她后背轻抚着。

胭脂的心思慢慢转移到了他的手上,同时浑身紧绷。片刻后,又慢慢放松下来。

待他们睡下了,她又开始做梦,如此反复几遭,胭脂已在崩溃边缘,她不敢睡,可每每总是熬不住睡着,睡着了便又是一阵噩梦。

她忍不住伸手抱住苏幕,像是溺水之时抱着一块浮木,挨不住折磨幽幽低泣起来。

苏幕如何知道胭脂这般不禁吓,连夜叫了大夫来,却半点不得用,只道受惊太过,才会惊梦。

苏幕这个性子当然只觉敷衍,一阵拿捏后,大夫无奈开了安神的药,连夜熬好喂胭脂喝了。

可是一点用也没有,胭脂该做梦还是做梦,半点没耽误,胭脂不堪折磨,离疯也差不远了。

苏幕被她闹得一夜没睡好,竟半点不见脾气,后头也不睡了,就看着胭脂,一旦有一点做梦的痕迹他就摇醒她,抱在怀里轻声安抚,看着胭脂苍白痛苦的小脸,心疼得不行,一夜下来也顾不得什么架子不架子了。

待到天边泛起鱼肚白，胭脂半梦半醒之间也浅睡了一会儿，只这觉睡得太过折磨，一晚上过去，眼眸已然失去了往日的神采，整个人看起来有些呆滞，隐隐约约透出一股死气。

苏幕也一宿没睡，见了胭脂这般模样，眉间敛起，抱着她轻声问道："做了什么梦？"

胭脂闻言轻轻眨了眨眼，双目放空，没有回答他的问题，只静静看着他的白色里衣发怔。

静默了一阵，苏幕伸手在她的后背轻抚，缓声哄骗道："那东西只是看起来可怕，其实不过伤在皮肉上，要不了他的命，我已经请了大夫，看过说没几日就能好了，你别从总想这些……"

胭脂一听到皮肉就忍不住发颤起来，苏幕便也不再说下去，将她揽进怀里，一下一下抚着她的头发，吻着她的发旋，轻声哄道："别怕，我看着呢，再不会做噩梦了……"

胭脂闻言鼻子一酸，窝在他的怀里只觉温暖可靠得很，多年暗无天日的折磨，生死皆不由她，若不是靠着他们之间那些回忆汲取温暖，她早就疯了。

可一想起他的所作所为又寒了心，只余一阵阵悲戚。

胭脂靠在苏幕的怀里听着他清越的声音，良久，眼眶慢慢溢出了泪，眼睫微微润湿，她顿了许久才酸涩道："我想求你一件事。"

苏幕见她肯开口说话，忙低下头来看着她，见她的唇瓣失了鲜红，整个人都如枯萎的花一般了无生机，便低下头含住她的唇瓣抿了抿，见微微显了点红，才温和道："想要什么？"

那么久未曾开口说话，现下早已有些语拙，她甚至不知该怎么表达自己的意思，静默了许久才伸手环上他的脖子，对上他的眼，满目绝望干脆地道："杀了我。"

平淡的语气仿佛是在说今日的天气很好，可隐藏其中的孤寂和悲凉让人根本忽略不掉。

苏幕看了她许久，用手揉了揉她的头，和稀泥一般说道："胡说什么，时辰也不早了，该起来吃东西了。"说完，他便抱着胭脂坐起身，拿出锁是去解她脚上的链子。

胭脂静静看着："我不想再做梦了，这般睡不着也活不了多久的，还不如少受点折磨……"

苏幕解到一半便停了下来，垂眼看着胭脂的脚，白白嫩嫩的，脚趾如花瓣一样娇嫩，白里微微透着红。

他静默许久，突然抬起头看着胭脂，眼神凛冽："少给我来这一套，你以为这样说，我就会放了你和那奸夫成双成对？"

胭脂见状没再说话，只平平静静地看着他。

苏幕冷着脸收回视线，链子也不解了，不再理她，转身径直去了外间。

胭脂又躺了回去，疲惫不堪至极，可又要撑着不睡。

过了一会儿，孙婆子便端了粥进来。

胭脂抬眸看了眼，轻轻摇了摇头，她哪还有力气吃东西。

孙婆子劝了几句也拿她没办法，又不能强灌，便只能端着原封不动的粥出去。

苏幕哪里也没去，默不作声坐在外头，也不知在想些什么，见到孙婆子手里端着的粥，不由得敛起眉头。片刻后，又别开了眼，一副不打算管的意思。

孙婆子见状便端着粥往外去了，才走了没几步，自家公子爷开口叫住了她。

胭脂躺在床榻上，便见孙婆子又端着粥进来了。

苏幕后脚跟进来，几步行到床榻前，在榻边坐下看着她，见她一副极为疲惫的虚弱模样，一时软了心肠，伸手摸了摸她苍白的小脸，俯身靠近她温声哄道："都两天没吃东西了，咱们就吃一些，不然夜里又要睡不安稳了。"

胭脂闻言不声不响只微微眨了眨眼，神情空洞，像是根本没有听到他讲话。

苏幕权作她同意了，便在她软嫩的面上轻啄一下，直起身伸手拿过孙婆子端着的粥，盛了一勺去喂。

胭脂黛眉微蹙，微微侧头避过，艰难地翻了个身，背朝着苏幕。

苏幕静静看完她的动作，慢慢沉了脸。

刚刚缓和的气氛一下冷到了极点，只觉空气中结了不少冰碴子。

孙婆子在一旁也不知说什么好，这姑娘也太不懂事，自家公子爷都这般哄着，还没个消停。

苏幕面无表情看了半晌，突然将手中的勺"砰"的一声扔在碗里："你还跟我作上了是吧！"

胭脂仍不声不响，闭着眼，连头也没回。

苏幕猛地站起身，冷不防砸了手里的碗，也不再装什么好人，言辞狠厉道："随得你闹，到时你那情哥哥死在牢里，别怪爷没提醒你！"

孙婆子被吓了一跳，连呼吸都放轻了不少。

胭脂闻言慢慢转头看向他，面上平平静静，片刻后才道："我吃。"

苏幕默站了半晌，面上神情莫测，阴沉地看了她许久，才上前解了她脚上的链子。

等到胭脂起身下了榻，她才晓得自己的情况有多糟糕。

因囿于一隅，她不止口齿笨拙，思维迟缓，甚至连走路这般简单的事都不会了。

骤然之间她竟然连站都站不稳，一下便栽倒在地。

苏幕见状面色越发阴沉，半晌，突然冷笑出声，站在她面前，不阴不阳说道："有的时候你还真像一个戏子，演了一出又一出。"说罢，见她还趴在地上演着，便冷着脸出了里屋不再管她。

地上铺着岁寒松柏厚毯，她没有怎么摔疼，可一朝大梦初醒，不止逃不过折磨，还连走路都不会了，现下只怕连一个小儿都比不过，和废物又有什么区别？

胭脂越想越难受，鼻间一酸，眼里的泪珠直往下一颗颗掉，斗大泪珠砸在毯上，慢慢染湿了一小块。

孙婆子见她这般闷声不吭地掉眼泪，只觉可怜得很，正要上前去扶她，不料自家公子爷又回转过来，站在屏风旁，面无表情地看着趴在地上的胭脂。

孙婆子可不敢再留了，忙从屏风另一旁出去，吩咐丫头摆饭去了。

苏幕静看了一会儿，几步走到她边上，居高临下地看着胭脂，神情莫测，忽道："你还没完了是吧？"

胭脂闻言看了眼他的衣摆一角，一言不发，却不防苏幕突然弯下腰伸手到她胳肢窝，将她一下提离了地面，一路提到外头，扔坐在凳子上，便自顾自在一旁坐下，半点也不想理她。

一会儿工夫，桌案上便摆好了热气腾腾的早饭，胭脂默默看了眼，她似乎许久没吃过一顿好饭了。

梦里她吃不下东西，那暗卫怕她死了，都是强行灌她吃下，在那里就连吃饭都是酷刑，胭脂便不怎么爱吃了。

若不是苏幕在一旁，她是真的没心思吃。

她默看了半晌，慢慢伸手拿起筷子，才发现自己连筷子都用得十分生疏，夹了半晌也没夹到自己要吃的东西。

孙婆子瞧不上眼正要上前帮忙，苏幕看向胭脂那颤颤巍巍的手，微微敛起眉头，"啪"一下将筷子拍在桌上，满目不悦。

孙婆子忙眼观鼻鼻观心，站好不动。

胭脂正一门心思夹菜，咬着牙顽强搏斗着，见苏幕这般，直伸着筷子一脸莫名看着他。

苏幕看了她一眼,突然伸手夺了她的筷子,将人一把揽抱在怀里,对着她怒道:"吃哪个?"

胭脂眼睫微微一颤,瓮声瓮气道:"随便。"

苏幕一拳打在棉花上,有气无处发,遂极用力拿着筷子,恶狠狠叉了她刚才一直夹不起来的白软馒头递给她。

胭脂看着递到眼前的馒头,上头冒着腾腾热气,微微有了点食欲,垂着眼睫低头乖乖巧巧咬了一口,又慢条斯理嚼着。

苏幕一脸高深莫测,没想到怀里这个使唤自己很是习惯,连手都不伸了。

苏幕正要放下馒头发作一番,见胭脂又张着小嘴凑过来咬了一口,一副怯生生软嫩嫩的娇弱模样,便也忍了下来,面无表情地看她慢吞吞吃着。

没想才吃了几口,连半块包子都没啃完,就一副累极的模样,靠在他身上不动了。

苏幕眼神一凛,当场就要发作,那模样恨不得将她一口吞了了事。

胭脂忙又张嘴咬了一大口开始费劲吃起来,一副懂事听话的乖巧模样。

苏幕一口气将发不发,胭脂吃一会儿、歇一会儿,细嚼慢咽,生生耗了一早上。

连番折腾下来,苏幕已经彻底没了脾气,面上再不起一丝波澜,一副管她怎样的平静模样。

连着小半月的噩梦已让胭脂接近崩溃边缘,她每日都哭着求苏幕杀了她,可他就是当作没听见。

胭脂越发暴躁,时常恶毒刻薄地辱骂他,一门心思激他动手,她彻底变成了另一个人。

苏幕却像是把耳朵闭上了,随便她闹,骂得再狠也当作没听见。

胭脂越发"穷凶极恶",甚至于连动手拔头发这般下三烂的打架手法都用上了。

苏幕一不留神还真给她生拔了几根去,忍不住发了几回脾气,可一点用也没有,根本治不住,便也不说话了任由她闹。

这般折腾下来,二人都没睡过一天安稳觉。苏幕越发阴郁,时常一言不发地看着她。

让胭脂每每都觉得,他下一刻就会掐死自己,可等了许久他就是不动手。

到了晚间照旧与她同榻而眠,耐着性子看着,吃饭洗漱穿衣梳头,苏幕越发心应手，几乎没让孙婆子插上手。

只是这噩梦太过耗人，连苏幕都是满身疲意，胭脂更好不到哪里去，他几乎是看着她消瘦下来，本来抱在怀里软绵绵的，如今都没剩下几两肉了。

胭脂终日苦受折磨越显绝望，整个人如同木偶一般，了无生机。

苏幕找了许多大夫，没一个能瞧出毛病的。

就在那赫赫有名的神医方外子都束手无策时，那噩梦竟然消失了。

可这真是千年的王八万年的鳖，这么熬竟都没给她熬死。

胭脂只觉劫后余生，晚间睡着再醒来，竟一夜没再做梦，她一时喜极而泣，直窝在苏幕身上，欢喜道："我没做梦了呢。"

苏幕闻言微微一怔，继而忽然轻轻笑开，眉眼竟有了些许少年郎的天真明朗，紧紧抱着她，浅声又确认了一遍："真的？"

胭脂看着他这般笑，突然如卡了壳一般怔然，说不出一句话来。

要是他没有这样表里不一该有多好，又哪用得着这般煎熬？

她想着便慢慢淡漠了神情，敛了刚才欢喜依赖的讨喜模样。

苏幕心思何其敏锐，又如何看不出来她的变化，染上眉眼的笑慢慢淡了下来，片刻后，仿佛那笑意从来没有出现过。

## 拾柒 良辰

自从没做噩梦，胭脂的身子便慢慢开始恢复，渐渐好得七七八八，她本就底子不差，好好吃饭吃药，加之苏幕每日陪着她散散步，晒晒太阳，又花重金"请"来了神医在旁看着，自然好得快。

苏幕在补身子这方面砸银子连眼睛都不眨，是以胭脂身上的肉也慢慢养了回来，气色越发好看，与噩梦缠身之时相比判若两人。

只唯一不好的是，苏幕一直不肯解了她脚上的链子，即便她根本无力逃跑，他也没有一点松懈的意思。

这日，方外子替胭脂看过后，忙看向一旁阴气沉沉的苏幕，欣喜若狂道："姑娘已恢康健，完全没有大碍了。"

天知道方外子有多开心，他终于可以不用在这煞星面前战战兢兢地瞧病了。

自从被绑来这里，每回一瞧完病，这煞星的面色都极为难看，看着他的眼神如同看一个废物，让他都不自觉怀疑自己就是个废物。

行医大半辈子，竟然看不了一个"惊梦"，这般自我否定，让他越发对自己的医术产生了怀疑，每日都过得极为煎熬。

苏幕闻得此言，见胭脂确实没什么事的模样，脸色这才略有些缓和。

方外子见状暗松了一口气，跟着孙婆子去外头写了方子交代清楚，便拿起药箱逃也似的离开了苏府，速度快得连后头带路的小厮都跟不上。

那神医走后，苏幕在床榻边上坐下，替她掖了掖被子，末了看着她，不发一言。

胭脂眉间轻蹙，有些心慌不安，现下真是说不出心中的滋味了，坏的是他，好的也是他，搅成一团，根本分不清！

苏幕默坐了半晌，伸手将她脚上的链子解了："时辰不早了，我带你去洗漱。"也没等她回答，便俯身将她抱起。

胭脂忙伸手按住他的胳膊，垂着眼睫低声道："我自己能走。"

这些日子病中洗漱都由他来，她昏昏沉沉也就罢了，现下这般清醒着，如何还能叫他来？

苏幕抱着她默站片刻，忽淡道："现下用不到我了是吗？"

胭脂摸不透他究竟是何心思，只能喃喃道："我真的自己可以……"

苏幕闻言也不接话，只明显感觉他极为不悦，抱着她几步便走到了后头净室。

胭脂一想到他洗漱时的细致，便有些不喜。

奈何她才走顺了路，反应和力气早已不像以往，更别提武艺这般需要每日加以练习的东西，以往拼尽全力都不是苏幕的对手，现下就更不可能是了。

净室里头开了水池子，接了温泉活水，里头热气弥漫，整个屋子热得像个大暖炉。

苏幕抱着她面无表情走到水池边上，淡淡看了她一眼，突然就将胭脂往水里一扔。

胭脂吓了一跳，还没来得及叫出声就落入了水中，温热的水从四面八方包围过来，她呛了水忙挣扎着站起来。苏幕已然蹲下身子，伸手一把捞起她。

胭脂忙抓住他的手剧烈咳嗽起来，刚才一口水呛得她喉头极为难受，一时也想不明白自己又哪里惹了他不如意。

苏幕垂着眼睫，面无表情动手解了她的衣带，一下就将人剥得光溜溜，手下也没个轻重，将胭脂当根白萝卜一般搓着。

这般手洗，难免会碰到些不该碰到的地方，他的指腹又带着薄茧，将白嫩嫩的皮都搓红了。

胭脂又疼又臊，只觉羞耻难堪得很，忙哼哼唧唧不乐意起来，伸出细白小指死命掰他的手。那力气于苏幕来说简直如同蝼蚁，他一时也恼羞成怒，动作渐大，挣扎不停，弄得水花四溅。

苏幕一身干衣袍被她弄得尽湿，眉眼都被晶莹剔透的水珠染湿了，衬得容色越发出挑。

他平平静静看了胭脂半响,见还越发闹腾起来,便索性下了水池,将人一把锢进怀里。

他穿着衣服,胭脂光溜溜便彻底落了下风,根本没什么气势可言,又被按得死死的,便垂下眼睫不言不语。

苏幕见她垂首默不作声,突然低下头吻上她的软嫩唇瓣,一碰上便越发用力,胭脂被他吻得后仰,隐在水中的手慢慢握成拳。

可装得再温顺,骨子里的抗拒和厌恶还是会透出些许,苏幕这样心思重的人怎么会感觉不出来。

他稍吻即收,半点不沉温柔乡的清心寡欲模样,平平静静替胭脂从上到下搓了一遍。

胭脂咬牙忍着,面皮一阵阵发烫,不用搓全身也红遍了。

待洗好了,苏幕又拿布搓萝卜一般,将胭脂来来回回擦了个遍,又将"萝卜"仔仔细细裹好抱回到床榻,拿着链子重新锁上。

胭脂默不作声看着他,长睫染湿,显得眼神越发深远,发梢染湿,微微往下滴水,唇红齿白,衬得容色分外妖娆。

苏幕用白皙修长的手,拿起链子围着她的脚踝绕了一圈,轻轻一扣。

胭脂心下越沉,这般关着根本一点出路也没有,要救顾云里简直难如上青天。

苏幕满意了便去了净室自己洗漱。

胭脂躺在床榻听着里头的水声,看着上头的纱帘,想逃的念头如同蛊毒一般缠上她,脚下微微一动,链子发出清脆的声响。

胭脂忍不住闭上眼钻进被窝里,他看得这般紧,她就是变成一只苍蝇,也未必能飞得出去!

没过多久,净室里水声渐消,一阵细微的声响后,脚步声渐近,待出了净室突然又没了动静。

好一阵工夫过去,屋里静得让胭脂越发忐忑不安,她微微探出头来看了眼,正对上坐在床榻边上的苏幕,他正平平静静看着她。

胭脂心差点从嗓子眼蹦出来,捏着被子一角,浑身僵硬戒备。

她被他瞧得不自在,微微垂下眼看去,见他手上还拿着一捆绳子,她心里隐隐不安起来。

胭脂还未琢磨明白,苏幕已经伸手掀开被子,俯身压了过来,温热的唇一下贴了上来。

清冽的男子气息扑面而来,叫胭脂心头一慌,他刚沐浴过的身上还泛着热气,越发叫她受不住,忙伸手抵在他的胸膛上。

苏幕抓住她的手往床柱那头移去,用手中的绳子将她的手和床柱绑在一块。

胭脂又惊又怒:"你干什么?"忙挣扎起来,可被他这般压着根本动弹不得,手被拉着又使不上劲,片刻工夫他便被绑在了床柱上。

她有些惊慌失措地看着苏幕,他慢慢收回手碰上她的脸,略带薄茧的指腹在她面上细细摩挲,带着奇异微痛的触感。

胭脂看着他平静斯文的和善模样,只觉一阵胆寒,忍不住瑟瑟发抖。

他忽然低下头来靠近她,平静道:"胭脂,咱们该多亲近亲近的。"清越好听的声音带着滚烫的气息喷洒到她软嫩的面上,只觉灼热难挨。

胭脂忙别开头避开,却不想苏幕捏住她的下颌突然吻了上来,力道狠得仿佛要吃了她一般。

胭脂吓得不轻,忙避开,惊慌失措道:"你别……别绑着我……"

苏幕一脸认真:"弄到一半,你拔我头发怎么办?"

他的声音微微有些低哑,听在耳里只觉面红耳赤,胭脂头皮一阵发麻,忍不住挣扎起来,脚腕上的链子"哗啦啦"响个不停。

链子"当啷"响了一阵,骤然一停,片刻后,那链子又慢慢响起来,时快时慢,时急时缓。

后半夜,苏幕才放过胭脂,解开了她手上的绳子,细白的腕子勒出一道道触目惊心的红痕。

胭脂唇瓣红肿,发丝凌乱,整个人像是被摧残了,一副可怜模样。

苏幕的眼神又慢慢不对劲起来,看得胭脂一阵不自在,生怕他还来,她整个人都缩成一团。

苏幕默看了许久,才闭上眼抱着她睡了,算是真正放过了她。

胭脂累得不行,眼睛一闭上就再没力气睁开,跟粘上了一般,可又睡不着,刚想在他的怀里翻动身子,忽听他低声问道:"胭脂,你喜欢我吗?"

胭脂眼睫微颤,几乎看不出来,她没有回答,装作自己已入睡。

她喜欢能怎样,不喜欢又能怎样,终究不相为谋……

善就是善,恶就是恶,从来界限分明,势不两立。

苏幕耐着性子等了许久,等来的却是无言以对,眼眸里的光也慢慢黯淡下来,长长的眼睫微垂,眼底渐渐浮起一丝冰冷阴郁。

胭脂这厢还没琢磨出方法救顾云里,却不想苏幕根本不打算给她喘息的机会。

他越来越过分,白日里还像个正常人,到了夜里根本就将她当作一个娼妓来亵玩,那般放肆胡为,简直叫她羞于启齿。

胭脂以为是自己太过抗拒,才会让苏幕这般折辱她,便也试着顺从,甚至迎合他,可一点用也没有,反而让他变本加厉。

胭脂顺从不是,抗拒也不是,根本无计可施,终日困于方寸之地,她的世界仿佛只剩下了苏幕。

他的脾气越来越不加收敛,动辄就要折磨人,偶尔会给一点温柔小意,让人受宠若惊,两者之间拿捏的度极准,叫人根本察觉不出他在使心计。皮相又太过惑人,斯文良善的好模样,轻易便能让人陷进去。

这感觉就像蜘蛛结网,丝网在细雨的滋润下,透着晶莹的水珠,干净剔透,阳光折射下发出耀眼光芒,毫无危险之感,可稍微一贴上便是任其摆布的死局。

他这样对付人,叫胭脂愈加吃力,若不是前两世对他的了解,只怕早就对他的所作所为甘之如饴。

胭脂如今在他面前的每一刻都如履薄冰,生怕叫他瞧出一丝不妥。

那一场不敢回想的噩梦,已让她耗费了太多,顾云里根本等不起,多等一刻就多受一刻折磨,生不如死的痛苦她太明白了,根本不是人能承受的……

胭脂心中焦急,可每每见他,都表现得极为乖巧懂事,完全看不出破绽,苏幕说什么她就做什么。

每当这个时候,苏幕确实会和颜悦色一些,可到了第二日,又变回原来的性子,变本加厉地折腾她。

他根本不是人,这般用心讨好,费力伺候,竟然得不到他半点信任。

她只能耐着性子与他周旋,久而久之,还真把自己当作一个娼妓,媚态从骨子里透了出来,蕴生灵气的眉眼渐染魅意,模样青涩软嫩却又惑人,极诡异的反差叫人食髓知味。

苏幕也不知是喜欢还是讨厌,看她的眼神越来越不对劲,甚至会莫名其妙地辱骂她,像是厌恶极了她,可床笫之间的力气倒是半点不曾少下。

这一日，像往常一样，苏幕早早醒来，昨日折腾得狠了，胭脂的嗓子都哭哑了他也没理会，胭脂的小眼现下还微微泛红，显得极为可怜。

苏幕在她的眼上轻啄一下，撩开纱帘起身准备外出。

屋里慢慢安静下来，胭脂睡到了大中午，才悠悠转醒，感觉浑身酸疼，便在被子中微微伸展，一不小心摸到了硬硬凉凉的东西。

她微微一顿，掀开被子看了一眼，是他平日里随身携带的锁匙。

胭脂拿在手里默看了半响，屋里屋外都静悄悄的，没有一个人看着她，这个时机太好了。

可就是……太静了，静得胭脂心里有些发慌，这种感觉就像是外头有人等着她踩进陷阱一般。

先不说苏幕这样的人，有没有可能将这锁匙落下，便是有这个可能，她也不敢冒险。

她如今如同一个废人，也没有万全的把握能走掉，顾氏兄妹又被拿捏在他的手中，一旦走错一步惹恼了苏幕，他绝对会直接杀了顾云里。

胭脂静默许久强忍着歇了心思，将锁匙放在枕头下，准备等苏幕回来了再给他。

待到晚间苏幕回来了，她抑郁了一天的小脸一下生了笑，忙欢欢喜喜地起身伸手要抱："爷，您回来了呀？"

他极喜欢她这般对他，每每苏幕就会温和许多，性子也会收敛一些。

苏幕嘴角微扬，面上透出一抹浅笑，隐显几分勾魂摄魄的莫名意味，一袭白衣温润如玉，容色惊艳出挑，眉眼一弯越显惑人。

他几步上前将胭脂揽进怀里，低头在她的额前轻轻印下一吻。

胭脂忙伸手环住他的窄腰，靠在他身上，百无聊赖地摸着他腰带上的暗纹刺绣。

苏幕抱了一会儿，面上的笑莫名其妙淡了下来，片刻后消散得无影无踪，神情越发莫测，低头看向胭脂，忽浅声道："胭脂，你今日可真乖。"那言语之间似有试探，又似是暗讽。

胭脂身子不易察觉地一僵，眼睫轻轻一眨，慢慢抬起头，一脸懵懂地看着他。

胭脂的眼神渐透迷离，一眼不错地看着他，像是对他着了迷。

她盯着苏幕看了许久，忽像忍不住一般，小心翼翼碰了碰他的薄唇。

见苏幕平平静静，没什么大的反应，也没有阻止她的意思，胭脂便越发欢喜起来，眉眼弯弯，极为欢喜地用自己软嫩的唇瓣细细密密地亲吻他。

苏幕锢在她腰间的手慢慢收紧，仿佛要勒断了她的细腰。待到胭脂一路往下，在他的颈脖处流连时，苏幕平稳的呼吸一重，猛地将她压倒在床榻上，蛮横地封住她的嘴，待到吻得胭脂喘不过气来，才停在她身上缓了一阵，又准备起身。

胭脂黛眉微蹙，叫他这般走掉，一会儿又要不阴不阳地拿捏她，与其被他折磨得苦不堪言，还不如让他在床榻上多耗点力气。

胭脂眼眸微暗，忙伸出细白的胳膊环着他的脖子，抬起头吻着他勾缠了上去，直磨得苏幕硬是没能从她身上起来，二人饭也没吃就开始荒唐起来。

荒唐了大半夜才消停下来，胭脂窝在苏幕的怀里歇了一会儿，忙伸手到枕头下拿出了锁匙递给他，软着嗓子邀功道："爷，您的锁匙落了呢。"

细白的小指微微勾着金锁匙，指如葱根，瞧着软弱无力得很。

软嫩的唇瓣微微张开，泛着不同寻常的红，眉眼被汗水染湿，一副承欢后娇弱无力的模样，眼里微微泛着水泽，灵气蕴生的眉眼渐染媚意，眼里带着些许期盼看着他。

苏幕神情淡漠，看了许久，才淡淡"嗯"了一声，伸手拿过她手中的锁匙，随手放在外侧，又转头在她软嫩的唇瓣上轻啄一下："饿不饿？"

胭脂摇了摇头，面上微微有些失望，像是因为他没解开链子而情绪低落。

苏幕静静看着她，面色又慢慢沉了下去，眼里神情淡漠。

胭脂瞄了他一眼，心下极为不耐暴躁。

太难琢磨了，太难伺候了！

心思这般多变，简直不可理喻！

上一息还和她耳鬓厮磨，行鱼水之欢，下一息就莫名其妙地冷了脸色，一副视她如仇敌的模样，实在叫她疲于应付，忍不住想要放弃，可一想到顾云里，又只能强撑着打叠起心思与他周旋。

胭脂默了一阵，又凑上去与他一下一下缠磨起来。苏幕的神情淡漠平静，可全身微微紧绷像是在克制什么，面上是风平浪静的禁欲模样，胭脂的脚越发不安分起来，慢慢勾上他的腿轻轻缠磨。

苏幕气息渐重，一个没忍住翻身压了上来，又与她耳鬓厮磨起来。

二人像是一刻也离不了，越发没完没了。

待到事毕，胭脂筋疲力尽，窝在苏幕怀里累得昏睡过去，苏幕却一点睡意也没有，只目光沉沉地看着胭脂，神情莫测难解。

第二日起来，胭脂便有些闷闷不乐，后头连着几日皆是不言不语，只除了看见苏幕会装得开心一些，旁的时候皆躺在床榻上，目光呆滞。

孙婆子收了摆在床榻上的小案几，看了眼胭脂，连着好几日都吃得极少，人又这般一直关着，每日也说不了几句话，与外头彻底断了联系，终日只困于床榻上。

这颜色好的时候倒也罢了，先不说"红颜未老恩先断"这样的古话，自家公子现在是跟着了魔似的，每日无论多大的事都要回来。

可早晚也是会厌烦的，再是中意又如何，每日只对着一个，哪能不起旁的心思。

更何况这样关着，那骨子里的生气也消磨得差不多了，往后空有皮囊又如何叫人喜欢得起，被旁的姑娘挤下也是早晚的事。

别院里不还关着个吗，等这头厌烦了迟早是要找上那儿去的。

孙婆子一想到此，越发可怜起胭脂来，这丫头一看便是动了真心的，那一颗心全扑在苏幕身上，半点也收不回来。

自家公子如今便是她的全部，这若是一朝失去，还不知是个怎么样的光景。

孙婆子年纪大了，见不得小姑娘这么个凄惨的结局，便在苏幕耳旁提了一提，姑娘每日里说不了几句话，整日关在屋里都有些闷坏了，瞧着也越发不开心。

苏幕每每面无表情地听了，可就没打算解了胭脂的链子。

孙婆子自然不敢再多提，只是心中越发可怜起胭脂来，只怕公子爷心中已是不喜她。只没想到还真给她料中了，自家的公子那心思是说变就变，从昨日开始就没再踏进过正院。

问了外头的小厮，却如她所料，昨日一早就去了梧桐院里。

孙婆子叹了口气，抬脚进了院子，见得两个丫头没在屋里伺候，偏在屋外嘴碎胭脂，便肃着脸训道："两个不像话的东西，主子的事也敢编派！给我去管事那处各领十板子，没得在这处多嘴饶舌，败坏了苏府的规矩！"

那两个丫头吓了一跳，战战兢兢应了声，苦着脸去领了罚。

孙婆子教训了二人，一进里屋便见胭脂往这处看来，一脸欣喜的模样，可见是自己后又垮了张小脸，满目失望。

孙婆子心中叹息，只觉胭脂也有些拎不清，这男人怎么可能就守着一个过日子，她这样心摆不正，往后还怎么伺候自家公子。

见胭脂看着她敢问又不敢问的怯生生的模样，孙婆子便开口直接说道："姑娘别等了，早些歇息吧，公子去了顾姑娘那处，这几日只怕顾不了这儿。"

胭脂听了微微垂下眼睫，一言不发，脸上平平静静，没有一丝多余的表情，叫人看不出她心中在想什么。

孙婆子叹了口气，又道："姑娘，若是公子还来，你可得想想法子让他将你脚上的链子给解了，否则要是叫旁人在公子面前得了宠，你可怎么是好？"

孙婆子一直觉得胭脂太过硬气，从来都和苏幕对着干，也不会温柔小意地讨好人，这般又如何勾得住公子的脚，这往别处踏也是难免的事。

"姑娘还是多软和些，女儿家不就得靠这些过活吗，有男人宠着靠着，这才是正经事，旁的东西能丢就丢，莫要把架子抬得太高，哄得公子多来几回，往后有了子嗣傍身，后半辈子也就不愁了。"

孙婆子说得可谓苦口婆心，明里暗里替苏幕说话。

胭脂还是垂着眼默不作声，也不知有没有听进她的话。

屋里静了半晌，胭脂轻掀眼帘看向孙婆子，面上神情莫测，娇嫩的唇瓣轻启，缓缓开口道："可是住在梧桐院的那位顾姑娘？"

孙婆子闻言微有错愕，倒是没想到胭脂连那位姑娘住在哪个院子都晓得，想来也是留了心的，她忙点了点头，又提醒道："那位姑娘长得实在好看，府里大半小厮的心思都在她身上，可见长得有多合男人的心思了。公子这一遭去了，也不知还会不会回来。姑娘，你可千万要长点心啊！"

胭脂突然莫名轻笑出声，待一笑过后，又漫不经心点了点头，权作听进了孙婆子的话。

孙婆子絮絮叨叨了好一阵才出了屋子。胭脂伸出细白小指，勾起脚上的金链子，垂着眼平平静静看着，叫人猜不出她心中在想什么。

连着过了好几日，苏幕都没有过来，胭脂心中越发没底，救顾云里的机会越来越渺茫，几乎看不到一丝希望。

若是等到顾梦里给苏幕生下儿子，再求他放过顾云里也不是不可以，只是其中变数太多，她冒不了险。

她每日都耐着性子等到半夜，困极才会躺下歇息。

胭脂正睡得迷迷糊糊的，翻身时隐约感觉床榻边上坐着一个人。睁眼看去，黑漆漆一片，只见一个模糊的黑影。

胭脂吓得不轻，忙坐起身来。

那人一下扑来，将她压倒在床榻上，带着清冽的酒气吻了上来。

胭脂闻着那熟悉的气息，不知为何越发难受起来，胸口一阵阵闷疼，她终究是在意的，在意得要疯掉。

真不知他和顾梦里覆雨翻云的时候，是不是也这般卖力！

胭脂越想越厌恶他，眼眶涩疼，泪水顺着眼角一颗颗落入发间，手伸向他的脖颈，慢慢用力，恨不得掐死他一了百了。

苏幕像是完全感觉不到她手上使劲，细细密密地轻轻吻她，不带一丝情欲，只为亲昵。

胭脂隐约感觉到一滴水砸落在她的面上，可又像是她的错觉，片刻后，忽听他低沉着声音，语调极为压抑，一字一顿道："你知不知道我有多不喜你！"

胭脂心下一窒，泪意一下翻涌上来，极力压制才没哭出声来。

他手上的力道渐重，弄得她生疼。

胭脂才慢慢清醒过来，他便是醉了酒，她也是打不过的，便慢慢放松了手上力道，只是实在受不了他的亲吻，忍不住避开了去。

苏幕骤然停了下来，压着她一动不动。

屋里漆黑一片，气氛一下凝塞到了极点，像深海里的火山，底下波涛汹涌，平静的表面一触即发。

她闭了闭眼，强忍厌恶颤抖着吻上他的薄唇，伸手环住他的脖子，慢慢插进他的头发里，另一只手慢慢抚向他的后背部，暧昧挑逗，带着莫名意味，极有耐心地勾着。

如同一只妖物，惑人沉沦，诱人食毒，为达目的，不择手段。

苏幕顿了许久，突然伸手使劲拽她的衣带，像是跟她有仇一般，解衣的动作极大极不耐烦，弄得胭脂脚上的链子一阵"当啷"直响。

胭脂极为顺从，只是实在吃不消他这样来，简直跟疯了一样，她不愿意求他，他也没有丝毫放过她的意思。

后头胭脂实在架不住他的凶狠劲头，晕了过去，苏幕也不管不顾，折腾到了天亮。

那夜太过惨烈，胭脂养了几日，才缓过劲来。

苏幕又开始往正院踏，胭脂本来以为他只是醉酒了才会这般发癫，却不想后头滴酒未沾，也是这样，像是要将她弄死在床榻上。

胭脂实在受不住开口求了他，他却越发来劲。

她这才知晓，他往日是有克制的，因为他现下根本就是不管不顾，彻底放开乱来了，后头也不知从哪里学来了招数用在她身上。

他这一门心思钻研，胭脂再是能忍也挨不住尖叫出声。

胭脂哭着求他，打他骂他，嗓子都喊得冒烟了，他都不作理会，只越发下死力折磨她，跟被下了蛊似的。

胭脂只觉他疯了，每每一见他都忍不住发颤。

久而久之，胭脂连挣扎的力气都没有了，硬生生忍了下来，耐着性子伺候着，装得极为温柔小意，一副像是爱极了他的模样。

戏这个玩意儿，说到点子上便是要入戏，戏子若是要唱好戏，这打头一点就要先骗过自己，如此才能骗得了别人……

深秋渐入寒冬，树上的叶儿一片片落下，枯枝败叶，萧瑟渐起。

胭脂适应得极快，学得也极认真，现下已能在床榻间使些下流手段，磨得苏幕每每失了本性，二人越发荒唐起来，根本已经不知羞耻为何物了。

苏幕越发宠爱胭脂，什么新奇有趣的玩意儿，不拘多贵多难得，都给她弄来，直往她眼前抬。

连外头走船的西洋玩意儿，竟也让他弄来了几船，简直就是将银子一筐筐往海里倒，且眼睛都不眨一下。

女儿家用的绫罗绸缎、胭脂水粉更不要提，塞了一屋又一屋，苏府好在多得是空屋子，否则以苏幕败家的架势，势必要买上几间宅子，专门给胭脂摆物件。

胭脂是彻底在苏府乃至整个扬州都出了名，却不是因为唱戏厉害，而是榻上功夫厉害，勾得惯会做生意，精于算计，做事只求利益的苏家大公子，彻底昏了头。

坊间传闻苏幕日渐沉迷女色，为了戏子荒唐到大把撒银子，那花出去的银子只怕能填平了城西街那条河。

胭脂起初见了这些玩意儿觉得稀奇得紧，可终日困在屋里，又如何开心得起来？兴高采烈玩了一阵子，便越发闷闷不乐，见了苏幕也不像往日那般爱说话了，只是乖乖巧巧地窝在他的怀里。

苏幕看她时，她又会凑上来亲近他，但是眼里总有一些失落，那可人疼的委屈模样，便是她想要天上的星星，也会让人想要摘下来哄她一哄。

苏幕将人面朝他抱坐在身上，胭脂脚上的链子"当啷"作响，他默看了一阵，才慢慢抬眼看着她，不发一言。

这般姿势实在暧昧，胭脂微微有些羞涩，手抵在他的胸膛上，悄悄抬眼看向他，那眉梢隐显勾人媚色，又软软嫩嫩的模样，根本就是明里暗里地勾引人。

胭脂有心与他亲昵，可他又一副清心寡欲的模样，胭脂便垂下眼，瞧着模样极为失落。

苏幕伸出手抬起她的下巴，神情淡漠，眼里含着审视，连她面上一丝一毫的神情变化都不放过。

气氛莫名紧张起来，胭脂看着他，有些不明所以。

就在胭脂被他这样严肃的模样弄得万分忐忑，眼眶快要润湿时，苏幕忽开口道："明日我要出一趟远门，至多要大半个月才能回来。"

胭脂微微错愕，像是接受不了这件事，片刻后，便垂下眼睛默不作声，瞧着颇有几分失落。

苏幕静静看着，眼睫微微一眨，忽浅声问道："怎么不说话？"

胭脂抬眼看向他，眼眶微微有些泛红，伸手圈上他的脖子，靠在他身上喃喃依赖道："能不能不去？"她微微一顿塞，又开口道，"你让别人去好不好，我不想这么久瞧不见你……"

苏幕任由她靠在身上求着，只默不作声垂眼看着她。他的长睫微微垂下，眼里神情莫测，叫人根本看不出他心中在想什么。

胭脂见他一直不说话，面上渐显落寞，只靠在他身上，也不讲话了。

苏幕见她一脸幽怨微微缓和了脸色，抱着她温和道："便是别人去了也没用，只能我去，你乖乖待在府里，要不了多久我便回来了。"

胭脂闻言低落了一会儿，良久才轻轻"嗯"了一声。

这一日，苏幕难得没有碰她，胭脂也没有像往日那样勾缠上来，二人抱着有一句没一句搭着话，规规矩矩睡了一宿。

天还没亮透，胭脂隐约感觉到苏幕起身，一阵衣物窸窣声响后，又安静了下来，床榻边微微下陷，便没了动静。

胭脂睡意蒙眬间只觉一道视线落在面上，半响，床边坐着的人微微一动，床脚的被子被轻轻掀开，脚上骤然失去了被子的遮掩，微有冷意透进来。

胭脂唇间微溢一声梦吟，转了个身继续睡，脚下微微一动，发出细微清脆的声响。

片刻后，脚上的链子便被轻轻解开，苏幕拿着链子去了外间，让孙婆子收起来后，便径直出了门。

胭脂慢慢睁开了眼，眼里睡意全无，一点也没有刚睡醒的模样，片刻后，又慢慢闭上眼似又睡着了一般。

到了午间，孙婆子进得里屋，冲着胭脂轻声唤道："姑娘，时辰不早了，正午饭都摆好了。"

胭脂悠悠转醒，伸手揉了揉眼，一副睡眼惺忪的模样，看了眼空荡荡的床榻，便问道："爷呢？"

"公子爷天还没亮就出了府去，现下早在路上了。"孙婆子见胭脂毫无所觉，忍不住提醒道，"姑娘瞧瞧脚上少了什么？"

胭脂闻言忙掀开被子，见脚腕上的链子没了，面上一阵欣喜若狂，忙起身下了榻在屋里转悠了一圈。

午间用了饭又去了院子里，躺在靠椅上，将苏幕买给她的珍珠链子拆了，一颗颗放在小案几上摆玩。

孙婆子在一旁看得眼疼，这可不就是糟蹋？

这一颗颗珍珠大小相等，饱满丰润，面上瞧不出一点瑕疵，一串最少也得三万两银子起头，怎一个贵重二字了得？

孙婆子往日可都是轻拿轻放，现下瞧得胭脂这般，自然是不敢看的，本也没打算说什么，却没承想胭脂竟像是玩腻了一般，突然拿起几颗往远处墙上砸去，只听那珍珠砸在墙上，发出清脆细微的声响。

孙婆子猛一拍腿，"哎呀"了一声，忙冲过去捡，嘴上直慌道："姑娘，你这是做什么呀！"

胭脂微微侧耳，隐约听见院外有人走动的声响，脚步极轻，一听便是练家子，她慢慢沉下了脸色。

那处孙婆子来回翻找，只找见了一颗，便是一脸担忧，不住念叨着："姑娘，这下真找不到了，这可是公子爷特地托人从外头带的，你这心里头再不爽利也不能这般糟蹋呀……"

胭脂闻言黛眉狠蹙，只觉日头又毒又晒，伸手用衣袖遮住了脸，自顾自闭目微憩。

孙婆子瞧着不住在心里叹气，可真是年纪轻不懂事，后头忙又唤了几个小丫鬟一道接着找，免得后头记库的时候不好交代。

直那日后，胭脂便只在屋里走动，院子外头一步都没踏出去，自由的新鲜劲失了，又一直瞧不见苏幕便也失了兴致，待在屋里没怎么出来。

后头久等苏幕不来，便干坐在屋外头，手杵着下巴，眼巴巴看着拱门那头等着。

这一天天越发凉了，这般坐在外头可不得着凉了，孙婆子劝了好几回硬是不听，也没得法子，只能给她多披几件厚披风了事。

这般才等了一两日，还真让她等着了人。

外头脚步声渐近，胭脂一下便听了出来，忙站起身往外头跑去。

苏幕这厢一进院子，便是温香暖玉扑进怀里，他面上微微笑开，眉眼弯成一道桥，容色如同镀了光一般出挑耀眼。

他伸出双手抱住胭脂，低下头在她发间轻嗅，良久才开口说道："穿得这般少，也不怕着凉了？"低沉的嗓子极为悦耳，语气温和却又含着淡淡责备。

"穿了呢，刚才跑着来落下了。"胭脂忙抬起头来看着他，眼里亮晶晶的，仿佛眼里只剩下他。

苏幕看了她许久，面上的神情有了往日从不曾有过的犹豫，半晌，忽开口问道："胭脂，你现下将我当作什么？"

胭脂看着他认真的眼神，微有呆怔，片刻后微微低下头，满面羞涩，低声道："每日眼巴巴地盼你回来，你说将你当作什么？"

苏幕闻言顿了许久，忽然紧紧抱着她，面上渐有了几分少年儿郎的明朗模样，眼里竟有了些许拘谨。半晌，他开口笑着轻声道："胭脂，我很欢喜……"

胭脂窝在他的怀里，心中猛地一阵刺疼，面上一僵，笑和羞意皆消失得无影无踪。

良久，她才微微笑起，眼里慢慢泛起水泽，轻轻说道："你欢喜就好……"

冬日的风雪渐至，一日比一日寒冷。

胭脂看着桌案上摆着的书，上面一个字也没有，她却翻过一页又一页，神情专注地看着，似在暗暗思索。

窗户大开着，一阵冷风拂来，胭脂的面上渐渐透出几分冷意来，眼里神情凛冽异常，和在苏幕面前乖巧温顺的模样完全不一样。

这几日正逢苏家老爷过寿，流水宴大摆七日，戏班子每日连轴不停唱，苏幕要结交人忙得分身乏术，现下屋里只剩她一个人。

胭脂看了一会儿，慢慢伸手用指腹轻点一下杯盏中的茶水，在桌案上轻轻画着一条一条路线，又细细掂酌哪条路该走，哪个地方该换。

忽然，门被轻轻推开，一阵冷风袭来，掀得白页书翻飞。胭脂微一蹙眉，手飞快碰倒了茶盏，茶水一下全倒在桌案上，刚才画的一下全部消失了，只余一摊水。

胭脂站起身伸手拿起茶盏，仿佛真的是不小心碰倒了茶盏。

苏幕走近几步，从后头悄无声息地揽住她的细腰，神情平静，不发一言。

胭脂像是吓了一跳，忙心有余悸般伸手握上他的手，试探道："爷？"

苏幕只淡淡"嗯"了一声，看着桌案上的一摊水，默不作声。

气氛一点点凝固，那种压抑让人越发透不上气。

胭脂的呼吸不由自主微微放轻。

苏幕将她整个人圈在怀里，仿佛把她当个柱子靠着，又像是故意锢着她。

半晌，他突然伸手拿起桌案上摆着的白页书。

胭脂微微垂眼，他白皙修长的手指翻动着命簿，他看到的明明是一片空白，但却一页一页翻得极为仔细。

她不自觉屏住呼吸，背脊微有汗湿，面上却是平平静静的坦荡模样。

片刻工夫，苏幕便翻完了整本白页书，眉心慢慢蹙起，眼里神色未明。

沉默片刻，胭脂忽开口缓声问道："爷喜欢我用来练字的本子？"

身后的人沉默了许久，才缓缓开口："练字？"

语气轻缓，带着些许疑问，又含着旁的意味，胭脂一时琢磨不出，眉心微蹙，又缓缓开口笑道："以往唱戏总会遇到几句好听的戏文，一时记不住便想写下来，可字又写得不甚好看，难免坏了其中意境，往日总想着练一练，现下有工夫自然要准备起来。"

苏幕闻言靠在她的脸颊旁，轻缓道："我瞧着这本子极好，正巧也想练练字，不知你愿不愿意给了我？"

胭脂眼中微有闪烁，不过一息间便笑着转过身与他爽快道："公子爷要是喜欢尽管拿去，我这处什么本子都能用来练字，也不差这一本。"

苏幕静看了她一会儿，忽然微微笑起，低下头用鼻尖轻轻碰上她的，浅声道："想不想去外头看戏，雪梨园的可都来了。"

"真的？"胭脂闻言一脸惊喜，像是得了极大恩惠的模样，欢喜了一阵后又略微忧虑道，"你家中长辈瞧见我会不会不喜，毕竟今日是你爹爹大寿，若是惹得他老人家不喜，你岂不是难做？"

戏子本就是下九流的玩意儿，大寿还带出去显在别人眼前，自然是不好看的。

权贵也是瞧人的，上不得台面的带出去自然会拉低自己的身价，所以但凡是正经场面，都不会做出这种荒唐事来。

胭脂一副设身处地全为他着想的模样，怎能叫人不喜？

苏幕伸手轻轻勾了下她的鼻尖，温和道："你不必管这些，若是有什么我都在，你只管安安心心看戏便是。"

胭脂闻言便乖巧地点了点头，随着他出了门。

苏幕将手中的白页书随手递给了苏寿，揽着胭脂一路往外头去。

胭脂来了苏府这么久，这还是头一遭在苏府里走，以往即便散步也只是在院子里走一走。

是以这一路上，苏府的下人皆偷偷摸摸瞄看。

早就听说公子屋里藏了位姑娘，是雪梨园的戏子出身，护得跟眼珠子似的，一步也没让踏出院子，好东西更是不断往里头送。自家公子以往都回不了府里几趟，现下却是每日都回，可见这姑娘勾人的手段有多厉害。

本还以为是个面皮多巧的美人，却没承想瞧着青涩软嫩得很，也没那国色天香的好模样。

且论这面皮，倒还是梧桐院的那位顾姑娘出挑许多，那美目含愁，微一垂泪便叫人情不自禁陷进去，那才是真真正正的一个尤物。

苏府的流水宴一路摆到府外头，人来人往，仆从飞快穿梭其中。

府内一旁连着大园子，戏台子就搭在正中间，锣鼓喧天，戏子在上头"咿咿呀呀"唱着，苏府里头外头皆人声鼎沸，热闹至极。

桌案上的菜肴自不用提，皆是扬州名厨子的手艺，且大部分是苏府家养的厨子，一道道拿手好菜摆得满满，汪南溪拌鲟鳇、张四回子全羊、汪银山没骨鱼、管大骨董羹、孔切庵螃蟹面等，无一不叫人垂涎欲滴，食欲大振。

这一桌桌热气腾腾的，越吃越暖和，加之戏班助兴，席间觥筹交错，倒也半点不觉冬日寒冷。

苏幕中途离席，现下回来旁边还带着个姑娘，苏家人如何还能猜不出这是谁。

弄个戏子养在屋里，平日里没让人出来也就罢了，关起门来随得他玩闹，可今日这般大的日子，这么多体面人在，竟还这般不知轻重地带出来丢人现眼，可不就是平白拉低了苏府的门面？

苏老爷本还红光满面，兴致大好，这般一瞧面色登时就不好看了，可又不好众目睽睽之下说什么。

更何况苏府在扬州到如今这般地步，哪一处不是依靠儿子，便也只能硬生生忍了下来。

　　一旁坐着的苏夫人看着眼里，面上和颜悦色，心里满是暗喜，她可是巴不得苏幕多玩几个戏子，省得总在跟前碍眼。

　　苏幕牵着胭脂一路径直而来，旁若无人地在主席上坐下。

　　胭脂倒不防他会直接把自己带到席上，这周围的人多多少少都打量了过来，叫她心里有些不喜，便只坐在苏幕一边，垂眼看着桌案上的菜，默不作声。

　　这一块儿不比府外一桌桌流水宴，坐着的皆是扬州有头有脸的，其中有听说过苏幕沉迷戏子的传闻，这般一看便也是眼见为实了。

　　圈养戏子倒不是什么稀奇事，只是这般将个"玩物"带上席面，难免会让人觉得不尊重，心中也或多或少皆有些不舒坦。

　　尤其是扬州太守贺大人，哪个不晓得他那闺女整日跟着苏幕，大家可都把苏幕当成他家的内定女婿了，现下这般可真不是一般难堪。

　　这贺大人都不说话，桌上自然也没几个敢说话的，皆看着苏幕身边这个小戏子，瞧着倒是青涩软嫩，确实是个可人疼的乖巧模样，可这寿宴还带出来，就有些不成体统了。

　　尤其是让未来的岳父大人瞧见，这往后还如何娶人家闺女？

　　众人越看便越觉苏幕是个拎不清的，这"色字头上一把刀"啊，放着太守千金不要，被个戏子拦了出路，可不就是个傻的吗？

　　周围的眼神都快把这处戳出几个大窟窿了，苏幕愣是权作没看见，席间有人忙开话头活跃气氛，苏幕漫不经心听着，末了笑接几句，席面才算慢慢活跃开。

　　台上戏罢又换了一出，苏幕见胭脂半晌没有动筷，她垂眼看着桌案上的菜，一副怯生生的模样，便握住她的手，浅声道："要吃什么，我给你夹。"

　　胭脂看着他的手握着自己的，靛蓝色的袖口镶绣着金丝流云纹，衬得手越发白皙修长。

　　胭脂微微抬眸看向他，对上了他朝她看来的眼，温和带笑，一如往昔，她一时只觉恍惚迷茫，弄不清心中的涩然滋味。

　　今日家中长辈大寿，他穿着更比往日隆重，长袍领口都镶绣着金丝流云纹的绲边，腰间束着祥云宽边锦带，头戴着顶嵌玉金冠，衬得乌发如绸缎，清润雅致，举手投足间赏心悦目，眉眼染笑，越显惑人。

　　胭脂微微笑起，看向桌案上的菜肴，又趁机扫了眼他们刚才提及的贺大人那处，贺府往后必会与苏府联姻，这无疑为苏幕在扬州行商开了一条康庄大道。

苏府如今的财力已非她所能估量,这些日子苏幕这般挥金如土,苏家却完全不当回事,可见这点银子在他们眼里根本不值一提。

这等朱门绣户,再有官家岳父依靠,日后在扬州必然是如虎添翼,旬家也不知能不能顶得住,毕竟他们还要护着顾云里,若是势力不比苏家,往后还是有苦头吃。

现下她既然有了这么个机会,即便改不了命簿定下的命数,也必须在两家之间埋下一根刺。

胭脂想着便伸手抱着苏幕的胳膊,上半身柔若无骨地倚在他身上,眼眸亮晶晶地看着他,伸出细白小指,软着嗓子娇道:"爷,我要吃那大猪蹄子。"

这一声可真不小,引得众人皆看过来,瞧着她趾高气扬的模样,颇有几分恃宠而骄的女儿娇态。

可真是太上不得台面,这般不懂规矩,人前就这般作态,苏府这脸面丢得可太大发了。

苏老爷那微微缓和的脸色一下就黑沉下来,面上隐含怒气,只是碍于人前不好发作。

他看了一眼贺大人,果然那面色比他还难看,一时便越发气苦这个败家子,半点不懂分寸。却不知他想得还是轻了,那处苏幕眼里带笑看着胭脂,片刻还真伸手夹一块放到胭脂碗里,温和问道:"还要什么?"

苏老爷看在眼里,一时气得怒目瞪向苏幕。

奈何苏幕权作没看见,苏老爷直觉额角青筋一阵阵暴跳,这败家子,摆明是想在他大寿这天把他活活气死!

胭脂见苏幕并无不喜,眼眸微暗,变本加厉起来。苏幕给她夹的,她吃了几口就不愿意吃了,拿着筷子夹着肉丸子咬了一口,眉眼一弯,道了一句:"好吃,爷,你也尝尝看。"又递到苏幕嘴边,一脸讨好地看向他。

苏老爷见状脸都青了,苏幕这样的人会顾及旁人才有鬼,张嘴一口吃了胭脂咬过的丸子,笑着附和道:"嗯,是好吃。"胭脂面上欣喜,越发勤快起来,时不时就喂苏幕吃一些。

贺大人面色越沉,本就官威在身的人,这般冷了脸,旁人哪里还敢说什么。

等到席面上的气氛彻底被她弄僵,胭脂才罢了手,放下筷子,神情散漫地看着台上唱戏,忽觉一道视线落在她身上。她神情愈淡,顺着视线看去。

蒋锡斐见胭脂看来,忙环顾四周,见没人看来,他才看向胭脂,嘴角一弯勾起一抹浅笑，颇有几分勾引人的味道在里头。

　　胭脂静看了半晌，微微垂下眼睫，显得越发乖巧懂事，片刻后，又轻掀眼帘看去，蕴生灵气的眉眼染上些许媚态，媚眼如丝，丝丝勾魂。

　　这可真是让蒋锡斐喜出望外，他本以为自己还要在这戏子身上花些工夫，却没承想这般容易。

　　这戏子被苏幕护得这般好，那眉眼青涩，模样软嫩，小眼儿跟个钩子一样，若有若无地勾人，也难怪苏幕被勾住了脚。

　　他早琢磨着苏幕不行，没想到还是真的，这怕是光有壳子，内里却不顶用，否则这小戏子怎么会当着这么多人的面，就这般急不可耐地勾上来。

　　蒋锡斐越想越得意，到时把这戏子玩服帖了，苏幕那头不就破了大口，且瞧着这般着紧模样，后头不知该多顺。

　　胭脂坐了一阵子便想回屋了，被关在那个暗无天日的地方，已经叫她养成习惯，她不再习惯这样吵闹的地方，只想安安静静地待着。

　　一想起那些日子，她便情绪不太对，整个人都阴阴沉沉的，瞧着模样颇有几分森然。

　　苏幕看了胭脂一眼，揽着她的腰。胭脂百无聊赖靠在他身上，便听苏幕在她耳畔浅声道："若是觉着闷，便去戏班子那处玩玩。"

　　胭脂闻言才露出了个笑模样，眉眼一弯应了声，又在苏幕的面上轻吻了一下，起身时若有似无扫了眼远处的蒋锡斐，才离了席去。

　　席面的气氛一下凝塞起来，这可真真是伤风败俗，这么多长辈贵客，就敢这般放肆，实在太不知轻重。

　　众人也不知苏家的公子中了什么邪，这般了竟然还没什么表示，竟还旁若无人吩咐了丫鬟将人小心送去。

　　众人的眼神太过刺人，越发让苏老爷觉得自己一点父亲该有的威严也没有，在儿子面前这般敢怒不敢言，如何不叫人看轻。

　　这般一想，如何还忍得住，猛地一拍桌案，当着众人的面就冲苏幕厉声道："苏幕，你成何体统！"

　　胭脂不知前头动静，半路便支开丫鬟，让她回屋里取件披风来。

　　她自己一路漫步到了戏台子后头，见是一如既往的乱作一团，个个忙得脚下生风，曹班主叉着腰搁哪儿瞎骂，哪处瞧不顺眼就骂骂咧咧个没完。

这会儿瞧见了胭脂，她穿戴体面贵气逼人，通身的气派叫他微微一愣，片刻后，面上直笑出了朵花："原来是胭脂呀，瞧你如今这体面模样，我这儿都没敢认。这班子里可就数你最出息了，在苏公子面前这般得宠，这姨娘是没得跑了。"

曹班主说完，见胭脂没什么大反应，便又兴致勃勃道："瞧苏公子这看重你的模样，这大寿愣是没让苏家养着的戏班子上，全让咱们雪梨园包了！胭脂，您可真是咱们的福星儿，往日咱雪梨园可都靠您生光啦。"

远处的芙蕖儿一听这话，冷笑出声，眼波微转睨了眼胭脂，可真是大变样了，以往没心没肺的模样，现下这般行为举止，颇有几分大户人家的气派，这通身的穿戴可真是……就一个字，贵！

苏家大公子可真是舍得，这一身都可以买下扬州地段最好的一间铺子了。

芙蕖儿暗暗郁结，忙挺直了腰杆，输什么不能输了底子，穿着什么的她一点也不在乎，刚想着，便见穿了身"铺子"的胭脂，随便找了块大石头就往上头坐。

芙蕖儿美目圆睁，心头一阵滴血，暴殄天物的混账，好东西不会用，可劲儿糟蹋！实在忍不住，一翻白眼唾道："穷酸玩意儿，就合该穿些破服烂衣，再好的给你也是浪费！"

胭脂闻言微微发怔，好久不见雪梨园的人，一时只觉恍如隔世。

芙蕖儿一见胭脂这湿漉漉的眼神，差点没噎死，这是换了招数想把她硌硬死？

果然是内宅待久了，心思竟然这般恶毒，芙蕖儿只觉鸡皮疙瘩一阵起，半点受不住忙奔，到别处避开了去。

曹班主本还准备和胭脂好好叙叙旧，一听芙蕖儿这嘴上没个把门的，一开口就惹了人，直气得一迭声儿追骂而去。

胭脂默默看着他们离去，又静坐了一会儿，果然瞧见蒋锡斐从戏台子极为隐蔽之处进来，一看就是做惯这种偷摸之事。

蒋锡斐扫了眼四周，见胭脂周围没什么人，便走了过去，脸上浮上几分情深意切："胭脂，可想死你蒋哥哥了。"

胭脂平平静静地默看了他一阵，末了微勾嘴角，露出一抹森然笑意，轻启娇嫩唇瓣，缓声问道："真的吗？"

胭脂眼睫微微一眨，天真青涩中又带些许不自知的媚态，软嫩怯生生的模样实在太叫人心痒难耐。

这若不是在苏府，蒋锡斐早上去动手动脚了，此时更是恨不得将心掏出来给她看："你还不信我，那些日子我每日来捧你，便以为你知晓了，却原是我错了。"

早知道这样，我就该主动些，也不至于到如今这个地步……"

他面带郁色，眼神满是遗憾悔恨。半晌，才坚定道："胭脂，我会一直等下去，若是他辜负了你，就让我来照顾你，我发誓我一定会待你……"

胭脂垂着眼看似认真在听，实则都当风刮了去，只细细注意着四周的动向，待确认了没有人后，她才微微笑起，面上带了几分女儿娇态："蒋哥哥红颜知己这般多，要奴家怎么相信？"

蒋锡斐一急正要开口，胭脂眉眼一弯又截了他的话头，略带羞涩，浅声道："蒋哥哥若说得是真的，不知可愿替奴家做一件事？"

蒋锡斐闻言一脸欣喜，忙上前几步，信誓旦旦回道："有什么事只管说来，全包在你蒋哥哥我身上！"末了，又极为认真看着她，"胭脂，无论什么事情，只要你开口，我一定竭尽所能帮你办到，只为你能看清我的心意。"

胭脂闻言垂首轻轻笑起，伸手抚了抚裙摆上并不存在的折痕，才道："我的一位恩公如今在牢狱中苦受折磨，我这些日子终日不安。前日得到消息，七日后牢中狱卒大换，那日子看守最为薄弱……"她微微一顿，片刻后，言辞恳切缓声道，"希望蒋哥哥务必帮我将这个人救出来……"

蒋锡斐走后，胭脂在戏台子后头坐了许久，才起身回了院里。

到了晚间，孙婆子从外头院子回来，见胭脂一副没心没肺的模样，还搁那儿躺着看话本，不由得暗叹了口气，提醒道："姑娘，公子那头被老爷拦着，贺大人也在前头，公子的亲事可已经有了眉目……"

胭脂闻言心中没有多大起伏，离贺璞嫁进来确实没几日了，到那时顾云里也救出来了，自然也没她什么事了。

孙婆子见状越发急了，也不知她知不知道这其中的意思，她现下连个妾室都没捞到，又没个子嗣傍身，被公子放在院中不明不白的，到时若腻了，随手送给了旁人，那往后的日子可就惨了。

孙婆子年纪大了，见不得胭脂这般乖巧软嫩的小姑娘受苦，又苦口婆心劝道："姑娘，你可要长点心啊，一会公子回来了，怎么样也得缠着他给你个名分，待到后头少夫人嫁进来了，再向公子求个子嗣，这往后的日子就不用愁啦。"

胭脂闻言也不接话，权当作没听见，又翻过了一页往下看。

孙婆子见状叹了口气，这到底是年纪轻，还真以为那些个大老爷们儿的宠能维持一辈子。

她自幼在这些宅子里伺候人到大，色衰爱弛这样的事儿见得太多了，自然早早了看到这么个结果。可旁人又不是她，怎么也得经历一回，才知晓这其中的道理。想了想便不再说话，由着她去，她该说的也都说了，有些事终究管不了太多。

　　孙婆子出了屋后，胭脂才将视线移离了话本，她如今哪有什么心思看书。

　　蒋锡斐也不知能不能将顾云里救出来送回匀家，这一遭若是失败了，再救他便更是难上加难。

　　若是失败了⋯⋯

　　胭脂黛眉微蹙，眼神越加凛冽。

　　苏府的账本她一定要尽快拿到，这事无论如何都要留一手。

　　胭脂正想着，忽闻外头丫鬟请安道："公子。"

　　胭脂看了外头，刚调整好情绪放下手中的书，苏幕就进来了。

　　她忙起身迎上去，替他拿下身上的披风，笑着道："爷，今儿回得真早。"

　　苏幕轻轻"嗯"了一声，也没像往常那样眉眼带笑。

　　胭脂微一怔，转身走到木架子那处，将披风挂上，转过身瞧了眼，苏幕已然一声不响，坐在榻上了。

　　她微微一顿又向他走去，在他身旁坐下依偎着他，也不说话，只乖巧地靠着他。

　　苏幕低头看来，她又睁着水汪汪的大眼睛瞧他，十分好奇他怎么了，可又一副我得忍住不问的天真模样。

　　苏幕微微笑起，伸手将人揽进怀里，缓缓问道："今日见到雪梨园的人可还欢喜？"

　　胭脂闻言笑弯了眼，伸手环着他的腰："欢喜呢，许久没瞧见他们了，还是那般闹腾，曹班主骂人的花样又换了，今儿可听到不少有意思的话⋯⋯"

　　却见苏幕低头在她软嫩的唇瓣上轻啄一下，宠溺道："要是喜欢那儿，往后便多去瞧他们。"

　　胭脂闻言心下一喜，忙往他身上扑去："真的吗，太好了，我许久没看戏了，他们一定出了好多新戏！"

　　"喜欢就去，到时让他们多给你演几出。"苏幕满眼笑意，揽着胭脂往榻上一靠，忽觉靠榻处硌着，他随手拿起看了眼，见上头写着胡编乱造的江湖趣事，便笑问道："原来你学武是为了闯荡江湖？"

　　胭脂看着他，神情恍惚，似看他又似透过他看向远处，半晌，才喃喃道："不，只是为了自保。"她忽而又想起命簿里的他应当是不会武功的。

胭脂正想着，却听他开口说道："我却不是为了自保，我自小就不爱读书，总觉得那东西到了关键时候便顶不上用，没得连想护的人都护不住。"

胭脂闻言微微一怔，慢慢抬眼看向他，正巧对上了苏幕带笑的眼，他伸手捏了捏她的脸，笑中带了几分惋惜，又含了几分骄傲，说道："可惜，我的胭脂也习了武。"

胭脂的胸口一阵阵发闷，说不出的难受，她慢慢垂下眼睫，掩住了眼里的神情。

苏幕见她不说话，便也没再说话，末了又伸手摸向她的小肚子，眉心微蹙："咱们这般勤快，怎么肚子还没个动静？"这可真是个不要脸的，说出这话都不带一丝脸红的。

胭脂闻言微微低头，默然不语。

却不知苏幕又抽哪门子的疯，突然冲着门外面无表情地冷冷道："去把那个没用的老东西抓回来。"

门外站着的苏寿忙应了一声，转身往外头跑去，传达公子的吩咐。

远在百里外山头上辛勤采药的方外子狠狠打了个喷嚏。

胭脂黛眉微蹙，如今怎么可能愿意跟他生孩子。

即便她不知自己究竟能不能生孩子，但以防万一，还是斟酌道："这件事还是等爷成亲以后再说吧，现下这般情况，生下孩子总是不好的。"

苏幕闻言微微一怔，看着她，眉心狠蹙："怎么不好？"

这可真是歪打正着了，胭脂这厢拐弯抹角，苏幕听在耳里便直接忽略了旁的，只抓到了重点，就是胭脂不想给他生孩子！

那她想生谁的孩子？

顾云里吗？

胭脂见他问得认真，正准备说话，却不防他突然阴沉了脸色，本还靠在榻上闲散温和的人猛地抱着她坐起身。

胭脂再是了解他也反应不过来，只能一脸发蒙地看着他。

屋里一片寂静，胭脂倚着他不敢动，实在弄不明白，这好好的又怎么了？

苏幕面色阴沉地看了她许久，忽微微笑起，面色和善地亲昵道："往后贺璞嫁进来，我便要在她屋里睡着，一个月里也没法来看你几次，可要委屈你了？"

胭脂见他笑起，忙开口表忠心道："爷，不用担心我，只要爷高兴，胭脂怎么样都无所谓。"

苏幕闻言面上的笑一下消失了，面无表情看了她许久，忽淡漠道："这么说，是无所谓和旁人分我一个了？"

胭脂的眉心微不可见一皱，摸不透他究竟要怎样的答复，便只能斟酌道："这如何是我能决定的事，爷的家中长辈……"

苏幕半点也不耐烦听，突然推开了她，猛地站起身，冷冷看着她。

胭脂见他如此，便知自己说错了，一时有些不耐烦起来，怎么顺着也错，便闭了嘴不说话，只是静静看着他。

屋里灯火通明，却如无人般寂静，只隐约听见外头呼呼风声，气氛一点点凝固。

苏幕的面色越渐阴沉，默了片刻，像是忍无可忍一般，突然伸手捏住她的胳膊："胭脂，你便是要演也演得像一些，别叫我看出来，行不行！"他说到后头，几乎是咬牙切齿，眼神跟恨不得将她一口吞了一般。

胭脂闻言默看了他许久，突然忍不住轻笑出声，满脸无奈："没法子，公子太难骗了，小的尽了力也没法骗到一二。"

苏幕握着她的胳膊微微收紧，似在强忍怒气，半响才艰难道："可真是难为你这般费力气！"

胭脂平平静静看着他，软嫩的面上一丝多余的表情也没有，就像在看一个陌生人。

苏幕见状越发怒不可遏："你再用这样的眼神看我试试？"

胭脂闻言神情越显微妙，言语中含着讥讽："那我该如何看你？"她神情几变，末了又开口问道，"公子，您教教我吧，我真的不会……"

这话里话外都透着旁的意思，那张嫩生生的小脸此时满是冷讽。

苏幕呼吸一窒，气得眼前青黑一片，拿她是一点法子也没有，这么软嫩嫩的，别说动手教训了，吼一声只怕都能吓哭了，他能怎么办？

平日里有多可心，现下就有多拧巴，苏幕越发气极，一刻也不想待下去，转身疾走几步，见前头桌案碍眼，扬手就一把掀翻了去。

檀木桌掀翻在地，"砰"的一声发出巨响，桌上茶盏"丁零当啷"碎了一地，他才面色阴沉往屋外头走去。

院里的奴仆一阵胆战心惊，也不敢进前伺候，皆躲在廊下隐蔽处不敢作声。

胭脂神情越显寡淡，他出了屋后便起身下了榻，不管不顾地径直往屋里去了。

外头苏寿正从院子里跑来复命："公子，那神医……"

苏幕现下如何耐烦听得这些，猛地厉声喝道："滚开！"

苏寿被这当头一喝给吓得不轻，等苏幕一路出了院子，他忙看了眼屋内，地上是一片狼藉。

孙婆子从廊下慢慢走来，苏寿急得直跳脚，这般闹起来，难做的还是他们下面这些人，忙小声道："这可如何是好？"

孙婆子闻言连眼皮都未抬一下，十足十的淡定，她见多了，二人打起来的场面都见过了，这掀桌什么的根本不在话下。慢声安抚了苏寿，让他回去好生伺候着公子爷，又让丫鬟打扫了屋内，见胭脂已然睡下了，便也退下了。

床榻上躺着的胭脂见人皆退下了，忙掀开被子站起身，小心打开窗户往外头轻身一跳，挑了条极为偏僻的碎石小径走。

苏幕这般怒极而去，必然几天都不会再踏进院里，时机实在太凑巧，否则她真不知要怎么避开他，去拿苏府的账本。

命簿的东西她也记在了脑子里，这苏府的路早就叫她摸了个遍，现下走起来是格外的顺。

只她忘了一点，便是她的身手早已大不如前，甚至比不上前头两世身姿灵敏。

往日一堵高墙拦在前头，她轻轻松松便可以过去，现下却是使出吃奶的劲也没法翻过去。

时间又不等人，她多拖一刻就危机一刻，心里也越发焦急起来。

等再一次从墙上跌落下来，她再也忍不住心头恼意，狠拔了一把草用力砸向那堵墙。

草能有什么力道，连那墙都没碰着便落了地，到头来也不过白费力气。

胭脂猛地闭上眼顺着气儿，片刻后又站起身后退了几步，往前助跑一跃而起扒住了墙头，死命咬着牙往上一撑，终于翻身上了那堵墙，却因使劲过度，脑袋一阵发晕。缓了片刻，忙从墙头悄无声息地跳下，在夜色遮掩下避开苏府的看守。

胭脂一路进了苏幕的书房，扑鼻而来的便是书墨香味。胭脂适应黑暗后，看清了偌大的房内摆满了书匮，一排排竖列而去，极为高阔，最上头要爬上高木梯子才能拿到。

胭脂忍不住暗唾一声，她还真信了他的邪，嘴里根本没一句真话，还不爱读书，那这满满当当一屋子书是什么？简直将她当个傻子一般糊弄！

人苏大公子可真是冤枉，他确确实实不爱读书，然他说的不爱读书只是不耐烦考科举罢了。

胭脂在一片漆黑中摸索着，半响，才按照命簿所写找到了位置，在最里侧的书匣第三排,细细数到第七十一本,轻轻一移。

最里头的一小块墙面慢慢打开,里面摆着一册账本,胭脂连忙收进怀里,又轻轻移书关上了那堵墙。

疾步往外,却听门外一声细微的响动,胭脂瞳孔不住收缩,背脊一阵冷汗直冒,根本来不及躲。

片刻后,"喵"的一声,野猫叫唤,外头便没了动静。

胭脂暗松了口气,出了书房照着原路返回,待回到院子又将账本往早就挖好的土里一埋。

翻窗进了屋子,见里头一片漆黑,才略微安了心。快步进到里屋忙脱去外衣,又摸到床榻处,准备掀开被子上榻时,却碰到了一个温润的物体。

胭脂心下骤停,彻底愣住,顿在那处一动不动,整个人极为僵硬。

屋里漆黑一片,连外头的月光都不曾透进来,伸手不见五指。

苏幕躺在床榻上,腿悬在床榻外侧,极为随意地躺着也没起来,像是没有察觉到胭脂回来。

直到胭脂觉得周围寂静得让她越觉窒息时,他才轻启薄唇,平平静静问道:"去哪儿了?"清越好听的声音,若清溪流过碎石子,清冽干净,悦耳之间又带着些许莫名的危险意味,哪怕是在流水覆盖之下,尖利的碎石也注定伤人。

胭脂眼眶微微发涩,一时又想起了上一世,他们之间根本就是反复循环的孽缘,注定不会有好结果。

半响,她才慢慢站直身,眼睛适应了黑暗后,也能看到他的些许轮廓,只看不清他的神情,也摸不透他现下在想什么……

苏幕得不到回答,慢慢坐起身看着她,不发一言。

即便有黑夜掩护,胭脂也觉那道视线压得她喘不过气来。

屋里越显寂静,一切仿佛一瞬间静止了,剑拔弩张前的紧绷叫胭脂全身越发僵硬,喉头紧涩,心跳快得耳朵直嗡嗡响。

苏幕静默了半响,又开口问道:"胭脂,为何不说话?"他微微一顿,言辞越渐轻缓,"你去哪儿了,这么简单的问题很难回答吗?"尾音渐重,微微勾起,隐显阴鸷。

胭脂闻言也不接话,只站在原地一声不吭,像是不耐烦解释一般。

苏幕慢慢垂下眼睫,眼里神情愈加淡漠,眼底隐隐透出几分噬骨凛冽,他忽然轻轻笑起,似有几分自嘲。

片刻后，又语调轻缓叹道："是我不对，没把你看好……"言罢，他慢慢伸手拿起一早放在床榻边上的细金链子。

胭脂听着熟悉的清脆声响，瞳孔收缩，神色有些不正常起来，忽扬声道："你是不是又要把我关起来？"

苏幕眼里越显狠戾，忽疾声道："那怎么办，你要我怎么办？胭脂！你扪心自问，我对你怎么样，我把你当个宝贝一样供着，你呢？"苏幕神情越显激烈，整个人看上去都有些癫狂，猛地站起身往她这处疾步冲来。

胭脂心头大骇，忙转身往后跑去，却忘了后头屏风挡着，一头撞了上去，正要稳住身子转换方向，苏幕已然从身后袭来，将她一下压上屏风，"砰"的一声巨响，屏风倒地，二人一道跌在屏风上头。

饶是如此，苏幕也没罢休，死死按着胭脂，手上也没个轻重，捏着胭脂欲拿链子锁人。

胭脂吓疯了，一时又想起他那个丧心病狂的冷血模样，惊声慌叫不已，浑身都不可遏制地发抖。

苏幕见胭脂如此模样，心中一刺，忙扔了手上的链子，伸手去抱她。

胭脂见他过来，越发崩溃，情绪彻底失控，扬声尖叫道："你不要过来，你滚开，滚！"直哭着手脚并用，死命挣扎起来。

苏幕越发用力抱着胭脂，她越挣扎他就抱得越紧。

胭脂被他抱着动弹不得，一阵阵喘气，呼吸起伏间也慢慢冷静下来，一种无力之感油然而生。

这动静可真不小，院里的下人早惊醒了，聚在外头不知该如何是好。

孙婆子在外面听到胭脂这般尖叫，也是吓得不轻，忙敲了敲门："公子爷，怎么了？"

苏幕也不回答，只抱着胭脂不发一言。

胭脂心中越发平静，面上隐隐约约透出几分死气，片刻后，忽启唇淡淡道："你要是关着我，还不如杀了我。"

屋里漆黑寂静，只余二人呼吸交缠，屋外也没人敢再说话，安静得像是没有人一样。

苏幕静默了许久，才开口轻轻哄道："胭脂，咱们别闹了好不好？"

孙婆子在外头见一直没动静，也实在怕出事，便轻声道："公子，老奴这头进来啦……"见里头没声音，孙婆子便轻轻推开门。

将门慢慢开了一道小缝，月光慢慢透进去，孙婆子松了一口气，她还以为胭脂被拧断了脖子……

胭脂看着他，微微笑道："好啊。"

苏幕见她一副敷衍的模样，眼神透出几分愤怒，慢慢松开手坐起身。

胭脂躺着一动不动，静静看着漆黑的屋顶。

苏幕静默了一阵，才道："你不就是想让顾云里出来吗？我可以放了他，但你以后不能想他，只能想我。"

胭脂的眼睫微微一颤，眼眸一转看向他，眼里满是悲凉。

他真的会放过顾云里吗？

还是如命簿所说，只是假意放人？

胭脂以手撑地慢慢坐起，看了他许久，才缓缓道："把顾梦里也放了，我就答应你。"

"好。"苏幕毫不犹豫回道，末了又伸出手抚上她软嫩的面，手指轻拂她的眉眼，神情专注似有深意，轻喃道："胭脂，希望你说到做到，别再骗我……"

胭脂的眼眶慢慢润湿，直到视线渐渐模糊，再也看不清他的脸后，她才涩然道："希望你也能说到做到……"

灰蒙蒙的天微染黛色，雪悠悠飘落着，点点落在青石板上微微晕湿，初雪由白变灰暗，渐渐消散淡去，了无痕迹。

顾梦里站在苏府大门口，只觉自己如在梦中，她本以为她再出不了苏府了，甚至再也见不到她的哥哥，却没想到还会有出来的这一天。

早间天还没亮透，苏安就让她准备准备，说苏幕要带她去牢里，放她哥出来。

她不知苏幕为何突然这般，问苏安，他又是一副不敢多说的模样。

她心中既欢喜哥哥能出来，又害怕再出什么乱子，她已然受不住任何打击了，这一遭变故已让她身心俱疲，再无力承受半点波折。

雪慢慢变大，苏安见顾梦里孤零零站在雪中，极为不忍，开口劝道："顾姑娘，你上马车等吧，公子爷昨晚上被折腾了一宿，现下二人都还别扭着呢，只怕没那么快出来，你还是去马车上等吧。"

顾梦里摇了摇头，她现下如何有心思管这些，只恨不得马上离开这里。

等到天色慢慢亮起来，苏府里头才出来了人。

苏寿并几个小厮在前头引路，后头苏幕一身茶白衣袍，腰系白玉宽边锦带，外披一件白裘，头戴雕花镂空金冠，面若冠玉，眉眼深远雅致，大步流星而来，玉树临风，君子之姿显于眼前。只神情太过冰冷淡漠，比这冬日风雪还要寒上几分。

顾梦里又恨又怕，一时不敢再看。却见苏幕几步踏上台阶正要出来，却又停了下来，微微侧身看着后头，似在等什么人。

顾梦里看去，只见里头又慢慢走来一个人，披着胭脂色大裘，极大的衣帽戴在头上，边上细软的毛绒蓬松，走动间上下浮动，衬得一张小脸面如凝脂，眼如点漆。

眉眼蕴生灵气，神情平静，似有林下风气，双手插在兔毛暖手筒里，浑身上下被包裹得严严实实，极为暖和，行走间裘下牙色裙摆微扬如花绽，几步行来隐约露出裙下绣梨花纹细软鞋，精致小巧。

似有察觉到她的目光，抬眸看来，对着她微微一笑，又几步赶上前头的苏幕。

苏幕见她上来便又不管了，转身自顾自走来，神情淡漠，仿佛刚才等人的不是他一般。

胭脂跟在他后头走着，二人一前一后而来，表面上看着登对相配，可仔细一看便觉貌合神离得很。

待到近前，胭脂加快脚步越过苏幕，站定在顾梦里面前，温和地道："快上马车吧，一会儿就可以瞧见你哥了。"

顾梦里闻言悬着的心终于落下，开口应了声，忙转身准备上马车。

胭脂跟在她后面，准备和顾梦里坐一块儿。

苏幕眼神一暗，刚才还乖乖巧巧跟着自己走，现下见到了别人就跟别人了，一点都不像话，缓缓道："往哪儿去？"

顾梦里闻言回过头，见胭脂沉了脸色站在原地一动不动，一副受气的憋屈模样，垂着眼默不作声。

苏幕见她矗着不动，还不理他，便更加不悦起来，不说话便直接伸手擒住胭脂的胳膊，拉着她跟拎只鸡一般，一路提溜着上了前头的马车。

顾梦里默看了半晌，车夫提醒了声，她才回过神来上了马车，心中越发担心起胭脂来。

也不知她究竟做了什么，才让苏幕愿意放了他们兄妹二人……

马车慢慢起发，顾梦里一路忐忑间到了大牢外，漫天的大雪悠悠飘下，寒风凛冽，扑在面上如刀割般生疼。

三人下了马车，片刻工夫后，里头的狱卒便扶着顾云里出来。顾梦里骤然一见，忙用手捂住嘴，掩住口中的惊呼声，眼眶一酸，泪水便止不住落下。

不过短短几个月，顾云里就已经被折磨得不成人形，整个人瘦骨嶙峋，虚弱得一阵风便能吹倒。

顾梦里忙冲上去，垂泪凄声道："哥哥……"

顾云里费了好大的劲才扯出了一个安抚的笑，声音沙哑地道："梦里……没事，别担心……"

顾梦里用力点了点头，忍了泪意伸手扶住他。

胭脂上前几步，看着顾云里说不出一句话来，她这个师父做得实在没用，地府的差事也没办好，心中越发愧疚。

苏幕神情散漫，看着顾云里，眼里满是不耐烦。

顾云里看了眼胭脂，见她软嫩青涩的面上微含轻愁，又看了眼她身后站着的苏幕，如何还能猜不出自己出来的原因。

她待自己如此情重，自己却……

顾云里心中一涩，看着胭脂良久，忽然吐出了两个字："等我……"

此言一出，众人皆愣住，苏幕眼神骤变，刚才的散漫模样一下敛起，神情淡漠地看着顾云里，眼里渐显凛冽杀意。

这可真是累世的冤家，隔了这般久，才一见面，这不过一句话就又要死磕起来。

胭脂闻言只觉痛，一声不吭，待顾云里上了马车，才笑着拉起顾梦里的手，说道："梦里，此后一别，只怕不会再有机会见面，你们自己多保重。"

苏幕闻言面色微微好转，只平平静静看着，一言不发。

顾梦里正要回话，胭脂又一副慈祥的祖母模样，开口道："手怎么这般凉，姑娘家还是多看顾身子。"说着又拉着她的手塞进了自己的暖手筒。

顾梦里只觉胭脂在暖手筒中塞了一团纸给她，又面色平静地将暖手筒递了过来。

顾梦里捏着手中的纸条，心中一紧，面上毫无波澜，只定定看着胭脂，极为认真道："胭脂，谢谢你……"

胭脂闻言微微笑起，伸手扫了扫她薄肩上的轻雪，缓声道："世道艰难，你们兄妹二人相依为命，一定要走一步看一步，一步都不能错，走着走着说不准还能遇上贵人相助。"

旁人听来不过平常的话，顾梦里却觉颇含深意，她轻轻点了点头，看了眼她身后的苏幕，面上露出几分担忧："胭脂……你也多保重。"

胭脂闻言一顿，神情微有怔忪，继而又浅笑着"嗯"了一声。

　　顾梦里转身上了马车端坐许久，待马车驶出一段距离，她忙拿出那团纸打开一看，是一一幅地图，上面标出了他们要走的路线，只是极为错综复杂，有些路本可以一路直行，却偏要拐个弯，像是刻意避开什么一般。

　　就连哪处是苏家的营生也标了出来，这难道是要他们避开苏幕的意思？

　　这一路而去，最后目的地又是何处？

　　这图像是极为匆忙画的，连多一个字都没有，实在叫她有些摸不清脉络。

　　顾云里还在为出了大牢，得以重见天日而神情恍惚，待回过神见了顾梦里手中的图纸，便问道："这是什么？"

　　顾梦里唯恐外头车夫听见，忙靠顾云里耳旁轻声答道："是胭脂给我的，像是要我们照着走。"那声音轻得几乎微不可闻。

　　顾云里闻言默了半晌，看着纸上的路线，忽开口道："难为她了……"言辞间似有几分情意。

　　顾梦里闻言微微一怔，眼眸微有闪烁，继而慢慢垂下眼睫，神情越显落寞。

　　马车不过行了一会儿工夫，便突然停下，只听车夫扬声道："你们做什么？"还未听见回答，便听车夫一声闷哼，"砰"的一声闷响，摔倒在地。

　　二人相视一眼，皆觉大祸临头，一时不敢妄动。

　　外头一个武夫模样的人掀开了车帘子，向他们问道："二位可是姓顾？"

　　顾云里闻言一愣，随后又点了点头。

　　确认了人后，那人又朗声道："我们镖局接了蒋家公子的镖，他受一位姑娘所托，需要我们将二位安全送达扬州旬家，请二位速速跟我们走。"

　　顾梦里想起胭脂刚才的话，一瞬间恍然大悟，忙扶起顾云里下了马车，上了另外一辆不太显眼的马车，照着图上的路线走。

　　顾氏兄妹一路而去，后头追杀不断，每一次转换路线皆万分凶险，差之一刻便会断送性命，几日颠簸避祸，筋疲力尽的一行人才到了旬家附近。

　　扬州几日落雪，薄雪积于屋檐之上极为好看，水榭楼阁皆被一层薄雪罩着，整个苏府白茫茫一片。

　　胭脂在花园子里漫无目的地走着，几个丫鬟跟在后头都快抖成了个筛子，那眼神都快将眼前人扎穿了去，这大雪天的日子不在屋里好好待着，非要每日出来走一走，这可不就是平白给她们找罪受吗？

也不知这下九流的戏子怎么就得了公子的眼，整日里温声细语当个宝贝似的宠着哄着，还让她越发恃宠而骄，更将自己当回事了。

若说是个好的，她们也不至于这般不服，可偏偏是个表面一套背面一套的。这性子也不是个好的，又极会演戏，在公子面前装得乖巧懂事、温柔小意，可背地里又不是这个样儿。

昨日里，夫人让她去前头请安，那个态度实在乖张得很，根本不作理会，只顾埋头睡觉。

后头夫人叫了嬷嬷来教训，竟然连房门都不开，一句应付的话都不耐烦说，实在一点规矩都没有，可就是这样，公子回来了竟也没怪罪。

说到底还是同人不同命，这戏子的面皮、出身也没比她们好到哪儿去，可偏偏就是有这个得宠的命。

胭脂看了眼天边，按照这一路耗费的时间，顾氏兄妹大抵今日就能到了旬家，前提是不出任何意外。

但她又实在担心，连日来，苏幕越发阴晴不定，却又在她面前表现得滴水不漏，若不是胭脂太过了解他的性子，还真看不出来他情绪上的细微变化。

他这些日子根本不可能有旁的烦心事，唯一的可能，便是追杀顾云里每每无法得逞，让他越渐不耐烦。

胭脂再怎么不相信，可事实就是如此，她从来不指望他能改变己心，也就是这样的毫无指望，才让她越发不能忍受在他身边的日子。

每日都要忍受着羞愧失望的折磨，她喜欢的是这样的一个人，叫她如何不觉难堪？

胭脂一日比一日忐忑不安，她根本没有把握，那路线能否帮顾氏兄妹摆脱苏幕派去的那些人。

若是不能……

若是顾氏兄妹真的死在苏幕的手上……

她真的不知该如何对待苏幕，若要她清理门户，亲自动手杀了他，却又是根本不可能的事情。

先不说她能不能杀得了他，便是可以，她也做不到……

即便知道他不是好人，她也下不了手，只要一想到他的种种所为就无法接受。

日有所思，夜有所梦，她终日无所事事，每日皆想着，夜里自然睡不安稳，时被噩梦惊醒，梦见他杀了顾云里，梦见自己杀了他……

这终日折磨叫她脾气越发不好，性子也越发暴躁，看着苏幕只觉气苦，恨他这般为人。

便是苏幕每每抱着她轻声哄着，待她越来越好，她仍觉折磨，不堪忍受。

胭脂看着园子里的枯树，只觉自己就像这光秃秃的枝丫落满了积雪，只差一点就要折断。

忽闻远处半空中"嗖"的一声，紧接着"砰"的一声巨响，微染黛色的天边陆陆续续绽放开了绚烂夺目的烟花，如在半空中撒了一把星星，耀眼过后又慢慢坠落下来，一场烟花过后又接着一场，接连放了三场。

后头丫鬟极为兴奋，交头接耳起来，这都还没过年便放起了漫天烟花，衬得这大雪天越发喜庆热闹，根本意识不到寒冷。

胭脂悬着的心也如同烟花一般慢慢落下来，这是她和蒋锡斐一早说好的，若是将人安全送到了旬家，便以烟花为信号，接连放三场便为成功。

她静静站着看完了漫天绽放的耀眼烟花，眼眶却慢慢湿润起来，她和苏幕便如同这场烟花，再是热闹也终究归于寂灭……

空中又悠悠飘下白雪，刚才的烟火气息一下被覆盖在薄雪之下。

一墙之隔的外头站着一个身穿灰色衣袍的人，那人面朝墙而立，像是能透过厚墙看到里头的胭脂。

他静站了许久，嘴角微微上扬，又慢慢从宽大的衣袖中伸出手，在空气中轻轻一划，一团灰黑烟雾打着旋儿轻轻落在地上，幻化出了一只毛茸茸的幼犬儿。

拾捌　幽咽

胭脂正准备转身回屋，耳畔却隐隐约约传来一声小犬儿呜咽。

她脚步一顿，又往那声音的方向而去，出了拱门行了几步，便瞧见一只小犬儿可怜巴巴地窝在落满白雪的草地上，黑色的毛上沾染了清雪，湿漉漉黑漆漆的眼儿瞧着她，又轻轻呜咽了一声，声音微不可见，像是冻坏了。

胭脂的眼儿一下亮起来，小长毛玩意儿！

她忙上前几步，蹲下身伸手将小犬儿从头摸到尾，这小犬儿乖得不像话，见胭脂来摸，还抬起圆乎乎的小脑袋蹭了蹭她。

胭脂忙摸了摸它的头略作安抚，才轻轻将它抱起。

那小犬儿极为温顺可爱，窝在胭脂的怀里微微动弹，抬头瞧了瞧她，似是极为不安。

胭脂轻抚了许久，小犬儿才微微眯上眼睛，像是极为舒服。

胭脂看着这长毛小玩意儿，脸上终于露出了一丝久违的笑容。

后头的丫鬟皆露出一副惊恐的面容，府中怎么会有狼狗仔出现？

若说自家公子最厌恶的是什么，那第一个便是狗了，尤其是狼狗，见一次恼一次，便是只听见狗叫声也受不了。

苏府上下是绝对不让出现这玩意儿的，若叫公子瞧见，必是一顿重罚。

现下瞧这戏子还要将狼狗仔抱回去，她们自然面上皆露惊慌。

其中一个丫鬟上前一步，看着胭脂手中的狼狗仔，开口慌道："姑娘，奴婢多言一句，这狗可不能抱回去，咱们公子可不喜养这玩意儿。"

胭脂闻言神色平静，这长毛玩意儿这般可怜，抱来养了也好过大冬天活活冻死得强，反正她也要走了，苏幕再不喜也看不见，便道："我自己来养便是。"

丫鬟闻言只觉这戏子太不识趣，她现下还靠着公子养呢，这狗她来养不就等于公子来养，怎么可能不让公子看见？

她们好心告诉她公子不喜，她却还这般，真以为自己得了宠，便让公子连喜好都偏了？

实在是太不知所谓，就合该叫她吃些苦头。

丫鬟想着便默默退了回去，与其他几个相视一眼，皆不再开口说话。

胭脂见雪越发大了，怀里的犬儿被冻得瑟瑟发抖，她连忙将它紧紧抱在怀里，快步往回走。

刚踏进院里，便见孙婆子从屋里出来，见到胭脂回来忙道："姑娘回来得正好，公子爷刚从外头回来，正要找您呢。"

胭脂本还柔和的脸色一下子有些凝重起来，脚步也慢了下来。

她本以为他和往常一样晚间才会回来，却没想到今日回来得这般早，一时只觉没准备好。

孙婆子一见胭脂怀里抱着的狼狗仔，可是吓得不轻。

自家公子最讨厌的便是狼狗，最见不得的也是狗，虽然从未被狗咬过伤过，可也不知怎么回事，每回一看到便是大发雷霆。

孙婆子忙上前几步，压低声音急声道："姑娘，这狗可不能往这院里抱，赶紧给我……"说着便伸手往胭脂的怀里抢那狼狗仔儿，准备抱出去扔了。

却不防怀里的犬儿一副被吓到的模样，小声呜咽着往胭脂怀里钻，微微发颤，泪眼汪汪的，瞧着极为可怜。

胭脂于心不忍，正要开口说话，却见苏幕从屋里头走出来，换了一身家常便服，湛蓝色衣袍镶绣雅致松柏花纹白丝绦边，乌发用白玉簪一丝不苟地束起，衬得唇红齿白，干净儒雅，眉眼染笑，看着她温声地道："来瞧瞧我给你买的……"话还未说完，便一眼瞧见她怀里抱着的狼狗仔。

苏幕眼神一暗，眉眼的笑意一下消失得干干净净，脸色阴沉，极为严肃道："谁让你把这种东西抱进来的？"那狼狗仔听见动静，抬起头冲他呲牙咧嘴，一副凶样。

他眉头一皱，隐显怒气，直厉声喝道："马上扔了！"

他蓦然一喝，让胭脂吓了一跳，院里奴仆皆被吓到，心里皆有些埋怨胭脂，好好的非要抱这狼狗仔进来。

孙婆子刚要上前抱乖巧趴在胭脂怀里的狼狗仔，却见自家公子亲自过来，便也不敢动了。

苏幕见胭脂抱着这般危险的东西，如何还站得住脚，他从少时有意识以来便觉得狗最是不祥可怕，胭脂这么软嫩嫩的，万一给咬着可不就疼坏了！

他越想越怕，忙往前几步欲亲自拿了那狼狗仔扔出去，却不想那狼狗一改刚才温顺模样，张开大口露出极为尖利的獠牙，一下咬上胭脂的胳膊。

苏幕神色一变，忙上前以迅雷不及掩耳之势抓起胭脂怀里的狼狗仔，狠狠往地上一掷，那狼狗呜咽一声，当场就被摔死了。

胭脂根本来不及反应，待她反应过来怀里软绵绵的幼犬儿已经被他一下砸在了地上，她看着地上的犬儿久久回不过神来。

青石板上铺着薄雪，隐约有几小块半干不干的青石板未被薄雪掩起，刚才还窝在她怀里呜咽的犬儿，现下已然悄无声息地躺在那里，鲜红的血液慢慢从毛茸茸的小脑袋里流出来，染红了地上的白雪，显得格外触目惊心。

院里静悄悄一片，孙婆子和奴仆们皆噤若寒蝉，连呼吸都下意识放缓了。

胭脂难受得说不出话，慢慢抬眼看向苏幕，见他一脸淡漠冷血的模样，只觉自己从未真真正正认识过这个人。

苏幕面无表情看了眼地上的狼狗仔，冷冷吩咐道："收拾干净，各去领二十板子，往后再让我看见府里有这种东西出现，定不轻饶。"

院中众人闻言忙苦着脸应了声，一旁站着的丫鬟忙上前收拾。

苏幕拉过胭脂的手，撩开袖子一看，白白净净的手臂上一点受伤的痕迹也没有，可刚才明明就看着那狼狗咬上去的，且那牙还极为尖利可怖，可这么小的犬儿哪有这般利牙。

苏幕微微敛眉看了眼那狼狗仔，胭脂已然无法忍受，一下甩开了他的手，忍无可忍道："不要碰我！"

苏幕闻言一怔，慢慢抬眼看向她，眼里神情莫测。

院子里的气氛一下古怪起来，院中奴仆皆避得远远的，生怕又被波及。孙婆子一脸担忧看着二人，她就知道又要有一场闹腾。

苏幕静看了半晌，见她一副泪眼婆娑的模样，终是温声哄道："你想要养什么我都让你养，只这些玩意儿不行，太危险……"

他话还未说完，胭脂便尖利刺道："有你危险？"

院里悠悠扬扬飘下白雪，在半空中打着旋儿缓缓落下，若漫天柳絮飞扬，似在身旁落下纯白色的薄纱。

薄雪渐渐落在苏幕的肩头，晕湿在湛蓝色衣袍上也看不出半点痕迹，苏幕静静看了她许久，眉头慢慢敛起，浅声问道："什么意思？"

胭脂看他的眼神太过伤人，那模样完全就是将他当成了仇敌，闻言便冷冷回道："什么意思，你自己不清楚吗？"她目光微微一冷，又缓声鄙夷道，"有些事你我都心知肚明，又何必说得太明白叫人难堪呢？"言罢便一副不想多说一句的模样，眼不见心不烦，索性越过他径直往屋里去。

苏幕面色一沉，猛地伸手拉住胭脂的胳膊，将她往回一扯，拉到自己跟前："什么心知肚明，你把话给我说明白，别成日给我找不自在！"

孙婆子在一旁急得不行，这眼看又要吵起来，她又没别的法子阻止，便是想劝胭脂软和些，现下也没办法开口，只能在一旁给胭脂做手势，让她好生说话，别再惹公子爷了。

胭脂权当没看见，整个人越发不耐烦。

苏幕见她如此，越发肯定心中所想，忽然言辞讥讽道："心跟着顾云里跑了吧，不乐意在我这儿待了对不对，人家临走前的一句话叫你心头荡漾，恨不得立马飞到人家身边了是吧？"他越说心头越怒，握着胭脂的胳膊越发用力，言辞狠厉道，"我就知道不该一时心软放人！"

他不说还好，一说胭脂更觉失望透顶，越发厌恶起他的为人处世，想要甩开他的手，可他的手却跟钳子一般死死锢着自己，胭脂一时气血上涌，直红着眼道："放人？你放得哪门子的人，苏幕，你别在我面前装什么好人了，我不爱看！"

平日里多乖顺可人疼，现下就有多刺他的心，那小嘴吐出来的话只激得苏幕太阳穴一下下疼，怒道："我装什么了？"

胭脂闻言怒极反笑，心口一阵阵闷疼，讽笑道："你派去杀顾云里的人回来了吗？"

苏幕闻言眼里闪过一丝讶异，一句话也说不出，手上的劲也不由自主放松了。

"还在路上吧，这几日一直想着怎么杀了人家吧？可惜呀，他们逃过了，你派去的人失手了呢……"

苏幕神情微怔，越显复杂，半晌才道："你怎么知道的？"

"现在说这个有意义吗？"胭脂面含凄楚，若说她刚才心存一丝侥幸，期望他能斩钉截铁地说他没有派人去追杀顾云里，现下却是真的寒了心，这寒冬腊月再是冰冷，也不及她心中冷意千分之一。

胭脂不想看见他，手一挥彻底甩掉了他的手，眼眶微微发涩，绝望道："既然话都说开了，咱们也别装了，别做了缺德事还想着立牌坊，没得平白叫人看笑话……"

这话可真是刺人心，院中众人恨不得自己没听见，这戏子真是疯了，这般肆无忌惮辱骂公子爷，也不知末了会不会连累到他们！

苏幕站着一动不动，说不出一句辩驳的话。

胭脂再也待不下去，一眼也不想再看见苏幕，转身头也不回往院外走去，什么步步为营，什么循序渐进，她都不想管了，她一刻都不想和他待在一块儿！

苏幕见她要走，神情一变，怒道："去哪儿！"这般不管不顾掉头就走，完全不将他当回事的模样，可真是触了苏大公子脑子里的那根弦。

胭脂闻言一步未顿，加快步伐径直往外头走去。

院外的苏寿等人见人走来，也不敢拦。这公子的心肝儿怎么拦，不小心碰到一片衣角，日后公子想起来绝对是一顿苦头好吃。

倒也不用他们纠结这般多，胭脂这厢才刚踏出院口，后头苏幕已经疾步冲过来，从胭脂身后一把揽住她的细腰，抱着人往回拉，面上露出几分怒意，语调高扬："你说过以后都只想我的，现下却老想着去找别人，你当爷是死的吗？"

胭脂见他还这般缠上来，越发气苦，叫嚷道："是你自己食言了，咱们说的话就不算数！"

苏幕闻言怒不可遏，眼里满是狠戾，言辞极重："少给爷来这一套，你以为我不知道你什么心思，想着顾云里是吧？改明儿我就亲自去一趟，送他去见阎王爷！"

这可真是鸡同鸭讲，她讲了半天，他却还死钻牛角尖，硬扯着顾云里不放，和以前一模一样！

"和顾云里没关系！和他没关系，我不喜欢他，也没想着他，你听得懂吗！"胭脂这般歇斯底里的解释，结果只换来苏幕一声冷笑，像是她在强行狡辩一般。

胭脂顿时勃然大怒，手脚并用挣扎着，死命挣开他的禁锢，整个人像条鱼死命蹦跶，指甲在苏幕的手背上划了好几道痕，他也不放手。

胭脂越发气极，怒道："永远都是这样，和你根本讲不通，你连我说的是什么都听不懂！"

苏幕眼神越显凛冽，也不接话，只抱着胭脂一路往屋里拖去。

院中奴仆连忙避开，目瞪口呆地瞧着二人，这戏子这般乖张，只怕会给公子爷打残掉。

孙婆子现下倒是淡定了许多，见得这般骂自家公子也没动手，便也不觉会出什么事，只多多少少有些替他们累得慌，这隔三岔五地吵也没个消停，都不知在吵些什么，这般爱耗精力。

苏幕一进屋就将胭脂往榻上一推，看着倒在榻上的胭脂，厉声喝道："你说，我看你今日到底要说什么！"

胭脂慢慢撑坐起身子，看着他许久，心里难受得透不过气，半晌才开口道："你残害无辜都觉得理所应当，从来都不愧疚，不难堪。可我不一样，苏幕……我受不了，我不想每日都在难堪中过活。若是和你这样的人在一起，我永远都会活在黑暗里，见不了光我会疯掉的……"

苏幕面无表情，不发一言。

胭脂紧接着又道："你既然喜欢这歪门邪道的做派，咱们就永远不可能是一路人……"

苏幕闻言忽然笑出声，神情都有些不对劲起来，怒道："我们不是一路人，你和顾云里是一路人，他好，他为人正派，你第一面见了人就喜欢上人家了吧？我送你的东西都不带，就成日带着根破木簪子在我眼前晃！"他说到后头语气渐重，言辞狠戾，仿佛要将人撕碎。

瞧瞧这都说到哪里去了，只怕是早就积在心头，现下吵起来自然而然搬出来说道了。

胭脂猛地站起身，被他这般语气激得失去了理智："对，我就是喜欢这木簪，你送我金簪、银簪、白玉簪都比不上这根木簪！我不喜欢你这样的人，你知不知道我每日都是忍着怎样的厌恶待在你身边！"

胭脂那眼里不加掩饰的恨意，叫苏幕彻底怔住了，他惯会抓重点，看了胭脂半晌，又轻轻问道："厌恶？"

胭脂忍不住落下泪来，心口一阵阵生疼，终是哽咽道："对……"

他半晌说不出话来，二人相顾无言，屋里太静了，只余外头渐渐落雪声。

胭脂慢慢垂下眼睫，神情越显凄苦："苏幕，让我走吧，再纠缠下去也没有什么意思，你有的是喜欢你的人，又何必执着于我。等你有了真正喜欢的，只怕都会笑话今日这般所作所为……"

苏幕的眼里水泽隐显，轻声嗤笑道："我何曾说过喜欢你，只是见不得你好而已，只是想看你待在我身边生不如死的样子，看你永远都得不到自己想要的可怜模样！"

"我不要待在你身边！"胭脂闻言越发生恼，开口威胁道，"苏府的账本在我手上，这些年你可真是收买了不少人，这万一要是流出去只怕会惹急很多人……"

苏幕神情几变，眉头狠狠敛起，那模样就像是又要将她关起来。

胭脂神情越冷，慢慢恢复了平静："账本已让我送出去了，今日若是我没出苏府，那个人立刻就会将账本交官。苏幕，你可要想想清楚，苏府的家业都在你一念之间。"

苏幕一言不发，眼里神情莫测，屋里寂静，气氛压抑得让人透不过气来。

胭脂越发不可忍受，忙越过他，径直往衣柜那处去。

苏幕看着她走去，半晌，才慢慢走向她。

胭脂一打开衣柜，便将里头叠得整整齐齐的衣物胡乱扒开来，将放在最底下的包袱拉了出来，这架势一瞧就是老早准备好要走的。

苏幕静静看着，眼里神情莫测。

胭脂将包袱背在身上，转身便见苏幕站在后头看着自己，她突然想到了他做叶容之的时候，也用这样的眼神看过自己，一时只觉心口闷疼，说不出半句话来，忙别开眼去，径直往屋外快步走去。

一出屋便是风雪交加，冷得胭脂一个哆嗦，她没半点犹豫径直踏进了院里。

院里落雪渐重，堆在青石板上似铺了一层碎白玉，踩在上头一步一个脚印。

孙婆子瞧见胭脂背个包袱，一副离家出走的架势，只觉不可思议，这是彻底闹翻了？

又见苏幕在后头看着雪地上的脚印一声不吭，片刻后，他不由自主出了屋，跟在胭脂后头一步步走着。

孙婆子叹了口气，忍不住摇了摇头，怕是没完没了得很，便也不管了，转头看见院里一群人探头探脑地观望着："都看什么，主子的事你们也敢偷摸着瞧热闹，还不快收敛些，省得到时吃板子。"

院里闻言一个个丧了脸，一想到过会子还要排队去挨二十板子，一时也没了看热闹的心。

苏府很大，一路走去也耗费了不少时间，外头落了雪，府里没几个人在外头晃荡，皆待在屋里头，只有几个扫雪的下人在府中三三两两地扫着。

胭脂没怎么在苏府里走，外院的下人没几个认得出胭脂，见她绮罗珠履，身披轻裘，却背着个普通老旧的包袱，还闷声不吭一路往府外走。

说是个院里的主子吧，后头又没有跟着人伺候，说是个下人吧，这穿戴又不像，一时皆有些摸不着头脑。

待见到后头的自家公子，才恍然大悟，敢情是那院里的戏子，早听说是个会使手段的，只不知现下闹的是哪一出，但他们也不敢多看，没得遭了公子不如意，平白惹祸上身。

胭脂顶着风雪走了许久，才到了大院中庭。六角形的雪花轻轻落在她发间、衣裘上，雪晕湿在花木簪上，木簪渐显暗沉。她顿下脚步，回头看去。

苏幕一声不吭默默跟着，等她回过头来便也停下脚步，静静看着她。

一身家常便服，在屋里倒还好，到了外头便显得单薄，可他像是不觉得冷。

那莹莹白雪落在他的肩头、乌黑的发间，与她一样，他身上铺了层薄雪。

胭脂在戏文里看过，这世上只有两种白头到老，一种是真的，另一种就像他们这样，在雪地里走着走着，就成了假的白首……

胭脂一时痛入心脾，眼眶瞬间润湿，哽咽着质问道："你还跟着我干吗？"

苏幕看着她，黑漆漆的眼微微泛着水泽，长长的眼睫衬得眉眼愈加深远，竟看出几许荒凉味道。见人愿意和他说话了，便轻声哄道："胭脂，别闹了好不好，这么大的雪到处走会着凉的……咱们回屋去看看，我给你买了好多稀奇玩意儿……"

胭脂难受得透不过气，晶莹剔透的泪水顺着脸颊滴滴滑落，看着他几近哀求道："苏幕，你放过我吧，我不要你的东西，也不要你这个人！"

苏幕闻言眼里渐升雾气，衬得容色愈加美如冠玉，只站着不说话。

胭脂再也待不下去，当断不断，必受其乱，他们永远都不可能是一路人，在一起又怎么样，往后这样的事只会一直发生，不如一次了断干净，也省得这般相互折磨。

她想到此，便狠下心来，转身加快脚步往府外走，生怕自己慢了一步就走不了了。

才走了没几步，就听见后头疾步而来的脚步声，胭脂心下一慌，片刻间便落入一个温暖的怀抱，半响，清越好听的声音自头顶轻轻传来。

"胭脂，别走……"

他的声音很轻，几乎轻得听不见，可胭脂还是听见了，她顿了许久才道："你能让死人复活吗？"身后的人微微一僵。

胭脂看着眼前慢慢落下的雪，眼里含泪，决绝地道："苏幕，你既然不能办到，又何必要求我去做我做不到的事呢？"

她一想起那些被他害死的无辜之人，眼神慢慢变冷，说出来的话比这漫天的雪花还要冰冷刺人："苏府账本在我的手上，你往后做事若再没有分寸，妄害无辜，就不要怪我手下不留情！"言罢，便甩开他的手，离开了他温暖的怀抱，径直往府外头走去。

苏幕看着她毫不留恋而离去的背影，长睫微垂，眼神渐显阴鸷，可偏偏有一副面容如玉、君子良善的模样，瞧着便是一种极为诡异的反差，叫人不寒而栗。

胭脂出了府，走了好一会儿，才找到雇马车的地儿。

那车夫大雪天也没打算接生意，见胭脂穿着打扮贵气，又这般面嫩，瞧着就是个好欺负的，便故意道："姑娘，这大雪天的，路可不好走，这去一趟可要耗费不少银子。"

胭脂如何还有心思管得这些，只淡淡道："你把我送到了地方，自然会给你。"

那车夫见这姑娘一副刚从坟里挖出来一般死气沉沉的模样，没再多话接了活。

胭脂上了马车，便坐在马车里闭目养神，泪也被风吹干了，面上一阵阵发疼，只是这疼比不上心里的疼，便也算不上什么。

她伸手搓了搓脸，打起了些精神，等会儿去周常儿那处拿回账本，便要准备往旬家去。

顾云里才刚到旬家，又是这般重伤落魄而去，她没有把握他这样能在旬家站稳脚跟。

毕竟他当初是高中状元，金榜题名而回，和现下相比，那是一个天，一个地。

她既然接了地府的差事，自然是要办好的，如今摆脱了苏幕，又有账本在手中制约苏幕，他往后自然也安生了，她的麻烦会少许多。

然而她真是想得太天真了，苏幕要是这么容易就放手，他还叫苏幕？

马车才行驶出几里外，大雪天的街上只剩下三三两两的行人，后头马蹄声由远及近而来，在空旷的街上，落在青石板地上格外清晰。

胭脂心头渐起不安，眉头微微蹙起，刚想撩开车帘子往外头看，马车却猛地停了下来，她一个没防备，身子猛地往前一倾，险些滚下马车。

外头车夫被这个提着剑凶神恶煞的玉面公子哥儿吓慌了神，见他眼神冰冷地看着马车里头，如何还能不晓得个中意思，忙从马车里一边跳下，远远避开了去。

苏幕提着手里的剑看着车帘，淡淡道："出来。"

胭脂闻言心下一沉，坐在马车里头一声不吭。

苏幕等了片刻没有动静，眼里神情越显凛冽，提剑一挥，将车帘子划掉了大半。

胭脂看着眼前的车帘子掉落了大半截，外头的冷风一下荡进来，吹得她一个哆嗦。

她看着苏幕，见他手中的剑便冷笑起来："想杀我？"她微微一顿，面无表情道，"你别忘了，账本还在我的手上，我要是死了，你苏家一样要倒！"

苏幕听到此言，平静的面容怒气渐起，连话也不想与她多说，只厉声喝道："给我出来！"

胭脂被他一吼憋屈得不行，站起身出了马车，气急败坏道："你究竟要如何？"

苏幕眼神一凛，提剑猛地挥向她，周遭行人吓得尖声惊叫，那车夫站在一旁瑟瑟发抖，见状吓得往后一退，一屁股坐到了地上。

胭脂下意识眨了下眼，又觉系在身上的包袱被他一下劈开，用剑挑了过去。

包袱被挑上半空，被他用剑三下五除二劈了个稀巴烂，只剩下一条条碎布落在地上，末了他才像是发泄完了怒火，把剑往地上用力一扔。

苏幕拉紧缰绳，骑马往前几步，靠近马车，将呆愣愣站着的胭脂，一把揽抱过来，按在了马背上，骑马打道回府。

可怜了后头好不容易跟上来的苏安，弯腰捡了苏幕扔下的剑，又得喘着气接着跑回去。

兜兜转转一小圈，胭脂又被苏幕带回了苏府门前。

合着苏幕这是逗着她玩？

放她去外头转一圈，松松筋骨？

他显然就没把自己的话当回事，堂堂乱葬岗出身的阴物，竟叫他这般小看，他当是逗猫呢，摸一摸哄一哄就当什么事都没了？

胭脂只觉心中戾气满满，看着"苏府"这两个金灿灿的大字，言辞狠重道：

"苏幕，你信不信我让你苏府的金山银山，一夜之间夷为平地！"

苏幕坐在马上看着胭脂，神情淡漠，从马上一跃而下，几步走到胭脂身旁，捏着她的下巴抬起她的脸，淡淡道："随你的便，只一点给我记好了，你要是敢跑，就别怪我去旬家取顾云里的人头。"

胭脂闻言心中一惊，竟这般快就知晓了。她微微蹙眉，越想越觉得苏幕棘手，又见他这般威胁，不由得勃然大怒，抬手猛地打开了他的手，恶声恶气道："咱们走着瞧，看谁先熬死谁！"

苏幕见得她这般生气跳脚又拿他没办法的模样，只觉有趣得很，耳畔自动忽略了她的话，揽着胭脂的细腰，低头在她软嫩的唇上用力嘬了一口。

胭脂顿时恼到心肝爆裂，这是来克她的吧？

一定是来克她的！

胭脂气得头发倒竖，跟这条"破裤子"显然沟通不了，好声好气没用，恶言恶语也没用，简直就是油盐不进。

她现下根本拿这孽障一点办法也没有，他连家业如何都无所谓，她是真的没法子了，根本斗不过……

胭脂心头憋屈气恼，越发不想再看见他，使劲推开了苏幕，怒气冲冲进了苏府。

苏幕静静看着胭脂的背影，半响，突然轻笑出声，恣意又含着几分莫名意味，眉眼染笑蕴生风流，容色出挑耀眼。

漫天落下的白雪飘在乌黑的发间、白玉簪上，落在湛蓝色衣袍上，他站在雪地里，长身玉立，温润如玉，格外赏心悦目，可细细一瞧又觉得有些不对劲……

自从那日二人大吵一架之后，院里的气氛就不太对，伺候的下人皆苦不堪言，连走路的声音都一再放轻，生怕不小心触了自家公子的霉头。

胭脂越发不耐烦，整日淡漠着一张小脸，一副生人勿近的冰冷模样。

苏幕表面上当没这回事发生，可私底下越来越不对劲，待她和往常没什么两样，只是看她的眼神越来越古怪。

胭脂真的很不喜欢他用这种眼神看自己，非常不自在，有时候背脊都会莫名发凉。

不过所幸，那日争吵之后他们就分房而睡了，否则再这样睡在一块儿，她真的会被逼疯。

扬州的雪不过下了几日便停了，寒意却半点没消，甚至比大雪天还要冷。

天还未亮透胭脂就醒了，躺在床上翻来覆去睡不着，这些日子她心中一直忐忑不安。

那日她失了方寸和他大吵一架，提前将账本的事情告诉了他，将原来的计划彻底打乱，现下困于苏府根本出不去。

苏幕一下就猜到她将账本交给了雪梨园的人，那日便派人将雪梨园搜了个底朝天，所幸周常儿是个极会演的，又向来会藏东西，这才没露了馅。

苏幕没找到账本，便派了人看着雪梨园，每个戏子都寸步不离地看着，周常儿根本没办法将账本交给蒋锡斐。

她本是打算自己若没办法出去，便将账本交给蒋锡斐，他这般想扳倒苏幕，账本到他的手上自然不会有半点闪失。

可现下蒋锡斐什么都不知道，自然不会去雪梨园，这般一来只能等着他去，可这实在不知会等到什么时候。

她是越想越后悔，却又不能表现出来，若叫他看出了一二，盯死雪梨园耗一辈子都是轻的，一把火将雪梨园烧个干净才是可怕。

只是这般实在太难装，他每每试探于她，都让胭脂耗尽心力，稍不留神就有可能被他带着走。

苏幕本就是个心思深的，这般下全力在她身上，实在叫她熬不住，现下都不敢和他多接触，每日只冷着脸和他吵闹，旁的话多一句也不敢说，生怕不知不觉给他挖出些什么。

这般日日提防实在让她头痛欲裂，一想到一会儿还要这般便更加睡不着了，慢慢起身下了榻，慢悠悠穿好衣裳，绕过屏风便见苏幕安安静静坐在外间。

胭脂吓了一跳，心头微微发紧，浑身紧绷至极，谁受得了屋里突然多出了个人来，且还这般悄无声息坐在外头窥探。

苏幕见她出来，眉眼越渐温润柔和，微微笑起，浅声道："起来了？"

胭脂轻轻蹙眉，这表面功夫做得可真是滴水不漏，便是再了解他的性子，也忍不住觉得这是个温和无害的君子。

这真不是正常阴物能对付的人，胭脂越看越觉心有余而力不足，只能瘫着脸装作视而不见，径直往门那处去。

一开门便见方外子站在外头瑟瑟发抖，后头站着苏寿，一步不离地看着。

方外子一见胭脂眼睛就直冒光，抖着音凄厉喊道："姑娘，你可醒了！"

苏幕从后头过来，皱眉看着方外子，那眼神跟看废物一般，像是指责他这点冻都挨不住。

方外子又见到这般眼神,一时气不打一处来,也不知造了哪门子的孽,偏生给这煞星盯上了,跑到哪儿都躲不开。

天还没亮就说要瞧病,他赶忙来了吧,屋子里的人又还没醒,这煞星一句话就将他晾在了外头干等着,自己进了屋抱着温香软玉倒是暖和。

现下竟还嫌他挨不了冻,他一辈子行医救人,哪个不是对他敬重有加,还真没遇见过哪个成日里用这种眼神瞧他,简直气煞人!

到底是年纪大,也压得住脾气,方外子做了几个深呼吸便稍稍冷静下来,正想着早点看完病早点回去,却不防苏幕开口道:"再等等,吃了早饭你再来看。"

这话可真是压死骆驼的最后一根稻草,把方外子气得吹胡子瞪眼,险些两眼一翻背过气去。

廊下候着的孙婆子闻言忙吩咐人去厨房准备。

胭脂抬眸看了眼苏幕,眉眼如画,一如往昔,她心头又压抑难受起来,不想与他共处一室,淡淡道:"我没胃口,要看什么现下便看了,看完了我还要回屋睡一觉。"

苏幕闻言看向她,长眼睫微微下垂掩住眼里神情,叫人看不出他心中在想什么。

方外子一听,忙提着药箱往屋里走,将药箱放在桌案上,打开药箱将脉枕摆在桌案上,嘴上直说道:"小姑娘,来让老夫把把脉。"

胭脂闻言快步离开苏幕,在方外子一旁坐下,一边将手放在脉枕上,一边疑惑苏幕究竟要看什么。

方外子细细诊了一会儿脉,道了句:"没问题呀,身子骨好得很。"

苏幕慢慢走过来,看着方外子面露不悦,一如既往视他如废物道:"既然都没问题,为何没有动静?"见方外子一脸困惑,又敛眉讽道,"这般简单的事都看不出来,还敢枉称神医,白叫我费这么多工夫在你身上。"

要说方外子也是倒霉,正巧赶上了二人闹的时段儿,苏幕心情本就不爽利,又自来是个自己不好,别人也别想好的性子,这稍有不顺眼自然是要开始掐着死处折磨人的。

方外子听得一顿憋屈,有苦说不出,这二人的身子真没有问题,根本不可能生不出孩子,这都好好的,他也不可能瞎用药呀。

可不开药吧,这煞星又不会善罢甘休,必然会死扯着他不放。

方外子苦不堪言,只能一脸高深严肃问道:"多久行房一次?"

胭脂闻言耳朵一下红了,她的面皮子已然很厚了,可这种事摆在明面上,实在叫她羞恼到缩脚趾,直瞪圆了眼看向苏幕。

苏幕见得方外子这般问,才稍稍觉得靠了点谱,便跟钻研学问一般认真道:"除了这一月多不曾行房,以往每日都是有的,可就是不见动静?"

方外子一脸为难,只能咬着牙,斩钉截铁安慰道:"既然是这样,这孩子更急不来,说不准下回就有了。"

这话就是废话,苏幕稍微缓和的脸色一下就沉了下来,敛起眉头看着方外子,显然又要开始不依不饶地折磨人。

方外子一脸生无可恋,已经不打算做任何挣扎了。

胭脂半点也听不下去了,他们都这样了,他竟然还想要她生孩子?!

胭脂眼神渐暗,忍不住冷笑出声:"只怕是往日做事太损阴德,命里注定没有子嗣。"

这话可太是刺人,苏幕忍不住面色难看起来,心头怒起,可看了眼胭脂眉眼含霜的模样,又强行忍了下来。

方外子闻言一脸诧异,真没想到这瞧着软嫩嫩的小姑娘敢这样刺激这煞星,且瞧着还真有几分刺到的模样,一时也不由得幸灾乐祸起来,可碍于人前不好表现出来,只能硬忍着。

屋外日头高起,院里奴仆皆在忙碌着,偶尔微微传来小丫鬟的嬉笑打闹声,屋里却是一片寂静。

方外子硬生生坐成了块活化石,前头二人一句话也不说,他是站也不是,走也不是,只觉如坐针毡。

就在方外子决定先走一步的时候,胭脂动了,她冷着脸站起身,越过苏幕径直进了里屋。

方外子看了眼苏幕,见他眼里黑漆漆一片,一丝情绪也没有,看得人只觉瘆得慌。

方外子忙收起了药箱,往门口疾步冲了出去。

苏幕转头看向里屋,默站了半晌,才一言不发往外头走。

胭脂在屋里呆坐到大中午才出来走动。

早间那样不欢而散,苏幕倒没有再过来,这可和往日不一样。

以往便是说得再难听,他也权作风吹过,早上那句话想来是真的刺到了他的心。

　　胭脂好不容易扳回了一局，心里是既痛快又难受，说不出个中滋味。

　　可这般终日无所事事叫她心头越发郁结，出不了苏府，她连雪梨园的情况如何都不能知晓，这叫她如何受得了？

　　好不容易熬到了晚间，胭脂便早早躺下准备睡觉。

　　那个噩梦已经让她不敢一个人在黑灯瞎火里入睡，以往有苏幕抱着睡倒也还好，现下却受不了，只能点着灯慢慢酝酿睡意。

　　胭脂心思太重，躺在床上翻来覆去地睡不着，七转八转又想起苏幕，只觉难受得不行，面上挂了几滴泪珠，好不容易才迷迷糊糊地睡着了。

　　忽听外头院子里热闹起来，隐隐约约听着苏寿的声音："公子，走错了，这边……"

　　孙婆子也起来了，在一旁吩咐着小丫鬟去厨房端醒酒汤，又到了窗边轻声道："姑娘，公子爷回来了，赶紧起来接一接。"

　　胭脂闻言只当没听见，烦得不行，拉起被子盖着脸，窝在床榻上不想理会。反正门也锁着了，她就不信苏幕还能从窗爬进来。

　　这头都还没想完，门便被轻轻一推，只听苏寿颤颤巍巍道："公子，这门锁着了。"

　　外头孙婆子忙道："像是一个人睡害怕，才锁了门。"片刻后又听一阵极响的拍门声，孙婆子大声喊道："姑娘，快醒醒，公子爷回来了……"

　　胭脂躺在被窝里一声不吭，权作没听见。

　　院里静默了许久，再没一个人敢开口说话，这般大声都叫不醒，可不就是显而易见。

　　周遭越发寂静，末了，忽听孙婆子惊呼一声，门那处"砰"的一声巨响，被人一脚踹了开。

　　胭脂黛眉狠蹙，忙弹坐起身，面色冷淡地看着外头，只可惜被屏风隔着看不见外头如何。

　　只隐约瞧见苏幕走进来，站在外间默了半响，才绕过屏风慢慢走进来。

　　乌发用白玉簪束起，额前微有发丝垂落，衬得眉眼清润雅致，面容如玉，蕴生风流，一身天青色衣袍，腰束宽边繁复花纹白玉带，下坠一块和田青玉佩，举手投足间清风霁月，这打头儿一进来让人忽觉蓬荜生辉，自惭形秽。

　　胭脂忙掀开被子下了床榻，光脚踩在厚毯上一脸戒备地看着他。

苏幕站在屏风旁未再近前一步，只直勾勾地看着她，眼里神情似有醉意，长长的眼睫遮掩下，眉ląd深远，隐隐约约透出几分莫名的意味。

胭脂被他看得浑身不自在，穿得又极为单薄，白皙的肌肤隐在薄衣之下，朦朦胧胧的灯光照在身上，隐隐约约透出些身姿来。

苏幕目光轻移，从上到下慢慢看着，视线停在她细白的小脚上。胭脂光脚踩在墨蓝色的松柏花纹厚毯上，脚趾小巧玲珑，脚背细白嫩生生的，上头罩着薄透的白色裤脚。

胭脂被他的莫名目光弄得极为僵硬，站着一动不敢动，总觉得他越平静就越危险，那看过来的眼神，仿佛自己一动就会扑过来一般。

就在胭脂被苏幕看得心头一阵发慌时，孙婆子在外头道了声："公子爷，醒酒汤熬好了。"见里头没声音，便领着丫鬟进来，让丫鬟将醒酒汤摆在桌案上。

胭脂见孙婆子带着人进来，悬着的心放了下来，忙转身去衣架子那处拿衣裳。

这手还没碰到衣角，就感觉到苏幕往这处走来，胭脂心下一慌，忙慌慌张张转过身，但一下就被苏幕抱了个正着。

干净清冽的气息伴着淡淡的清酒香扑面而来，天青色前襟带着微凉，胭脂一身单薄里衣，忍不住打了一个哆嗦。

孙婆子一眼瞧见老脸一红，忙止了步，将丫鬟赶了出去，又在外头小声带上了门。

胭脂只觉一阵难堪，他竟然这般肆无忌惮，当着别人的面就如此胡来，好生不要脸面，一时气极，蹙起眉头使劲推他，恼道："放手！"

苏幕揽着她的细腰将人微微往上一提，胭脂猛地被他抱起，脚离开了地面，只能靠在他身上。

这般近的距离，才发现他是真的醉了，眉眼微染醉酒后的迷蒙，唇瓣上水泽润湿，瞧着越发唇红齿白，容色惑人。

他的视线在她的眉眼处、唇瓣上细细流连。许久，才微微笑起，缓声责备道："怎么光脚踩在地上，一会儿着凉了可怎么好？"

胭脂只觉那一抹淡淡酒香和着他的气息轻轻喷到她软嫩的面上，极为温热，还没反应过来，苏幕已经抱着她往床榻那处走去。

胭脂一惊，如何还想不到他要做什么，忙攀着他的肩膀使劲挣扎，奈何那点力气根本抵不过苏幕，他愣是抱着她纹丝不动，几步就到了床榻边。

胭脂一时心跳快得要从嗓子眼里蹦出来，急忙叫嚷道："苏幕，你别这样……"

话还未说完，苏幕已经抱着她往床榻上倒去。

胭脂一下腾空，忙伸手抱着他的脖子，陷入柔软温暖的锦被里，又被上头的苏幕压着动弹不得，心一时慌跳起来。

他靠在自己胸口也不起来，胭脂只觉被压着难受，忙抓着他的衣领，尖声道："苏幕，你起来！"

胭脂等了许久也没见他有反应，以为他睡着了，微微垂眼看过去，他安安静静地靠在她的胸口，长长的眼睫毛一眨一眨的。

她一阵心塞，只觉自己要被这孽障气得说不出话来了，这根本就是充耳不闻，让她当个枕头摆着。

胭脂正想着，便觉他不理人也好，就这样指不定一会儿就睡着了，也省得一顿折腾。便也耐着性子等着，不承想才过了一会儿，苏幕手撑床榻慢慢支起身，看着她极为认真地道："胭脂，你的心跳得好快。"

胭脂面上一热，跟被硬生生揭开了皮一般，难堪得接不上他的话。

苏幕突然低头靠近。

胭脂忙别开头避开他，苏幕也不管她躲不躲，只自顾自与她亲昵，灼热的气息染着清洌酒香，渐渐萦绕着她，让她越发束手束脚。

那滚烫的气息喷在耳旁，叫她微微发颤，她用力抓着他肩膀，指间微微泛白，抓得手都疼了，苏幕还是细细密密地吻着，轻柔得让人生不出一丝反感。

胭脂抓了许久，只觉力不从心，疲惫不堪，手慢慢松开，眼眶微微发涩，轻声道："起来好不好？"

苏幕闻言权作没听见，轻轻吻着她的脸颊，又慢慢移到她的唇瓣上辗转流连，长长的眼睫毛轻轻扫过她的脸颊，带着微痒的触感，一下一下撩拨心弦。

胭脂只觉得自己的唇上、嘴里都是他的味道，清洌又带了淡淡酒香，心口一片生疼，眼里渐渐升起雾气，微微润湿，突然伸手用力抱住他。

苏幕猛地一顿，下一刻忙伸手抱住了她，紧得胭脂透不过气，二人耳畔相贴，亲密无间。

胭脂只觉心口又一下下慌跳起来，忙开口道："苏幕，你现在放我走还来得及，只要你往后不再肆意妄为，你还是苏家的大公子，荣华富贵照样享之不尽，什么都不会改变……"

苏幕也不知有没有将她的话听进耳里，他静默了许久才低哑着声音，靠近她的耳旁缓缓道："胭脂，我喜欢你……"清清浅浅的声线里含了一丝苦涩，似浸了微醺酒意，又含了一丝不易察觉的莫名意味。

胭脂的心跳失了半拍，他从来不曾对她说过这样的话，二人又靠得这般近，清越的声音顺着耳道震到心窍，那温热的气息轻轻喷在耳畔，让她忍不住一缩。

苏幕又轻轻亲吻她的耳垂，轻柔细密，每一下都小心翼翼，仿佛重了便会碰碎她。

胭脂的耳垂一热，只觉他的牙在她软嫩小巧的耳垂上轻磨。

她如同醉了酒一般，由清醒变为沉沦，一点一点失了理智，就像是被蛊惑了心。她甚至想，他的所做所为和她有什么关系，她只要待在他身边就好了，他是好的，或是坏的，皆与她无关。

什么道义仁德和她有什么关系，她为何要为了这些离开这个人，承受一个人的孤寂。

这个念头一时而起，如蛊毒一般缠绕心间，她原本的坚持好像一下子因为他而崩塌坠落，她心里满是不甘戾气。

可随之而来的羞愧不耻，又让她自我厌弃。

胭脂的眼里迷蒙茫然，像是彻底醉了，可吃酒的人明明是他，醉酒的却是她。

胭脂气息渐乱，脑子里一团糨糊，总觉得哪里不对劲，想要细细去想，苏幕却不给她机会。

他的唇微微转到她的脸颊，温热清冽的气息慢慢袭上她，呼吸间皆是他的味道，淡淡酒香带出一片迷离，动作轻缓温柔，让人根本警惕不起来，胭脂眼神迷离地看着他。

苏幕看向她，白皙的额间慢慢冒出细微的汗珠，却还强忍着，动作也越发轻缓。

胭脂只觉那种异样难以抗拒的感觉又缓缓萦绕上心头，像是雨后细密精致的蛛网收了猎物慢慢结网，看似温和无害，实则危险近在咫尺。

随着他细密的亲昵，胭脂的呼吸慢慢急促起来，胸口微有起伏，全身渐渐汗湿，苏幕微微支起身开始伸手解衣。

他一离开，胭脂汗湿的肌肤失了庇护，微微冷意叫她清醒过来，如溺水快要溺亡的人一下得了救，呼吸渐重，意识慢慢恢复过来。

那层朦朦胧胧的纱好看梦幻，可一旦揭开，里头的东西还是一点没变。

她看着苏幕，眼眶一下润湿，一滴泪顺着鬓角滑落，滑入发间了然无踪。苏幕察觉出了她的变化，忙又靠上来亲亲抱抱，似在补救什么。

胭脂忍了半晌才缓缓道："你现下连这种下流手段都使出来了？"

苏幕闻言微微一顿，半晌才慢慢抬起头看向她，薄唇微动，却说不出一句话来。

胭脂细长的眼睫微微轻颤，眼中眸光轻闪，抬起手轻轻抚上他的眉眼："便是被你迷惑了一时又怎么样，浮于表面的喜欢又维持得了多久？我便是喜欢你又如何，往日所作所为又不可能一笔勾销。"

苏幕看了她许久，才轻轻笑起来，长睫微垂，黑漆漆的眼珠似有雾气，笑里带着几丝自嘲，看着她轻声道："胭脂，你一定没有良心，我待你这般好，你却总记得我的不好……"

那话里藏着不易察觉的委屈难过，听在胭脂的耳里，让她心里一阵发苦，她的视线一下子变得模糊，再也看不清他。

她只能在一片模糊中，哽咽苦笑道："对，我就是这样，永远只会记得那些，就连你忘记的我都记得一清二楚，所以咱们永远都不可能在一块儿……"

屋内烛火发出细微的"滋滋"声，胭脂眼里的泪珠滴滴滑落，顺着眼角落入发间，浸湿了发髻。

他静静看着她，眼眸似有水泽，如被净水洗过一般，清亮干净，片刻后，眼里慢慢润湿，长睫毛轻轻一眨，一滴泪滴落在胭脂的眉间。

胭脂微微一怔，又一滴晶莹的泪水顺着他的长睫轻轻滑落，"啪嗒"一声砸在她的眼帘上，慢慢顺着她的眼角，和她的泪一道轻轻滑落。

她呼吸一窒，胸口闷疼，眼里的泪水不断涌出，慢慢滑落，一时悲不自胜，受不住心中绝望难过低泣出声。

那夜不欢而散，胭脂就再也没有见过苏幕，他既不出现在她面前，也不松口放她走，就这般吊着。

日子一天天过去，她出不去，外头的消息又进不来，事事都不顺遂，胭脂便越发不耐起来。

苏幕也没有如胭脂想象的那样，一把火烧了雪梨园，只派了人防着，可这东西只防着，终是不可能的，是人就会有分神懈怠，防得了一时终究防不了一世。

蒋锡斐见不到胭脂，得不了他想要的好处，自然而然会到雪梨园想想法子，毕竟苏幕以往还是愿意让胭脂去雪梨园看看戏的，他这般去了，说不准哪一日就能瞧见胭脂。

这般每日皆去，周常儿自然就有法子将那账本就交到他的手里。

受人之托，忠人之事，周常儿自来是个讲义气的，更何况胭脂以往帮他不少，如今难得有一件事需他帮忙,自然是全力以赴。

戏子做戏连自己都能骗过,那些刀剑上舔血的武人又如何看得出来?

且周常儿是唱戏的武生,俗话说好拳打不过赖戏子,这每日里翻跟头、端架子,虽是个花把式但到底还是有些真能耐的,身姿灵敏又能演。

账本自然是轻轻松松便在那人眼皮底下给了蒋锡斐。

蒋锡斐没想到去了几趟戏楼还能得着这么个东西,且还这般七转八转才拿到手,一下便联想到了胭脂,也不敢在雪梨园多耽搁。

蒋锡斐忙面色平静地回了蒋府,将怀里的账本拿出,翻开细看便有些怔住,又连翻几页才真真正正确定了这是苏府的账本,顿时欣喜若狂。

贿赂朝廷命官乃是大罪,轻则抄家,重则流放,这账本上写的人还真不少,苏幕这次必然吃不了兜着走。

胭脂竟这般狠绝,这不是摆明要苏氏一族彻底没落吗?

可真真是红颜祸水,没想到苏幕聪明一世糊涂一时,竟在女人身上跌了这么大一个跟头,将整个家业都断送在这戏子身上,实在太是好笑。

苏幕若知道这是他枕边人害的,不知道会是个什么样的反应。

不过这不是他现下该想的事,他得先将这账本送去官府,后头自然有人帮他处理掉苏家,而苏幕永远都不可能再挡在他眼前。

蒋锡斐越想越期待,只觉自己已经一眼看到苏幕跪在他脚边摇尾乞怜的窝囊模样。

蒋锡斐越发得意,他终于不用再被苏幕压一头,只心里多多少少有些空,没想到苏幕会是这么个耳根子软的,账本这般重要的东西都能给了胭脂,他往日那些苦头吃得可真是冤枉,早知道就该多找美人,早早就该把他往温柔乡里送!

蒋锡斐这厢马不停蹄将账本交了上去,没过几日,就有了结果。

冬日里的最后一月,还微微透着寒霜,树上的枯枝败叶含着薄霜露珠,天色暗沉灰蒙,还未亮透,一群官兵便将苏府团团围住,上至主子下至奴仆,皆被祸及,所有家产尽数充公。

苏府上下皆哭喊连连,官兵一时如同匪类,打砸掠夺,无所不用其极,苏府的所有财产皆被掠尽。

胭脂静静看着官兵打砸,眼里一丝情绪都不显。

孙婆子在一旁泣不成声,看着官兵这般打砸掠夺,忍不住捶胸顿足道:"这是造了什么孽,怎得就造了这场横祸!"

胭脂一声不吭站着,苏家被籍没之后,苏幕没了苏家扶持,财势地位一落千丈,往后无人怕他以势压人,自会有所收敛,这样也好,于他们都有益处。

可胭脂心里清楚是一回事,难过又是另外一回事,她根本控制不住自己,这大概就是喜欢这样一个人的悲哀吧。包庇他受不了,对付他……也受不了。

胭脂看着苏幕给她买的玩意儿些许被砸在地上,其余的皆被一一搬出,随后院子里的人都被赶到了前院。

苏府的主子下人全在前头大院里,站得满满当当,神情皆有些恍惚,只觉这是一场未醒的噩梦。

苏府家财万贯,这来来往往搬腾也费去不少时间,此刻天色发阴,没有半点温度。

中庭摆着搜罗出来的财物,一箱一箱,中庭极大极为空旷,却不承想这般堆起,竟显得异常拥挤。

胭脂一眼就看见了苏幕,月白色的衣袍清简雅致,腰带上坠着一块墨玉,乌发白玉冠,眼睫细长,眼目深远清伦。

他站在廊下,看着官兵来来往往,平静淡漠,仿佛这些人不是来抄苏家的,甚至那些东西都好像不是他的。

胭脂站在廊下一步不动,她甚至不想出现在他的面前。

她看了半晌,苏幕忽抬眸看来,眉眼稍显淡漠,静静看着她。

胭脂一时怔住,自从那夜过后就没再见过,孙婆子每日都会在她耳旁念叨有关于他的一切,她都是自动忽略,现下骤然对上竟还有些许陌生,她慢慢垂下眼睫,不想再看。

苏老爷站在中庭,将眼前这一幕幕看在眼里,心里头是一阵阵直滴血,待看到他珍藏的孔雀绿釉青花瓷瓶,忍不住冲上去从官兵手里抢夺而来,直冲远处的官老爷,扬声喊道:"我苏府世代皆为良商,根本不曾做这行贿一事,还望大人再做明察!"

不远处一身官袍的官大人史昱,年逾四旬,多年在朝为官,积威已久,为官清廉,素有美誉,自来看不起这般鱼肉乡里、肆意搜刮民脂民膏的豪门商贾,更何况苏家的长子为人他早有听闻,此人做事滴水不漏,滑不溜手,极会敛财,又善周旋,能教出这样的儿子,父亲又岂是鼠辈。

再细细一察看,竟发现苏府家财远非他能想象,这苏家只怕背地里还有的是见不得光的事。

这般一想，再看着苏柏山的眼神都不一样了，只言辞讽刺道："苏老爷可真是巨富，区区几年便到如今地步，实在非我辈之人所能度量。这一遭还要劳烦苏老爷和我们走一趟，好好说道说道这堆金叠玉从何处来。"

一旁的官兵前一刻闻言，下一刻便上前把人架起，准备往外头拖去。

苏老爷一见这架势，如泄了气的球，一下瘪了下来，软了腿直慌道："大人明察，大人……"

苏幕只面无表情看着，神情颇有些淡漠，仿佛这个人不是他爹。

中庭站着的女眷皆是苏老爷的妾室，莺莺燕燕一群，个个打扮得花枝招展，穿戴贵气，年纪最小的竟瞧着比胭脂还小上许多。

见得自家老爷被抓了起来，皆惊慌失措，更有甚者哭天喊地，一副苏老爷马上就要上断头台的架势。

苏老爷被这般一哭，更是慌了神，硬生生被官兵架出了几步外。

苏夫人忙冲上去拉扯官兵衣角，尖利着声儿喊道："大人，这可真是冤枉，这苏府从来都不是我们老爷做主，我们老爷什么都不知道！"

苏老爷一听，虽觉脸上挂不住，但也没道理为了儿子进大牢，忙挣扎着开口嚷道："大人，这些银子多数都是我儿敛来，我真的什么都不知道！"

史昱闻言面色极为难看，真没想到堂堂苏家家主竟然这般没有担当，虎毒尚且不食子，他这个做父亲的竟把所有都推到未及弱冠的儿子身上，又见苏幕少年模样，瞧着良善方正得很，心里越发笃定苏柏山言行不正，里头必有猫腻。

史昱想着便沉着脸不作理会，苏老爷一看越发慌起来，吓得一阵腿软，被官兵拖着一路而去，又看向后头的苏幕，眼里一片乞求害怕。

这般大的年纪竟一脸无能相，实在与往日威风八面的模样相差太大，结结实实丢尽了苏府的脸面。

这也实在不能怪苏老爷，他自小就是个衣来伸手、饭来张口的好命主儿，锦衣玉食一路娇生惯养着长大，又加上少时靠爹，中年靠儿，可是风风光光了大半辈子，又哪里受得了这般挫折。

苏幕站在廊下，漫不经心地看了眼苏柏山，才缓步向史昱走去，淡道："我跟你走一趟。"

史昱闻言一下沉了脸色，只觉这些人半点不知其中利害，竟然还想冒名顶替，看着苏幕严厉训道："休要多使花招，你莫要以为随随便便一句话便能代替，若真有犯事，二人皆逃不了。"

末了，见苏幕一脸平静并未接话，觉其是个孝子，又是这般盛极之时家道中落，难免心灰意冷，便缓和了声音安慰道："你年纪还少，莫要不分青红皂白，包庇亲人，须知如此纵容更是害了他。"

这可真是表相蛊惑人心，苏幕这般站着不声不响，真的是半点瞧不出往日那些暴戾行径，只觉是个温润良善的正人君子，连史昱这般见多恶徒匪类的人，都被蒙骗了去，可见苏幕此人有多"金玉其外，败絮其中"。

胭脂默不作声看着他，眼里越显苦毒，为何表里如一于他来说就这般难？

苏幕闻言静默良久，又慢慢转头看向她，眼里似隐星辰，带着些许期盼希冀，可一见她这般厌恶神情又微微愣住，眼里的微弱光芒慢慢黯淡下来，消失无踪。

他回过头看向史昱："大人既不信，便将我父子二人一道带去吧。"

史昱闻言微微皱眉，苏幕已然越过他径直往苏府外头而去，几个官兵看了眼他。

苏老爷闻言一脸不敢置信，还未反应过来便被官兵架着出了府，关进了囚车里。

苏夫人一下如天塌了一般，面色灰青，整个人软成一摊泥，她心中有数，苏府这几年是怎样的挥霍无度，便是金矿银矿在手，也经不得这般花销，这堆山积海之财，若说苏幕是循规蹈矩，不走偏门法子，一五一十慢慢赚来的，她便是打死也不信的！

庭中姬妾仆从哀哭不已，苏幕这根顶梁柱进了大牢，那还有什么救，苏府这一遭是彻彻底底地倒了，往后扬州再没有苏家立足之地。

日头渐落，苏府的家财被一箱箱抬出，外头挤满瞧热闹的平头百姓，这抄家可不是平常能瞧见的，纷纷高谈阔论，议论纷纷，似过节一般人声鼎沸，里头哀哭一片，相互照应，颇有几分别样凄楚滋味。

胭脂看着外头默站许久，似是石化。

孙婆子坐在地上唉声叹气，郁结于心，不住念道："完了，全完了……公子爷这会儿必是凶多吉少……"

胭脂轻笑出声，泪眼婆娑，忽轻轻道："要是完了也好，咱们一道去了倒还清净些……"

孙婆子闻言转头看向她，根本没听懂她话中的意思，只觉她神情恍惚，眉眼渐染苦毒。

待官兵彻底搬完了苏府的东西，封掉了苏府，已近半夜，苏府的下人也被苏夫人遣散了去，只留下孙婆子和几个常年在身旁伺候的老人，原先跟着苏幕的小厮也只留下了苏安和苏寿两个。

姨娘里面家中有人的，也早早回了家去，剩下的皆是无处可去，只能靠着苏夫人的。

苏夫人被一群莺莺燕燕围着狠哭一顿，皆问道："夫人，我们怎么办，这般连住的地方都没有了……"

"这身无分文，可怎么办？"

"这往后可是要流落街头了？"

"夫人，老爷和公子是不是回不来了？"

这可真是魔音摧耳啊，三个女人就一台戏了，现下苏府大门口可真真是好几台戏地连轴唱，苏夫人本就还没缓过来，被这群人一窝子挤到前头问，明摆着就是要把她逼死，一个没缓过劲来就两眼一黑彻底晕了过去。

这一下可乱成了一锅粥，莺莺燕燕哭声迭起，个个惊慌失措。

胭脂默站了许久，心中多少有些不是滋味，又想起苏幕以往给她买的那间宅子，便看向苏寿，说道："你带着她们去苏幕之前给我买的那间宅子。"言罢，便打算直接离开了。

孙婆子忙叫住她："姑娘，您这是去哪儿？"

苏寿见状被吓了一跳，想起公子离开前的交代，忙一下跪到胭脂的脚前："姑娘，你可别走！你走了，咱们可怎么办，这一大家子奴才们也做不了主啊！"

胭脂面色平静听完，半晌才开口道："等你们夫人醒了，自然就有人做主了。"

苏寿忙道："可是姑娘，咱们公子说了，他没回来之前，这苏府就是你做主，你要是走了，咱们可都要被活活饿死！"

胭脂闻言被狠狠一噎，说不出半句话来，苏幕可真是会打算，都这样了，竟还这般缠脚，如此想来他也必留了后路。

她一时不想理会，正要抬脚打算不管不顾地离开，后头一群莺莺燕燕听得苏寿此言，忙围了上来，拉着胭脂如同一根救命稻草般，七嘴八舌哭道："姑娘，我们可就靠您了，您可千万别走！"

"是啊，您不能眼睁睁看着我们死啊！"

"公子爷既然把咱们交给了你，肯定是告诉了姑娘藏银子的地方……"

这句话可真是如一声平地惊雷，胭脂是彻彻底底动不了了，个个都把她当个"金锭子"一般扯着不放。

胭脂神情几变，面色白了青，青了又紫，忍不住暗骂了一声。

但说到底，她们这般下场也是因她而起，若是因为她而丧了性命，那后果……

她默了许久，终是架不住这头疼劲，只能先带一行人去了那宅子，待苏幕出来了，这些事便叫他自己想法子。

待一行人步行到了宅子那处，已快天亮了，这宅子自然不比苏府气派，是以莺莺燕燕皆有些失望，但又累极，也没什么力气挑剔。

这宅子在胭脂看来却是好的，至少他们那时还没闹到今日这般地步……

胭脂暗叹一口气，推开门进了院里，环顾四周默看了一阵，才开始安排人住下。

倒也所幸苏幕自来出手阔绰，买的宅子可不算小，房间也刚好够一行人住下，不多不少正正好。

待到一一安排好，天也亮透了，胭脂便回了屋，累得倒在床榻上和衣睡了。

正午日头高升，她便被门口的莺莺燕燕给吵醒了，起身一开门，花红柳绿的一个个直叫她晃花了眼。

昨个儿她也工夫没细看，现下一看也不由得感叹，这苏老爷旁的本事没有，选小妾的本事倒是一顶一的好，大家闺秀、小家碧玉，环肥燕瘦，各有各的味道，就没个重样的。

这群莺莺燕燕见她出来，个个笑靥如花，簇拥而上，温柔小意地问候她，让胭脂忽有种老爷回后院的错觉，也难怪苏柏山纳了这般多的小妾。

然这些人久居深院，又如何真的温柔小意，这里头多多少少都藏着点心思呢。

伺候了苏老爷多年的二姨娘最是有主意，见了胭脂软软嫩嫩的青涩模样，便开口笑着道："姑娘，您可醒啦，昨儿事出突然，咱们也没多少时候去商讨往后的日子该如何，现下可真要好生想想了。"

一旁与二姨娘为伍的六姨娘忙接着道："是呀，这往后多的是地方用银子，奴家昨儿听苏寿说，公子爷将家用都交给了您，这往后可全得姑娘担着咱们的事儿。"

这可真是睁着眼睛说瞎话了，苏寿何时说过这种话，胭脂身上一个子儿都没有，有个哪门子的家用！

后头的六姨娘忙嗔怒道："这是说的哪里话，姑娘年纪轻轻的，便让她当个老妈子将我们养着，成什么话呀？公子爷的心肝儿自然该好好供着，如何能够操劳，还是将这般苦活累活交到咱们手上才是好的。"

这可真是一下子掀开了锅，这些个往日在后院里斗得你死我活，现下全都站在了一条线上，七嘴八舌哄着胭脂，明里暗里要将胭脂手里的银子诓出来。

胭脂一时发愁起来，这开门七件事，柴米油盐酱醋茶，哪样不用银子？

可她哪有银子，往日里全靠苏幕好吃好喝娇养着，根本用不到她为银子发愁，也早没了银子的概念。

这一下子这么多张嘴要她养活，实在是愁死只阴物，且这一个两个聒噪起来，可真能要了她的命。

孙婆子见胭脂一副生无可恋的模样，忙开口解了围，将一群莺莺燕燕暂时安抚回了屋里。

瞧见苏寿从外头回来便问道："公子爷那处怎么样了？"

苏寿闻言摇了摇头："还没个结果，今儿早上过去，也没见着人。"

"这可如何是好，这往后的吃穿用度皆是要耗银子，公子和老爷那处只怕也要费银子疏通，现下这些姨娘个个不当回事，刚才还跟要吃人似的一个劲儿要银子，可真真不是个法子。"孙婆子一脸愁苦，又看向胭脂，一脸担忧，这般青涩年纪轻，现下可如何担得起这么多人的生计。

胭脂垂首静默了一阵，忽想起往日与苏幕住在这处时，他常给她买些金银首饰，她瞧着觉着好看，但又实在太重，带着也烦琐，便全部锁进了箱子里，末了便都忘了，现下可是派上了用场。

她忙转身回了屋里，从床底拉出了那一个小箱子，一打开来，珠光宝气直晃眼，她伸手抚了抚，又想起了苏幕，心里头一阵难过，眼眶微微发涩。

胭脂静静瞧了半晌，开口缓声道："把这些都拿去当了吧，先熬过这些日子。"

孙婆子在一旁瞧见了，不由得心里发酸，这都要靠姑娘卖头面来度日了，苏府是真真正正完了，公子爷也不知还能不能出来。

孙婆子想着便是老泪纵横，愁容满面地上前接过，捧着小箱子往外头去交给苏寿，让他去街上当铺一趟。

这一小箱金银首饰虽然比不上苏幕后头买得多，但也好在苏幕手笔大，砸钱狠，买东西从来只挑贵的，倒也是当了不少银子。

胭脂连碰都没碰过，全让她们自己打算，她现下自然是不耐烦管这些事的。

孙婆子倒是一肚子担忧，怕这银子到了那处会一下没了，非让胭脂留一些。

胭脂想着她们不至于如此没分寸，但还是架不住孙婆子唠叨留了一些下来，却没想到才过了几日，便自己给了自己一记大耳刮子。

胭脂看着手里这张纸，忍不住瞪圆了眼，这一屋子的金丝雀儿可真不是一般人能养得起的，普通人家一年二两银子都能过得极好，她们可倒好，这才几日便将几百两银子挥霍干净！

胭脂捏着那张纸，看着屋里的莺莺燕燕们，个个神情散漫，一副事不关己高高挂起的冷淡模样，再也忍不住心中怒火，直斥道："谁让你们买燕窝的，这般贵的玩意儿不知道现下吃不起？"

靠坐在美人榻上的二姨娘一听，便笑着柔声回道："这是平日里的习惯，已然节省了许多，往日咱们可都是用燕窝来漱口的。"

其余几位闻言皆泫然欲泣，一副极为委屈的模样。

胭脂闻言被气得一阵眼冒金星，燕窝漱口，亏她们想得出来，也不嫌腻！

胭脂稍微冷静了一下，又瞧见那张纸，面无表情道："那这珍珠呢？"

年纪极小的十二姨娘，听了便出声道："这珍珠是我每日用来敷面的，姐妹们见了觉得甚好，是以便多买了些。那脂粉铺子都是上好的珍珠，若不是我往日买惯了，可没这般便宜。"

见胭脂面色不好，六姨娘微微笑起，岔开话题道："其实咱们也没花多少银子，夫人那处的药钱、大夫钱可都是大头，咱们这不过是冰山一角。"

胭脂闻言只觉头痛欲裂，默了半响才开口道："把你们买的东西全部退回去，往后除去三餐其他的用度皆省了。"

这一句话说下来，金丝雀儿们自然是不肯的，若不是看着胭脂手里有银子，往后还有用到她的时候，又岂会这般和善待之，现下伤到了自身利益，自然是要反抗的。

十二姨娘一下变了脸色："这买回来的东西哪还能退回去，我才不做这丢脸面的事儿，你们爱做，你们做去。"

这话一落，一屋子女人皆附和起来，颇有些不阴不阳地刺着胭脂，孙婆子在一旁看着干着急。

胭脂见状也面色不动，静静等她们说完，才半真半假道："若是不愿意，便带着那点东西离开此处，自谋生路去，但别怪我没提醒你们，这几年可不太平，若是没个屋子庇护，还真不知道会发生什么……"

屋子里便静了下来，皆默不作声地看着胭脂。

二姨娘冷哼一声，起身便出了房门。

余下的皆没给好脸色，一一跟了出去。

孙婆子见得这般，一时也是怒上心头："姑娘，往后咱们要用到银子的地方太多了，这些人又何必去管，倒不如把她们赶出去自生自灭了算了……"

胭脂看着门外神情恍惚，默了半晌才轻声道："我不赶……"

孙婆子一愣，看了胭脂半晌，直叹了口气，心软也要看人呀，这显然就是一群白眼狼，何必去理会，这般只会惹来一身骚。

可孙婆子听岔了，胭脂说的不是不赶，而是不敢……

她真的不敢……

这些人的命数已然被她彻底改了，无家可归，食不果腹，若再死于非命，她该如何？

苏幕若再出来，他这样的性子，现下又一无所有，她若是不声不响走了，他会不会破罐子破摔直接找去匂家？

他那样的武功，又那样的性子，若是再肆意妄为，又怎么可能不害人命……

胭脂越发不敢想，若是背上了命债，灰衣人又会如何惩罚她？

苏幕的命债她已然背了一次，那样的噩梦若是再来一次，她真的不敢想……

午间饭后，胭脂让苏寿、苏安二人将买的东西皆退了，那群金丝雀自然不肯，胭脂任她们如何哭闹辱骂，愣是置之不理，如此闹了几日，便也不再闹腾，多少清静了些。

只苏夫人实在不好，病来得太凶猛，这银子砸进去，半点不见起色，如此坐吃山空也不是办法。

以往唱戏谋生的日子对她来说也已恍若隔世，现下更不知该如何赚银子。

想来想去便也只能绣几个荷包拿出去卖，虽然到不了顾梦里那样巧夺天工，但好歹也能看。

孙婆子在一旁看得啧啧称奇，她原本以为胭脂只会唱唱戏，只没想到绣工也是不错的，起头有些生疏，后头做了几个，竟越发称手，一只只小小的荷包，倒也是讨巧得很。

胭脂将荷包一个个包好，又对孙婆子道："把她们看好了，别闹到苏夫人那里去，我去绣庄看看能卖几个钱。"

孙婆子闻言是叹息连连，她往日在苏府过得可比小户人家的夫人还要舒服，这一遭败落还真是没法适应，公子爷那处几天也没个音信，也不知往后会是个什么样的日子。

　　这处宅子地段极好，门口临着大街，一路而去两边皆是铺子，街上贩夫吆喝叫卖，寒意渐去，隐有几分初春柳绿。

　　胭脂出了宅子，一路进了大盛绣庄，将荷包递给了里头管收买的掌柜。他拿起荷包细细看了看，啧啧道："绣工一般，花样倒是新鲜。"

　　胭脂有些心不在焉，闻言也没什么反应。

　　掌柜看了眼胭脂，只觉是个年纪轻好欺负的，便伸出一个指头："一钱银子一个，不能再多了。"

　　这和顾梦里卖绣帕的价钱，差的可不是一星半点，简直是一个天上一个地上。

　　不过胭脂也没心思管这些，只点了点头，又环顾四周，看了眼绣庄里的绣品，又转了一个话题问道："旬家近来可是要办什么喜事？"

　　那掌柜正拿着钱，听得此言不由得挑了挑眉，旬家这事可还没几个人知道，奇道："你这小娘子消息倒是灵通，确实是有大喜之事，这不正好在咱们绣庄下了一大匹布，旬家上下皆做新衣，庄里的绣娘可都要绣花了眼。可惜你这绣工是接不了的，得多练几年才行。"说罢，便拿银子给了胭脂，招呼后头的人去了。

　　按照命簿里来说，旬家就是认回了顾云里才这般大肆庆祝，举家上下皆换新衣，斋戒三日，以示顾云里重回旬家之喜。

　　这事正好是顾云里回旬家以后，这头对上了号，胭脂便也不疑有他，落了心去。

　　现下只等苏幕回来，将这一切都做个了断，把顾云里命里的大劫彻底消去，她便不再管这些是是非非。

　　她想得简单，却还是抵不住心里难受，一想到他临走前的目光，便越发恍惚，呆愣愣地站了许久，才慢慢往回走。

　　胭脂如游魂一般回了宅子门前，正要推门，却听里头有人冲这处疾步而来。

　　胭脂推门的手不由自主收了回来，这脚步声她听得太多了，脚下便迈不动了。

　　没想到他这么快就出来了，也不知使了什么法子，史昱向来廉洁较真，便是细数钱财来历也不可能这般快就出来。

　　胭脂一时反应不过来，她还没做好准备。

　　这念头不过几息之间，门便一下从里头打开，苏幕面上隐隐含着几分怒意，骤然见得胭脂站在门外，一时怔住，颇有几分不上不下的意味。

　　后头孙婆子一路追上来，喘着气喊道："公子，姑娘真的只是去了绣庄……"待近到跟前，见胭脂站在门口，才松了一口气。

胭脂慢慢看向苏幕，骤然相见，二人皆有几分局促之意。

苏幕不再如以往那般缓带轻裘，金冠玉佩，只简简单单穿了身浅色布衣，乌发用布带束起，去了公子哥的贵气，全身上下不着一雕饰，气度清简雅致。

该来的始终会来……

胭脂微垂眼睫避开了他的眼，半晌才开口道："咱们好好谈谈吧。"说着便越过苏幕往里头走去。

待到了屋里，胭脂将手里握着的五钱银子放在桌案上，对着进来的苏幕道："既然你回来了，苏府便交还给你。咱们闹到现在这个地步，都很累了，往后就桥归桥，路归路，各自安好吧。"

苏幕闻言慢慢抬眸看向她，突然微微笑起，语间暗含讥讽："各自安好？说得好听，是迫不及待想去找顾……"

"不是顾云里……"胭脂忽然出声打断了他的话，苏幕闻言微微敛眉，似有些不明所以。

胭脂静静看着，目光在他的眉眼处流连，眸中似有水泽闪烁："我从来没有喜欢过顾云里，只有你，那个人从头到尾都是你……"

苏幕完全怔住，说不出一句话来。

她又轻轻笑起，笑里似有几分荒凉之意："可是苏幕，我已经感觉不到喜欢你的快乐了，我真的没办法无视你的所作所为，喜欢一个人，不该是黑暗、羞愧、绝望……我从来不求什么，现下却希望喜欢的人会是一个良善之人，可惜……你从来都不是……"

午间日光渐浓，临院一群金丝雀正围着苏老爷聒噪个没完，七嘴八舌吐了一窝子胭脂的坏话，声音提得极高，直传到了这头。

孙婆子站在外头不时瞄一眼里头，颇有些担心，唯恐他们二人又吵闹起来。

苏幕看着胭脂许久，薄唇微动，他从来只知弱肉强食，适者生存。

那些人凭何要他迁就，既然不自量力招惹是非，就该付出代价，若是不斩草除根，往后被害了又该去向谁说？

有些东西本就该扼杀在摇篮里，他从小到大就是这般为人，从来就没觉得何处有错。

良善……这种东西要来何用？

不过是给恶人可乘之机罢了。

可他没想到，他的胭脂会不喜欢……

时间仿佛凝固住了一般，唯有丝缕光线透进屋里，空中微有浮尘轻动，缓缓落下，似尘埃落定。

胭脂眼睫轻颤，再也受不住他的眼神，忙收回了视线，越过他往外走去。才没走了几步，便被苏幕轻轻拉住了手腕，被他这般一牵，她甚至不敢转头看他。

"胭脂，你要是走了，我真的什么都没有了……"苏幕许久未曾开口，以往清越恣意的音色现下却带着点低沉喑哑，难言苦涩。

她的心口闷疼，鼻尖一酸，眼眸隐显水泽："苏幕，咱们散了吧。"声线微颤隐有苦意，一下收回了手，头也不回疾步往外头而去。

孙婆子见胭脂一路跌跌撞撞出了门，再看自家公子站在原地一动不动，忍不住暗叹了口气，这二人怕是没往后了。

拾

玖　心

肝

　　初春渐临，早间的阳光洒进戏楼里，后院几声清脆鸟啼，悦耳动听。
　　戏楼里人都还睡着，胭脂早早就起来了，打了水去厨房开始做桂花糕。
　　那日别离之后，她才发现自己身无分文，根本无处可去，连住在何处都成了问题，只能蹲在街尾，看着边上的乞丐，颇有几分感同身受。
　　醉生来回看了两趟，才确认是胭脂，捏个兰花指，"你你你"了半天，也没说出个所以然，后头又摇了摇头叹息连连，终是把胭脂带回了雪梨园。
　　曹班主见胭脂回来，颇有几分唏嘘不已，这人算不如天算，苏家这般势大，不承想一夜之间便倒了。便也没再多言收留下胭脂，琢磨让她重新上戏台打配儿，这雪梨园的配儿可真真是胭脂打得最好。
　　可胭脂哪里还能再唱戏，这么久不曾碰戏，早就生疏了，她根本没法儿唱，现下也不过是空架子罢了。
　　这一开口自然全变了，把式极为生疏别扭，光有外头的东西，里头半点经不起琢磨。
　　把个曹班主气得举个戒尺直抽胭脂手心，这个没用的混账玩意儿，才当了一阵子的姨娘，就连吃饭的家伙都忘光了，没把她的手打废了都是轻的。
　　一旁瞧戏的皆是个个兴奋不已，哪个这么大了还被逮着打手心，可不就丢大面儿吗？

是以曹班主一打,便是此起彼伏的阴阳怪气声。

"哟哟哟……"

"啧啧啧……"

"哎哎哎……"

真不愧是唱戏的,这一个个调儿伴得曹班主越抽越有劲,只余胭脂泪眼汪汪,手心儿疼。

末了,曹班主也拿这废物没个法子,便让她每日里帮着打扫打扫戏场,擦擦洗洗做些老妈子的活。

胭脂闻言乐意得不行,把曹班主气得又一顿抽,颇为恨铁不成钢。

胭脂有了地方住,自然什么都不愁了,得空的时候便做做绣活,时不时做些桂花糕拿出来卖,早些攒够了银子便出去找个小屋住,给新来的腾地方也是好的。

那日说明白了后,苏幕也没再出现,所以一切终于都结束了,她心中既轻松又荒凉,实难解愁。

胭脂每每都想东想西睡不着觉,便只能让自己忙碌起来,整日都忙得跟陀螺似的,手下不停,脚上也不停,因为她怕一停就想起他来。

这般日子也好过了许多,旁的什么也不管,倒也是轻松的。

待到胭脂将桂花糕做完已近中午,她忙将桂花糕装好,拿到巷子口的点心铺子。那处的掌柜自己做的小本生意,桂花糕他自己也会做,本没打算要胭脂的桂花糕,后头尝了一口觉着不错,便留了一屉下来试着卖卖看,却不想这姑娘前脚刚走,后脚就有人来买了,且每日都来,只买这桂花糕。

这一屉桂花糕买来不过十文钱,再卖出去,必然是要翻个几番,那掌柜当然乐意,便要胭脂每日做了送来,瞧见她也是和善得很。

这倒是让胭脂十分惊喜,没想到自己这个半吊子做的桂花糕还真能卖出去,是以每日丧着的脸终有了些生气。

胭脂回了戏楼便坐在后院里晒着太阳绣着荷包。

这荷包她只会绣个胭脂盒,却没想到大盛绣庄也是要的,每每去卖皆收了去,这般攒钱倒也快,过不了多少时候就能搬出去住了。

前头早就开始唱戏了,这戏音环绕戏楼,连外头街上都能清清楚楚听到,敲锣打鼓,极为热闹。

胭脂低头绣了许久,只觉脖颈酸痛,冷不防抬头揉了揉脖子,余光瞥见墙头好像有什么,可仔细一看又什么也没瞧到,只有几棵大树栽在那处。

胭脂以为自己眼花了，闭眼歇了一会儿，便又开始辛勤绣荷包了。

这一绣便绣了一个下午，晚间实在看不清，她便进了屋里绣。

等到外头的戏收了场，周常儿便来屋外叫她："胭脂，外头好了，快去打扫打扫，早些弄好早歇下。"

胭脂忙应了声，快步去了堂里，见他们下了台出来，看客都散得差不多了，才开始收拾戏场。

这活儿可比她绣荷包、做桂花糕累得多，大堂里人最多，看个戏嗑嗑瓜子喝喝茶都是常事。

是以每每都是一地的果壳纸屑，待扫完了，还要将桌椅一一摆整齐，已然要许久。

更别说上头的包间了，每每都是座无虚席，那里头自然也得有人收拾，曹班主如今得了胭脂这么个勤快的白工，自然是得物尽其用。

起先胭脂都要理上许久，每每收拾到半夜了才能入睡，后头却好了许多，大堂里依旧乱糟糟的，楼上的包间却个个极好收拾，乱的地方也没几处，省了她不少时间。

夜半的风轻轻拂过，胭脂慢悠悠将一张张桌椅摆完后，才看了眼戏台上。

胭脂站着发了一会儿愣，见戏楼里的人都睡下了，终是忍不住上了台。这是她三世以来唯一喜欢的事了，虽说这么多年不曾唱戏，但到底还是想上台去练一练，哪怕未必能变回以往那样。

只是许久不曾站在台上，如今站上去多有几分拘束不自然，想得大半夜里也不会有人，才微一翻手，清了清嗓子，轻轻压低了声音："这生素昧平生，何因到此……"

胭脂微有顿塞，忽想起往昔种种，一时泪眼婆娑，默了半晌终涩然开口接着唱道："则为你如花美眷，似水流年。"

启唇似玉石之声，轻如细弱游丝，丝丝入扣，举步蕴生林下风气，眉间暗锁轻愁，眼眸渐生水雾，却是戏里戏外辨不清。

"是答儿闲寻遍，在幽闺自怜。"

夜半月下，薄如一缕素色轻纱丝丝缕缕飘若坠下，转身捻袖间似光华浅浅晕开。

胭脂微一旋身，不经意间抬眸，恍惚瞧见了楼间暗处似有人影。

胭脂微一僵硬，再一细看，楼上那处位置却什么都没有，可她确定自己看见了人，这次绝对不是眼花。

胭脂心中疑惑渐升，怪道不对劲，她还以为是自己疑神疑鬼想得太多，却没想到还真有人，这若不弄清楚是何人，岂不是叫她寝食难安。

她眉头紧锁，忙快步下了戏台，顺着楼梯往楼上跑去，待到了廊里，前头毫无遮掩之物，一眼望去根本没有可以藏人的地方。

夜深人静，整座楼里静悄悄一片，冷风呼呼吹过，风平后又归于寂静，越显阴森诡异。

胭脂站了许久，才极为警惕地推开了一旁紧闭的房门，冲着里头面色平静道："出来吧，我已然看见你了，又何必再躲？"

屋里一点动静都没有，像是根本没有人，胭脂等了许久才抬步走进去。

里间微有月光透进来，胭脂借着月光环顾四周，没看见人便往里头走去。

里间的窗户是敞开的，屋里空空荡荡，胭脂探出去看了看街上，清冷寂静，空无一人。

胭脂心中越发焦急忐忑，灰衣人许久未曾出现，这次若是他，又该怎么办？

这人于她来说如鲠在喉，一日不拔掉就一日不得安生，可她根本没法子去拔，只能任其卡着，痛不欲生。

胭脂心事重重，伸手关上了窗，摸索着往回走，颇有几分心不在焉，没走几步便被椅子绊倒，重心不稳往前扑去。

身后突然有人从梁上轻轻落下，伸手拉住她往回一拽，才没让胭脂磕着脸。

胭脂被拽了一下，猛地撞到身后那人身上，一时心中惊慌失措，忙伸手为爪抓去，那人微微一侧轻松躲过。

胭脂在一片漆黑中胆战心惊，手开始胡抓乱打，那人被弄得颇有几分束手束脚。

胭脂慌乱中扯掉了他腰间坠着的东西，正要丢开，那人却突然靠近，伸手握住她的手，想要拿回她手里的东西。

那手掌的大小和力道让胭脂越觉熟悉，她微微一顿，忍不住握紧手中的东西，轻轻唤道："苏幕……"

那人像是微微愣住，也没再来拿她手中的东西，只静静握着她的手不放。

屋里鸦雀无声，忽听"梆梆"敲打木筒声，又听更夫扬着嗓子拉长着声儿喊道："天干物燥，小心火烛……"

一路敲打声从戏楼下而过，渐渐离远。

二人相对无言，只静静站着，默然不语。

过了许久，他忽然低头在她的唇瓣上轻轻落下一吻，似带了几分小心翼翼地接近，又如蜻蜓点水般一碰即收。

胭脂忍不住眼眶一热，泪水落下。

若他不曾做过那些事，不是那样的人，该多好……

苏幕默了许久，才慢慢伸出手抚过她的脸颊，像是要确认些什么，待指腹微感湿润水意，他微微一僵。随后便忙转过身，颇有几分落荒而逃的意味，快步走到窗边，推开窗一跃而下，片刻间便消失在胭脂眼前。

胭脂静静站了许久，喉头发涩，吐不出一句话来，心里头一阵阵发苦。

他越是这样，越让她冷不下心肠来。

她忍不住走到窗边，看了眼街上，早已空空荡荡，没了他的踪迹，夜半寒风越发荒凉孤寂。

她慢慢拿起手中的东西，上面一个小小的胭脂盒，是她每日都绣着的荷包。

荷包扁扁的，胭脂隔着布摸了摸，里头像是有丝线。

胭脂轻轻打开荷包口子，摸出里头的丝线一看，却是两缕发丝结在一起。

她微微一怔，忽想起有一日起来梳头时，发现有一缕发丝短了一截，她那时还奇怪，弄不明白是怎么一回事。

原来是被他弄去了……

胭脂忽然泪如雨下，一阵摧心剖肝，若不是他这般为人，他们又何必这般视如仇敌，相互折磨。

她想了很久，终于下定决心，回屋收拾了行李，趁着天还没亮便离了戏楼。

她无法将他过去所做揭过不提，更不能在往后的日子里睁一只眼闭一只眼，既然做不到无视所有，倒不如早些离开。

胭脂提着自己的鸟儿，走在寂静无人的街上。高高悬着的半轮明月，洒下淡淡光芒，落在青石板上，耀着微微光泽，微显周遭昏暗。

胭脂一步步走着，却发现一盏孔明灯在半空中悠悠扬扬落下，天边飘来星星点点的孔明灯，如漫天星斗坠下。

孔明灯明明是往上升，可现下确是往下降，仿佛整个世界颠倒逆行。

胭脂脚下微微一顿，神情未变，任由漫天孔明灯慢慢落下，幽暗冷清的街上忽如白昼。

胭脂抬眸看了眼堪堪落在眼前的孔明灯,忽心跳一顿,瞳孔骤缩,满眼不可置信。

"夫子,何日归回,弟子甚念。"

稚嫩的字迹,一笔一画极为用心。

胭脂连忙环顾四周,每盏孔明灯上皆是这一句话,那字迹都像是她往日看过的字迹。

这些皆是一人所写,从小到大,由稚嫩转为成熟。

这天下叫她的夫子只有一个人……可他早就不在了……

胭脂忙转身看遍周围,却不见灰衣人的影子。

忽听沙哑的声音在周围响起:"放了这么多孔明灯却求不来自己的夫子,真是可惜……他的夫子早把他忘到九霄云外去了……"

胭脂闻言心口一疼,手都微微发颤起来:"你究竟要干什么?"

"本仙游历在外,见惯生死,只实在看不过一只阴物乱人命数,才出手管上一管。"他似微微一顿,又问道,"现下可悟到我为何让你受那般苦楚?"

胭脂默了半晌,才低哑回道:"是我放任不管,冷眼旁观……"

沙哑的声音似暗含叹息,终道:"是你牵起祸端,你的出现本就乱了那些人的命数,是你一手造出了杀器,如果没有你,根本不会出现这些事。你的弟子一世连着一世越显偏激暴戾,你当真以为与他半点关系也无?"

胭脂闻言越显怔忪,想起往昔种种,才发现若不是自己,那些人其实不会死,他每一次变化都是因为她。

若是她没出现,这一切显然不会如此……

她但凡有尽到一点责任,也不至于将他推入那般万丈深渊,让他造了杀孽,步入万劫不复。

她收了他为弟子,却全然不把他放在心上,数以万计的孔明灯,他放了多少年,又等了多少年……

耳畔忽隐隐约约响起他少时稚嫩的声音,对着她恭恭敬敬道:"见过夫子。"

胭脂忽然泪流满面,泪眼朦胧间看着漫天落下的孔明灯,半晌,才涩然开口:"是我祸害了人……"

许久,天边又悠悠远远传来声音:"罢了,你往日所受已偿清弟子犯下的命债,往昔受牵连之人本仙自会——将之投得好胎,你二人九重天上不会再有过,往后自去找你想找的人吧。"

胭脂闻言如获大赦，再也不敢看那些孔明灯，连忙往前疾步而去，避开周围浮浮沉沉的孔明灯。

她这个所谓的夫子将他害得这般惨，如今又有何颜面再看他的灯，再见他的人。

一瞬间，满街如漫天星斗的孔明灯接连消散，街上恢复了冷清幽暗，仿佛一切都不曾出现过。

天已经蒙蒙发亮，码头也早有人起来，头船陆陆续续进人，正准备开船。

船家见胭脂一直站着不动，像是要坐船，又像是不要，便扬声问道："姑娘，你要去哪儿，不走这船可就开啦。"

胭脂的眼眶微微润湿，终究哽咽回道："走，随便去哪儿都好。"

那船家似有些听不懂，一脸不解地看着胭脂，见她一步跨上了船，也不再多问，冲远处船家吆喝了一声，便开了船渐渐往远处驶去。

胭脂站在船头静静看着码头渐渐变小，扬州在她眼前慢慢消失，满心苦涩悲凉，一时泣不成声，泪湿衣裳。

临水的露天戏台子正敲锣打鼓地唱戏，半人高的石台子，翘角单檐遮下，台左右用大木柱架着，柱上有木雕彩画，台后头用屏门隔着，台下坐着成排听戏的人。

外头热火朝天，后头更是忙得脚不沾地。

"胭脂，荷花刚才崴了脚，下一出戏上不了，班主要你一会儿代场戏。"戏班里的四麻子捧着荷花的戏服一路飞奔而来，一边嚷嚷着，一边往胭脂这处跑来。

胭脂正在后头撩开帘子看台上的戏，闻言忙转头应了一声："好嘞！"伸手接过戏服，穿上戏衣，收拾头面，紧赶着准备下一场戏。

待闹哄哄唱完一出，戏台子下还依旧热闹，你一言我一语聊着戏，摇着蒲扇唠着嗑。

胭脂和戏班子里的众人一道收拾完，便慢悠悠往自己住的小院子走。

曲溪镇环水而建，镇子里的人都是相识的，一路回去时有不少看戏的街坊四邻一道走。

刘婆婆见胭脂在后头慢慢悠悠地走着，便停下几步对胭脂由衷地道："胭脂，你刚才唱得可真好，比荷花那丫头会唱戏，那丫头唱戏总是心不在焉，唱着唱着竟还崴了脚，叫老婆子好生扫兴。"

胭脂闻言还未开口，便被一旁钱家婶子抢话，一脸"刚才看到了不得了的大事"

的模样,一手摇着蒲扇笑着道:"刘婆,荷花那心思可不在唱戏上,您是没瞧见那小眼全往台下俊书生身上瞄呢。"

前头儿的陶家婶子闻言,忙神秘兮兮地挤了过来:"莫不是二人看对了眼,往野地里钻过?"

胭脂闻言眼"刷"一下发亮,忙兴致勃勃听着。

这巴掌大的地儿,蒜大点儿的事儿也没有,好不容易出段野史,叫她如何能不兴奋?

钱家婶子一听,捂嘴一笑,幸灾乐祸道:"哪能啊,我瞧得可仔细了,那书生倒是正经听戏的,根本就没接荷花的秋波。"

此话一出,众人皆笑起,其中一个和钱家婶子要好的,直调侃道:"钱家的,你怕是一下午都盯着人书生看了吧,这般事都晓得。"

钱家婶子闻言也没反驳,又另起一头道:"你还别说,那书生长得可真是好,我在镇上从来就没见过这般好看的人。据说是上过京的,后头也不知怎么就到了咱们这里教书,在咱们镇上可是抢手得很,请媒婆上门的可不少。"

"我琢磨是看上了荷花,否则一个教书先生怎么每场戏都来听,只怕是醉翁之意不在酒。"

"那不能吧,你忘了咱们胭脂,那身段、嗓子都是一把手,模样又乖巧水灵,哪个见了不喜欢?"

胭脂见她们夸自己水灵,心里颇为有些小欢喜,又想到她们要是见了龙王给顾云里挑的,那一个个国色天香,必然就夸不出这话来了,便又有些虚得慌。

住在胭脂隔壁的陈家婶子闻言直叹道:"倒是可惜胭脂早早嫁人了,要不然和这后生倒是般配得很。"

胭脂正听得开开心心,这话头又绕到这上头去,直听得两眼发直,见她们越说越兴起,忙摇了摇头露出几分女儿家的娇羞,一副不敢多说的模样。

她们见了也没再多调戏胭脂,自然而然又把话题转到了俊书生身上。

胭脂又睁圆了眼,一惊一乍地听着,这小道消息可是有趣劲爆得很,让她们的嘴一过,绘声绘色的,唾沫横飞间便能出一个跌宕起伏的好故事。

有时一个小道消息还能一下分出好几个故事,简直是胭脂这样的阴物求之不得的乐趣儿。

大伙儿正一路热热闹闹闲聊而去,把那俊书生的底子扒得干干净净,末了又一顿狠夸,将人是夸得天上有地上无。

才走了没多久,前头的王媒婆迎面而来,面上涂了厚厚的胭脂,嘴角上方点了一颗硕大的媒婆痣,穿得花红柳绿,一看见胭脂忙一个劲儿贴过来:"胭脂,可叫我好找,我在你家门口等了好一阵子。"

胭脂直觉头疼,其余人可不喜王婆这样的,小镇上有点事就传得快,王婆总替镇上大户人家相看,好姑娘一个个皆给挑去做妾室,在他们这些小户人家面前名声自然是不好的,自家有儿子的难娶媳妇儿,有女儿更是怕被讨去给糟老头子做妾,见到王婆来便如避瘟神一般忙都散开了。

一旁的陈婶女儿早嫁了出去,自然是不怕的,见王婆缠着胭脂不放,便笑着劝道:"王婆,胭脂可是有相公的,在外头走船还没回来呢,你这样可不好看。"

王婆听后直"呸"了一声,呵斥道:"什么相公,哪家相公整三年都没回过一趟家的,说不准早在外头另娶了,这年纪轻轻的,哪能这般耗着,便是个天仙也蹉跎不起!"

陈婶子闻言也不好说什么,虽说王婆人品不怎么样,可这话倒是说得明白,胭脂家的男人确实不像话了些,这么个如花似玉的媳妇儿放在家里却从没回来看过,十有八九就是外头有了新欢,这般等下去也不是个事儿,便也没说什么,冲着胭脂笑了笑,赶忙追上前头的一道走了。

只留下胭脂一个人被王婆缠着,那一阵阵浓烈的胭脂水粉味,熏得她脑袋发晕。

胭脂忙从王婆手里抽出胳膊,尴尬笑道:"王婆,我相公过些日子就回来了,他脾气不好,这般让他听见可是不好的。"

王婆闻言脸色一下就不好看了,端起一副长辈的架子:"什么相公,你那个叫相公?我瞅你就是个傻的。这赵大老爷有财有势,年纪虽说比你大两轮,可你也不小了,再拖下去可就完了!这年纪大的会疼人,更何况你嫁进去以后,以赵大老爷看重你的架势,一定会待你和旁的姨娘不同,赵大老爷到底哪处叫你瞧不上,非要为了个不着家的这般死守空闺。"

胭脂见婉拒不行,也不拿相公不相公的说事了,只微微笑起,明明白白道:"王婆,你回了赵老爷吧,我不至于没个男人养着便完了,至于这做妾一事还是另择他人吧。"

王婆一听可急了,忙拉着胭脂悄声道:"我可和你说实了,那赵大老爷的原配早没了,你这头进去要是肚子争气,多生几个儿子,轻轻松松就扶正了去,后半辈子可就只管享福了,哪用得着这般抛头露面地唱戏。你现下年纪还不大,真要到了我这年纪还在外头唱戏，旁人还不把你看到脚底下去？胭脂，旁的人我可不说这些的，要不看你是个好的，我才不耐烦说这般多呢！"

胭脂见话头又回到昨日那般，也懒得再接下去，快步拐进了连着另一条街的巷子，不多时便出了巷子。

在街上走了没几步又猛然顿住，看着前头酒家外头站着的人，一时反应不过来。

那人身姿顾长，清简布衣，背上行囊斜插一柄长剑，一头乌黑的头发用布带一丝不苟束起，眉眼如画，一副面若冠玉的好模样。

他正对着酒家老板抬手在自己胸口比了个高度，又用手比画着说话，清越的声音隐隐约约传来，听不清他究竟在说什么，只知他似乎在向店家询问什么。

那店家摇了摇头，他也未曾放弃，抬手将行囊里的画抽了出来，正要打开给那店家看。

后头王婆快步追了上来，见胭脂不理会她，忙在后头叫道："胭脂，你要好好想想我的话，我这般可全是为了你好！"

那人闻言手猛地一顿，接着便转头看了过来，待看到了胭脂，神情几变，极为复杂，一时只握紧手里的画，站在原地一眼不错地看着她，一双黑漆漆的眼眸瞧着湿漉漉的，像一只被人半路丢弃的可怜小犬儿。

酒家老板见他不问了，便转身回了店里酿酒去了。

胭脂细细看了他许久，他好像黑了一些，也瘦了一些，褪去了少年时的恣意傲然，越显男子的沉稳可靠，眉眼一如既往的温润雅致，却很是疲惫的模样。

胭脂见着忽然有些心疼，想来是苏家败落了，让他失了锦衣玉食的生活，现下才过得这般不好。

后头王婆见胭脂泫然欲泣的感伤模样，以为她听进了自己的话，便又道："你那相公不必怕，便是回来了又怎么样？有赵老爷替你撑腰，哪还用得着怕这些。"

胭脂闻言权作耳旁风吹过，她现下想的都是他为何在这里出现，他这几年过得究竟怎么样……

可苏幕是扎扎实实地听进耳里，他扫了眼胭脂后头的王婆，一身花枝招展的打扮显然就是媒婆，且听着刚才讲的话，如何还能不知晓其中的意思。看着胭脂的眼神便彻底暗了下来，眼里渐渐结了冰，仿佛将她当作个陌生人一般。

那眼神太过刺人，胭脂忙别开眼，不敢再看下去。

片刻后，苏幕也不再看下去，转身头也不回快步离去。

胭脂慢慢抬眸，看着他离去的背影，只觉眼眶一阵发热，终是忍不住苦笑出声。

王婆见她充耳不闻自己的话，直勾勾看着前头那个俊生，如何还不知晓她其中的心思。

这女儿爱俏，天经地义，更何况刚才那个俊生长得确实出挑，跟画里走出来的人似的，她这辈子都没见过这般好看的男人。

可她就是不喜欢胭脂这么一副道貌岸然的模样，刚才还一副忠贞烈妇的模样，开口闭口的相公，现下瞧见个俊后生，便跟失了魂似的，没脸没皮地痴看着。

原道赵大老爷哪处入不了她的眼，是面皮长得够不上她的眼啊。

这眼光倒是高，也不看看刚才那俊生看得上她吗？

那气派模样一瞧就不是等闲之辈，她一个抛头露面唱戏又嫁了人的，还真当自己是朵水仙花，人见人爱呀！

王婆看着胭脂，越发有些看不起，只心里怎么想是一回事，嘴上怎么说又是另一回事了。

她昨儿可收了赵老爷一大笔钱，这人若是没给他拉进府里，不只那钱打了水漂，自己也有得排头吃，想着便苦口婆心劝道："别看啦，面皮子好看有什么用啊，末了未必是个会疼人的，且瞧这模样一定不是这里的人，想来也是路过此处，说不准家里有娇妻等着。"

胭脂闻言心头一刺，顿时说不出话来。

王婆见胭脂默不作声，便踩一个捧一个道："你瞧瞧那寒酸样如何比得过赵老爷，这开门当家七件事，柴米油盐酱醋茶，哪一样是不花钱的？进了赵府便是一排的丫鬟婆子伺候你，何必为了张面皮去过苦日子？"

胭脂看了许久终是慢慢收回视线，再也不想听王婆絮叨，撇开了她一路往家里去。

待绕过七拐八拐的青苔小巷，失魂落魄地回到自己的小院子，脑子里还是苏幕刚才的模样，她没想到还能再看到他……

只是不知他为何会出现在这里，且看他这般行囊在身，似在四处奔波，也不知他究竟要做什么？

胭脂想了半天终究叹了口气，他二人现下比陌生人还不如，她又如何有资格管这些。

她不敢再想下去，忙一刻不停进了屋里绣帕子去，这三年来，若不是让自己一日比一日忙，她真不知道该怎么熬过来。却不想刚忙活了一阵，王婆又找上了门来，这次索性替赵老爷提了聘礼来。

胭脂刚一打开门，王婆便笑着拉过胭脂的手："这头可要恭喜你了，瞧瞧赵老爷的聘礼这么多，可见有多喜欢你，快别多想了，好好准备准备，明日就可以进门了。"

王婆说着，后头的人便抬着聘礼准备进来。

胭脂见状声音再不复以往温和，比冬日的寒雪还要冰冷，缓缓道："搬回去。"

王婆见她这般不识抬举，便也收起了脸上的笑："我劝你还是别跟赵老爷作对，你一个外来的女子若是出了什么事，可没人能帮你。现下听话收了聘礼，安安分分进了赵府，自然会将你当个宝疼，否则可别怪人想旁的法子，到时名声毁了可不是得不偿失。"

胭脂闻言怒极反笑，言辞讥讽道："王婆这手段可真叫我拜服，保媒不成便强娶，怪道这亲事到王婆手上便没有一件不成的，真真好大的本事。"

王婆闻言当没听见，她见惯了这样的，一个个自恃过高，后头进了府里，还不是被拿捏的份，赵老爷府里这般多的女人，那手段就够她喝一壶的。她一手拉住胭脂，一手挥着手帕，让那些人将聘礼一一搬进来。

胭脂闻言脸色彻底阴沉下来，三年来她一直与人为善，从来不曾发过怒，却不想这种和善，竟给别人一种可以随意欺负的感觉，还真将她当成一个软柿子想怎么捏就怎么捏!

胭脂突然握住王婆的手往后狠狠一折，只听王婆痛叫出声。又抬脚往那箱聘礼上狠狠一踹，将抬着聘礼的小厮狠狠踹了出去，又将王婆一并推出了门，目露凶光，厉声喝道："滚!"

随后便一句话也不耐烦多说，将门"砰"的一声关上。便进了屋去，当做什么事也没发生，拿了帕子继续绣着。

外头王婆见胭脂如此不知礼数，只扬起声骂道："明明是个不知羞耻的女人，还在这儿跟我装什么贞洁烈妇，刚才见得好看的连魂都丢了，要不是我拦着，只怕早就做出什么不得了的丑事来了……"

胭脂一时又想起了苏幕，心下一突，针扎到了手，血染上了洁白的帕子，终是心烦意乱没法再绣下去。将帕子随手扔在桌上，转头便钻进了被窝，拿个枕头盖在头上，将外头的声音隔绝在外，自顾自闷头睡大觉。

自从那日见过苏幕之后，便再没有见过他，仿佛一切都是昙花一现，看过便没了。

这多多少少叫胭脂有些后悔,早知道那日便偷偷跟上去多瞧几眼,也不用叫她现下这般牵肠挂肚,总担心他会不会饿晕在路边。

又有没有……行那歪门邪道之事?

她每日都想着这些,这几日便颇有些抑郁,做什么事都提不起劲,吃不下,睡不着,总心心念念着。

这日午饭后,胭脂就带着自己绣好的荷包和帕子,去了镇上唯一的成衣铺子。

镇上的人终日忙于生计,也没有多少银钱花在听戏上,一个月里也不过挑几日去看看,戏班子也不会成日开戏,若是靠着唱戏为生,不谋别的出路,便也只能生生饿死。

曲溪镇的青石小街不似扬州人挤人的热闹,一路走去,正中央长着一棵参天古树,枝叶茂盛,白须老者们坐在树下乘凉下棋,一派闲散悠然。

胭脂提着木篮子走进成衣铺子里,里头比往日热闹。

往日里可是人少的,比隔壁的棺材铺还要冷清。

今日却极多姑娘家,还有几家婶子带着自家姑娘挑衣,巴掌大的地方硬是挤得满满的。

老板娘忙得脚不沾地,见得胭脂进来忙松一口气,直冲她招手道:"胭脂,赶紧过来帮帮我。"

胭脂连忙放下篮子,忙上前招呼着人,待忙好了之后,老板娘才有工夫验收她的荷包和手帕。

胭脂干看着也没别的事,便随口问道:"今日怎么这般多的人?"

老板娘闻言抬起头,笑道:"你不知道吧,从京都来的那书生昨日里对着媒婆松了口,说自个儿确实要在镇上娶妻生子安定下来。这教书先生又体面,模样又那般俊,你说这话放出来被姑娘家听到,哪里还能不行动呀。"说着便把手中的钱交给了胭脂,"可惜你有了相公,否则我也替你备一身,凭你这身段相貌,还能拿不下那俊书生?"

胭脂眼神忽闪,又想起了苏幕,面上显出几分落寞,片刻后才回过神接过她递来的钱,告别了老板娘便出了门。

她闷声不吭走了半晌,才发现半空中飘起了雨,街上早就没几个人了,胭脂没带伞,只能用木篮子顶在头上往家里跑去。

却不想雨越来越大,四处也没个避雨的地方,又瞧见前头的衙门,没法子只能疾步跑去,暂且站在门口避一避雨。

这雨来得太急，片刻后青石板铺成的路上便积了一摊水，胭脂的绣花布鞋一步步落下，溅起了晶莹干净的水花，鞋布面的野草花朵朵被晕深，黛色裙下摆也晕湿一片。

胭脂小心翼翼避着地上的水坑，顶着木篮子，动作轻盈如跳兔一般，一会儿工夫就到了衙门口，忙快步上了台阶进了檐下，便觉一道视线落在身上。

胭脂一抬眸正巧对上了他的眼，一下愣住。

檐下还站着一个人，一身布衣也遮不着惊艳夺目的容色，乌发微染雨丝，深色布衣瞧不出干湿，眉眼清润似染禅意，长睫被雨水染湿，看过来时越显得眼眸深远，像是一眼就看进了心里。

胭脂眼睫微微一颤，却没想到他并没有离开镇上，心中竟有些控制不住的小欢喜。

他没有像那日一般背着行囊，看了一眼是她，又扫了眼她头上的木篮子，便收回了视线，眼里神情淡漠，一如既往地将她当作陌生人。

胭脂忙将头顶上的木篮子拿下，颇有些局促地站在原地。有心想和他说上几句话，问候他近年过得如何，可见他这模样，又不敢说话了。

街上冷冷清清，偶有路人雨中奔去，雨声淅淅沥沥，乌沉的檐上一滴滴晶莹剔透的雨珠滑落而下连成一串水帘子，垂落在青石板上，奏出"滴滴答答"清洌动听的乐曲。

胭脂正别别扭扭站着，忽听远处有人唤她："胭脂姑娘。"

胭脂闻言忙转头看去，可不就是近头闻名镇中的俊书生吗？

褚埌一身长衫，头戴书生帽，文质彬彬模样清俊，不笑时温润如玉，笑起时面上隐有浅浅酒窝，一身书香气确有本事叫镇上女儿家为之倾倒，撑着伞冲胭脂这处走来，对她笑道："这雨一时半会停不了，我送你回去吧，也免得在这处空等。"

胭脂有些不想走，闻言忙摇了摇头道："不用不用，反正我也没什么别的事，等等便停了。"

褚埌想着男女共撑一把伞确实于理不合，叫人看见必要说闲话。

他权衡一番正要说话，便见里头有人抬眼淡淡扫了他一眼，那人站在暗处，位置颇有几分刁钻，他这头根本瞧不清他的模样。

他看了眼胭脂，又看向里头那人，这孤男寡女站在同一屋檐下避雨，那份暧昧实在叫人无法忽略。

他想了想便收起了伞，步上台阶站在胭脂一旁："我陪你等吧。"

胭脂见状颇有些讶异，她往日和这书生也不过点头之交，话都不曾说过几句，今日这般实在叫她有些错愕，且后头还站着苏幕，她便越发不自在起来。

褚埌默站了会儿，便如同话家常一般问道："听说前几日王婆闹到你家中去了？"

胭脂现下这个情况，如何有心思再提王婆，直回道："没什么大事，不过叫骂了几句，闹不出什么花来。"

"这也不是个法子，你一个人住总归不好，家中还是要有个男人才妥当。"褚埌说着便越发担心起来，他犹豫片刻，终是决定不再纠结，看着胭脂诚恳道，"胭脂，不如咱们成亲吧，这般你也有个依靠，有我在那赵家老爷自然也就歇了心思。"

胭脂闻言真真如遭雷劈，看着褚埌一时回不过神来，后头视线落在身上半点不能忽视，一时手不是手、脚不是脚，越发僵硬。

褚埌见胭脂这般惊讶，才觉自己太过突然，但话都说出来了总不好再收回，便开口缓和道："这般是有些仓促，我本该找人上门提亲，不过我没有家中长辈，你也是一个人，便只能亲口先问一问你，若是同意我明日便准备着亲自上门提亲。"他倒是没想过胭脂会不愿意嫁给他，毕竟以她这样的嫁给自己已是大幸。

他其实已然观察了胭脂许久，把这镇上女子也看得七七八八，唯独胭脂长得讨喜，干活又勤快，一个人也能将自己养活，是个会持家的，比得那些千金小姐不知有多好，他自个也拿捏得住。

胭脂从来没遇到这般突然求亲的，脑子一下空白，只能如傀儡一般回道："褚先生……您是不是误会了什么，我是有……"胭脂说着突然一顿，本还想拿自家相公说事，可是想到苏幕就站在后头，她便是脸皮再厚也开不了口，只能另想法子婉拒。

褚埌见状以为胭脂害羞，女儿家矜持一些是好的，胭脂又颇得他心意，只唯一不喜的是她整日抛头露面地在外唱戏，这嫁了他之后自然是不能再唱戏的，便又道："你不必不好意思，我既开了口便一定会做到，你嫁进来以后，安安生生替我生儿育女相夫教子，也不必再抛头露面地唱戏，这般辛苦地谋生计……"

褚埌正专心致志说着，手中的油纸伞被人突然抽了去。他抬眼望去，微微一愣，是刚才站在后头他没有看清的那个人，却不想这镇上什么时候来了这般金玉人物，那通身的气派便是粗布麻衣也掩盖不去，这些他也不过在京都那些大官身上见过。

褚埌看着苏幕，一时说不出心中滋味，他在京都比不了人也就罢了，没想到在这么个犄角旮旯的小地方，竟也……

胭脂见苏幕面无表情，有些胆战心惊，却不想他忽然温和有礼开口道："这位兄台，你有什么话往后再说吧，姑娘家禁不起风吹，借你的伞一用，来日有空再送还给你。"

"哎，你这人……怎么这般……"

苏幕权作没听见，打开油纸伞步下台阶走到胭脂面前，将油纸伞递到她前头，朝她伸出骨节分明的手，浅声道："走吧。"

檐上雨珠落下，些许溅落在苏幕深色布衣上、乌发上，衬得眉眼越显惑人，干净修长的手上也沾染了晶莹的雨珠，衣袖颜色渐深。

胭脂见他这般才松了一口气，她都怕他用伞把人打晕了去，这下倒是叫她出乎意料，宽心之余便忙握住他的手，下了台阶往他的伞下蹦去。

褚埌一时有些反应不及，呆若木鸡地看着眼前这一幕，待到他回过神来，他们二人已然走远。

胭脂跟着苏幕走了许久，刚才他手心的雨珠带着些许温热传到她的手心，现下自己的手还有些润湿，带着微微凉意。

雨也渐渐小了下来，胭脂一时有些不敢看他，只垂眼看着自己的手，他的手比她大许多，手上的薄茧触到她软嫩的手心，有极轻微的刺疼。

胭脂眼眶微微有些发涩，她以为他们再也不会见到了，他做的孽有她一半的债，她却全来怪他，他往后若是知道了，会不会恨她？

胭脂默默走了一阵，又走回了刚才的大树下，老者们早早避回了屋里，这般雨天街上没什么人，铺子也关得七七八八，或者虽敞开人却到了屋里歇着。

他的衣摆偶尔拂过她的手背，一下一下，胭脂忽然忍不住伸出细白小指捏住了他的衣角。

苏幕脚下一顿，停下来看向她，却不说一句话，神情颇有几分肃然。

胭脂不防他现下衣角都不让人拉了，忙小心翼翼松开了，半晌才如同叙旧一般，涩然开口道："你这些日子过得如何？"

苏幕眼眸越深，神情淡漠，忽然冷笑出声，清越的声音伴着淅淅沥沥的雨声传进耳里，暗含几分讽刺："不劳胭脂姑娘费心。"他眼里的怨气更甚，末了像是不想再多看她一眼，拉起她的手将伞柄塞到她的手上，转身头也不回地走进丝丝雨幕，片刻间便离了胭脂几步远。

胭脂呆愣愣拿着他给的伞，看着他走远，终是忍不住喃喃叫道："苏幕……"

前头走着的人充耳未闻，胭脂忙打着伞小跑着追了上去，将手中的伞撑过他头顶，站在他面前仰头看着，小声道："苏幕，下雨了呢，不打伞会生病的，你要去哪里我送你过去吧。"

胭脂软嫩白净的面上沾了迎风而来的细微雨丝，苏幕目光轻轻扫过，不由自主落在她娇嫩的唇瓣上。

他淡淡看了一眼，又漫不经心收回了视线，声音极轻似含讥讽道："便是病死了，与你又有什么干系？"

胭脂闻言心里一刺，忙丢了手中的木篮子，伸手去抓他的手，解释道："我不是这个意思……"

苏幕手一抬避开了她的手，冷然道："你心里巴不得我死，又何必在我面前演戏？"

胭脂闻言急得不行，忙摇了摇头，言语苍白地无力辩驳道："我真的没有这样想……"

苏幕眼神一变，言辞严厉地道："胭脂，你不愿意和我在一块儿，可以明明白白和我说清楚，何必这般费尽周折地跑到这么个鬼地方躲三年？你明说了我难道还会不依不饶地缠着你不成！"说到最后，声音渐大，那模样恨不得一口吞了她。

胭脂被他这么一凶，又说不出个所以然来，忍不住委屈，掉起金豆子来。

斜风细雨轻轻飘着，街边棺材铺的掌柜忽然打开门，往外头"哗啦"一下泼了一盆水。

掌柜抬眼瞧见远处站着相顾无言的两人，那模样一瞧就是小夫妻吵架，一时忍不住多看几眼，看了半晌才越觉眼熟，那不是唱戏的胭脂吗？

她相公回来了？

钱掌柜眯眼打量起站在胭脂前头的那人，差点忍不住瞪出了眼，这是哪处的山水这般养人，长得跟画里的人似的。

钱掌柜见他们没察觉，忍不住拿着盆子一步一步偷偷摸摸往前凑近了看。

苏幕见她搁眼前掉眼泪，半晌才道："让开。"

胭脂干站着不动，睁着湿漉漉的眼，可怜巴巴望着他。

苏幕冷着脸直接绕过她往前走去，胭脂见他这样生气走了，越发担心起他，忙泪眼汪汪一步一步跟在他后头。

苏幕刚才还疾步走着，后头便微微慢了下来。

胭脂默默跟了一路，发现他越走越偏僻，待走到荒郊野外的一处孤庙，才停了下来进去。

　　胭脂见状微微有些呆怔，忙撑着伞小跑着过去，进了庙里，便见苏幕坐在里头生火，见她进来也只淡淡扫了她一眼，后头便当没她这个人一般。

　　这庙极为破旧，十几年前就废弃了，上头屋檐破了一个大洞，光透进来连带着雨丝也飘进来，梁上结满了白色蛛网，一条条的破布七零八落垂下，瞧着极为荒凉。

　　胭脂一时心酸不已，没想到他竟落魄到这种地步，他以往那般爱干净挑剔，现下却要住在这种地方，他怎么受得了？

　　胭脂站着看了半晌，苏幕那头已经生起了火来，十分熟练的模样，叫她越发心疼起来，正要上前便见苏幕站起身，往后头草堆上一躺，当作胭脂不在一般，闭目养神。

　　胭脂忍不住嘀咕道："这样睡会着凉的……"

　　苏幕闻言也不说话，只转过身将背对着她。

　　胭脂见他不理人，便上前几步在他一旁蹲了下来，伸出细白小指拉了拉他的衣角，轻声道："苏幕，你来我屋里睡好不好？"

　　苏幕闻言也不理人，气息平稳，像是睡着了一般。

　　胭脂等了半天也没反应，便松开了他的衣角，伸手轻轻按在他身旁的草堆上，悄悄探过身子去看他。

　　他正睁眼看着破旧的墙面，眼睫轻眨，平平静静，胭脂琢磨不透他在想些什么，只知他神色清明，没有半点要睡觉的意思。

　　胭脂微微一愣，正想着怎么把人捞回家去，却不防他转身突然看向她。

　　她按在他身旁的手被这般一挤，失了平衡，一个重心不稳，便结结实实一头栽倒在他身上，草堆都被二人压得下移了几寸。

　　苏幕见她这般扑进怀里，微微泛冷的面色缓和了一些。

　　胭脂撞得面颊生疼，还没缓过劲来，又觉他的手慢慢搂上她的细腰轻轻收紧，她心下一慌，忙抬起头正对上他的眼，黝黑清澈的眼眸倒映着她的模样，长睫微垂，片刻后，眼睫轻轻一眨，只静静看着她。

　　胭脂的心一下一下慌跳起来，赶忙撑起身子，却不防他手上锢得极紧，根本没法起来。

　　苏幕手上越发用力，胭脂感觉自己的腰都快要给他勒断了，挣扎不开也不敢乱动了，只是看着他轻声说道："让我起来。"

苏幕看了她半晌，手上的力道倒是放松了，又抬手抚上她的脸颊，眼眸幽幽深远，轻轻开口，含着极深的绝望和荒凉："胭脂，我找了你好久，久到我都以为永远都找不到了……"

胭脂的眼睫毛一颤，心口尖锐一疼，眼眶慢慢发涩。

他慢慢靠近，气息近在咫尺，熟悉而又陌生。三年不曾与他亲昵，这般突然碰上他温热的唇，胭脂一时心率渐失，心仿佛快要从嗓子眼跳出来。

呼吸交缠之间，他开始一下一下轻轻浅啄，带着细微的试探，手轻轻抚在她的后脑勺，半点不带强迫。

胭脂忍不住抓住他的衣摆，苏幕开始在她的唇瓣上细细摩挲，那温热气息慢慢缠绕上胭脂的唇。

胭脂的意识已经开始有些模糊，脑子彻底成了摆设，呼吸间皆是他清洌的气息。

苏幕的眼睛微微眯起隐显危险，手上紧紧搂着她，抚上她后脑勺的手也越发用力锢着。

火堆越烧越旺，庙里只余火柴烧燃声，庙外不时鸟啼几声，清脆悦耳，显得四下无人，格外安静，耳旁是二人轻浅的呼吸声，极为清晰。

那种侵略禁锢的意味让胭脂一下警惕起来，忙要伸手去扒他。

却感觉到苏幕伸手去解她的衣带，胭脂彻底被打乱了思绪，只觉不可置信，他竟要在这处……这如何使得！

这破庙随时都有人进来，太过肆意妄为了！

胭脂一阵脸热，整个人都像被烧红了一样，忙挣扎着避开他，伸手去抓他乱来的手，喘着气道："别……别在这里，有人会进来的。"

苏幕顺着她的嘴角吻上她的脸颊，又轻移到她耳旁，颇有几分意乱情迷，低哑道："别怕，我听着呢，一会儿工夫的事，不会有人进来的。"

胭脂真的很想翻死鱼眼给他瞧，每次都这样说，一会儿一会儿就一会儿……真把她当个傻子一般哄骗！

胭脂忙挣扎起来去扒他的手，炸毛一般，愤愤不平道："你每次都这样骗人！"

苏幕也由着她扒开他的手，反手握住随手一放。

胭脂一下僵住，忍不住瞪圆了眼，看着他连话都讲不出来。

苏幕忙搂过她，薄唇贴着她柔嫩的脸颊，嘶声哑气道："胭脂，我忍了很久了，很难受的……"那灼热的气息喷到她的面上，让胭脂再受不住半分。

胭脂只觉快被他磨疯了，烫得她忙从他手里抽回了自己的手，颤颤巍巍藏起来。环顾四周后又一脸纠结，这庙真的太空旷了，根本没有遮挡的地方，人进来一眼便瞧见了，这……这怎么弄……

她的面皮再厚，这样也是放不开的，做不到和苏幕一样这般恣意胡来。

苏幕等了半晌，见她支支吾吾不愿意，慢慢冷了脸色，一下坐起身将她推离了怀抱，淡淡道："不愿意就算了，反正我现在也不过如此，你瞧不上我也没什么不对。"

胭脂被推了出来，只觉微有凉意，有些软绵绵地坐不住，见他这样说心里又如针扎一般，忙靠近他低声哄道："我没不愿意，我只是怕有人进来……"

苏幕抬眸看向她，言辞似含试探："有我听着你还怕什么，若是有动静，咱们便马上停了。"

胭脂一想到那个画面便忍不住缩起脚趾，他真的越来越让人难以招架了，这样子的话为什么可以一本正经说出来？

胭脂现下连看他都不敢，更说不出回屋再和他亲昵这档子话，只吞吞吐吐，含糊其词道："回去……回去再说吧。"

苏幕听在耳里自然又是另外一番意思，越发笃定她在说谎。

他垂眼默了半晌，忽轻轻哂笑出声："既然如此勉强，又何必多费周折？"他微微一顿，似失望透顶，言辞极为淡漠决绝道，"你走吧，我往后如何都与你没有什么干系。"说着便拿起草堆旁的行囊与剑，起身便要走。

胭脂闻言可是吓得不轻，他往后要如何？

现下这般风餐露宿，以他的性子一定不愿意去做苦力赚银子，一直食不果腹，若是饿死在路边……

胭脂不敢想下去，忙起身伸手拉住他的衣摆，看着偌大的破庙直扭捏成了麻花，半晌才结结巴巴开口道："你……来吧……"

苏幕垂眼看着胭脂捏着他衣摆的细白小指，纤细柔弱，片刻后，忽轻轻问道："胭脂，你想清楚了吗？"

胭脂闻言忙咬牙极为坚定地点了点头。

苏幕默看了她一阵，才将剑放下，慢条斯理将行囊打开，拿出里头的衣袍铺在草堆上，又将火堆烧得更旺了些，才转身看向胭脂，如同例行公事一般平和道："过来吧。"

胭脂见他这般冷淡模样，便略略放了心，想来他现下也没什么兴致，一会儿工夫必能了事,便小心翼翼走到他面前,看着他冷面又有些怵得慌,忍不住小声道:"你可轻一些。"

苏幕闻言淡淡"嗯"了一声,见她磨磨蹭蹭便伸手抱住她,将她往上一提抱个满怀。

胭脂忙伸手环上他的脖子,忐忑不安,他已然低头吻了上来,胭脂被他吻得后仰,那力道可不像表面上那样风轻云淡,真的像是要吃了她。

胭脂被他抱得紧紧的,一时被吓得不轻,忙偏头避开他的吻,尖着声儿慌道:"轻……轻轻来!"

苏幕权作没听见,随心所欲起来,温热清冽的男子气息一下覆盖上来,他如同失了控一般,越发乱来,身下草堆被压得扁乱。

胭脂被吓得都不敢看他,只闭着眼颤巍巍受着。

待到事毕之后,胭脂被折腾得如同散了架一般,软绵绵地窝在苏幕的怀里连眼皮都抬不起来,心跳快得在胸腔里"怦怦"巨响,只一口一口喘着气平缓着,好在火堆烧得极旺,倒没感觉到冷意。

苏幕浑身汗湿,额前的发丝被汗水染湿,凌乱垂下,衬得眉眼越发好看。他的气息还有些不稳,伸手替她理了理沾在额间的细软毛发,又低头去吻她软嫩的面,被汗水浸湿的长睫毛轻轻扫过她的面,带来极细微的痒。

胭脂眼皮微睁,只喃喃道:"不要来了……"一开口才发现自己嗓子都干得冒烟,声音极为沙哑,一时忍不住呜咽出声,刚才这样求他,他都跟没听见似的我行我素,实在可怕得不行。

苏幕见胭脂眼眶泛红、唇瓣红肿的娇弱委屈模样,又抱着她亲亲摸摸了许久,才起来极为和顺地替她穿衣。

胭脂靠在他肩头一副昏昏沉沉想要睡觉的模样,苏幕只能轻轻拍了拍她的脸,低沉着声音道:"别在这儿睡,会着凉的。"

他现下倒是想起来会着凉,刚才荒唐的时候怎么没想到?

胭脂将头埋在他颈窝处不想理他,苏幕眉眼微微一弯,伸手揽住她,待到火堆小了些,才开口道:"走吧。"

胭脂闻言才慢慢抬起头,苏幕拿起剑和行囊递给她,转过身背对着她,喊道:"上来。"

胭脂这才发觉腿肚子也一阵阵发抖,便忙攀上他的背,拿着剑和行囊,伸手环上他的脖子。看了草堆那处,被糟蹋得一塌糊涂,颇有些面红耳赤,又瞥见地上的油纸伞，忙说道："苏幕，还有伞忘了拿呢，这是要还……"

苏幕闻言看向地上的油纸伞，眼神一变，不等她说完便一脚将伞踹进了正在烧着的火堆里。

这显然就是发脾气了，胭脂见状不敢再说话，刚才被整治得厉害，现下都不大敢惹他，忙乖巧安静地窝在他的背上。

才出了破庙，胭脂便软趴趴地往下滑，苏幕将她往上提了提才继续往前走。

天色已近傍晚，雨已然停了，一路而去极为安静，只闻路边窸窣虫鸣。

胭脂趴在苏幕的背上，靠在他的肩膀上看着手里的行囊轻晃，他走得很稳，也很安静，一路上不怎么和她说话。

胭脂看向他，温和无害，刚才凶狠乱来的仿佛不是他一样。

待到了镇上，没了落雨，气氛自然又开始活络起来，人一多胭脂才后知后觉发现这样背着走实在太惹人视线，这小镇稍微有点风声就能传遍了，到时一路被指指点点看着，可真是比唱戏还热闹。

胭脂拿剑指着偏僻巷子口："走这头。"见苏幕脚下一顿，便有些心虚起来，又多此一举开口解释道，"这么走快一些。"

苏幕被胭脂指着一路弯弯绕绕，走了好长的深巷才到了胭脂家的敲绳巷，如何还猜不到她是故意绕弯子避开旁人的视线，一时面色有些不大好看，但到底没说什么，只背着她一路默默往家里去。

粉墙黛瓦，墙上青苔蔓长，深深浅浅似清波起伏。

胭脂趴在苏幕的背上还没松口气，就远远瞧见了饭后坐在门口乘凉的婶子们，这可真是狭路相逢，胭脂忙贴上苏幕耳旁，轻声道："快放我下来。"

苏幕理她才有鬼，本来就不悦了，没立马修理她已经是网开一面，现下还越发上不了道了。便背着她自顾自往前走去，胭脂见他这般，急忙将脑袋埋在他的颈窝处，掩耳盗铃起来。

越近便越能听见她们闲话家常的声儿，灌得小巷满是，这还没过去呢，就远远听见钱家婶子的声儿传来："我瞧老钱就是睁着眼睛说瞎话，摆明嫌棺材铺子太冷清，自个儿闲得没事搁那儿瞎编乱造吧！"

"十有八九是假的，吹得跟上了天，真有这样的，怎么就没几个人瞧见？"

陶家婶子忙站起来，扬声道："是真的，我前日也见过，真和画里走出来的没什么两样，书生长得好看吧，可两厢一比，立马就落了下风，太显小家子气。"

"真的假的？"

"真的，就站在胭脂家门口！"陶家婶子说着便指向胭脂家门口，见到巷子深处慢慢走来的人，指着的食指微微一弯，一句话卡在喉头不上不下。

刘婆眼神不太好，直摇着蒲扇，一脸有滋有味听着，忍不住问道："胭脂啥时候回来呀？"

胭脂听到自己的名字，颇有些心神不宁，也不知她们在说什么。

巷子里一下变得安安静静，苏幕背着"缩头乌龟"慢慢走近，又在门前停下，故作不知问道："胭脂，是这儿吗？"

胭脂彻底放弃了挣扎，有气无力应了一声，便自暴自弃起来。

以她们的功力，大概一炷香之后，整个镇都会传遍，湖边戏班子的那个胭脂找了个奸夫，二人勾勾搭搭，在野地里狼狈为奸。

胭脂想起破庙面上便一阵臊得慌，确实刚钻过野地，一点不假……

待二人进了屋里，胭脂忙从苏幕的背上爬下来，一下来便有些拘谨，刚才在破庙忙着别的事倒还好，现下在小屋子里面对面就不行了。他又不说话，弄得胭脂站也不是，坐也不是，颇有些不上不下的意味。

片刻后，苏幕细细打量起屋子来，胭脂才放松了些，虽然累得不行，但还是忍不了身上黏糊糊的，揉了揉衣角看了眼面前的苏幕，见他面无表情的模样，心里便有些慌，直轻声细语问道："你要洗漱吗？"

苏幕闻言看向她，揉着衣角怯生生的，他点了点头。

胭脂忙跑出去烧水了，她在屋子里待着实在太压抑了。

胭脂勤勤恳恳将水烧好，抬着水进了屋里的一个小间，便探出头对苏幕道："好了，你去洗吧。"

却见苏幕站在桌前盯着她绣的荷包看，胭脂微微一愣。

苏幕听见动静转头看来，见胭脂一脸倦意，便问道："你不洗？"

胭脂忙看向别处，掩饰眼里的神情，低声道："等你先洗了。"

苏幕几步走到胭脂这处，掀开布帘往里头一望，见里头只有一个冒着热烟的小澡盆，才看向胭脂："你先洗，洗了去睡吧。"

胭脂闻言神情呆滞，有些不习惯他这样客气，这么久没见也实在有些陌生别扭。

她忙转身进去洗了个"战斗澡"，一伸手才发现澡盆旁的小凳子上空空如也。

胭脂瞪大眼睛，才想起自己连换洗的衣裳都没拿进来，若是以往她是不会忘记的。

　　只今日实在是被苏幕弄得一头蒙，她怎么也没想到几日前才见到，今日就和他行了那档子事，且现下人都已经站在她屋里了，便越发感叹起世事无常。

　　"胭脂，你不穿衣吗？"

　　胭脂猛地转头看去，苏幕果然就站在后头。

　　苏幕视线本还端正的，片刻后慢慢往下移了。

　　胭脂被他看得不自在极了，只觉一点安全感也无，忙转过头缩在澡盆里，伸出细白胳膊去拿刚才被揉得皱巴巴的衣裙，强装镇定道："穿的穿的，我很快就好了，你先出去等等。"可微微发颤的声音还是泄露了她的慌张。

　　拿了衣裙见后头没动静，胭脂转头看去，却见眼前深色衣摆，胭脂呆愣间，手里的衣裙已被苏幕一下抽走，随手丢回了原来的地方。

　　胭脂还没来得及说话，他已经俯下身，从后头一手兜住她，浅声道："这衣裳脏了怎么还穿？"

　　胭脂手上的衣裙被拿走本就不好意思，他手放的位置更叫人难以启齿了。

　　她忙扭着身子避开，那手跟生在她身上一样怎么样都甩不开，胭脂忙低下头伸出指头去扒他的手，却不防苏幕突然使了劲，胭脂疼得直"唔"了一声，忙颤巍巍道："别别别……疼呢……"

　　苏幕一点同情心也没有，只看着她淡淡道："不听话。"

　　胭脂抬头看了他一眼，十分憋屈，这里明明是她的地盘，为什么还要这样受气，他难道不应该伏小做低伺候自己吗？

　　可真亏得苏大公子看不出她心里在想什么，要不然必是要狠力修理一番的，几年不见，这毛长得都蓬松起来了。

　　苏幕伸手探了探水温，见只有一点点温度才松开她，将人从澡盆里打横抱起。

　　胭脂"哗啦"一声出了水面，只觉微微凉意透过来，又看见自己白花花的身子，忙闭上眼睛。

　　片刻间便被苏幕拿了屏风上挂着的软布包裹起来，快步抱到床榻上了。

　　刚一睁眼，苏幕便重重吻了上来，胭脂哪里还敢让他亲，刚才在破庙差点没让他拆了，现下哼哼唧唧不乐意。

　　苏幕见她扭成了麻花，眉心轻蹙，将她身上的布扯了抱进怀里，问道："哪里不舒服？"

　　胭脂忙去拿裹在身上的布，可惜太晚了，苏幕已经随手将布扔到地上了，她的眼睛都发直了，越觉势单力薄，忙微微阖着眼，喃喃道："没呢，就是困了……"

苏幕见她确实累了，便拿了被子给她盖好，在她的唇上轻啄一下，又摸了摸她滑嫩的脸蛋，低声道："睡吧。"

胭脂闻言忙闭上眼，苏幕这才起身去了小间。

胭脂这才敢慢慢睁开眼，瘫在床上只觉自己今日比打仗还累，听着里头的水声，想起屋里只有一张床，她要是这样睡，可不就是洗干净送到苏幕嘴边的架势吗？

她忙起身拿了衣裳穿，又看见苏幕放在桌案上的行囊，和微微露出一个角的画卷，突然有些好奇，他那日像是在找什么一般。

胭脂想着便上前几步打开行囊，正要拿画卷，却发现衣物下露出一点书角，不由得一扬眉，炮仗哪里会认真读书，这书十有八九画着春宫！

胭脂将衣物微微移开，待看到书面上的字却一下僵住，里头不是旁的，却是道家的《静心诀》。

书已然很旧了，显然是时常翻动的。

胭脂纤细的指尖在字上轻抚，道家的书向来只讲清心静性，与人为善，字字珠玑，细细读来却难免枯燥无味，不如话本有滋有味。

她往日看过，也不过几页便睡着了，以他那样性子看这些必然会不耐烦，却没想到竟还随身带着，时不时地看。

胭脂欣慰之余又觉如释重负，她本还打算往后每日都要看着他，不让他犯一点错处，现下却突然发现根本不需要她做什么，这实在叫她说不出心中滋味。

这就像辛辛苦苦养了许久的五彩鸟儿，终日想听着一声啼叫，它就是不叫，等自己走了，它就叫了，且还叫得十分好听悦耳……

胭脂默了许久，才慢慢将他的衣物重新叠好，拿着画卷解了画绳，正要打开。

"谁让你碰我的东西了？"

胭脂被声音中的寒意冷到，转头看去，苏幕已然洗漱好了，换了一身浅色布衣，神情极为冷漠地看着她，仿佛她是一个陌生人。

胭脂拿着画卷有些手足无措，一时受不住他的严厉和疏离，以往她碰他什么东西都没关系的，现下却分得这般清。

胭脂还愣神着，苏幕已经上前拿过她手中的画卷，重新绑了起来，放回行囊里，又言辞淡漠训道："以后不要随便碰我的东西……"他顿了一顿，又暗含嘲讽冷冷道，"这么多年不见，我们显然还没有熟到这种地步。"

这性子可真是说变就变，刚才还在破庙那般亲密，现下却来说这样的话。

胭脂忍不住抬眼看向他，果然见他眼神极为冰冷地看着自己，她心里越发委屈起来。

哪有这样的，说发脾气就发脾气，这么冷冰冰的，她都不知道刚才和自己抱抱亲亲的是不是这个人。

苏幕把行囊和剑随手放在一旁，仿佛为了走时方便。

屋里静得不起丝毫声响，静得胭脂甚至能听见自己浅浅的呼吸声。

苏幕将行囊放好便没再说话，屋里气氛压抑。

胭脂默了半晌，才开口打破寂静："你饿不饿，我去煮面？"

"不用了，你自己吃吧。"苏幕面无表情，根本不再看胭脂，直接越过她去了床榻，自顾自躺下便睡了。

胭脂僵硬地站在原地，忽然不知该如何处理，莫名其妙被训了一顿，现下是气得再累也睡不着了，想了半天还是避出去煮面了。又在院子里磨蹭快一个时辰，才吃饱消气进了屋。

苏幕呼吸平稳，显然睡着了，胭脂站在门口看了半晌，又磨磨蹭蹭走去趴在床榻边上看他，见他长长的睫毛微微垂下，在眼下投出一道阴影，显得眼睫毛越长，睡颜温和安静，和刚才训人的时候简直是天差地别。

胭脂伸出手指轻轻碰了碰他的长睫，忍不住小声嘟囔道："真凶。"

末了，又默看了他一会儿，才去吹灭了蜡烛，借着窗外的月色摸到床榻上，默默爬到他身边躺成一条笔直的线，赌气地和他隔出一手掌的距离。

胭脂累得不行，躺下没多久就睡熟了，翻了个身就贴着苏幕这个暖源，睡得更深了。

待胭脂睡着，苏幕才慢慢睁开眼睛，借着月光看向缩在自己身旁的胭脂，终是忍不住伸手将她抱进怀里，又低头以面贴在她面上轻轻摩挲，眼里的神情极为复杂难言。

他靠一幅画卷熬过了这么多毫无指望的日子，而她……根本不将自己放在心上……

胭脂一早醒过来就没看见苏幕，她找遍了院子也没找见，要不是见行囊和剑都在，还真会以为他走了。在外头找了一圈也没找到，便回了屋里，一边绣着荷包，一边挠心挠肝地等着。

　　她心中着急没耐心绣，可不干活也是不行的，她现下不止要养自己，还是养苏幕呢！

　　苏幕可不是鸟，随随便便就能养活，他以往养尊处优惯了，吃穿用度都是往穷奢极贵那方面走，可不是一般矜贵娇气。

　　胭脂一想到他以往花钱的架势，只觉一个头两个大，苏幕怕是不好养的，这样绣荷包帕子，靠一针一线也不知能不能把他养活。

　　胭脂还在忧心忡忡，苏幕那边已经干了大半日的活了。

　　角落旁的苏寿一副苦瓜脸，苏安更是看得双目发直。

　　一旁的络腮胡大汉反复确认了十来遍，才开口道："你们主子的脑壳给榔头劈过不曾？"

　　苏安闻言一脸莫名其妙摇了摇头："将军，你说什么呢？"

　　"那他搬这玩意儿做甚，放着大钱不赚，非要在这儿搬麻袋！"络腮胡突然大声喝道，俨然已经恼得不行。

　　苏寿、苏安苦着脸，还未反应过来，络腮胡已经大步流星冲苏幕走去，苏幕苏安忙也一道跟了过去。

　　络腮胡一走近，见苏幕搬得还颇为认真，不由得一脸不解道："苏大公子，您这是在干什么，吃饱了撑活动活动筋骨？"

　　苏幕看了一眼便收回了视线，一言不发地搬麻袋。

　　络腮胡倒是习惯了，这厮心情不佳不搭理人什么的都是好的，最不好的是突然给你来一下，把你弄得也不舒坦。

　　不过这一别三年，络腮胡显然忘记了以往的教训，拦住了苏幕扬声道："那群外邦鬼佬太狡猾了，叽里咕噜讲些什么也不知，我下头没一个得用的，就差裤裆没给人坑去，你这究竟什么时候回来，好歹给我个音信吧。"

　　苏幕愣是充耳不闻，准备扛麻袋搬货，络腮胡见状忙整个人压到麻袋上，伸手比了个偌大的手势："这样，咱们五五分成，苏哥，你救救小老弟吧，我这处要是没旁的银子进来，光靠那点俸禄，家中老老小小可都得饿死，你已然这样耗了三年了，再不回来，外邦那块也得给旬家吃下了。"

　　苏幕听到旬家，面色阴沉，冷声道："我没兴趣。"

　　络腮胡见苏幕油盐不进的模样，十分费解，这明明可以用旁的方法轻轻松松挣更多的钱，现下却偏偏来搬麻袋，叫他如何想得通？

苏寿、苏安闻言忙战战兢兢上前拉过连将军，苏幕又接着自顾自地将麻袋搬到船头，完全不理会这三人。

苏寿忙开口劝道："将军，咱们公子刚刚找到胭脂姑娘，现下怕是没有工夫去管那些的。"

络腮胡猛地抬手甩开了二人，怒气冲冲道："什么胭脂水粉，摆明就一狐狸精，瞧给弄得这五迷三道的样儿。以前算计我的时候那叫一个精明，现在可倒好，放着金山银山不要，非在这儿死磕！"

络腮胡便是叫得再响，苏幕也当作没听见，络腮胡没法子，又气苦至极，便直接甩头走了。

苏寿、苏安站在一旁眼巴巴地看着苏幕，眼里满是希望公子能让他们留下来跟着的希冀，如果有尾巴的话，必定会摇上一摇好生讨好自家公子一番。

苏幕淡淡扫了一眼，二人见状心中一惊，忙逃也似的避走而去。

苏幕忙了一整天，得了一吊钱，沿街一路随便买了买，没几下就用完了，拎了一袋东西往家里去。

街上的摊贩们个个盯着他看，待到苏幕走了，才一下跟炸了锅一般。

街尾那卖豆腐的，忍不住打听起来："这是不是老钱说的那个，没想到胭脂真有相公呀，我还以为是唬着人玩的，怪道等了三年都乐意，哎呀，这长得可真叫一个俊！"

一旁那卖猪肉的突然一刀卡在桌上，阴阳怪气道："不就一个长条点的小白脸？长得就一副招蜂引蝶的风流相，指不定在外头勾搭了多少个女的，哪里配得上胭脂！"

这话一出，大伙儿都觉得没毛病，哪家相公会放着自个儿的娘子三年不闻不问，这不摆明外头有人吗？

一时也觉这人真真是金玉其外，败絮其中的，多多少少都有些瞧不起，这骨子不好看，外头面皮再好看也是撑不起来。

可到底守着"宁拆十座庙，不毁一桩婚"的老话，便皆道："再怎么说也回来了不是？胭脂好不容易才将人盼回来，又愿意继续过下去，往后这种话还是少提，免得叫人姑娘抬不起头来。"

夕阳渐渐落下，巷子幽深，墙根往上渐长斑驳青苔，由深到浅，整条巷子越显青黑。

苏幕沿着敲绳巷子一路走去，正巧碰上了迎面而来的陈家婶子。

陈家婶子见苏幕虽然人冷冰冰的，可到底提着东西回来，便随口打了声招呼："胭脂相公回来啦？"

苏幕闻言微微停下，看向陈家婶子，像是没听明白。

陈家婶子见他这般以为他不喜与胭脂过日子，便忍不住开口劝道："苏相公可要好好待胭脂，这姑娘是个好的，整整等了你三年。刚才搬来的时候，就一个人进进出出的，我本还想替她相看相看，没承想她说自己早嫁了人，相公在外头走船，你要是不回来大伙儿还真以为胭脂是个没成家的。"

苏幕神色微变，长睫遮掩下微微透出几分冷意，末了突然嗤笑一声："等我？"又看向陈婶子，似是觉得她说的话极好笑，片刻又淡淡道，"只怕是另有其人吧？"

陈婶子闻言一脸惊愕："莫不是我弄错了，你不叫苏幕？可我记得很清楚，胭脂当时说得明明白白，她相公姓苏，单字一个幕，苏幕。"

胭脂在屋里绣到手指头都打结了，苏幕也没回来，一时也没心思再绣下去。胭脂心里憋屈得很，他这脾气怎么这般大，不就一幅画吗？自己都乖乖听训了，他还不依不饶地离家出走，也不知他究竟去了何处，只能坐着干等。

这般想着，又想起了昨天没看到的画卷，他越不让她碰，她心中就越好奇，终是忍不住走到包袱处，拿了画卷打开来。

画卷上是位身穿胭脂色薄裙春衫的姑娘，眉眼弯弯笑得极甜，模样青涩软嫩，看过来的时候心都能化了。

一笔一画极为用心，连衣角的细微折痕都画得栩栩如生，仿佛当即就要从画里走出来一般。

胭脂终是忍不住眼眶润湿，心里一阵发苦。

他们闹到那个地步，她都不记得自己何时对他这般笑过……

他找了多久？

三个月……还是三年……

胭脂突然有些不敢想，那日漫天的孔明灯又现在眼前，这样毫无指望地等，毫无指望地找，便是让她来也是做不到的，谁受得了，每一次都是满心欢喜去寻，失望透顶而回，平白去受这样一次一次地折磨。

胭脂拿着画卷的手都微微发颤起来，心里闷疼。

她扪心自问，不曾对不起谁，却唯独对不起他……

从前如此，现下还是如此。

胭脂垂眼看了画卷许久，不知不觉间一滴清泪滴落画上，她忙抬手去拭。

院里忽然响起了轻叩木门的声音，胭脂忙出了屋去开门，一打开便瞧见苏幕手提着一大袋东西站在外头。

深色清简布衣，布带束发，额前微微垂下几缕发丝，眉眼深远雅致，全身无一配饰，站在昏暗的巷口越显霞明玉映之姿，叫诸家儿郎自以为不及。

苏幕一言不发看了她半晌，才慢慢走了进来。

胭脂一眼不错地看着他进来又顿下脚步，眉眼如画，深远干净，只定定看着她的眼睛。

胭脂呼吸微微一窒，只觉心跳渐起。耳旁轻轻拂来风声，沉穆略带清越的声音传来，似含些许不解："胭脂，你究竟把我当作什么？"

胭脂看了他许久，忽然不知该如何回答这个问题。

苏幕也不催促，只是静静看着她，固执地等着他想要的回答。

胭脂心中酸涩不已，眼眶也渐渐润湿，他的模样开始模糊，她忽然轻声道："我常听旁人说结发夫妻，相守白头，当年你既结了我的发，我便当你是夫君，只不知你现下还愿不愿意？"

苏幕闻言神情似有些恍惚，只怔怔然看着胭脂，说不出一句话来。

胭脂见他久久不说，心下有些忐忑不安，忙攀上他的脖子，亲了亲他的薄唇，见他并无不喜，便又贴上去轻轻吸吮他温软的唇瓣，忍不住与他亲昵起来。

胭脂整个人贴在他身上，只觉他的心跳声好像也传到了自己身上，弄得她也心如打鼓一般。

苏幕随手将东西丢下，伸手环过她的细腰用力吮吻缠磨。胭脂只觉唇一阵阵发麻，呼吸慢慢开始变得不顺畅。

巷子口隐有人声远远传来，苏幕抬脚将门一下踹上，打横抱起胭脂往屋里走去。

胭脂不回应苏幕感觉都有些吃不消，现下回应了更是体力吃不消，苏幕缠人的功夫越练越到家，床笫之间一直没完没了，好不容易餍足之后也不缓一下，又抱着胭脂亲亲捏捏起来。

胭脂累得抬不起手指头，见他还不消停，忍不住小声抱怨道："不要捏我，好累……"

苏幕将胭脂抱到自己身上，低声道："又不用你费力气，累什么？"

胭脂趴在他身上都不想理他，眼睛一闭便准备再睡一觉，却听苏幕缓声道："胭脂，咱们什么时候成亲？"

胭脂的心里咯噔一下，猛地睁开眼睛，虚得不行。

她刚才红口白牙跟苏幕求了亲，可……家徒四壁、两袖清风又怎么成亲？

苏幕这个性子又怎么可能随意，连床褥被子都一日一换的人，成亲这样的事怎么可能愿意将就，可她又拿不出这么多银子置办喜事。

胭脂还未想明白，苏幕便抱着她翻了个身，将她压在身下："为何不说话？"

胭脂一看这脸色不对了，忙小声快速道："明日我去铺子买两匹红布，做好喜服，咱们就在这儿拜堂成亲吧。"

这可真是委屈苏大公子了，本身向来锦衣玉食的，现下成亲竟然这般寒碜，两套喜服随随便便就把他打发了，这和过家家有什么区别？

胭脂忐忑不安看着他，苏幕听后果然微微皱起眉，眼里满是不悦，也不管二人还光溜溜躺一块儿，便开口斥道："成亲怎能这般随随便便？"

胭脂的眼珠左转右转，只觉没面得很，见苏幕的脸色越发不好看才支支吾吾坦白道："我现下手头上没这么多银子，体面的亲事实在有些难办。要不然我先多绣些帕子荷包去卖，等手头宽裕了咱们再大办一场？"

苏幕闻言话到嘴边又落下了喉，一脸难言地看着胭脂。

那日过后，胭脂便越发忙碌，每日忙着赚钱，可她除了唱戏和绣荷包，啥也干不了，每日赚的银子就只有指甲盖那么一点点，简直少得可怜。

不过吃穿倒比以往宽裕了，毕竟苏幕每日都去码头搬搬货，赚来的钱是她的几倍，可是显然这么点钱还是不够达到苏幕的要求，光那大摆流水宴七天七夜的必备条件，也要忙活上好几年才能攒起来……

苏幕的脸色一日比一日阴沉，胭脂越发自责，早知道她就学学赚银子的本事了，没得求个亲，却连个像样的亲事都不能给，实在叫她太过无地自容。

胭脂没有法子，便只能每日都与苏幕交代自己挣了多少文，离他们的目标一步步迈进。

苏幕听了总要揉弄她一番，旁的倒也没说什么，像是接受自己找了个穷鬼的事实，只能认命了去。

胭脂想着便提着食盒一路往镇上唯一的码头去，苏幕在码头吃食自是随随便便几口搞定，这叫她如何看得下去，便每日做了吃食送去与他。

过了几条青石小街，胭脂便远远看见苏幕在码头认认真真搬货，面上忍不住露出笑来，正要上前却看见他旁边还跟着一个络腮胡的大汉，凶神恶煞武夫模样，目露仇视，似在说些什么。

苏幕也没理睬自顾自搬货，可他走到哪，后头那人便跟到哪，简直如同牢里的狱卒一般。

胭脂面露疑惑，忙快步上前，便听见那络腮胡大汉的声音隐约传来："三七分倒不如让我去喝西北风！"

午间，码头搬货的人三三两两坐在岸边吃饭，见胭脂提了食盒过来，皆知道这是苏幕的娘子。

如玉雕的人却来这处搬货已是稀奇，又有一个青涩软嫩的小娘子每日跟在后头嘘寒问暖哄着，叫人如何还能记不住，便纷纷对着苏幕调侃道："苏幕，你家娘子又给你送饭来了。"

苏幕一转身见到胭脂，便放下手中的货，笑弯了眉眼往她这处走来。

络腮胡大汉见状冷哼一声，又一脸鄙夷跟着苏幕走了过来。

胭脂提着食盒往他去，站定在他面前，见他额间冒着晶莹的汗珠，鬓角微微汗湿，又想起他往日哪里需要干这些，养尊处优惯了却突然要在码头搬货，也不知他心中会不会有落差？

她伸手用衣袖擦了擦他额间的汗，心疼道："累不累？"

苏幕还未说话，后头的络腮胡大汉又是冷冷一哼，胭脂颇有些疑惑地看向他，见他看着自己的眼神鄙夷轻视，似是极为厌恶。

胭脂不由得纳闷起来，她根本没有见过这个人，他何以会这般看她？

她又看向苏幕，一脸不解，苏幕权当没有后头这个人，抬手握住胭脂的手，对着胭脂浅笑道："不累。"又伸手接过胭脂手中的食盒，淡淡扫了眼后头的人。那络腮胡大汉冷冷一哼，又甩头往另一头走去。

苏幕转头拉着胭脂往一旁走去，在岸边的石墩子上坐下准备吃饭。

苏幕打开食盒，倒是不在意里头的饭食如何，只看了眼饭后的点心桂花糕，不由得微微敛起眉心，不悦道："怎么只有两块？"

胭脂闻言眨了眨眼，一副小媳妇模样，怯生生道："这些太甜了，你每日吃这么多对牙不好。"说完便有些心虚，只怕日后连桂花糕都吃不起了。

刚才成衣铺子的老板娘说没法再收她的绣品了，再收赵家那处怕是不会再把衣裳给她做，这般铺子的收入就少了一大半，老板娘也是无可奈何，总不能看着铺子倒了。

胭脂垂着眼一时忧心忡忡，旁的她倒是不怕的，怕就怕这没了赚钱的地方，苏幕如今被她养得极不好，吃穿用度都比往日差了十万八千里，往后恐怕连桂花糕这般平常的点心都得逢年过节才能给他吃。

　　体面的亲事更是不可能了，以现下这般光景，能活下来都已然很不错了……

　　胭脂想着便有些愧疚，苏幕真的很好养了，不跟她挑嘴，还帮着做苦力补贴家用，她却还是养不起，这般没用也真是开了眼界。

　　胭脂越想越不是滋味，赚钱这事终日让她郁结于心，都能硬生生愁白了阴物的头发。

　　苏幕闻言直接甩了筷子，连饭都不想吃了，以往每日盼着她的桂花糕，现下好不容易能吃了，她却还给他扣着。

　　胭脂见他这般，忙环顾四周见得周围人都在自顾自吃饭，便站起身坐到他身旁，小声哄道："晚上再给你做一些好不好？"

　　苏幕闻言看了她一眼，见胭脂张着红红的小嘴，软嫩嫩靠在自己身旁，便是再不满意也发不出半点脾气来，只在她的唇瓣上狠狠嘬了一口，才略微解了气。

　　周围的见状皆偷偷摸摸笑起来，胭脂忍不住臊红了脸，只敢埋着头安安静静窝在苏幕身边。

　　苏幕倒是半点不在意，见胭脂这般乖巧听话，眉眼弯起，又旁若无人地揽着"红烧"胭脂，亲了亲她粉嫩嫩的小耳垂，才提了筷子开始吃饭。

　　胭脂见他一本正经地吃饭，只觉好看得心里慌慌跳，便忍不住贴在他身旁，只拿小眼一眼不错地望着他吃饭。

　　远处又传来重重的冷哼声，胭脂转头看去，果然见那络腮胡大汉站在远处，正一脸不屑看着这处。

　　苏幕见了便随口淡道："不用管他，自己娶不到媳妇，便越发见不得夫妻亲昵。"

　　胭脂听见"夫妻"心里一阵欢喜雀跃，可一想到自己被断了生路，苏幕这头搬货又不是每日都有的，到了时候便会有好一阵子的淡季，自然就没了收入。

　　戏班子那处倒是没让赵老爷伸到手，那处戏班子班主是镇上极有名望的，赵老爷那头管不到他，可唱戏得来的银子连她自己都养不活！

　　胭脂想着便一阵心焦，她马上就要养不起苏幕了，若是卖不了绣活，她怕是要上街乞讨来养苏幕了。

　　待苏幕吃好，胭脂便心不在焉地提了食盒慢悠悠往回走。

　　络腮胡大汉想了想才上前，如同壮士断腕一般道："三七分就三七分，你大抵什么时候回扬州接手？旬家这几年势头大好，那旬家长子行事颇有章法，你往日在扬州的人脉已然被他挖得七七八八，现下回去怕是不容易，可需要我帮衬什么？"

苏幕看着胭脂的背影许久，才开口道："我不去扬州，让苏安、苏寿把我之前的管事全部找回来，往后只管外邦，这处做好了，外头便能通起一条线，扬州比起这个也不过是沧海一粟。"

胭脂提着食盒慢吞吞往回走，心事重重便七拐八拐地绕弯子散心，磨磨蹭蹭了许久才到了巷子拐角，却听巷子里隐隐传来王婆的声音。

胭脂微微侧耳听着，王婆那厢嘀嘀咕咕道："这胭脂在外头找了个野男人，白日里都在码头那处搬货，瞧着也没什么能耐，到时您赔几个钱就能轻轻松松打发掉。只这胭脂是个棘手的，唱戏的手脚上总有点花架子，一会儿得用点麻药，给迷晕了才好行事。"

马车里的赵老爷撩开车帘子，冲王婆扔了锭银子，催促道："去吧。"

胭脂闻言眼眸慢慢发冷，只觉胃里一阵翻搅，恶心得不行，这王婆和赵老爷这般"熟能生巧"，显然是常做这种龌龊勾当。

胭脂看了眼，巷子里站着几个人高马大的护院，她微一垂眼，便向王婆回家的必经之路走去，挑了块极隐蔽的位置等着。

胭脂默等了半个时辰才见王婆一个人骂骂咧咧往这处走来。

胭脂冷眼看着她从眼前走过，才慢慢走出来，几步跟上，往她身上狠踹了一脚。

王婆如何架得住这般力道，猛地往地上扑去，门牙都生生摔断了去，嘴里一时血流如注，在地上痛苦哀叫起来。

胭脂快步上前，一脚踩在她的手上，狠狠一碾，王婆还没反应回来，便疼得杀猪一般号叫起来。

胭脂这才慢慢开口，平平静静问道："王婆，上回是不是我下手太轻了，才叫你这般没记性？"

王婆闻言慌了神，口里满是鲜血，直含糊不清叫嚷道："你……你这是做什么呀，我这好好地走路，怎么就惹到了你？"

胭脂听后不言不语，整个身子微微一倾，直往脚下使力。

"啊……"王婆撕心裂肺惨叫起来，只觉自己的手要彻底被碾断了，这胭脂显然是知道了些什么，这般怕是把自己打成个残废，前后又没个人相救，便忙看向她开口求饶道："胭脂姑娘，我不敢了……您大人有大量快些松松脚，老婆子年纪大了……吃不消这般！"

胭脂见状也不再动手，只面色平静道："王婆，我不管你说得是真是假，往后要是再让我听到你和赵老爷在背地里商量如何害我，我一定不会放过你。"她微微一顿又莫名笑起，笑里只带几分阴森古怪，吓唬道："我对付不了赵老爷，还对付不了一个你？惹急了我，到时破罐子破摔，也不过是一命抵一命的事！"

王婆这下是真的怕了，见胭脂面上的笑，只觉诡异惊悚，身上一阵鸡皮疙瘩直起，巷子阴风阵阵，让她不住毛骨悚然，她忙慌道："可是我这也是身不由己啊，赵老爷想要办什么事，我一个媒婆还能管着他不成？"

胭脂俯下身看向她，一脸诚恳道："这是你的事，与我有什么关系，我只管你要钱还是要命？"

胭脂收拾好了王婆便当作什么都不曾发生，回去将食盒放好，飞奔去了湖边的戏班子。

戏台上戏早已开锣，胭脂忙去了后台，褚埌正好从里头出来，见她进来也没说什么，只点头一笑。

胭脂回以一笑，颇有几分尴尬，那日过后便没再见过，她都忘了那件事，且后头伞都给苏幕烧了……

胭脂见他当做什么事也没发生，便也抛到脑后，去了后头换头面穿戏衣，将早上练过的戏又重新过了一遍，等了会儿便上了台。

等到湖边一轮戏下来，天色也暗了，胭脂下了台便慢慢悠悠往后头去。

戏台后头聚了一群人，褚埌也在里头，正和荷花一道发喜饼，俨然一对夫妻模样。

褚埌见胭脂过来，便揽着荷花，又提了一篮子喜饼给她，带着些许高人一等的语气平平道："过几日便是我和荷花的喜事，你和你家相公有空便来吃喜酒，不过码头那边事多，有时候也脱不开身，我们也能理解。"

荷花一脸娇羞地靠在褚埌身旁，颇有几分得意："胭脂，你家相公若是脱不开身也没事，你一个人过来也可以，毕竟谋生计不容易，每日搬货也实在辛苦。"

胭脂闻言颇有些呆愣愣，像是不敢相信，这二人速度竟然这般快，他们说成亲就能成亲，为何自己却不能这般潇洒……

她伸手接过那篮子喜饼，细细打量了一番，忍不住问道："你们成亲花了多少银子？"

褚埌看向胭脂，见她似有后悔，不由得微微笑起看向荷花。

荷花掩嘴一笑，仿佛胭脂没见过世面一般嗔道："成亲花银子可是看不见的，处处都要花银子，鸡鸭订了一堆就已然花了不少，这喜酒就要摆上几桌，相公往日教书认识了许多人，这一桌桌叫过来可是要不少人。"

胭脂闻言只觉深有同感，苏幕光随口一说，她就觉得银子"哗啦啦"地往外倒，更别提正经开始筹备，便也极为认同地感叹道："成亲确实要花不少银子……"她想了想，又问道，"你们打算摆几天的流水宴？"

褚埌只觉胭脂在找碴，她嫁了一个在码头做苦力的，瞧着这样子，只怕成亲连喜事都未曾办过，现在却来此处指手画脚。

哪有人成亲摆几天流水宴的，那流水宴用银子可是往外泼的，便是镇上的大户人家也经不起这般，这不是摆明找他不自在吗？

荷花见胭脂这样说，自然不愿意让自己落了下风，说道："胭脂，这些可不重要，重要的是和谁过日子，自家相公若是疼自个儿，便不在乎这些，你家相公三年后还能回来，应该是极喜欢你的。"

这一句可真真是带了嘲讽的，戏班子里的人可都清清楚楚，舍得让自家媳妇等三年，又怎会真正喜欢，便是回来也是玩腻了才回来的，瞧着现下穷困潦倒地做苦力，摆明就是在外头混得不好，灰溜溜地回来，一时也觉得胭脂可怜至极。

荷花看着胭脂，心中隐约又有些窃喜，胭脂现下可不就是比不过自己，心里犯酸了？

胭脂近日和苏幕甜甜蜜蜜，整个都成了一只蜜糖阴物，闻言也没听出什么，反倒有些羞答答。

只是他们说来说去也没说到自己想要的答案，这成亲究竟要花多少银子？

于是她虽然表现得羞答答，其实也晕乎乎……

褚埌见状便也不想再理胭脂，转身又和戏班子里的人笑言。

荷花见胭脂还一副沉浸在自家相公喜欢自己的可笑念头里，不由得面露嘲讽，转身跟着褚埌走了。

胭脂看着他们，颇有些愁眉苦脸。

褚埌这后来的都已经要成亲了，她早早答应了苏幕，现下却也没个动静，而他们连喜饼都发了……

一群人围着他们贺喜，胭脂看着羡慕不已。

戏班子里的人见胭脂如此便可怜起她来，当初褚垠显然是先看中胭脂的。

这时不时来看戏，明眼人哪还能猜不出来，本以为二人可以修成正果，却没想到胭脂还真有相公，过了三年才回来，听说回来了在码头那处搬货，还要胭脂每日绣着荷包补贴家用。

听说面皮子是好看，可光好看有什么用，好看又顶不得饭吃。

看看荷花现在多风光，嫁了镇上最体面的教书先生，这往后出门面上不都镀了层金光，都不用抛头露面在外头唱戏了，往后只要在家中相夫教子什么都不用做，可不正舒服着吗？

胭脂不知旁人心中所想，只提着喜饼跟着他们一道出了戏台后头，一眼便在人群中瞧见了苏幕，他正站在外头静静等着。

布衣清简，眉如墨画，容色过人，湖边月下轻易便能成画。

苏幕见胭脂从后头出来，嘴角轻轻上扬，微微弯了眉眼，眼里的笑意藏也藏不住。

胭脂见苏幕来接她，面上一时笑开花，提着篮子就想窜出去钻进他的怀里，可是一想到自己手上提着的喜饼便有些心虚，都不敢拿眼去看他，只躲在后头磨磨蹭蹭地走着。

苏幕见胭脂慢吞吞走着，便提步向她走去。

一行人热热闹闹贺喜而出，见到迎面而来的苏幕皆有些晃了神，镇上何时来了这般体面的人物？

这模样但凡是有点眼力见的都能瞧出此人不是平平之辈，先不管这面皮好不好看，便是这通身的气派也不是寻常人家能养出来的。

褚垠见状不由得嗤之以鼻，装得人五人六的又如何，还不是个整日窝在码头那处搬搬货的苦力。

胭脂见他过来，心下发虚。

苏幕站定在人前，又看见了那日的"呆头鹅"，便淡淡道："不过来吗？"

答案是显然易见的，她若是不过去，今晚也不用睡了，十之八九会被他折磨死。

胭脂忙提着手中的喜饼，从前头挡着的人群中钻出来，几步就到了苏幕面前，一脸讨好地看着他。

众人闻言皆不可置信地看向胭脂，又看了看前头站着的这个人，也是一脸愕然，这人便是胭脂三年不见的相公？

在码头当苦力的相公？

这可真是说不出的古怪，这样的人跑去做苦力，还真叫人看不过眼，皆不由自主有些惋惜起来。

苏幕见胭脂一脸乖巧，这才微微有了点笑模样，伸手去牵她的手，见她手中提着一篮喜饼，不由得微微一怔。

胭脂见他看向手中那篮子喜饼，长痛不如短痛，与其等他来问，倒不如自己坦白从宽得好，便指了指荷花："咱们戏班子的荷花和褚先生过几日便要成亲了，这是她送给咱们的喜饼，请咱们去她那吃喜酒呢。"

苏幕听后看了眼"呆头鹅"，接过胭脂手中的喜饼，拉着胭脂的手，对着褚埌半真半假微微笑道："那日褚先生一派言论颇为有趣，没想到这般快就要娶妻了，倒是叫人意想不到。不过这样的大喜事自然是要去恭贺的，过几日我便和胭脂一道去见礼，恭贺褚先生喜结良缘。"这话明里暗里带着讽刺，旁人听不懂，褚埌又岂会听不懂。

褚埌闻言面色一红，继而又一青，恼羞成怒至极，这捏的位置正正好，正掐在那个点上，他缓了半响才没一拳砸过去，可到底忍不住心中怒意，刻薄地讽刺道："若是在码头干活太累，就不用来了。"

周遭气氛一时有些尴尬，众人皆想不到教书育人的先生会说出这样的话来，眼里皆有些惊愕。

苏幕闻言只微微一笑，全无责怪之意，端得一副正人君子、礼让三分的好做派，叫人不生好感都难。

这二人相貌本就是镇上出挑的，站在一块自然会有对比。

褚埌的气势相貌本就矮了一大截，行事又这般小家子气，旁人好心好意恭贺他，竟还这般说话，还真当自己是个教书先生便高人一等了？

胭脂的相公是个做苦力的又如何，还真以为万般皆下品，唯有读书高？

褚埌本就有些自命清高，在苏幕这般对比之下，便更加明显，越发叫人生不起半点好感来。

镇上又小，褚埌这样的人本就遭妒，今日这一派言论自然会小雪球滚成大雪球，叫他失了往日的好名声，教书一事也因名声牵连，落得不上不下的地步。

要说褚埌，也没什么不好，就是运道差了点，碰上谁不好，非碰上苏幕，这摆明就是个"毒中巨毒"，轻轻飘飘一句话把他后头的路都堵死了，褚埌还半分没察觉。

荷花站在一旁心里一阵不是滋味，见到周遭眼神不对，自己也尴尬不已，便笑着打哈哈道："我家相公不是这个意思，他只是体谅你辛苦才这般说，成亲那日你们可要早点来。"才勉强将这段尴尬气氛给掩了过去。

苏幕闻言体面又不失礼貌地一笑，愣是给荷花看直了眼。

褚琅怒瞪了眼荷花，又看了眼苏幕和胭脂，招呼也不打便走了，留下荷花一个人站在原地不知所措。

周围人见状也颇有些尴尬，站在原地走也不是留也不是，便纷纷劝起委屈落泪的荷花来，这一段亲事片刻间就埋了刺。

苏幕这才牵着胭脂，提着一篮喜饼，沿着湖边慢条斯理往回走。

胭脂见他默不作声走着，心里颇有些忐忑不安，忙上前几步挽着他的手，抬头看着他。

苏幕眉眼弯起，看了她许久，忽道："你白日里见的那个大胡子找我做点小生意，咱们有银子筹办亲事了。"

胭脂闻言瞪圆了眼睛，一时弄不明白他做的什么生意，这般快就能来钱，便有些不知死活问道："这么快？"

苏幕闻言脚下微微一顿，眼里的笑意一下消散得干干净净，看着胭脂半晌，忽启唇平静问道："你觉得快？"

那微微落下的尾音让胭脂心中"咯噔"一下，忙垂下手握住他的手，跟他十指相扣，头摇成个"拨浪鼓"，避重就轻道："不快不快，一点都不快，我刚才只是稀奇你怎么这般快就有了银子。"

苏幕默不作声，慢慢抬眸看了眼她发间的花木簪，眼睫轻轻一眨，温声道："这一回我给你买了簪子，你愿不愿意戴？"

这显然是一道送命题，他们以往闹得不可开交，便是连簪子都成了吵架的点，现下想来也是啼笑皆非，这明明是他送的，他却以为是顾云里送的，她都忘记了这回事，他还记得，只是压在心里不说。

胭脂想到此，忙开口肯定道："戴，你送的我都戴！"

苏幕闻言随手丢掉了手中的喜饼，伸手探向她的发间，去取那根"眼中刺"。

胭脂见他伸手过来，下意识抬手去挡，却不想苏幕速度极快，片刻间已然取下了木簪往湖里扔去。

胭脂一慌，忙用去挡他的手，阻了他的力道。苏幕的手一偏，扔出去的木簪堪堪落到湖边，差一点就掉进湖里去。

胭脂的心尖儿乱颤，忙抬头看向苏幕，他的眼神冰冷至极，说变脸就变脸，一点都不给人反应的机会。

胭脂没想到她都跟他求亲了，他还会在木簪上死磕，有心和他解释却又说不出口。和他说这木簪是他前世送的，这实在太过荒谬了，谁会相信这种鬼话，更何况苏幕从来不信鬼神。

胭脂微微蹙眉，只觉这事棘手得很，她是真不愿意丢了木簪，他当初是那样送给自己的，她怎么可能舍得丢掉？

且……还被他自己亲手丢掉。

她还没想好说辞，苏幕已经甩开她的手，往木簪方向走去，显然不把那木簪扔离眼睛是不会罢休的。

胭脂忙追上去抱着他的腰，一慌就开口胡诌道："这木簪自我懂事起就在身上了，少时便开始戴，真不是顾云里送的！"

苏幕突然嗤笑出声，片刻后慢慢淡下笑来，言辞轻浅，暗含嘲讽道："胭脂，你说谎也要有个限度，这木簪一看便没有十几年之久。"

胭脂闻言哑口无言，根本没法解释，这花木簪她带了这么多年，一点不见古旧，暗红色的血迹沿着簪身花纹细绘，半点不见消褪，反而随着时间的推移越发鲜红。

胭脂忽又想起那一日满林子的血，他全身的血都靠在她身上流尽了，怎么叫也叫不醒，全身微微发颤起来，只觉现下还能抱着他便是极为庆幸的一件事。

胭脂越发紧紧贴着他，好在人还在，还能这样抱着，虽然……难搞了点……

苏幕见她不说话，眼里冷意越盛，也不管胭脂还抱着他，直往前去想要一脚将木簪踢到湖里去。

胭脂被他拖着往前走，一时急道："我真没骗你，确实不是顾云里送的，你要是不喜欢，我以后就不戴了，就戴你送的。"见苏幕没反应，便绕着他转了个圈，蹭到他面前一脸讨好乖巧地看着他。

苏幕垂眼看来，却还是冷着脸不说话。

胭脂忙踮起脚亲了亲他的薄唇，凉凉软软的，便又蹭了蹭将他的唇微微弄暖，才挂在他身上小声嘀咕道："别这样凶我好不好，咱们都要成亲了呢。"

苏幕想到亲事才微微缓和了脸色，抱着胭脂在她的唇瓣上啃了一口，拉过她的手，缓缓道："走吧。"

胭脂安安分分被他拉着走了许久，到了小巷，像是忽然想起了什么，忙停下来道:"对了,咱们忘记把喜饼拿回来。"

苏幕闻言淡淡看了她一眼,只平平道:"不要了,你要是喜欢吃,往后我给你买。"

胭脂忙郑重其事道:"人家成亲送的喜饼,咱们怎么能随意乱丢,反正离得也不远,我去拿吧,你先回去,我很快就回来。"

苏幕微垂着眼睫毛,也摸不清他想什么,胭脂管不了这么多,耽搁了这么久丢了可怎么办,便也不管这借口有多蹩脚,忙从他的手里抽出手,对着他笑道:"我马上回来。"

胭脂说完忙转身一溜烟往回跑,一路都注意着后头,到了湖边又往后看了眼,见苏幕没跟来,才略略安了心。

胭脂几步到了刚才站着的地儿,一眼就瞧见了落在湖边的花木簪,胭脂忙上前拿起,琢磨了下觉得放哪处都不安全,回去苏幕随手一摸就摸出来了。

胭脂皱眉想了想,忙快步走到喜饼旁,琢磨半晌,便打开包纸想将木簪塞进喜饼里,身后忽有人淡淡道:"塞在头发里岂不更好,看不见也搜不到。"

好……是挺好的,俗话说得好,最危险的地方就是最安全的地方,可惜这是危险本身想出来的法子……

胭脂闻言哭丧着脸转头看去,果然见人就站在几步外,皎洁月光细细洒下,落在眉间长睫上,越显容色耀眼夺目,长身玉立,乌发深衣,清简却不失雅致,以往看来总是眼里带笑,现下却面无表情地看着自己。

胭脂转回头,攥着木簪的她蹲着缩成一只球儿,埋着头一声都不敢吭。

微风轻拂,他们这般来回折腾,天色已然彻底暗了下来,湖边看戏唱戏的都回家去了,周围一个人也没有。

胭脂蹲着只觉荒凉得很,别人都欢欢喜喜回家吃饭了,她却不可以,苏幕这儿都不知道要怎么折磨人。

胭脂想着便有些泫然欲泣,苦巴巴地拔了几根野草撒气,又埋下头当缩头乌龟,希望苏幕看她可怜听话放过她。

然而这显然是个奢望,她这个念头都还没想好,苏幕那厢已经提步行来,腿长自然走得快,衣摆都带着劲风,片刻工夫就到了胭脂这处,一俯身拽着她的胳膊就把她拉了起来,眉心狠蹙,厉声训道:"把这破簪子扔了!"

胭脂被吓得心怦怦跳,也不管荒不荒谬了,忙颤巍巍可怜巴巴开口道:"其实这木簪是你上上世送给我的,那个时候我还是你的夫子,这是你自己雕了送给……"

这可真是要把苏大公子给活活气死,连这么荒谬的谎话都说得出口,还上上世的夫子,这显然就是没被修理够!

胭脂还没说完,苏幕已经面色发沉,微微一眯眼,伸手一把抓住胭脂:"扔不扔!"

胭脂脸猛地一红,这么空旷的地方他竟然……

她忙想要抽开,她一动手苏幕就更用力捏着,胭脂吃疼也不敢跟他较劲,直攥着手里木簪,委屈嘟囔道:"这真的是你送的……"

苏幕呼吸一沉,像是被气得不轻,见她还冥顽不灵的模样,手上便用力一捏。

胭脂疼得叫了一声,忍不住抓着他的手腕,眼里直冒泪花,哪有这样欺负阴物的,她忍不住低头看,这样捏肯定乌青了……

胭脂越想越委屈,只泪眼汪汪地抬眼看他,闷声不吭。

苏幕看在眼里哪里还逼得下去,默站了半晌,突然松了手搂上她的细腰,捏着她的下巴,低头用力吻上她的唇,惩罚似的蛮横吮吻着。

胭脂直觉自己的嘴唇一片生疼,麻麻的,没有了知觉,连呼吸都不顺畅了,整个人都站不住脚,只往他身上靠。

苏幕的呼吸一重,手越搂越紧,突然离了她的唇,看着她恶狠狠道:"回去再收拾你!"说着便弯下腰,揽在她的腿弯处,将人一下扛起就往回走。

胭脂还没反应过来,整个人就已经高高悬起,青草地在视线里快速移动。

她是真的怕了,他这么生气,手下肯定没个轻重,她现下胸口都还犯疼呢,真要是这么被他弄回去,她一定会很惨很惨……说不准真的会被磨死在床榻上。

胭脂胆战心惊地想着,苏幕已经快步走进了大片的高粱田里,细细密密一大片,长得比人还高,正是躲藏的好地方。

过了这片高粱也离家就不远了,这一遭还是要先躲一躲,等他气消了再回去,也少吃点苦头。

胭脂有了计较,忙把手里的木簪往发间塞,藏得严严实实的,装得极为痛苦地低吟了一声,断断续续道:"苏幕,我肚子疼……疼……"

苏幕会上当才有鬼,权作没听见,扛着她一言不发往前走。

胭脂心里越发慌乱,完了……这回必然要完了!

刚才这么凶,一会儿肯定要把气都撒在她身上,胭脂忙抓住他的腰带,话里都带起了哭腔:"苏幕,我真的不舒服……"唱戏唱多了,自然是演得极好,连她自己听着都觉得自己是真的肚子疼。

苏幕脚步一顿，才弯腰将她放下来，细细打量了她一番，伸手抚向她的小肚子，问道："你怎么了？"

胭脂脚落了地便忙捂住肚子，五官皱成一团，语调发颤道："我肚子疼……"话落不再管苏幕，直往高粱地里钻，才走了没几步就打算解衣带。回头看了一眼，见苏幕站在不远处看着，又假意道，"你可不要看……"才拧着衣摆继续往里走。

苏幕静静看着胭脂消失在视线里，又抬眸看了眼成片的高粱地，嘴角微微勾起，露出一个意味深长的笑来。

胭脂一出苏幕视线，脚下步子一下加快，在高粱地里飞快窜走，又觉后头声响渐近，忙加快步子狂奔起来，不多时就已经跑出好长一段路。

这片高粱地很大，根本分不清自己究竟在何处，后头也变得悄无声息，她忙停下脚步，微微矮下身子，尽力平稳着呼吸细听。

四周静悄悄的，只听得到不远处声声窸窣虫叫，微风轻拂高粱秆子，发出"沙沙"声。

胭脂忐忑起来，弄不清他在何处反而更加慌神，细细观察后头动静，待确认了人没跟来，才略略松了口气。

胭脂忙一脸庆幸地站起身，刚一回头便瞧见了后头站着的苏幕，正神色平静看着她，似乎站在那处静静看了许久。

苏幕见她转头看来便微微笑起，嘴角弯起一个轻佻的弧度，眉眼暗隐风流捉弄，少了端方君子的做派，轻启薄唇调侃道："原来你喜欢这样玩，早和我说不就好了，何必跑得这般急？"

胭脂吓得后退一步，瞪圆了眼看着他，眼里满是惊慌失措，心口慌跳得耳朵发蒙。见他这般，连话都不敢接了，眼里水汪汪一片，颇有几分哀求的意思，跟一头小鹿被逮到一般可怜兮兮。

苏幕忍不住轻轻笑起，笑声清越好听，在寂静的夜里格外清晰，连笑里的莫名意味都一一传进她的耳里。

胭脂的腿肚子微微有些发颤，越发紧张起来，那种熟悉的感觉又来了，她脑子里的弦绷得紧紧的，浑身都有些僵硬。

苏幕站着不动，目光却落在她身上，从上往下慢慢扫过，又慢慢看向她，轻佻肆意，叫人浑身不自在。

胭脂越发受不住了，他每次都这样折磨人，这会儿还在气头上，一点不会轻饶了她。

　　胭脂正想着，只见苏幕脚下微动，她脑里的弦一下就断了，忙如受惊的小鹿一般转身往回跑，还没跑几步就被后头追来的苏幕一把抱住。

　　胭脂的心差点从嗓子眼里跳出来，忍不住尖声一叫，片刻后便被他压倒在高粱地里，身后的高粱秆子压倒了一小片，周围细细密密的高粱秆子形成一道天然的屏障。

　　胭脂被苏幕压着动弹不得，看着满天星斗，又看向正看着她的苏幕，对上他如画般的眉眼，脑子直嗡嗡响。

　　苏幕严丝合缝地压着她，突然笑起，语调宠溺道："这里没人的，你只管叫，没人听见的，你越叫我越喜欢。"

　　胭脂尖叫了一声，被他语调里的兴奋吓得不轻，正要用手推他，他已经低下头靠了上来，原本微凉的唇因为唇瓣之间摩擦而温热起来，滚烫的气息喷在面上微微发痒，渐渐将她包围起来。

　　苏幕一点点加重力道，胭脂只觉被他弄得越发喘不上气来，嘴唇麻麻地发疼，忙呜咽着伸手推他，却被他抓住了手按在地上，整个一任人宰割的小可怜。

　　背后的高粱秆子硌得极不舒服，苏幕又压得令她呼吸不畅，她挣扎起来。苏幕慢慢松开她的手，胭脂忙伸手推他，却被苏幕顺势抱在身上，深色衣摆和胭脂色的衣摆交缠凌乱，暧昧如沸水翻腾，她什么都看不清，也听不见，所有的感觉都在唇瓣之间，脑子里如同塞了棉絮，堵住了思绪。

　　二人呼吸渐重，交错缠绵，苏幕将胭脂越搂越紧，唇齿之间轻语低喃，似夏风拂柳，温热且热烈，近在耳边低沉悦耳让人沉醉："胭脂，给我生个儿子。"

　　胭脂气息不稳，耳边全是他的声音，唇与他的相贴摩挲，呼吸交缠间神志模糊迷离，闻言便轻轻"嗯"了一声，他说什么便都答应了去。

　　苏幕唇角微微上扬，弯起好看的弧度，满天的零碎星辰如坠眼底，眉眼似描如画，叫人不敢多看，怕不小心落下浩瀚星海。

## 贰拾　欢尽

　　胭脂起先的预感是没错的，可惜后头被苏幕缠磨得脑子都拧不清了，轻易便从了他，由着他压着，在高粱地里，天为被地为床，生生荒唐了一整夜，直到天色蒙蒙发亮他才放过了她。

　　胭脂只觉自己被他硬生生榨干了，躺在床榻上养了好一阵才养回来点力气。

　　苏幕倒是采阴补阳了一般，半点事也没有，看着胭脂软绵绵地瘫在床上，似乎很欢喜，每日忙完回来就先亲亲抱抱。

　　胭脂现下看着苏幕就怕，不敢和他多缠磨，每日装得虚弱无比，外头的动静也一点都没过耳，连苏幕忙里偷闲收拾了赵老爷都不知晓。

　　这事说来也是那王婆不省事，那日被胭脂狠揍了一顿后，回去越想越不甘心。

　　她在镇上替那些大户人家的老爷相看，做的又是这样的勾当，什么样的人没见过，从来就没受过这种罪。

　　当时瞧着胭脂要把她打死才怕起来，可胭脂到底心里有所顾忌，只弄断了她两颗门牙。

　　这便叫王婆自以为她不过是恐吓自己一番，真要如何也是不敢的，便找去赵府添油加醋胡诌，说胭脂耻笑他年纪一大把，还要沾惹年少娘子，恶心得叫人说不出话来，得早死在这上头才是……

　　赵老爷听后心里自然恨不得弄死胭脂，买通了官府想将胭脂抓进牢里，糟蹋完了再随便安个罪名，让她吃不了兜着走。

陈家婶子听到了风声，又见苏幕初来乍到，后头也没个人照应，瞧着也护不住人，便忍不住提点了几句，一副忧心忡忡的样子，却不想眼前的人本就是纨绔中的翘楚，观一斑知全豹，赵老爷这龌龊心思又如何摸不清？

他可以不害人性命，脾气也收敛了许多，但不可能不使软刀子，更何况这年过半百的糟老头惦记的还是他的心肝儿，他能按捺住徐徐图之，已然表现很好了。

是以赵老爷这厢都还没安排好，苏幕这黑心肝就找上了门，言自己常年走船见过不少世面，像赵老爷这样的大财主，在这个小镇实在被埋没，若是去和外邦人做生意，往后必然是脚踩黄金地的人。

捧杀之余又说得头头是道，愣是七拐八绕将赵老爷说得心头豪情万丈，真打算跑去外邦那块做茶叶生意。

外邦那群人岂是善辈，吃人不吐骨头的蛮人，连当朝将军养的幕僚，都被诓得东南西北分不清，更何况赵老爷这种老年花骨朵，要说倾家荡产那都是便宜他了。

不过这些都是后事，现下苏幕倒是用赵老爷重新打开了外邦那条线，算是开门一祭，给那群吃饱些吃肥些，他也好下手宰。

苏幕领着赵老爷去会了会外邦商队，暗地里牵了线，花了小半个月和苏寿、苏安交代安排好了所有事物，备了成亲所需的东西便连夜回了曲溪镇上。

苏幕进了屋里见胭脂整个人缩在被窝里，白嫩嫩的小脸半埋在被里，细软的发丝微微有些蓬松凌乱，越显柔和，呼吸间薄被微微起伏，正安安静静睡着。

他微微笑起，近到榻前看了她半晌，又在她的额间轻轻落下一吻，才觉极为疲惫，又躺在她身边和衣睡了一阵，等东西差不多到了镇上，便又起了身。

胭脂醒来天已经大亮，外头闹哄哄一片，隐隐约约听见了苏幕的声音。

她心下一喜，忙起身去开门，一看外头便不住往后退了一大步，小小的院子已经堆出了座小山，外头的人还在络绎不绝往里头搬东西。

胭脂以往挂在院子里的鸟笼都嫌碍事，被人全部取了下来，排排摆在屋外头，叽叽喳喳叫个不停歇，和胭脂一道看着院子里忙活的人。院子里大小箱子叠了好几层高，眼看院子就要塞不下了。

胭脂看了眼提着鸟笼斜倚在门边的苏幕，他神情颇有几分漫不经心，清简布衣，身上不着一丝佩饰，却不减清俊风度，长身玉立于阳光下，乌发用布带束起，细碎的阳光落在乌黑的发间，泛着如玉光泽。

胭脂看了眼屋外头成排的鸟笼，确实是摆不下了，这一排排都挤得慌，院子里连踩脚的地方都没有。

她心里一下暖乎乎的，正要上前，便见一个管事模样的人，一脸纠结地走到苏幕前头，苦恼道："公子，这个院子实在太小了，外头的东西没法儿再搬进来了。"

苏幕哪里耐烦管这些，他向来只管买买买，如何放置和他有什么关系，扫了眼外头便随口道："摆外头吧。"

管事闻言想到码头还有一船的货，便更加为难道："这巷子怕是也摆不下了……"

他究竟买了多少东西，敲绳巷可是镇上最长的巷子，这都还摆不下？

苏幕闻言微挑眉梢，看向管家，言辞轻浅淡问道："你的意思是让我来想法子？"

这真是多日不见自家公子，连他是个怎么样的脾气都忘了，这可不就是上门找削？管事眼里饱含热泪，忙快步避走。

苏幕觉得无趣，正打算回屋抱着胭脂睡觉，一转头便见胭脂呆愣愣站在屋里，眨着圆溜溜的小眼不明所以地看着他。

苏幕眉眼一弯，提着鸟笼慢慢走来，阳光落在眉眼，越显温润如玉，问道："醒了？"声线清越温和，似流水溅玉般好听，说着便对她伸出手。

胭脂忙出了屋子跳下台阶，上前搂住他的窄腰，来了个大大的拥抱，软着嗓子道："怎么去了这般久？"

他在日头下晒了许久，浑身都暖洋洋的，全身皆是阳光的温暖味道，胭脂将头埋在他的胸膛胡乱蹭了蹭。

苏幕单手揽着胭脂上前几步，将鸟笼轻轻放到门旁边，笑道："本来还要花费许多工夫置办物件，但现下是没法子了，我一刻都等不及了，便买了现成的，成亲用的东西少置办了些，往后若是不够咱们再添。"

胭脂看了眼满院大大小小的箱子，心里十分清楚，他说的是实话，以他往日挥霍的那个度，确实是买少了。

可现下这院子里堆着的和外头没搬进来的，于他们如今的光景来说，还是太多了……

胭脂想着便忍不住抬起头，忧心忡忡地看着他："你去劫山头了吗？"

见他不说话，胭脂越发深信不疑，这孽障自来霸道不讲理，十有八九是一路看到什么便抢什么。

苏幕低头看了眼胭脂，伸手按了按她微微皱起的小眉头，又抬手揉乱了胭脂的细软发丝："胡说什么。"后头又微微笑起，"给你看一样东西。"说着便拉起胭脂的手往屋里去。

胭脂被他拉着进了屋里，才看见屋里摆着几个精致的木箱子。

苏幕上前打开箱子，将里头摆着的精致的大红喜服拿出来，男女各一套，衣领用金丝绳边，细细勾勒出繁复的花纹。

胭脂的眼睛一下亮了起来，忙蹭上去伸出细白小手摸了摸，看着眼前的喜服，想着他们穿在身上拜堂时的场景，便有些欢喜得说不出话来。

她从来没有想过他们能成亲，能生子，往后还可以一起白头偕老、儿孙满堂。

只一个让胭脂暗暗担心的是，她这么一只阴物，苏幕也不知道是个什么东西，两个人还不知会生出只什么玩意儿来？

苏幕拿着喜服，看向胭脂，柔声问道："咱们试试？"

胭脂闻言有些羞答答的，看了眼苏幕，忙连连点头，直点成了只啄木鸟。

苏幕忍不住轻笑出声，在她软嫩的唇上轻啄一下，才将手里的喜服递到她的手上，转身去关门。

胭脂抱着喜服颇有几分兴奋，忙快步往床榻那处走去，将喜服放在床榻上，脱得只剩一身单薄里衣。

苏幕从后头过来，伸手拿起床榻上的喜服，微微一抖，大红色的衣裙便如波浪一般轻轻荡开，满眼喜庆夺目的红色，屋外阳光透过窗缝，丝丝缕缕透进来，落在喜服上透出朦朦胧胧的红色，如梦幻泡影一般，好看却不能触及。

胭脂捏着衣角怯生生地看着他，眼里闪着期待的光芒。

苏幕见状心都化了，忙拿着喜服给她一件件穿起，片刻工夫便穿好了。

发丝如瀑布披散而下，鬓角细碎额发显得越发乖巧可人，眉眼精致蕴生灵气，大红的喜服衬得越发白皙，腰如柳枝，身姿曼妙。

苏幕看了她许久，像是瞧不够一般，胭脂被他瞧得极为不好意思，便低下头避过他的眼，拿起他的喜服，轻声道："该你了……"

苏幕低头一笑，颇有几分如坠梦中的不清醒，伸手解了身上的衣裳，由着胭脂替他穿上。

苏幕从来没有穿过红色，这般竟叫胭脂一下看怔了去，大红的喜服穿在身上半点不显女气，眉眼如画，风流雅致，微微笑起便叫人心跳渐失。

待二人皆穿好了喜服，便真的如同拜堂成亲一般。

胭脂从来没有想过自己能成亲生子，从不敢有这样的奢望，却不想今日能成，且还嫁给了自己喜欢的人。

她用手抚了抚身上的喜服，只觉像做梦一般，忍不住低声问道："苏幕，我该不是在做梦吧？"

本还以为苏幕是清醒的，却没想到他也有些恍惚，看着胭脂轻轻感慨道："真的好像梦……"

胭脂抬眼看他，正巧对上他如画的眼，心头怦怦跳，不由得轻轻叫了声："相公……"

苏幕闻言竟有了些少年般的涩然拘谨，不由得发怔起来，突然靠近胭脂紧紧抱住她，轻轻哄道："再叫一声好不好？"

胭脂鼻间一酸，又轻轻唤了一声："相公……"

苏幕抱着她许久，才道："我的好娘子。"清越的声音吐字极清晰，字字砸在她心里，极重极深，可便是这般了，却还是如同做梦一般不敢相信。

二人在屋里抱了许久，才换回衣裳，便准备出门发喜饼。这几日会极忙，发完喜饼还有一大堆的事要准备，自然是得抓紧时间。

屋外日头正盛，院外的管事已将东西一一安排好，又领着人去码头继续搬货。

苏幕当完全没这回事儿，牵着胭脂在镇上发喜饼，一路走一路发，还特地绕了远路，将手里的喜饼送到了褚埌的手里。

三言两语恼得褚埌差点捏碎手中的喜饼，苏幕才慢条斯理领了胭脂一路往回走。

镇上但凡有了喜事便传得极快，苏幕空有皮囊没有本事，本就被镇上的人津津乐道，如今竟然又重办喜事，自然是要恭喜的。

是以这一路过去道贺的人极多，苏幕面上的笑都没停过。胭脂拉着他的手，乖乖巧巧跟在后头。

正巧瞥见了迎面而来卖糖葫芦的货郎，胭脂一下松开苏幕的手："我去给你买糖葫芦。"

苏幕面上的笑慢慢收敛起，刚还拉着自己的手乖乖跟着，现下看见吃的就跑了，他还没串糖葫芦重要！

胭脂拿着糖葫芦慢悠悠往回走，便将手中的糖葫芦递给他晃了一晃，跟逗狗似的,眼睛弯成一道桥,脆声道:"给你。"

苏幕扫了眼胭脂手里的糖葫芦,淡淡道:"你自己吃吧。"说完,便自顾自地往前走。

胭脂拿着糖葫芦微微一愣,不可能呀,平日最是爱吃甜腻腻的玩意儿,怎么可能会不爱吃糖葫芦?

胭脂看着他的背影,有些摸不清他的喜好。

苏幕走了几步见胭脂没跟上,便转头看向她,胭脂见他脸色不对,忙狗腿子一般跑上前去,拉住他的手,软声道:"尝一尝,你一定会喜欢的。"

苏幕这才勉为其难吃了一个,有了第一个便有了第二个,这往家里一路而去,胭脂手里的糖葫芦全进了苏幕的肚子。

胭脂扔了手中的糖葫芦棒子,对着苏幕极为豪气道:"往后你的糖葫芦都包在我身上,有我在,就不缺你糖葫芦吃!"

苏幕闻言都懒得理她,拉着人进了僻静的小巷,就将她按在墙上,给了她一个绵长的吻,感觉甜甜的,唇齿之间皆是糖葫芦的味道。

苏幕将胭脂吻成了一个红乎乎的"糖葫芦",才慢悠悠领回了家。

才走到家门口,苏幕脚步微微一顿,神色一下变得极为凝重。

胭脂还沉浸在刚才那个糖葫芦吻里,整个人都有些恍恍惚惚的,见苏幕如此神情,便有些许疑惑,微微静下心来,才发觉周遭气氛极为不对劲,原本这个时候巷子里极为热闹,可现下街坊四邻竟都没有出来。

胭脂忍不住微微蹙眉,握紧了他的手。

苏幕轻轻回握,面色平静地牵着胭脂进了屋里,一进屋里便疾步走到墙边,抬手拿下墙上挂着的剑,细听外头动静,随即牵着胭脂悄无声息从后头的窗户翻出,速度极快地翻身出了院子。

二人才堪堪出院子,前头院子便落下两个身形如鬼魅的老者,片刻之间已闪进屋里,见得屋里空无一人,相视一眼,杀气骤现。

苏幕拉着胭脂隐进巷子,速度极快,不过几息便已绕过几个巷子,每次变换路线皆没有半点犹豫。巷子里埋伏重重,每一回皆是悄无声息地避过,极为熟悉,像是经历过不少次。

过了一会儿工夫,周围风向忽然变动,后头隐隐似有人察觉不对,变换着位置细细勘察起来,脚步极轻,一听便知内家功夫极深,且不止一人,与他们这处不过一墙之隔，几次皆是擦肩而过，险些碰上。

气氛越来越紧张，胭脂直觉周围的空气如同冻结了一般，巷子九曲十八弯，稍有不慎就有可能绕到死胡同里，这么快的速度胭脂没办法及时分辨，如同走迷宫，苏幕却像是一条条皆记在脑子里，一次未错。

胭脂强忍着不去大口喘气，脚下一点不敢停，空气中的压抑，像一只无形的手用力抓着心口，她不敢发出一点声响，唯恐被那些人听见动静。

苏幕牵着胭脂四下辨位，几次变换位置引得那群人如在迷宫，正要避开他们出巷子，幽深的巷子中却传来一位老者的声音，这声音使了深厚内力，仿佛就在耳边，震得胭脂耳膜不住刺疼："苏大公子，一年不见竟变了这般多，躲躲藏藏如缩头乌龟，实在叫老朽'刮目相看'。"那声音暗含嘲讽，仿佛人近在咫尺。

这话中的鄙夷轻视，但凡是有些血性的，听着皆是忍不住的，必会冲出去与他厮杀一阵，争得一口气。

可偏偏遇上的不是别人，是苏幕，这种下乘的激将法，他七岁起就不屑于用，如今听得这话，也不过微风过耳般轻飘，拉着胭脂脚下轻移，将他们绕得晕头转向，出了巷子往镇外去。

胭脂微微蹙眉，心里极为担忧，这人武功深不可测，又来者不善，便是自己盛极之时，也未必能全身而退，更何况是如今这般光景。

苏幕带着她这个累赘，更是不好脱身，可现下又不是说这个的时候，胭脂只能藏在心里，全神贯注盯着后头的情形。

才出了镇外，胭脂便有些体力不济，喘得上气不接下气，正要开口让他先走，苏幕已经一把揽过她，足尖轻点往前飞掠而去，一瞬之间便已移出半里之外。胭脂这才知晓他武功已然突飞猛进，这三年也不知经历过什么，竟有了如此造化。

胭脂正吃惊愕然，后头隐约风向不对，平静的气流顷刻之间被打乱。

突然半空中飞来利器，朝着胭脂脑后而来。苏幕抱着胭脂一个旋身飞快避开，深衣黛色两者交错翻飞，站定之后衣摆才堪堪落下。

苏幕面色阴沉，珠玉生辉的面庞隐显杀意。

后头两个老者腾空疾步而来，脚下步伐毫无二致，动作如出一辙，连长相都是一个模子刻出来的，面目狰狞，鹰瞵鹗视。

一个伸手接回了自己飞出的链条鹰爪，一个手戴兽皮手套，似缺了一根手指，皮套指尖长出的尖锐利器约长三寸，在阳光下泛着寒光，弯曲似鹰爪一般，一旦被抓便是钩到肉里，摆脱不得。

胭脂见状心中咯噔一下，越发慌张害怕起来。

怎么可能？

怎么可能现下就来？

这明明就是命簿里取了苏幕性命的双鹰二老，是顾云里三番四次杀不到苏幕，特地花了重金，请的江湖上人皆闻风丧胆的凶徒，强取苏幕性命。

苏幕那时还未家道中落，请了数十绝顶高手护佑自己都难逃劫难，更何况现下还带着自己这个累赘。

若是寻常武者她倒是可以为之一拼，双鹰二老她不行，她动手也只能是给苏幕添乱，根本帮不上一点忙。

褐衣老者拿回链条鹰爪，扫了眼胭脂便看向苏幕，阴森森道："苏公子好雅兴，我二人穷追不舍，你竟还有心思招惹女人玩……"那老者忽想起什么，越发面露不耻道，"当初被个戏子弄得家财散尽，沦为丧家之犬，不想苏公子半点不长记性，还在女色上把持不住，连性命都不要了。"

紫衣老者闻言突然面露一笑，看向胭脂，眼露邪光："我瞧这小娘子滋味必是不错，等我兄弟二人送你上了黄泉路，便叫这小娘子好生伺候……"

二人一唱一和，阴阳怪气刻意激他，意图乱他心神强取之，连胭脂都能看出来，苏幕这般冷静必然不会中计，却不知牵连到她身上，哪还顾得上什么冷静不冷静之说。

他们话还未说完，苏幕已然一剑出鞘，剑鞘带着凛冽的风袭去，二老闪身避过。

苏幕半点不给他们反应的时间，疾步持剑飞掠而去，剑若游龙，带着极深厚的内劲，速度快得根本看不清他出剑的招式，只见道道白光层层叠叠，从容游走于二人之间，深衣飘然，剑光掠影，在阳光下熠熠生辉。

剑速快得直晃刺目白光，刺得胭脂眼睛生疼，可又不敢不看，强睁着一眼不错地盯着，唯恐他被伤到。

双鹰二老见他剑法又精进一阶，不再多话，忙静心闭气，全神贯注，务必数招之内将人斩杀。这小畜生剑走偏锋，路数诡异，又极有耐心与他们周旋，上回交手一不留心便被他削去了一根手指。

不过片刻之间三人已过数百招，只见三人衣摆翩飞，僵持不下，凛冽的杀气荡出几里外。

胭脂站着都觉脸颊刺疼，胸腔只觉被碾压到窒息，禁不住微微后退了几步。

强攻不下，二老只觉体力不济，再僵持下去，一定又被这小畜生占了便宜去，二人趁机对视一眼，兄弟连心，片刻便知晓对方的意思。

褐衣老者手执链爪猛地袭向胭脂，紫衣老者伸手为爪一刻不停逼近苏幕。

胭脂被风劲逼得后退几步，忙翻身避过，可危险下一瞬又飞快袭来，以胭脂现下的本事太过吃力，她被逼得狼狈不堪，险些中招。

苏幕果然乱了阵脚，被引去了七分注意，根本无暇顾及这处，一剑挥空，脚下轻移往胭脂那处而去。

高手过招岂容分心，苏幕一遭分神，便被鹰爪深深抓住肩头，深到骨里，被阻了脚步，他心中怒意迭起，眼底骤浮狠戾，猛地转身，不顾鹰爪刻进骨肉里，硬生生在身上划开几道深可见骨的血痕。

紫衣老者不想这小畜生竟对自己如此心狠，根本不曾防备他有这招，还未反应过来，苏幕已手腕轻转，挥剑砍断了他的手腕。

齐腕而断，只听一声撕心裂肺的嘶哑叫声，带着鹰爪手套的手，沾着鲜血掉落在黄土地上，紫衣老者疼得跪地嘶吼。

胭脂这边百般躲避，终是避无可避，眼看那鹰爪就要落在自己身上，忽听远处一声惨叫，眼前一黑，被人一下护着，便听重物打在背上的沉闷声响。

那鹰爪重达百斤，老者内功深厚，受此一击不死也得半残，见之只能躲避绝对不可硬受。

苏幕这般显然是往死字上头奔，何况前头已被重伤，当即便倒向胭脂，二人险些一同栽倒在地。

胸口震荡，喉头一腥，苏幕强忍闭气，嘴角还是微微溢出血来。

胭脂心头大骇，忙扶向苏幕，后头褐衣老者见自家弟弟被苏幕断了手，顿时怒意滔天，心下震怒，下手更加狠烈，一瞬不停使力袭来，一甩鹰爪就要生取二人性命。

苏幕一刻未歇，揽着胭脂旋身避过，手上的剑使得越发出神入化，那老者的链条鹰爪，根本无法攻进一丝破绽。

忽闻远处马蹄声近，半空中飞身掠来数十黑衣人，一人骑马而来，由远及近。

胭脂黛眉狠蹙，不想顾云里也来了，三年不见，他早已褪去了少年的稚嫩单纯，眉头紧锁，越显气宇轩昂。

顾云里远远瞥见胭脂，面露惊愕，神情似有些恍惚迷离，仿佛自己有了错觉，看见了苏幕才一下惊醒过来，眼里充满了刻骨恨意。

老者与苏幕这般难缠地相斗，体力越发不济，长链不适近距攻击，手力一减便露了破绽，险些被苏幕一剑割喉而死。

老者忙往后下腰避去，苏幕身形突进，收剑为掌，使了十分内劲一掌击去，速度快得连胭脂在他旁边都没看清他的动作。前头的老者已被一掌击飞出去，落在极远之外，嘴里不断涌出鲜血，挣扎许久也能没爬起来。

顾云里勒马而停，举手投足已显家主风范，沉稳的声音远远传来："谁能生取苏幕狗命，那万两黄金便是谁的！"

黑衣人闻言一拥而上，道道黑影如白日惊现的鬼魅一般一瞬掠来，黑衣人皆是一顶一的好手，看这架势，极擅猎杀，像是暗厂专门培养出来的杀手。

胭脂蹙眉忙要上前，却被苏幕用力往后一扯，不等他们包围自己便已迎上黑衣人，翻身而起，手中剑带着凛冽的剑锋，千万道白光剑影落下，夹杂着杀气落向前排的黑衣人。

前排黑衣人忙后退避过，却还是被伤及，苏幕抓准时机转身而来揽过胭脂，往林中飞掠而去，刹那间便消失在众人视线里。

黑衣人失了先机忙飞身而去，如蛆附骨般穷追不舍。

顾云里冷冷看着那片林子，满目入骨的恨与怒，面目苦毒难解。

苏幕带着胭脂平地掠过几里之外，甩开了后头的黑衣人，再也撑不住内伤压制，猛地吐出一口鲜血，面色苍白毫无血色，全靠胭脂撑着才没跪倒在地。

胭脂心下一凛，伸手扶着他往林子深处走。苏幕以剑撑地，斜靠在胭脂身上继续往前走，可脚下越发虚浮起来，走得也越来越慢，他终是苦笑一声，好看的眉眼染尽荒凉，看着胭脂轻声道："你走吧。"

林间树影浮动，微弱的光线隐约透进来，他的声音极轻极淡，暗带叹息，如同尘埃落定，又像是无可奈何。

胭脂离得这般近，便是再轻也能听得清清楚楚，她却当作没听到，固执地扶着苏幕继续往前走。

苏幕停下脚步，强撑着将手从她肩膀上拿开，将她往前推了几步，温声哄道："听话，你先走，一会儿我就和你会合。"

胭脂被他硬推了几步，眼眶忍不住泛红，连忙往回伸手去拿他手里的剑，强装镇定道："你走，这些人我能对付。"

苏幕握着剑不放，神情瞬间冷得刺人心，猛地推了一把胭脂，怒道："滚，留在这里根本就是拖累我！"他话音刚落便一阵猛咳，额角青筋暴起，身子一晃险些栽倒在地。

胭脂忙上前抱住她,用身子强撑着他,带着哭腔慌道:"苏幕,咱们还没成亲呢……"

苏幕靠着她许久,像是叹息一般,声音极轻极脆弱道:"咱们的日子好短。"

胭脂鼻间一酸,眼里的泪水便"扑簌簌"顺着脸颊往下滑落,声音哽咽却极为坚定:"不会的……不会的,咱们还有一辈子,一定会很长的!"

苏幕闻言微微怔住,胭脂忙拉过他的手放在肩上,扶着他的腰往前走。

四下风动,黑衣人纷纷从树上落下,手中的刀泛着寒光,在阳光透不进来的林中越显冰冷锋利。

上头突然落下一人,单手鹰爪,目露凶光,带着一击必中的狠毒力道袭向苏幕的头顶。

苏幕提剑一挡,身子硬生生被压弯几分,眉心狠蹙,嘴角鲜血微微溢出,四周的黑衣人趁机攻来。

胭脂心头大怒,转身使尽全力踢向身后袭来的黑衣人,又借着黑衣人的力道,半空翻身而去,狠狠撞到了那老者身上,二人一同撞在树上,一道坠下滚成一团。

胭脂刚一落地便飞快起身,伸手为指,戳向老者双眼,端得是心狠手辣的做派。

"啊……"那老者痛失双目,越发疯狂起来乱挥鹰爪,胭脂忙闪身避过,将他引到黑衣人那处,老者逮到人就胡乱抓杀,便是错杀也不肯放过。

苏幕被力道带着一同跌倒,黑衣人齐齐挥刀砍来,他忙翻身临空跃起,衣袂翻飞,动作洒然利落,赏心悦目,手中剑影迭起。

可叫人看清了他的动作招式,便已是强弩之末,越显力不从心。

黑衣人只觉剑光极寒,密不透风地接连袭来,浑身上下皆被波及,虽未被伤及性命却无力再战,浑身泛疼,纷纷倒地哀叫呻吟。

苏幕一落地忙捂住胸口连连后退,以剑撑地,胸腔气血翻涌如遭巨石碾压,终是站不住脚往后倒去。

胭脂见状心下大慌,忙飞快上前扶他,却撑不住他的身子,同他一道倒下。

苏幕一倒下便狠狠一咳,气血上涌,猛地喷了一口血。胭脂忙伸手捂上他的嘴,想要止血却又无从下手,他嘴里的血顺着她的指间流出,白皙的手瞬间被染红,鲜血落在深衣上,如浸泡在水中一般。

那一世的光景又重现眼前,胭脂又慌又怕忍不住哭出了声。

她真的很怕,害怕苏幕会死……

他们才刚刚开始,怎么能就这样结束?

苏幕意识已经有些模糊，连眼睛都睁不开了，只感觉到胭脂的泪落在面上微微发烫，她整个人都在微微颤抖。

苏幕勉力抬起手轻轻握住她的手，声音极轻极弱道："我没事，别怕。"那模样一如往昔，连安慰她的话都如出一辙，可便是这么简单的几个字，也让他耗费了不少气力，再多的也说不出什么了。

胭脂闻言一阵摧心剖肝，越发悲不自胜，三世了都不能有一个好的结果，这叫她如何受得住！

那老者受不住剧痛，耗尽了体力倒在远处苟延残喘，仅剩的几个黑衣人立于几步之外细细勘察。

刚才胭脂那招取人双目，招数太过狠辣，万两黄金唾手可得，总不能被这女子临门一脚踹了出去。于是几人便愈加谨慎起来，四下徘徊打算趁着胭脂不留神之际取了人性命。

胭脂心下越发害怕，面上半点也不敢显露出来，也不敢再哭，她现下如同被饿狼盯上一般，这几个人若是一同而上，他们必死无疑。

她根本没有把握将他们全部绞杀，若是漏掉了一个人，都有可能害了苏幕性命。

胭脂越发紧紧护着苏幕，余光一直注视着他们的动作，她的手慢慢往下滑，划过他的手背，微微发颤的手握住他手中的剑。

苏幕脆弱得如同婴儿一般，连胭脂从他手上拿剑都没有感觉到，只目光落在她的脸上，带着眷恋不舍，仿佛看一眼便少一眼的模样，眼神刺得胭脂心疼至极。

顾云里远远从林中走来，站定在几步之外，看了眼满林狼藉，又看向苏幕和胭脂，见她死死护着苏幕，面色微微煞白，一时恨恼与苦毒交织："胭脂，我苦寻你三年之久，你却和这等小人纠缠不休！"

胭脂充耳未闻，只搂紧苏幕，看到顾云里她面露希冀，颤着声哀求道："不要杀他，求求你……"

顾云里闻言冲冠眦裂，面目越发狰狞，只觉不可理喻，愤愤不平间又带着匪夷所思，直喝问道："杀父之仇，不共戴天，你和我说不要杀他？他往日那般害我，牢狱折磨于我，你都忘记了吗！胭脂，你让我算了，你扪心自问可有半点道理！"

苏幕闻言微微闭上眼，面露苦笑，极为苦涩，该来的还是要来。

这些时日，本就是他偷来的，其实早该知足了……

可他还是不甘心，真的不甘心，才这么短短几十日光景，一下就没了，如过眼云烟根本抓不住。

这连连三道厉声喝问，叫胭脂无从回答，每一个问题她都站不住脚，每一个问题她都问心有愧。

可她有了私心，有了贪念，她舍不得苏幕，她都还没有和他拜堂成亲，都还没有给他生一个软嫩嫩的小苏幕。

胭脂越想执念越深，眼里露出疯狂的意味。

她默默看了眼苏幕，他朝她看来，眼里慢慢漫上水泽，苍白的面庞想要露出一个安抚的笑都无法。

胭脂慢慢冷静下来，良久，忽如蛊惑人心的恶鬼，声线轻缓如沾蛊毒，想方设法诱人沉沦："云里，只要你放过他，你想要什么我都给你……我可以帮你走仕途平步青云，可以让你在旬家一呼百应，甚至可以让你一人之下万人之上。你知道的，我能帮你更上一层……"

林外的日头慢慢落下，林中越显阴冷，光线透过浓厚的绿叶，朦朦胧胧间弥漫着浓重的血腥味，四周低声哀吟苦痛，黑衣人站在一旁不明所以，不知该不该动手。

顾云里目光沉沉，想起往日她所为，自然深信不疑，心中也有些动摇。诚然，他在旬家并不如表面看着这般光鲜，虽有父亲扶持，可到底不能服众，又加之旁支兄弟太过出众，自小便积威已久，各有各的亲信，实在太过棘手。

三年时间如履薄冰，其中艰难非常人所能想象。

若是胭脂能帮他，这些问题自然都不是问题，可苏幕……

顾云里心中复杂，苦苦思索，一旁的黑衣人忽道："旬家公子，不管你做何决定，这万两黄金可都是要给的，否则莫怪我们刀剑无眼！"

顾云里闻言忽如大梦初醒，他竟然在权力和报仇之间犹豫不决，养父对他的养育之恩不过三年时间他便忘了，如此恩重如山，他若为一己私欲放走苏幕，他如何对得起养父，又如何对得起自己！

这般倾尽所能报仇，万两黄金又是旬家所出，若是空手而回，父亲又会如何看他？

胭脂看他神情如何还能不清楚，这一遭他必然是不愿意放过人，她垂眼看向苏幕，慢慢陷入了绝望。

顾云里看向苏幕的神情越显仇视，极为坚定地开口道："和之前说好的一样，谁能取了苏幕的人头，我便把万两黄金双手奉上！"

仅剩的几个黑衣人闻言一拥而上，齐齐挥剑袭来。

胭脂连忙起身一剑挡开，片刻间几个人便缠斗在一起，胭脂许久不曾用剑，难免力不从心，对付这些刀口舔血的杀手越显吃力。

她不敢离开苏幕半步，生怕一不留神便漏掉了一个，可缠斗之间又怎允许她在方寸之地徘徊，一步不动，根本就是自取灭亡，几番都是命悬一线。

苏幕见状忙要起身，却又动弹不得，心里越发气急，身受重伤一时没缓过劲来，一下晕了过去。

顾云里见状眉头皱起，扬声提醒道："我只要苏幕性命，旁的生擒便是。"

这般黑衣人如何还拿捏得了胭脂，若是当场取她性命自然是好办的，可现在不能伤及人，却是不行的，这人滑不溜手，出招又极为阴狠毒辣，瞧着面嫩，骨子里可毒得很。

胭脂闻言出招越发歹毒迅速，若被伤到皆是重伤，黑衣人愈加小心，几个人僵持不下。

顾云里见他们这般，又见苏幕昏迷不醒，不由得目露凶光，俯身拾起一把剑，疾步往苏幕那处走去。

文人重墨，平日里连鸡都不曾杀过，更何况是拿剑杀人，即便如今是仇人在眼前，他也不知该如何下手。

顾云里犹豫片刻，想起他往日所为，心中怒意上头，猛地提剑往他身上刺了一剑。

苏幕毫无血色的面庞越发苍白透明，眉头无意识蹙起，气息渐轻若游丝。

胭脂的注意力皆在黑衣人身上，一个都不曾漏掉，却忽略了顾云里，余光瞥见那般场景，顿时肝胆俱裂，惊慌失措至极。又见苏幕面色苍白，嘴角染血，一点动静都没有，仿佛死了一般，这叫她如何受得住！

胭脂脑子"轰"的一声，瞬间空白一片，她不由得撕心裂肺尖叫出声，双目赤红，手下乱砍乱挥，根本毫无章法。黑衣人被她逼得连连后退，又见苏幕已死，万两黄金已然到手，便纷纷四下避开这个疯子。

顾云里听见动静，忙提剑再刺，胭脂已悄无声息如鬼魅一般站在他身后，见他这般动作更加瞠目欲裂，彻底失去了理智，提起剑便毫不犹豫地刺向了他的胸口。

顾云里只觉心口一凉，低头一看，只见一把剑刺穿了自己的胸膛，看见自己的胸口如同破了一个洞，慢慢开始淌血，接着便往外喷涌而出。

手中的剑"咣当"一声落在地上,他忍不住慢慢转头看向身后。黛色衣裳沾染了点点鲜血,如冬日红梅一般朵朵绽放,青涩的脸庞上也沾了血迹,越显皮肤白皙,透着一种诡异的美感,此时正带着刻骨的恨意看着他。

　　这个人他梦到过很多次,每一回都对他笑逐颜开,可这一次却为了一个小人要杀自己……

　　这实在太过荒谬,这世间的黑白颠倒,让他觉得现下才是梦,可怕的噩梦!

　　胭脂一剑刺出才反应过来,她杀了人……

　　她杀了三世以来一直护佑的人,杀了尊她为师的徒弟。

　　顾云里眼里的受伤和不可置信,深深刺到了她的心。

　　胭脂不敢去看他,颤抖着手松开了剑柄,不由自主后挪几步,手足无措至极。

　　顾云里只觉心口撕裂般的疼痛,疼得他失去了所有的感觉,看着胭脂害怕青涩的模样,忽觉难过遗憾,他们总是错过,永远都在错过……

　　他极为吃力地抬起手,想要触碰到她的脸颊,他想……要是能早点找到她就好了,这样也不至于让她喜欢上那样一个人。

　　胭脂看着他伸出的手呆怔,仿佛失了魂魄一般。顾云里再也站不住脚,往她这处倒来。

　　胭脂忙扶着他慢慢滑坐在地,她已经什么都不知道了,只是看着顾云里,泪眼婆娑,喃喃自语道:"对不起,对不起……"

　　顾云里神志模糊一片,像是看着她,又好像是透过她看向别处,只觉眼前如走马观花一般闪过许多他不曾见过的场景。

　　眼前忽然出现了一个人,黛色衣裙,眉眼清澄,朝摔倒的他伸出细白的手,身上带着寻常女子不曾有的洒脱惬意,冲他微微笑道:"我瞧你天资极好,可愿做我的徒弟?"

　　日头极盛,照在他身上温暖如初,她的声音很好听,如风拂清铃般丁零作响,听着便觉心旷神怡,像是在做梦。

　　他那时还在想,这小娘子好生面皮厚,瞧着不过比他大几岁,竟要做他师父?

　　记忆如泉水般翻涌而来,一下淹没了他,突然他如回光返照一般,用尽全力扯住胭脂的衣袖,看着她颤着声音唤道:"师父?"

　　胭脂闻言心下大惊,僵在当场一动不动,说不出半句话来。

　　顾云里的眼里落出泪来,又不敢置信地低声唤了一句:"师父……"

　　胭脂猛地深吸一口气,只觉胸腔压抑沉闷,难受得透不上气来,整个人都在崩溃边缘，眼眶里的泪汇成豆大的泪珠纷纷掉落，忍不住抽咽起来。

顾云里只觉心口一下一下剧疼，像是催命，那剑穿心而过，力道极准，出手的人根本就不想他活，而这个人是他的师父！

他越发用力握紧她的衣袖，带着极浓重的委屈和埋怨，夹杂着些许恨意，不甘道："师父！"

胭脂听在耳里，越发崩溃哭喊起来，脑袋一寸寸抽疼，她听得懂他的意思……她是他的师父，却亲手杀了他……

为了一己私欲，她颠倒是非曲直，她算什么师父！

她忙捂住顾云里的伤口，哭得泣不成声，嘴上不住说道："言宗，师父对不起你……你等我，等我下了黄泉，便都还给你！"

苏幕听见胭脂的哭声，一下惊醒，微微睁开眼睛，极为吃力地看向胭脂。见他抱着顾云里哭得歇斯底里，嘴上又说着那样的话，他便什么都看不见了，连身上的疼都变得麻木失去了知觉。

他的眼睫毛轻颤，心口闷疼至极，满心盛满嫉妒苦毒，还没撑多久又慢慢失去了意识。

林中清风拂叶，如清铃作响，似轻声低喃，又缓又静，林间窸窸窣窣的虫鸣时远时近，一片翠绿的叶儿在半空中打着旋儿缓缓落下。

顾云里的手慢慢松开了胭脂的衣袖，无力地垂落下来，呼吸一下下急促起来，片刻后便断了气，在胭脂的怀里慢慢闭上了眼。

胭脂目光呆滞，她终究还是走上了这条不归路，违背自己的本心，做了她所厌恶不耻的事。

黑衣人相视一眼便自顾自退散而去，这与他们无关，旬家长子死了便死了，他们后头只管问旬家要钱便是。

黑衣人才刚刚退出林子之外，便见林子外头站着一个身着灰色衣袍的人，眼神古怪阴森地看着他们，轻易便能让人感觉到危险。

还在观望之中，忽闻身旁一阵肉体爆炸的声音，只见他们其中一人爆体而亡，其余正面露惊恐，还未反应过来便纷纷接着爆体而亡，一时间，林子外头血雾翻腾，仿佛下起了红色的血雨。

那日苏幕伤得极重，胭脂背着他与码头的管事会合，那管事当即便寻了地方盘下一间宅院，忙通知了在外头奔波的苏寿、苏安。

那大胡子听闻后将方外子找了来，累了九牛二虎之力才将人从鬼门关救了回来。

　　只是现下人一直都没醒，胭脂一直守在他身边，不敢离开半步，每日盼着他醒来，她杀了东海龙王的掌上龙子，才抢来了这些日子，如何舍得离开他。

　　等到这一世结束，下地府后龙王自然不会放过她，必是投泯灭道的下场，他们往后便再也没可能相见了。

　　不过，她已然心满意足，好歹抢了一世回来不是吗？

　　她现下唯一担心的便是旬家那处，旬家的长子才找回来没几年就死了，旬家又怎么可能善罢甘休？

　　可奇怪的是，顾云里死后，旬家却一点动静也没有，那群黑衣人也消失得无影无踪，再也不曾出现过。

　　过了大半月，胭脂才听到大胡子那头传来的消息。

　　那日除了她和苏幕，所有的人都死了，像是被灭口一般，一个活口都没有，旬家苦查到如今也没摸出半点蛛丝马迹。

　　胭脂闻言心中虽有疑惑，但到底没多大反应，这些都与她无关，她只要守在苏幕旁边，等着他安然醒来便好。

　　胭脂坐在苏幕床榻边上，默然无语地看了他许久，到时间要换药了她才站起身，只觉脑袋一阵发晕，强行摇了摇头才勉力站住脚，她以为自己太累了便没多在意。

　　可才走到屋外便又是一晕，她扶着门站了许久才缓过劲来，正觉得身子不对劲的时候，屋里便有了锦被翻动的细微动静。

　　她忙转身进屋，果然见苏幕已然转醒，神情还有些迷茫，见她进来才慢慢清醒过来，一眼不错地看着她。

　　胭脂见他这般看着自己，上前坐到他床榻边上，握住他的手："你醒啦？"一开口才发现自己的声音已然哑了，连唇瓣都干得开裂了。

　　苏幕微微反手握上她的手，静静看了她许久，才慢慢撑着身子，想要坐起。

　　胭脂忙起身帮他将后头的枕头放好，让他好好靠着，才又重新坐下来。

　　二人握着手，相顾无言许久，胭脂是没有心思说旁的话，苏幕是不愿意说旁的话。

　　顾云里……终究成了二人永远都解不开的结。

　　胭脂呆坐片刻便准备起身去拿药，苏幕突然拉住她，黑漆漆的眼眸湿漉漉的，像一只即将要被丢弃的小犬儿，也不看她，只低哑着声音轻轻道："你要去哪儿？"

胭脂闻言微微发怔，片刻后整理好情绪，小脸露出一个苍白到透明的笑容，只沙哑着声音道："我去给你拿药，你身上的伤要按时换药。"

她是真的不知道她如今的模样，有多心如死灰，像是失了最重要的东西一般，整个人看起来就像个空壳，眼里的光彩也没了，如同行将就木之人。

苏幕看在眼里，拉住她衣裳的手忍不住用力收紧，可又什么都做不了，只能松开手，看着她转身出了屋，转眼又想起那个刺人眼的画面，苍白的面庞越显落寞。

胭脂拿了药一路往回走，只觉自己越来越不对劲，不仅脑袋晕晕沉沉，连走路都有些打晃起来，站了许久终是没能提起劲。

胭脂想着苏幕醒了，悬着的心也跟着落了下来，便将手中的药交给了孙婆子，自己去客房歇一歇。

苏幕靠在床榻上等了许久，见门口有了动静，忙抬眼往外间看去，见孙婆子拿着药进来，眉眼微微弯起的弧度慢慢落了下去，微微垂下眼睫，苍白到毫无血色的面皮越显脆弱，满心失望，却又固执地不去问。

孙婆子见状如何还能不晓得，只得开口解释道："公子爷，少奶奶这些时日一直守着你，都不曾睡过一个好觉，刚才实在有些累了便去歇一歇，晚些再来看你。"

可真是巧，早不累晚不累，偏偏等他醒后就累了。

苏幕闻言忍不住轻笑一声，他本就是个心思多的，这般如何叫他不多想，又想起她说的话，也不知顾云里究竟是死是活，默了许久忽开口吩咐道："把苏寿找来，你去看着她。"

胭脂在屋里躺了大半日根本就没睡着，一闭上眼便都是顾云里死在她怀里的样子，满耳都是他叫她师父……

她甚至产生了幻觉，只听到他质问自己为何杀他，为何这般狠心残忍，为何这般不分青红皂白！

她能怎么办，她不杀他，苏幕会死，她受不了他再一次死在自己眼前，也舍不得……

可是顾云里……

胭脂虽然不曾后悔，可终究受不住这满心自责，只觉绝望悲凉至极，忍不住抽泣起来，死死咬着手指不让自己哭出声来。

她不敢哭得太过，怕苏幕看见了会担心，便强忍着眼泪，咬牙平缓了许久才发现天色都开始发暗，便起身下了榻，一打开门便见孙婆子站在门口，像是站了许久。

胭脂见状一愣还未开口说话，孙婆子颇有些为难道："少奶奶，您身子好些了吗？要是好了便去看看公子爷吧，他到现在都没有喝药……"

胭脂闻言点了点头，只觉忧心不已，忙往苏幕那头去。

进了屋便见苏幕靠坐在床榻上，视线落在前方某一点，神情落寞。

苏幕见这处有动静，便抬眸看了过来，正巧对上了胭脂的眼，见是心想之人便又收回视线。

胭脂走到跟前伸手探了探他的额头，并没有发烫，低头见他情绪不太对，便低声问道："怎么了？"

苏幕闻言微微别开头，避开了她的手，神情淡漠，不发一言。

胭脂的手放在半空僵持着，她心下委屈难言，慢慢收回手，坐着默然不语。

苏幕微微抬眸看了她一眼，见她这般魂不守舍，终是忍不住别过眼，垂着眼睫，眼神慢慢黯淡下来。

孙婆子从厨房端了药过来，胭脂忙伸手接过，对着苏幕轻声道："咱们先把药喝了，要不然你的伤好不了。"见苏幕不理人，她默了一会儿，便拿起勺子舀了一勺轻轻吹了吹，递到苏幕嘴边。

苏幕也不喝药，只淡淡道："你还管我的伤能不能好？"

"顾云里"三个字就要说出口，又生生咽了下去，终究是不敢提。

顾云里死了，在她的心里自然狠狠刻下了印记，他再努力又怎么比得过死人。

胭脂端着手中的药只觉疲惫不堪，她不明白苏幕怎么了，只觉心里压抑得难受，默默看着他不知说什么好。

这在旁人看来就是不耐烦，连应付都不愿意。

苏幕静静看了她许久，终是微微笑起，苍白的面庞带着苦笑，伸手拿过了她手中的药一口干掉，又递给了她，言辞客气疏离："你去歇着吧，不劳烦你这般辛苦。"

胭脂闻言只端着碗，一副呆怔的模样，唇瓣微动，终是说不出一个字来。

苏幕瞧着只觉眸光一闪，别开眼躺下转过身，便不去看她了。

胭脂静坐半晌，看了他的背影许久，也不知该如何做，她现下根本没有心思去琢磨这些，如同行尸走肉一般。

胭脂见他睡了便拿着碗站起身,却不防一阵天旋地转,手中的碗都没拿住,"叮当"一声掉落在地,摔得支离破碎,整个人一下栽倒在了苏幕身上。

苏幕心中一紧,连身上的疼都不曾感觉到,忙起身去抱胭脂,却不料起身太猛,牵动了内伤,一时没缓过来,突然晕了过去。

孙婆子在一旁吓得五脏俱不附体,叫了两声都没反应,直吓得不敢动他们,忙跑到别院去请了方外子。

屋里窗子大敞,丝丝阳光透进来,外头清新的花香微微透进来,光线极亮,衬得屋子极为敞明,屋里飘着淡淡阳光,洒在木头上的清香。

胭脂眼睫微微一颤,只觉眼皮千万斤重,费好大的劲,才极为艰难地睁开眼。

她看了眼床榻,见自己正躺在苏幕身旁,微微侧头便见他正看着自己,一脸担忧,见她醒了忙低下头来轻声问道:"可有哪里不舒服?"

胭脂倒是觉得还好,便轻轻点了点头。

苏幕像是松了一口气,俯下身来抱住她,如急需安慰一般。

胭脂见状伸手轻轻回抱他,心里百般滋味纠缠,这抢来的幸福真是让她既欢喜又绝望。

可是事情没有胭脂想得这般简单,她那一次晕倒,整整睡了三日之久……

她的命本就是因为顾云里才有的,她是为了帮他渡劫才存在的,如今渡劫之人不在,她又怎么可能苟活?

她的身子一日比一日虚弱,被掏空了一般,像是指间的流沙一点点在流逝。

她本以为只是没有休息好,可苏幕这般重的伤都能下床走路了,她却还是提不起力气,吹了风便会头疼,记忆力也在一点点衰退,偌大的太阳照在身上也还是冷,穿得再多也不见半点用。

苏幕每日都让方外子来替她把脉,也没查出什么毛病,皆道劳累过度,让她放宽心思,凡事不要放在心里,郁结心中不利于养病,旁的也没再多说。

可胭脂自己的身子自己知晓,她便是把心放得再宽,也无济于事,这命数早就已经定了,再怎么强求也没有法子。

苏幕起先极为担忧,每日都守在她身旁看着,后头见她一直不曾好转,便也没了那个耐心守着她,开始筹谋他的生意,终日忙得不见踪影,她又终日嗜睡,二人自然更没有多少时间相处。

胭脂每次想要见他,他不是在外头就是在应酬,根本没有多余的时间留给她,便是回来了也不过坐一下便又要忙。她知道他要东山再起，他想要回之前的钱势地位，可她撑不了多久了，为何不能等一等？

他们没有多少时间了，真的没有了……

他们已经有好几个月不曾好好相处了，便是说话也不过匆匆几句，这少年夫妻如何经得住多日不亲昵？她往日听陈家婶子说过，这夫妻三月不见便能比陌生人还不如。

她和苏幕渐行渐远，终究连话也说不上一句，她觉得自己都快要记不清他的模样了。

说到底还是她妄想了，古话说得好，多行不义必自毙，她用那样的手段抢来的幸福，终究不会是她的。

他们的感情再好又怎么样，十个月还没到就熬不住了……


胭脂睡醒后屋里空空荡荡的，苏幕这一趟去与外邦人谈生意时日极久，久到胭脂以为她临死之前都可能见不到他一面的时候，他却回来了。

她听到前头小厮来传消息，也不等孙婆子来传达，便忙起身去屋外等。

苏幕打头进来一眼便瞧见了她，脚下微顿，那神情说不出来的复杂，什么情绪都有，却唯独没有欢喜。

苏幕如今不咸不淡的模样，和他们快要成亲那段时日的模样相比，简直是天差地别，胭脂已经很久没有见过他笑了，自然也有些想不起来他笑弯了眉眼的样子。

苏幕默站了一会儿便朝她这个方向走来，伸手拉过她的手，微微笑道："吃药了吗？"

那笑实在太过牵强，仿佛应对她是一件极为疲惫的事，胭脂一眼就能看出来，她点了点头，忙别过眼去不敢再看，生怕自己忽然落下泪来。

苏幕拉着她进了屋，抱着她坐在床榻上，和往常一样再也没多说一句话，低落消沉。胭脂知道他又在为生意烦苦，她问过好多次，每次都是为了钱。

胭脂抬眸看了他一眼，只觉心不在焉得很，显然，他人在自己身旁，心却是不在的。

胭脂安安静静坐了许久，终究受不了这般静默，自行开了话头："生意谈妥了？"她如今没有旁的话可以跟他说，她以往试过随意说点什么，苏幕都惜字如金，对她说的话提不起半点兴趣。

只有说到钱，他才会多说几句，仿佛那是他活着的唯一目的。

她的声音太轻又极为虚弱，听着一点精神都没有。苏幕闻言眉心轻蹙，像是极为不喜，半晌才微微点头，轻轻"嗯"了一声。

胭脂听了只觉心中苦涩难言，现下他连这些都不愿意跟她提了，他们便更没有什么好说的了。

可她还是想亲近他，一刻都不想错过和他在一起的时光，时间过一天便少一天，她没有多少时间去委屈计较，想着便抱着他的脖子轻声求道："苏幕，咱们好久没有在一块儿了，你能不能多留一会儿陪陪我？"

苏幕闻言身子微微有些一僵，片刻后才低头跟她委婉而又直接哄道："胭脂，我现下没心思，等你好了再说好不好？"

胭脂心下敏感，她虽然不是那个意思，可他这般抗拒显然是不对劲的。

她身子不好只有自己知晓，方外子那处并没有诊出什么，不过是说她身子虚，多补身子放宽心便没什么大碍，苏幕终日忙于别的事，于他来说自己不过是嗜睡一些罢了，并不妨碍夫妻亲昵，可……他从来没有开口提过要行那事，以他往日的做派是根本不可能的。

胭脂的心微微发沉，正想着，苏寿在外头跑来大唤苏幕，声音中带着喜气："公子大喜。"

苏幕闻言，略显低落的模样明显有了变化，像是有了什么值得开心的事一般，对胭脂随意道："我出去一趟，你好好休息，记得吃药。"说着便松开她，起身快步往屋外去。

胭脂见他这般匆匆而去，默坐了片刻，便叫孙婆子备了马车后脚跟了上去，却不曾发现府外站着一个灰色衣袍的人，远远看着她。

孙婆子晓得她要跟着苏幕，也没说什么，像是早就知道会有这一遭。看着胭脂疲惫不堪的模样，她欲言又止许久，终究开口劝道："少奶奶，一会你见着了人可千万要注意身子，别动大怒，得体大方些，公子爷见了自然会记得你的好。"

胭脂闻言眼睫微微一颤，像是没有听懂，看向孙婆子，轻声问道："什么意思？"

孙婆子只觉这真是个不长心的，这话都揭得这般明白了，她却还是听不懂，想了想也是没办法，这公子爷念着和少奶奶的感情，没将那个女子抬进门也就罢了，可这头一个孩子怎么能放在外面不明不白的，这不是步了公子爷自己的后尘吗？

他少时受过的苦，她都知道，如何能叫小公子也受这般折磨，自然是要帮着说通胭脂的。

她想着胭脂也不是不明白事理的人，便开口直接道："公子爷在外头买了间宅子养了外室，顾念着您的身子才没将人接进府。听说前阵子刚给爷生了个儿子，您这头过去可得把孩子抱回来，放在您下头养。这年纪轻养得熟，长大以后便会记着您是他的娘亲，自然会孝顺您。"

胭脂闻言只觉可笑得紧，她连半个字都不会相信！

这般荒谬的事，怎么可能发生在她和苏幕身上？他们相识三世了，她太清楚他的为人处世了，他喜欢便是喜欢，不喜欢便是不喜欢，绝不耐烦藏着一个，骗着一个。

她心里清楚明白，可又想起他这些日子的种种反常，根本做不到无动于衷。

马车渐行渐远，驶进了一片郁郁葱葱的林子，停在了林中隐蔽之处。胭脂轻轻撩开车帘，便见一座极雅致的宅院坐落在林中，苏幕的马车就停在院子外头。

胭脂坐在马车里等了许久，才看见苏幕手中抱着一个极小的婴儿，一路走一路看着，眼里满是希冀和期待。

一旁跟着一个极美的女子，昔日的少女已显美貌少妇的韵味，蕴藏眉眼之中的温柔，叫人一眼便记在心头。

那少妇看着苏幕和他手中的孩子，带着极眷恋的笑容，似在和苏幕说些什么。

苏幕闻言一笑，又低头看着手中的孩子，极为专注。

胭脂许久不曾见过他这样笑，他笑起来真的很好看，好看得刺眼。

顾梦里还是一如既往的花容月貌，甚至比往日更添三分味道。

胭脂看了看自己的手，枯黄干燥，面皮自然也好不到哪里去。

胭脂知道她不好看了，她病了这么久，早已面容憔悴，身上的肉也没有多少了，抱着她就跟抱着骨头一般硌得慌，他以往与她那般亲昵，现下连看她一眼都不愿意。

一对璧人加一个褓褓之中的孩子，这场面实在太过羡煞旁人，她不由自主捏着手中的布帘，指节用力得泛了白。

她看了许久才慢慢放下帘子，靠在马车壁上一句话也不说，眼里一片灰寂，本就虚弱至极，这般一看更像是一脚踏进了棺材里。

孙婆子见状觉胭脂可怜，不禁轻声唤道："少奶奶……"

这一句少奶奶仿佛叫醒了胭脂，她轻笑出声，不可能的，她不信，苏幕绝对不会做这样的事，即便是命簿里明明白白写着的，她也不会信。

许久，马车外忽响起顾梦里的声音："胭脂。"

孙婆子闻言一怔，忙掀开帘子看出去，只见顾梦里一人站在马车外头，自家公子爷早已不见了踪影。

胭脂慢慢抬眼看向她，顾梦里面上带着已为人母的温柔可亲，柔声道："咱们许久不见了，不和我说说话吗？"

顾梦里见胭脂默不作声，便微微笑起，如同故友叙旧一般："不去看看云里吗，他的墓就在这林中。"

胭脂闻言才算有了反应，她面上虽还平静，但微闪的眸光暴露了她的不安和心虚。

胭脂犹豫片刻终是慢慢下了马车，极为吃力地跟着顾梦里一步一步往林子中走去。孙婆子在后头远远跟着，免得出了什么乱子。

没走多久便看见了一座坟墓，圆形半人高的石墙环绕一圈。

顾梦里站定在坟墓前，伸手轻抚墓碑，神情迷离，似在回忆什么，感叹道："我从小和他一块长大，从未想过他会这般早就离去……"

胭脂看着墓碑上的字，手微微颤抖起来，整个人僵硬得不行，只觉满心的罪恶感排山倒海般压来，压抑得透不过气来，睁眼闭眼都是黑暗……绝望。

顾梦里微微一顿，片刻后又轻轻道："他很喜欢你，做梦都在叫你的名字……可他没想到自己喜欢的人终是害了他……"

胭脂呼吸一窒，瞳孔不禁猛地收缩，站着不敢乱动。

顾梦里慢慢走到她面前，看着她极轻极缓道："胭脂，我以为你是好的，可……我看走了眼。你比苏幕还要可怕，道貌岸然，龌龊不堪，你们两个就活该配成一对，遭人耻笑唾骂。"

胭脂的呼吸渐乱，脑袋晕晕沉沉，连呼吸都不顺畅了，又听她阴阳怪气道："我不会要你的命，我就是要你活得生不如死。你和苏幕很久没亲近了吧？那是因为他都在我这儿耗费力气，自然没有兴趣再去碰你这样的病痨鬼。我现下给他生了孩子，就是要在你们之间埋下一根刺，要你一辈子都笑不出来！"

胭脂的心口极尖锐得一疼，一下撑不住后退一步，满眼的不相信。

顾梦里满目不屑，轻轻道："其实我们早就有过了，我们两个一同在苏府的时候，他就来找过我，若不是为了云里，我根本不可能那般委曲求全……"说着，她眼里闪过几丝疯狂恨意，话头微转，又看着胭脂微微笑起，轻声道，"不过他床笫之间的本事确实不错，实在叫人惦记……"

胭脂再也听不下去，转身连方向都没有找准便落荒而逃，远处的孙婆子见状忙跟了上去。

顾梦里看着她跌跌撞撞离远，身旁不知何时出现了一个灰色衣袍的人。她不惊不惧，一扫刚才温良和善的面容，阴沉着脸问道："这样确定可以？"

那人嘴角微微弯起，粗犷的声音在坟墓四周响起："只要你按我说的做，他们两个自然是万劫不复的下场……"

天边响起一道惊雷，乌云盖顶，将要落下倾盆大雨。

胭脂一路漫漫无目的地跑着，心口疼得快要窒息而死，却一刻也不想停下来，她想要"逃离"顾梦里说的话，她要回去问问苏幕，她要听他说！

她不会相信的，她不信命簿，也不信顾梦里说的。

高耸入云的大树衬得胭脂如同蝼蚁一般大小，跌跌撞撞间终是被脚下横倒的枯木绊倒在地。

树林上头滚滚惊雷传进耳里只觉刺痛，四周茫茫一片茂盛的树林，根本分辨不清方向。

孙婆子好不容易追上胭脂，见她像个孩子一般迷茫，像是沉浸在自己的世界里，那模样离疯也差不离了，她忙上前扶她，忧心忡忡唤道："少奶奶……"

胭脂倒在地上连起身都不容易，直抓着孙婆子的手，整个人仿佛只有出气没有进气，声音薄弱在偌大的雷声中若远若近，隐隐带着固执："带我回去。"

马车还未到府外，天上就落下了倾盆大雨。待到了府外，孙婆子忙下去，接过仆从递来的伞，撑在胭脂头顶，扶她下了马车。

胭脂本就受不得风，现下这般大的雨，即便她没有淋到，也冷得直打哆嗦，两排细白牙不停上下打战。进了屋里便有些撑不住昏昏欲睡，要找苏幕，却听下人说他又出去找她了。

胭脂疲惫不堪，生怕自己又睡着了，忙咬了咬舌头，待咬出了血才微微有些清醒过来。

她坐在门旁看着外头的雨，静静等着苏幕。

这回没过多久苏幕便回来了，从雨夜中慢慢走来，浑身被雨湿透，看着她的眼神仿佛极为厌恶和麻烦，甚至带着怨恨。

顾梦里那根刺埋得太深了，她是不相信，可终究忍不住在心中想，他这样看自己是不是因为她去了，导致他和顾梦里吵了起来。

苏幕几步从雨中走到檐下,面上的情绪已经收敛了许多,又露出了那种牵强的笑容,慢慢蹲下身子,看着她极为诚恳道:"我把顾云里的孩子抱过来了,顾梦里说养不起那个孩子,便抱过来让我们养……"他话语间微微有些顿塞,像是在斟酌语句,片刻后又道,"是个儿子,很小,很像……顾云里。"

胭脂看了他许久,眉眼微微弯了起来,她就知道她不会看错人,她的苏幕怎么可能会做这样的事?

顾梦里真的是太荒谬了,这样的谎话也说得出口。

苏幕见她这般笑,眉眼也慢慢舒展开来,微微笑了起来。

说话间,磅礴的雨声中传来声声婴儿啼哭,极轻极脆。

奶娘抱着手上小小一团布从廊下走来,走近到跟前便将襁褓中的婴儿小心翼翼放到胭脂的怀里。

真的好小,只有那么一点点大,胭脂抱在怀里觉得软绵绵的,生怕力气大了就把他给捏坏了一般。

他好像连哭都没有力气,到了胭脂怀里便无力再哭了。她低下头来细细看着婴儿,看着看着眼底的笑便慢慢消了下去,这眉眼她太过熟悉,跟眼前这个人太像了。

苏幕盯着孩子看了许久,伸出修长的手指轻轻点了点婴儿软嫩的小脸颊,低声问道:"是不是很像?"

胭脂抬眸看向苏幕,好看的眉眼,白皙的面容像水墨画一般晕染开来,晶莹剔透的雨水顺着眉眼滑落下来,衬得容色越发迷惑人心。

她忍不住轻笑出声,她是病了,可不是瞎了,他如今却把她当成瞎子一般哄骗,这岂不是一件好笑的事?

胭脂嘴唇微抿,眼里水泽初现,连话都说不出来,她连发火都提不起劲,甚至连看他都没有气力。

她看了苏幕许久,终是轻轻开口,话中似有别的意味:"苏幕,我累了……"

奶娘闻言忙将胭脂手中的婴儿抱起,胭脂下一刻便扶着门起身进了屋,根本不理会苏幕伸出来扶她的手,进屋关上了门。

刚一关上门,连串的泪水从胭脂绝望至极的脸庞落下,她忙转身用身子抵着门。

胭脂像被掏空了一般慢慢滑坐在地上,发抖的手捂住了脸,却不敢哭出声来,只能闷着哭,她不想叫他听见,怕失了体面。

不过片刻工夫，门外便没了声响，人一下子走了个干净，只余外头惊雷阵阵，"飒飒"雨声入耳。

胭脂终是忍不住埋头哭出了声，外头的大雨将哭声全掩盖了过去。

她越发歇斯底里，胸口一阵阵抽疼，她死死按着胸口只觉喘不上气。

忽然鼻尖一股温热的液体流下，一滴鲜红的血落在黛色裙摆上，如花绽开，一滴接着一滴，接连不断，越滴越多。

胭脂忙伸手捂住自己的鼻子，血却越流越多，一下溢满了手掌。

她越擦越多，忽微微一顿意识到了什么，慢慢停了下来将手放在眼前，看着满手掌的鲜血，苦笑之间眼里的泪又滴滴落下。

命簿里明明白白写着顾氏梦里产子，苏幕发妻郁结心中，终日气苦，病重缠身而故去……

胭脂记得很清楚，因为她很喜欢贺璞，觉得她可怜便多留心了些，她死时恰好梨花初盛，在最美好的年纪。

胭脂便记住了那个时间，而现下已是二月，离这个时间没有几日了。

胭脂一时只觉头昏脑涨，病入膏肓的感觉一下下袭来。

原来如此，她逆天改命帮苏幕避过了一遭祸，却不料自己早已成了这戏中之人……

人果然是不能作恶的，她这般用心险恶违背本心却得了这么一个结果，这叫她如何能不气苦？

那一日过后，胭脂便越发嗜睡，每日里醒过来的时间加起来连一个时辰都凑不齐。

方外子给她开了许多药，醒来便要喝药，整个人跟浸在药里一般。

离那个时间越来越近，胭脂连饭都吃不了多少了，整个人一下消瘦下来，原本极为合身的衣裳穿起来特别显大，腰身里空荡荡的，都能再钻进一个人去。

孙婆子看在眼里越觉心疼，自家公子爷终日不见人影，整个人就跟钻进了钱眼里一样，开口闭口都是黄白之物，仿佛魔怔了。

这好歹也是结发夫妻，官衙那头也是落了名的，这般病重也不来看一眼，实在有些说不过去。

胭脂看着嘴叨叨的孙婆子，轻轻摇着摇篮中安心睡着的婴儿，满心的苦毒无法言说，她还是不甘心地开口问道："他像苏幕吗？"

孙婆子闻言面露慈祥，像是看着自己的重孙子一般，不由得想起往昔，便絮叨道："这活脱脱就是一个模子里刻出来的，咱们公子爷小时候也是这个模样，安静得不像话，跟个小玉人似的，你瞧瞧这鼻子，瞧瞧这眉眼，和我们家公子爷……"

孙婆子话还未说完，便听胭脂一声嗤笑。她抬眼看去，便见胭脂眉眼染尽悲戚绝望，苍白到透明的小脸只余恶心和荒凉，像是身处地狱，万劫不复。

时日渐进，后头的两日里，胭脂连吃饭都已经是一场酷刑，她不愿再吃饭，那些药喝进去便当场吐了出来。

方外子终于看出了不对，诊脉时忍不住摇了摇头，没再继续给她开药。

这一日天色极好，这宅子后头连着大片的梨花林，外头的梨花开了千树万树。

胭脂仿佛一下回光返照，一点也不嗜睡了，气色瞧起来也比往日好看许多，她便想出去晒晒太阳，看看梨花。

孙婆子见她身子好转了，给她穿戴齐整后，便扶着她出了屋，摆了张椅子让她在梨花树下躺着晒太阳。

胭脂躺在阳光下极为惬意，她伸出手感受着阳光的温度，指尖在阳光的照射下微微透明，显出嫩嫩的粉色。

白色的梨花片片飘落，在半空中打着旋儿落在胭脂色的裙摆上，又慢慢顺着裙摆滚落下来。

一朵梨花落在胭脂手上，她伸手拿过放在嘴里轻轻抿了一抿，苦的，涩涩的……

远处的梨花林间慢慢走来一个人，茶白衣袍，眉眼如画，梨花零星飘落在他的发间、衣上，一步步走近，站定在她的面前，挡住了她的阳光。

胭脂抬眼看着他，他逆着光，根本看不清他的神情。

她心口闷疼，不开心道："你挡住我的光了……"

她的声音轻得若有似无，若不细听根本听不见。

苏幕抚着椅子的把手慢慢蹲下身子，一眼不错地看着她，不发一言。

胭脂见他这般看着自己，便也看着他，见他眼底布满血丝，眼睛都熬红了一样，衣袍也有些乱。

模样极为疲惫却还是这般好看，跟玉人一样，屋里还有一个小玉人，她见他的时间不多，便会不由自主地看着那个小玉人，像个傻子一样。

她微微苦笑起来，闭上眼不再去看他。

苏幕伸手抚上她的手，沙哑开口道："风大了，你身子受不住，我送你回屋吧。"

胭脂闻言有些不乐意,想了想便觉得算了,他来的这般巧不是吗?

三世了,特地回来送她走,就不计较最后少晒的阳光了。

苏幕见她不说话,便将她轻轻打横抱起往屋里去。一路走过梨花林,林间忽荡起一阵风,梨花如雨般落下,散落在他们身上,不一会儿胭脂怀里就兜了一层梨花瓣。

胭脂靠在苏幕的肩头看着纷纷落下的梨花,微启唇瓣轻声问道:"梨花是不是都在离别的时候开?"

苏幕闻言停下脚步,慢慢看向她,许久才轻轻问道:"胭脂,你能不能等一等我?"

胭脂意识已经开始恍惚,闻言还是强行打起精神,睁开眼看了他许久,极为认真地笑道:"还是不要了,我不想黄泉路上还跟你这样的人一道走,黑漆漆的,都没有光,太难走了……"

胭脂说到最后,声音越来越轻,像是在轻声嘟囔闹别扭,意识慢慢模糊起来。

远处漏壶,一滴水轻轻落下,正好巳时。

胭脂缓缓合上眼慢慢断了呼吸,挽着苏幕肩膀的手也无力地垂下,躺在苏幕的怀里像是睡着了一般。

# 番外一

苏幕起身将衣袍穿好,抬眼便看见胭脂整个儿埋在被窝里,睁着圆溜溜的小眼,一眼不错地看着自己。

胭脂微微弯了弯眼,从被子里伸出纤细的手轻轻拉了拉他的衣摆,小眼忽闪忽闪地道:"不要我给你暖被窝吗?"

苏幕闻言微怔,看着她期待的小模样,这么暖暖软软的,抱在怀里是挺舒服的,心下微动,险些就要开口答应了,可一想到自己从来都是一个人睡,突然加个人睡在一边必然不习惯,便开口毫不犹豫地拒绝了她。

胭脂听后手一下松开了他,将脑袋埋进被窝里,缩成了一小团。

苏幕微微一挑眉,这还闹起脾气来了,他是不耐烦哄人的,这个戏子也只是看着顺眼罢了,至多明日叫苏安去买些女儿家喜欢的东西送给她便了事了,当下便也不再管她,径直往自己屋里去。

苏幕睡到三更,便听手指门板轻轻抓划的声响,传来极小声的呜咽:"苏幕,我怕黑。"

苏幕闻言都不想搭理她,上回黑灯瞎火在庄里徒手抓青蛙,现下跑来跟他说怕黑,说谎不打草稿。

他权当没听见,转过身自顾自地睡。

外头又轻轻叫了一声:"苏幕?"

苏幕没理，外头过了很久都没有动静，片刻后便听门板轻轻被推开，她站在门外许久才磨磨蹭蹭摸了过来，对着他轻声唤道："苏幕。"

那声音极轻，显然没打算真的叫醒他。

苏幕便装睡，看她究竟要做什么。

过了片刻，他身上的被子被小心翼翼地掀开，钻进来一个香香软软的人。

她钻进来许久都没动作，他以为她睡着了，一只小手却偷偷摸摸伸了过来，轻轻环上他的腰，小心翼翼地将额头贴着他的背睡。

苏幕鬼使神差地没动，她在外头站得久，身子都有些冰凉，想了想便也算了。

等到天色透亮，蜷缩在他身旁睡着的人便又回到自己屋里睡了。

他起身在院子里走了几圈她却还没起来，便有些不耐烦道："怎么还没醒？"

苏寿闻言可稀奇坏了，反正自家公子一大早起来，便是为了等那小戏子？

他琢磨一下，便道："怕是不知公子在等，小的现下让丫头去叫一叫。"

苏幕微微皱眉道："谁说我在等她？"

苏幕正觉自己反常，准备要走时，便见远处客房里打开了门，里头的人伸着懒腰慢悠悠走出来，看见他眼睛就放了光一般，兴高采烈地蹦跶过来，贴在他身边欢喜道："苏幕，想你。"

苏幕的嘴角忍不住微微上扬，看着她翘起的细软发丝，在阳光下格外柔软，真是好黏人。

方外子替胭脂诊完脉终究忍不住摇了摇头，骗不了了……

这病本就是要心思平衡，心若是不放宽，便等于饮毒。

可现下这身子都垮干净了，再瞒着她也无济于事，她自己想来也有感觉了。

看了眼胭脂平静等死的模样，方外子叹了一声。

他没再开药，站起身便往外头去，站在院外许久，终究对苏寿叹道："救不了了，去找你们家公子回来吧，没多少时日了。"

苏寿闻言怔住，方外子睨了一眼便径直往别院去，他见惯了生离死别，这不过是寻常之事，忙催促道："快去吧，晚了就只能准备棺材了……"

苏寿听着忍不住抹了一把泪，忙跑了出去，快马加鞭将这个消息传到了自家公子那处。

苏幕没过多久就回来了，方外子那时正在院子里晒药，转身便见他站在院口，面色苍白，比他身上的茶白衣袍还有白上几分，失魂落魄，人不像人，鬼不像鬼。

方外子默不作声，手上一顿，又开始摆药材："别在我这耽搁时间了，小姑娘没几日活头了……"

苏幕突然冲过来拉住他的胳膊，像是握住了一把救命稻草："你一定有办法的对不对？是不是这次的药很难取，我有办法的，不管多贵我都能想办法弄来！"

方外子手中的药材险些被他尽数弄到了地上，坦白道："她心事太重了，根本就是把自己往死字上逼，自己不想活，旁人如何救得了？别说是三千两一钱的药材，便是三万黄金一钱的也救不了！"

言罢便不再多做纠缠，端着药材往屋里去，准备收拾离开，人既然没得救了，他也该离开了。

方外子却不防苏幕从后头拉住他的衣摆，反复低喃道："先生，我求求你救救她吧，求求你。"

他回来得太急，脚下一个趔趄差点没站住脚，身后的苏寿、苏安连忙上来扶住他。

方外子见他都有些魔怔了，嘴里反反复复就这么一句话，除了惋惜，旁的也说不出什么，这世间事本就造化弄人，生死不由人，便安慰道："早些回去吧，如今连饭都吃不下几口，也不过几日的事情，回去多陪陪人吧，将后事准备准备……"

本以为这话一出，他会冷静一些，却没想苏幕猛地拉住他的衣领，歇斯底里道："你骗人！是你说可以救的，你说的药我都给你弄来了，你现在跟我说救不了，你算什么神医，见死不救！"

方外子直接扔了手中的药，没救回人他心中也有气，怒道："苏幕！这人皆有命数，我作为大夫，若是能救，便绝不会放弃一丝希望，可你那娘子身子已经彻底垮了，便是仙汤神药喝下去也没有用！"

苏幕闻言身子一晃，整个人跌倒在地。

苏寿、苏安二人合力都拉不住他，忍不住带着哭腔道："公子爷，您保重身子啊……"

苏幕拉着方外子的衣袍，极尽绝望地嘶哑道："救救她，求你了，我才找到她……"

方外子见他这般也只能摇头叹气，苏幕一时悲痛欲绝，心口跟被生生剜了出来一般，又空又疼，终是没了力气，倒在地上泣不成声。

那日扬州烟火初盛，是他第一次碰到那个戏子，他以为只是一个戏子，可结果不是他所能控制的。

或许黑暗本就向往光明，才会一切都那样不可收拾。

他在扬州是出了名的外室子，自小受的白眼，见过的人心可怖，表面一套背里一套，种种龌龊不堪，什么样的人都有，那些人什么事都会做，包括他的娘亲……

人都道"慧极必伤"，确实，那些心底的丑陋一眼就能看出来，又怎么可能相信这世上还有光？

那些人不是装的，就是演的，他是外家子的时候待他如丧家之犬，他是苏家公子时敬他是亲生父母……实在可笑至极。

他第一次见到她，就觉得很合心意，无论哪一处都十分顺眼，可她明显不齿于自己。

他很不喜欢这样的眼神，她凭什么用这样的眼神看自己，难道她就表里如一不曾做过亏心之事？

这天下的乌鸦一般黑，不可能会有绝对干净的人。

他本想看看这个人内心会有怎么样龌龊不堪的念头，可这个胭脂太合自己的心意了，无论是言行举止，还是长相性子，都是一个很有趣的玩物。

他特地买了一间宅子想要将她圈养起来，可她不愿意，她想要唱戏。

他也无所谓，反正女人不过就是那么一回事，要过几次便也没什么意思。他本在女色上就没有多大的兴致，这个也不过是正好合他心意，图个新鲜罢了。

可他没想到事情越来越失去控制，她像是一个没有看过黑暗的人，单纯得一件小事都能让她喜上心头，养养鸟儿、晒太阳就心满意足了。

这般容易满足，让他越来越喜欢和她在一块儿，就像和光待在一起一样，那些灰暗龌龊再也抓不住他。

起先他还能克制一二，后头便越发不可收拾，每每一眨眼就想看到她，就想找她，到了后头，她甚至能左右他的思想，一点点一寸寸地改变他的原则。

他不再习惯一个人睡觉，不再习惯一个人吃饭，甚至遇到些新奇玩意儿都会想要给她带，就想在她的面上多瞧到笑脸。

这如何是他能容忍的事，被一个玩物左右思想，他这个惯于掌控别人的人，却开始被自己所圈养的玩物而掌控。

于是便只能忍着不去找她，这可真不是一件容易的事，越到最后越是想她，就像是蛊毒一般缠绕心中，越是这样沉迷其中，他便越是不喜，越是跟自己较劲。

六十日光景说长不长，说短不短，确是他唯一自觉失败的一次，因为连他自己都知道，他一定会管不住自己去找她的。

他需要一个人转移注意力，顾梦里出现的时机正正好，这是个好看的人，一定有法子让他转移一些注意力。

可他这头还在苦熬，他的光却跟着别人跑了，他甚至想要掐死她。

不料事到临头却根本下不了手，只能用顾云里来吓唬她，让她知道什么事该做什么事不该做，可却将她吓病了。禁不住后悔心疼，不知该怎么做，终究只能把她关起来，他怕她受不了自己这样的灰暗，又逃了。

他悉心照料，终究没能让她忘记顾云里，她甚至开始迷惑他，在他面前虚情假意。他受不了这样的不公平。

凭什么她不喜欢自己，自己还要去喜欢她？

天下哪有这样做生意的？

他不再去看胭脂，用了原先的办法，可顾梦里根本入不了他的眼，她竟以为美色就能迷惑自己，这实在让他恶心不已，他没管住性子，一掌就将顾梦里打晕了去。

此后日子看遍花街柳巷，可根本没一个面目不叫他恶心的，就是靠近他三步之内他都忍受不了。

他到底是天真了，他自来挑剔，十七年时间才出来这么一个胭脂堪堪合他的心意，怎么可能在短短时间又找到一个？

终究还是忍不住找了她，他既然认定了她便也无所谓，只要她能待在自己身边就好，他可以不在乎所有的东西，哪怕知道她刻意害自己。

他知道她把账本交给了雪梨园的人，按照他往日的性子，是宁可错杀一百也不会放过一个的。

可他有顾忌了，她不喜欢自己这样，他便收敛一些，这样她是不是就不会那样厌恶自己？

可惜他再怎么迁就努力也没用，哪怕散尽家财也没用，她还是走了……

他找了整整三年，毫无指望，他不知道为什么要这样找，他明明多的是选择，却偏偏要这一个。

可等他找到的时候，他才知道，别说是三年，便是三十年，他也愿意这样一直找下去。

这世间于他来说从来没有温暖，这是他唯一抓住的机会。

可惜该来的还是会来，他知道会有报应，但没有想到报应会来得这么快。

顾云里死了，她一病不起，这病太耗人了，他甚至不敢告诉她，怕她心思多了乱想。

那些药太过昂贵，他到那时才知没有钱的可怕，他真的怕自己无能为力，只能一日日想方设法地捞钱。

方外子说她不能忧心太重，他什么都不敢说，便是嫉妒到死也不敢说，可他心中终究是有埋怨的，怨她为何不能顾及自己……

她有没有想过，她要是没了，他该怎么办……

她一日比一日嗜睡，顾梦里却挺着肚子找上了门，那些话跟扎在心头一般，可他又不能否认。

"苏幕，云里是为了她死的，她永远都不会忘记他的。"

"她现在一定恨不得和他一起死，可如果他的血脉还在的话，那就不一样了……"

"我还年轻，云里既然为了她死，那这孩子便给她养……我最了解女人，这个孩子如果是顾云里的，她一定会费尽心思将他养大的，这孩子便是她活下去的支柱。"

他信了，全部都相信，只要能让胭脂活下来，他什么都愿意做，哪怕是让他一辈子都活在顾云里的阴影下，他也心甘情愿。

顾云里的儿子真的很像他，像是一个模子里刻出来的。

胭脂见了果然很欢喜，可她显然想起了顾云里，关上门再不想看他一眼。

是，罪魁祸首是他……

他怎么能要求她原谅，他甚至不敢出现在她面前。他不敢再站下去，他怕自己真的疯了一样去逼问她，她究竟要谁。

可再怎么样也没有用，连顾云里的孩子也留不住她。

那日的梨花开得很好看，她问他，梨花是不是都在别离时开？

他没有回答，因为他根本不想跟她分离，他想和她一道走。世道无情，从小到大就没人真正爱过他，迎合他不过是因为他的身份、他的皮相，哪怕是他的娘亲，也不过把他当成一个工具。

若是没了她，他也没有活下去的力气，可她不愿意，连多看他一眼都不愿意……

她说黄泉路上不要和他一起走……

她……不要他了……

# 番外二

院子外春光明媚，鸟儿飞掠湖面，鸣声不断，清脆悦耳，遥遥传来。

"二公子这腿伤太过严重，往后免不了拄拐而行，如今若是再不好好配合医治，只怕连这条腿都保不住。"

杜憬听闻此言，眉头紧皱，忙道："连大人都没有办法吗？"

"世子爷见谅，断骨重接终是不能恢复到以往，况且谢二公子不愿配合，老臣也无能为力。"

杜憬听到这话没了声音，一时难言。

屋里榻上的人靠着窗，面容已然苍白到透明，拿着木簪，看着窗外不知在想什么。

这模样，瞧着心都死了大半，又怎么配合得了？

杜憬叹了口气，在门外站了片刻，走到他身旁，劝道："如今这般不吃不喝要如何是好，你这腿是当真不要了？"

那人没有说话，只是看着窗外。

杜憬深叹一声，也不敢说刺激他的话。谢家如今也乱透了，他那娘亲整日啼哭，谢二爷见了那场面，生生病得卧床不起，谢老太爷也已经整整七日没有出过房门。

谢家上上下下谣言四起，都惧侯府要拿他们兴师问罪。

谢明升虽说能管事，但到底年轻，也压不住底下的人，完全是焦头烂额。

外面谢远带着谢揽进来，默立在旁。

杜憬转头看向谢清侧："阿侧，谢揽带过来了。"

谢清侧没有动，也不知有没有听见。

谢揽一进来，见自家公子这副模样，当即扑跪到他跟前道："公子，是奴才的错，奴才千不该万不该，不该送胭脂姑娘去侯府，是奴才害了公子，害了胭脂姑娘……"

谢清侧听到这里才有了些许反应，他的眼睫毛微微颤动，慢慢转头看向跪在榻前的人，像才看见他一样。

他一时似乎连气都透不过来，猛然伸手抓住他的衣领，怒道："谢揽，你怎么敢！你怎么……"

他太虚弱了，早已耗尽了心神，如今气急攻心，连歇斯底里的说话都是无力的。虽无力一字一句却是恨极怒极，只觉字字滴血，血已到喉头。

谢揽见自家公子这般模样，心中悲泣："公子，你杀了奴才吧，是奴才对不起你！"

杜憬看谢清侧这般怒极，都快要跌下榻去，腿上的血直渗，连忙上前扶住他，道："谢揽，你出去！"

"你怎么敢！"谢清侧死死抓着他的衣领，用力到指尖都渗出了血，眼里含泪恨意深重，歇斯底里的样子都让人不敢相信，刚才一言不发的人是他。

"阿侧，你冷静些！"杜憬去掰他的手，却是一丝都掰不动。

谢远连忙上前，二人合力硬扯着谢清侧回来，连带着谢揽的衣领都被扯破了。

谢揽从来没见过自家公子这般怒极，一时怔然，连话都说不出。

杜憬猛地踢了谢揽一记窝心脚："还不给爷滚出去！"

谢揽被踢得往后一倒，连忙跪倒在地，心中悲戚万分："公子！是谢揽对不住你！谢揽这就叩别公子，给公子赔罪！"

谢揽狠叩了下头，猛然往外冲去，紧接着"砰"的一声闷响。外头丫鬟惊声尖叫，皆是吓得魂飞魄散。

谢远当即出去，见谢揽已然撞墙断气而死，无声半晌，转回来，叹息道："公子，人已没了。"

杜憬强行按住谢清侧，闻言也是惊愕，他当即转头看向谢清侧："阿侧，你这般要如何替她报仇，你不吃不喝，侯府就能凭空倒了吗？"

谢清侧听闻此言，靠在榻上，连呼吸都透不过来。

他拿着木簪，指腹抚过上面带着的血痕，连悲泣都耗尽了力气，哭得哑然无声。

苏幕的心口一阵猛烈闷疼袭来，攥着手猛地惊坐而起，低头一看，手里却是空空如也。

没有那带血的木簪……

苏寿连忙上前，又惊又忧，问道："公子爷，您又做那些梦了，可是有什么大碍？"

苏幕经历了梦中锥心刺骨的闷疼和悲凉，一时没有缓过劲来。等到清醒了些，那种歇斯底里的痛苦和无力才慢慢淡去，只余脑海中些许画面。

苏寿连忙拿了净布过来："公子爷，您擦擦脸。"

苏幕这才发现自己竟然也是泪流满面。他接过净布胡乱擦了一把脸，莫名烦躁。这梦明明与他无关，却总是叫他梦到。

苏寿见他这般，越发担心，想了个法子："公子爷，总是梦到这些事，说不准是哪处沾了脏东西，不如请道士过来瞧一瞧？"

苏幕本没有放在心上，也不信这些邪祟之说，可梦中锥心之痛着实难言，每每连带着他一次次体会生不如死，着实难受。

苏幕沉默了片刻，扔下手中净布，吩咐道："去叫来吧，爷倒要听听是怎么一回事。"

道长不多时便到了，听完之后，轻捏胡须，开口问道："公子爷，你还在梦里见过什么？"

苏幕回想了片刻："点着灯笼在树下等人，可从来没有等到过那个人。"

"等的那个人你可梦到过？"

"不曾，连一片衣角都没有见过。"

"便是再想看见，也没能看见？"

苏幕闻言默认，确实如此，每每在梦中，他便不全是自己，梦里的自己非常想见那个女子。

道长观他片刻："公子既然确定梦中经历从未有过，那可有什么与梦中之人相似？"

苏幕闻言没有开口。

苏寿在一旁开口："我家公子爷爱听戏，自幼喜甜，对桂花糕、糖葫芦尤为钟爱，很讨厌犬，连幼年的都不喜，却对鸟鸣声极为宽容，这些都是自小便如此，没有任何原因。"

道长看向苏幕："不知这些喜好和讨厌是否和梦中之人一样，一一都有由来？"

苏幕闻言默然，他自幼喜好的、厌恶的都没有由来，梦中却能解释得清楚明白。

听戏是因为他那位夫子，糖葫芦是因为她买过，桂花糕是因为她会做，鸟鸣是因为她爱逗鸟。

厌恶犬……是因为她的死……

苏幕微微敛眉，心中难掩躁意。

道长又继而开口："若是都能对上，那公子爷梦到的想来是自己的往世。"

苏幕听闻此言看了他许久，轻呵一声："一派胡言。"

道长却是笃定，拿出一本《清心咒》，说道："公子爷还能梦到，只怕是执念太重，苦毒极深，平日清心打坐或可缓解戾气。"

苏幕不再听，赶了道长离去。

苏寿送离道长，心中还是不信，说道："公子爷，想来是浑水摸鱼的道士胡言乱语，不如奴才再找找旁人。"

"不必了，爷没那工夫听。"苏幕拿过折扇往外走去，苏寿跟上也不敢多说什么。

苏幕去见胡商，并没有把这事放在心上。待到出来之时，却听楼下茶馆中的说书人，拍案说道："那谢家二郎孑然一生，不曾娶妻，未曾纳妾，无子无女，喜好甜食桂花糕，最是厌恶犬，平生最见不得的便是此类玩意儿。"

"为何不喜？"

"大概是他那心上人之死与犬相关，故不喜恶犬……"

苏寿听闻心中惊愕，这梦竟是对上的，那道长恐怕不是浪得虚名！

苏幕听闻此言，许久都没有动。

片刻后，他才回过神来，低啐一声："荒谬。"

他走下台阶，只觉一道视线过来，抬眼看去，是一个满目惊慌的姑娘，见他看向自己，慌乱地靠向身后的桌子，似乎认识他。

苏幕看了她片刻，有一种前所未有的熟悉感。

不知为何，像是松了一口气，终于等到了人。

可这感觉不应该属于他，他不认识这个女子。

他收回视线，往楼下走去，不再多看一眼。

苏寿别过胡商，从身后追上去："公子爷，老爷要您回府一趟，他为你择了几家姑娘，欲为你办亲事。据说那几位姑娘个个美若天仙，家世极好，万人里都挑不出来一个。"

苏幕没兴趣听，也没回去的打算。

苏寿见状多少有点担心："公子爷您这也瞧不上，那也看不上，究竟喜欢什么样的女子，难不成真要一辈子做和尚去？"

苏幕听闻此言，停下脚步，沉默片刻，慢慢抬头看向楼上。

想起刚看见的女子，倒是正合他心意。可转念一想，这感觉不就和那梦一样，来得莫名其妙？明明不是他，却非要牵扯于他，让他很不喜。

苏幕收回视线，翻身上马，没有再回头，前面突然一个老者冲过来。

苏幕轻而易举就拽住了马，没碰到人。

那老者却还是扑倒在地，一副被他撞倒的可怜样。

接着一个女子冲出来，像是早就等在那处一般，明明嘴里说着斥责的话，眼神和身段却都是在勾引。

这种把戏他一眼就能看出来，最是厌恶，只觉烦躁不已。

这种地痞无赖根本无须多言，他也没有耐性多言，就像平白无故地讨厌狗一样。

他抬手打退了去，忽而来了一个人，抓住了他的马鞭。

她明明是生得乖顺软嫩的模样，却一副长辈的派头，很生他的气。

苏幕这般近看她，难得生了兴趣，既然她自己非要到他跟前来，那便不要怪他找上她。

"公子爷，那个女子也不知是何处来的，一眨眼就跑没了，着实找不见！"苏寿急匆匆跑进来，生怕交不了差。

苏幕落下最后一笔，画上的人栩栩如生。

苏寿看着眼前的画，一时愣住："公子爷好记性，只瞧了一眼便记住了，连衣裳……哎，这衣裳好像不一样，公子爷原来还见过她旁的模样？"

苏幕闻言笔尖顿在纸上，晕染出了墨痕。

他画的明明是她另一副模样，闲散悠闲，可他与那女子只有一面之缘，她又何曾在他面前闲散过？

他却像是见了许多次一样，轻而易举就能画出来。

苏幕慢慢敛眉，未发一言。

苏寿见公子爷这般，转念一想慌了神，他一直跟在公子身旁，又何曾见过这女子？

"公子爷……这莫不是梦见过？"

苏幕回过神，随手扔下了笔："胡言乱语什么，去把人寻来。"

苏寿闻言连忙应声，拿了其中一幅画去寻人。

苏幕站在桌前许久，拿起画静静看着，想起梦中模糊的情绪，低声道："连人都护不住的废物，又怎么可能是我？"

明明于他来说只是个虚无缥缈的梦，却连他自己都没有意识到，话里藏了难以察觉的不喜，生生吃起了自己的醋。

## 卷四·宿怨终成契

## 贰壹 执念一朝起，岁岁年年成疯癫

· 一 ·

随风扬起的梨花，悠悠扬扬飘零而下。

怀里的人像是睡得很深，苏幕看了许久，又轻轻叫了一声："胭脂？"

胭脂双眼闭着，细长的眼睫微微垂下，身子轻得不像话，苏幕一手都能抱起她。她一定是困了，才会睡得这般深，连叫她都听不见。

苏幕神情恍惚，将脸颊贴在贴她的额头，眼里的泪从眼角滑落，滴落在她的面上。

梨花林里的风渐渐大了，那花瓣如雨落下，片刻间，只剩下了光秃秃的枝丫。他忙抱着胭脂回屋去，这么大的风她一定受不住的，她身子太弱，花瓣落下说不定都能砸疼了她。

苏幕才刚把胭脂抱进屋里就遇到出来的孙婆子，她问道："少奶奶又睡着了？"

苏幕闻言点了点头，又轻轻笑起。那笑容太过苍白虚弱，仿佛强撑着一口气一般。

孙婆子看了眼胭脂，手无力地垂着，面上一点生气都没有，胸口没有起伏。

苏幕将胭脂放在床榻上，便躺在她身旁将她抱在怀里，胭脂的身上还有一点体温，只是这点体温很快就会消失了。

他抱着她，时不时理理她的发丝，又轻声唤她，可惜没有一点回应。

苏幕发怔许久，终究落下了泪，那低泣声叫人听在耳里都觉心头在滴血。

屋里忽然传来孩童的低声喃喃，苏幕恍若未闻。孙婆子抱着孩子站在外间，安慰道："公子，您还有小少爷呢，千万要保重身子呀……"

苏幕紧紧抱着胭脂，沙哑着声音道："让苏寿抱回去吧，往后没人管他了。"

孙婆子闻言忙道："公子爷，这是您的孩子呀，您少时吃了这么多的亏，如何还能叫自己的孩子也吃这亏？"见苏幕没有动静，孙婆子忙抱着孩子往前走，将孩子递到苏幕眼前，"瞧瞧这孩子长得和您多像，连少奶奶都说像，她时常看着这个孩子想您，您舍得吗？"

苏幕闻言，眼里慢慢有了焦距，他看向孩子："像我？"

孙婆子见他有反应，忙抱着孩子点了点头。

苏幕看了孩子半晌，忽想起那个来无影去无踪的灰衣人，手微微颤抖起来："去问问院里的人，这个孩子究竟像谁？"

孙婆子一愣，不解道："公子爷？"

苏幕神情有些癫狂起来，突然厉声喝道："去问！"

孙婆子抱着孩子问遍了府里所有的人，都说这个孩子像苏幕。

苏幕请了十来个画师，将他们看到的孩子模样画出来，皆是自己的眉眼。

苏幕平平静静看着画上的孩子，确实像他，活脱脱一个缩小版的他。

顾云里的孩子像他，苏幕拿着那些纸轻轻道："好像，真的太像我了……"言罢又突然笑了，看上去就像疯了一般。

众人纷纷后退，都不敢靠近他。

苏幕笑了许久又突然止了笑，拿着手中的纸平平静静地往屋里去。一进屋，见床榻上没了胭脂，这可真是压死骆驼的最后一根稻草。

苏幕的瞳孔不住收缩，冲出屋外便拉着外面的奴仆歇斯底里地道："人呢，你们把人弄哪里去了！"

"公子……奴才不知道啊！"奴仆被他这般要吃人的模样吓得连脚都站不住，院里奴仆皆四散开来，避之不及。

苏幕双目赤红，彻底疯了。几人合力拉着皆被打伤，那模样真跟要杀人似的，众人皆不敢再来，纷纷逃命而去。

苏安一时失声痛哭，自家公子向来形容整洁，举止端方，不曾见过这般发丝披散，神志不清，可怜疯癫的模样。

少奶奶又没了，偌大的府邸根本没人能做主，苏安束手无策，只能先跟着众人躲避出去，赶出府去找方外子。

苏幕在院里找了许久，都没有找到胭脂，面上的神情越来越狰狞可怖。

突然，他一动不动地看向屋里，里头慢慢走出来一个人，一身及地的灰色衣袍，偌大的帽檐，遮住了半边脸。

灰衣人看着他，将手中的木簪递到苏幕面前，问道："您亲手雕的木簪可还记得？"

苏幕看着木簪，一点反应也无，灰衣人但笑不语："您可是跟了这木簪三世了……"

说话间，手中的木簪便化作一缕烟云，四下散开，片刻后又突然聚到一起，一下冲回苏幕的体里，像是骨血归回，魂魄得聚。

悠远的声音似从天际传来，交错层叠却又听得清清楚楚。

"吾此番下凡尝恶人之劫，以渡恶人之心，若不能悟得道心所在，便永生入轮回，万劫不复。"

"阿容，此后一别，望善自珍重。"

"连最基本的正直良善都没有，你根本不配做我的弟子。"

"多行不义必自毙，公子若是不想自食恶果，还是多加收敛为好，免得……将来遭了业报。"

"阿侧，咱们还是不要再见面了。"

那些声音如念咒一般传入耳里，一幅幅清晰的画面一下挤入苏幕本就失了清明的脑中。

周遭仙力散开，空气中气流波动极大，压抑得让人生不如死。

苏幕一时闭眼，只觉头痛欲裂，嘴角微微溢出血来，面色苍白，额角汗湿。

灰衣人被气流压制得背脊微微汗湿，不住地后退几步，强忍着伸出双手作揖："本座恭迎帝仙历劫归来，不知您可曾尝遍恶人之心，悟得渡法高深？"说着，面上透着讽笑，"帝仙折磨过的人都能得偿福报，自有您的福泽庇佑。可惜了那小小阴物，不知帝仙历劫之意，白受千刀万剐之苦……那一刀刀生受，还真以为替您去了大过。可叹帝仙一遭悟道，便没了她什么事，真是可怜可惜。您还修什么道，渡什么人啊？"

周遭仙力越发缠紧，如巨蟒缠绕死物，碾压得周遭一切扭曲变化。

灰衣人暗暗咬牙死死撑着，这九重天上高山仰止的仙上仙能否一朝入得堕仙门，魔道又能否再生臂助，全在今日这一遭。"

不过几息之间，空气里的气流骤停，噬骨压力一下松开，仙力醇厚绵长，丝丝缕缕若春日轻风，无形无影却根深蒂固，不可动摇。

苏幕慢慢睁开眼，眼眸清澈，不着半点寒意，亦无情无欲无所求。心如止水，清净寂灭，声若清乐，蕴藉禅意："姑嵩，你到魔界也没有半点长进，还在这等小事上计较钻营？"

姑嵩最恨他这般高高在上、视他如孩童玩闹的模样，不想这般费尽心思乱他道心，竟半点不为所动，便越发不甘，沙哑着声缓缓道："那小阴物受了那么多年剐刑，当时可是哭着叫您呢，那一声声真是天可怜见……您可要听一听？"

眼前的人一如千万年前那样仙风道骨，不沾俗欲，不惹纤尘，缓缓道："既回己身，往日种种皆不是我，他们非我，我所求之道亘古不变。"


胭脂下了地府，慢悠悠走过黄泉路，身后鬼差一迭声絮叨着："你这一遭死得倒是干净，一点血腥都没见，白叫我打了三百余场，苦争去接你的名头，结果半点热闹也没瞧着……"

"罢了，一会儿也是有大热闹瞧的，你在凡间把龙子给杀了，他现下都没有醒，龙王每日在地府游来游去，就等着你呢，一会儿必得被他生撕活剥了去……"

胭脂平平淡淡"哦"了一声。

鬼差见她半点不怕，飞到她面前，怒道："哦？你知不知道龙王嘴里有多少水，快把地府淹了，阎王爷和判官每天都在治水，忘川河里的水都快漫出来了！"

说话间胭脂已经远远看见了忘川河，河里的水溢出来，里头那些玩意儿也跟着出来，一排排鬼差正忙着把爬出来的往里头打。

半空中巨龙游来荡去，时不时电闪雷鸣狂风骤雨，连胭脂这头都淋湿了，场面颇为壮观热闹。

阎王爷站在忘川河畔愁眉苦脸，判官在下头劝道："龙王爷，那阴物命数已尽，不多时就到了，您先息息怒，喝口水歇一歇。"

判官说话间便被龙王吐了一身口水，连站在一旁的阎王爷也被波及。

阎王爷抬手抹了一把脸，看着龙王，恨不得把这老匹夫弄成串串烤了吃，忒是能闹，没完没了！

正想着，龙王已经"嗖"的一下往前飞去，不见踪影。

胭脂看着眼前的龙王，嘴一下张成了圆形。真的好大一只，眼珠子跟灯笼似的，比她的脑袋还大。

由于胭脂比较小只,龙王离得又近,这眼睛就不由自主对了起来,成了斗鸡眼。

胭脂便也没觉得可怕,反正到头来还是一个"死"字,倒不如临死前摸一摸从来没见过的龙头。

她想着便伸出手摸了摸龙王。

看着放在自己鼻尖的小手,龙王气得龙须都竖了起来。

阎王爷和判官不料胭脂这般作死,龙王这厢已经怒吼出声,整个地府硬生生被震了一震,忘川河里的玩意儿跟锅里的菜似的被掂了掂,个个晕头转向,迷迷糊糊。

胭脂觉得自己的耳朵彻底聋了,龙王又开口说话了,声如雷鸣:"我儿被你所害,昏迷不醒,余下几世无法历劫,我已上报九重天,如今便是等你投那泯灭道,还我儿一个公道!"

阎王爷闻言气得想去拔龙须,这龙王就是典型的得了便宜还卖乖,这一事得了上头许可,许他掌上龙子养好伤再去历劫,那养伤便自然是个无限期,再加上龙王送点礼讨好些许,旁的又怎么可能会去管这事。

胭脂闻言默然不语,判官已然到了跟前,看着她叹道:"可有什么心愿未了?"

胭脂垂下眼想了许久也没想到什么,便轻轻摇了摇头。

判官默站了许久,直到龙王在一旁游来荡去地哼哼,才开口道:"走吧,送你去泯灭道……"

· 二 ·

阎王爷见状转身回了阎王殿,虽说这是阴物本就注定的结局,可到末了,终还是看不下去那灰飞烟灭的可怜场面。

胭脂默不作声跟着,泯灭道是一道漫无边际的鸿沟,站在边缘如站在山崖上,下面深不见底,其中数千万道煞气相互交错,鸣声如刀剑般锋利。

胭脂静静看着泯灭道,毫无生气,像是死了半边魂。

龙王头次见这泯灭道,探出头去看了看,判官没来得及阻止,龙王已经被削掉了一条龙须。

龙王疼得在泯灭道旁弹成了巨型跳蚤,那大龙尾拍打在地上发出剧烈的震动。

胭脂等人被他震得左摇右摆站不住脚，好不容易安抚了下来，已经折腾去了大半天。

胭脂看了看泯灭道，又看了眼龙王，他显然还沉浸在须断了的忧伤之中，趴在一旁耷拉着眼不想说话。

胭脂便也干站着，垂眼看着他断了大半截的须。

判官见状便上前提议道："龙王爷，您看今天您这须都断了，这般实在有些劳累了，您瞧要不要换一天？"

龙王一下瞪起眼："你觉得本王很闲？"

"不敢不敢。"判官忙道。

龙王鼻孔出气，重重"哼"了一声，那气吹得胭脂差点飘起来，催促道："速速投了泯灭道，你与吾儿的恩怨一笔勾销！"

胭脂闻言慢慢往泯灭道的悬崖边上走去，深渊底层源源不断的煞气往上涌出，胭脂还没走到边缘就感觉身上面上被刮得生疼，走了没几步又隐隐往后退。

龙王见状便用脑袋顶着胭脂往前走："你这阴物好是磨蹭，闭上眼睛往里跳不就好了，怕什么！"那近在咫尺的声音震得胭脂脑袋嗡嗡响，快到了悬崖边缘，便不由自主伸手抓住了龙王的角。

龙王见她要拖自己下水可是气癫了去，猛地腾起疯狂地甩头，想将胭脂甩到泯灭道里，可又怕自己被煞气伤及，便要往里靠靠了些再甩。

胭脂受不住他这般疯甩，吃不住力，整只阴物便掉落了下来，在一众惊呼声中直往泯灭道里滚。

突然远处一声龙吟，凌空飞来一只黑龙将胭脂圈了起来，看了眼还在半空中甩着头的龙王，无奈道："父王，您这是在干什么？"

龙王甩得一头晕，听见自己孩儿声音，忙落下地来靠近龙子，热泪盈眶，大张着龙嘴，道："儿啊！你终于醒啦！"

胭脂只觉头上一桶水猛然浇下，她忙抬手用湿答答的衣袖擦了擦脸，抬眼一看才发现是龙王斗大的泪珠，眼瞧着就要再落下一滴来，胭脂忙用手遮着头，这么大一滴泪珠当头砸下，怕是会晕。

"孩儿只是累得睡了一会儿，父王不必担心。"龙子伸出了爪遮在胭脂的头上，挡掉了那滴斗大的泪珠。

龙王见状重重"哼"了一声："这阴物很是狡猾，磨蹭了大半日也没往下头跳。"

胭脂只觉憋屈不已，她明明只占了大半日的一点点时间，其余的可皆是耗在他的龙须上头了。

龙子低头看了眼胭脂，开口缓缓道："父王，孩儿喜欢这只阴物，想要带回龙宫养着可以吗？"

龙王闻言可是不答应："这怎么可以，她那般害你……"

"父王，孩儿真的想养……"

"养！养养养，取个笼子来，装起来带走！"

龙宫在东海最深处，海里头虾兵蟹将极多，头一次见胭脂这样的阴物，便排着队从外头游过，斜着眼偷瞄打量。

胭脂被带回了龙宫，还有些不明所以，只呆愣愣看着在身边游来游去的虾米，直到一只螃蟹夹着她的裙摆不放，吐着气泡说着她听不懂的话，她才反应过来。

龙子化成人形，将螃蟹捡起来了往外一丢，又将几只待在胭脂面前瞅的虾米拨开，问道："胭脂，你一般吃什么？"

她看了龙子许久，终究觉得抬不起头，默了许久，才开口郑重道："言宗，是我对不起你，我欠你一条命，往后你有什么事尽管开口，便是赴汤蹈火，我也在所不辞。"

龙子看着胭脂这般严肃的长辈做派，也说不出自己要什么，这是他自来敬重的师父，可又是他喜欢的人，还是为了别人杀了自己的仇人，这几种感情交织在一起实在太过复杂。让他也不知道该如何做。

他默然了许久："你先好好休息，我还有事，下回再来看你。"说完便转身疾步离去，身旁的虾米们被他突然转身离去的漩涡卷进去，在水中转得晕晕乎乎，根本分不清东南西北。

胭脂看着龙子离去，心下愧疚滋味难言，瞥见一旁的虾米还在转，又忍不住伸手抓着玩。这龙宫太是稀奇，她这样的阴物，施了个咒便可以在水里住了。

龙宫比她想象的还要美，海面上的阳光透过碧蓝的海水丝丝缕缕透进来，衬得周遭波光琉璃，时不时闪出五彩耀眼的光芒。

所有的一切都跟人间不一样，整个人都在水的包围中，轻轻一放松便能浮起，衣发沾水而不湿，却又能摸到水的触感。

还有一群群斜眼走路的虾兵蟹将，走马灯似的排排游过。

胭脂在龙宫住了快六日，和里头只有灵识未修成人形的虾蟹鱼龟等熟了个遍，一抬眼便远远瞧见一个人的身影，身边还牵了一个五六岁的孩童。

胭脂微微一顿，忙追了过去，见她牵着孩子走进龙子的寝宫。里头的龙子一见到孩子，便笑着上前抱起孩子："叫一声爹，便带你去海里抓海星。"

那孩童脆声道："爹！"

龙子听后朗声笑起，一旁的女子满面温柔轻笑着。

胭脂探身看去，微微僵住，果真是顾梦里……

她在这里，岂不是说明她在凡间的肉身已死，那……苏幕呢？

龙子抱着孩子正要往宫里去，余光瞥见胭脂站在外头，他一下顿住，顾梦里顺着他的视线看来，脸上的笑慢慢淡了下来，消失得无影无踪。

胭脂见顾梦里看来，心口一刺，想起她说过的那些话，只觉生不如死，忙转身逃也似的离开了。

待走了很远胭脂才失魂落魄地停下来，一时忍不住心头绝望，开始掉起金豆子来。

在东海哭是很明显的，那一滴滴眼泪掉出来，与周遭的海水融不到一块儿，便成了一颗颗圆珠子四下滴落。

一只螃蟹推着蚌跟在后面，一颗颗挑着往张嘴的蚌里捡，有些成色不好它是不要的。

片刻工夫，龙子便追了上来，见胭脂哭不由得一愣，忙开口解释道："胭脂，梦里在凡间是病故的，我……我不能放任她不管，我……"龙子也解释不出什么，事实确实如胭脂看见的那样，他把梦里和他们的孩子接来了宫里。

他当下也觉为难，委屈了这个不行，委屈了那个也不好，便只能开口道："你放心，往后你在龙宫的位置一定比梦里的高，我发誓会多给你几个孩子。"

胭脂只觉脑袋被敲打过几遍一般，她好像与他无法正常交流，这嘴里说的话让她压不住蠢蠢欲动的手，半响才缓了过来："你在胡言乱语些什么？"

"胭脂，以前的事情都注定了，我们之前错过了，现下就不要再错过了。其实……这样也是公平的，毕竟你和他也……"龙子说到一半说不下去了，这个人永远是他心头的一根刺。

和他三世都碰到一块儿，如今却连一点消息都探听不到，连地府都说没这个人，这怎么可能？

哪有人不入地府就可轮回转世的，便是仙也不能例外！

胭脂想到苏幕，就难受得说不出话，她强忍住不问他的半点消息，有些东西既然决定要断了，就不要再去纠缠不休，连问一句都不该。

胭脂如此想，却不知自己的面色比死人还要苍白，说的话都带出颤声："言宗，你要我做什么都可以，只这一件事不行，你既然已经有了顾梦里，就不要再三心二意，不要像某些人一样……"

对，不要像苏幕一样表里不一，做那样恶心的事……

· 三 ·

胭脂那日与龙子说完心中所想，他像是听进去了，又像是没听进去，他偶尔会来找胭脂叙叙旧。

既没有开口要她做什么，也没有让她离开东海半步的意思。

胭脂只能一日日地耗着，每日闲着又怕想起不该想的人，没事便在周遭逛逛，不到几日便已将她住的那处摸得清清楚楚。

胭脂这处的虾兵蟹将都极为熟悉胭脂，因为东海从来不曾出现阴物这种稀有物种，是以受到的关注就多了。

每日都琢磨着胭脂吃的是什么，她这般物种又是怎么幻化出来的，时不时便来问。

这些个虾虾鱼鱼的记忆都不是很好，尤其是那些色彩斑斓的鱼，长得是挺好看的，可它们只有七秒的记忆，一日里总要问上千百遍胭脂的名字，直让胭脂说得舌头打成"蝴蝶结"。

时间长了，胭脂便也不搭理它们，可不搭理吧，它们又围在一旁碎碎念，她想在海底晒晒太阳都不行。

它们实在太多了，成群结队，一围上来便乌云盖日一般，海底的阳光本就细弱，这般一挡哪还能晒什么太阳？

胭脂气极便会狠骂几句，可那又有什么用，跟它们对骂只有七秒的时间，便是它们怒极而去，七秒过后又乌云盖日而来……

胭脂没什么法子，便也权作没看见，照常躺在巨型海石上，看着上头游来荡去、嘀嘀咕咕的鱼儿。

海面上方钟鸣声沉沉而起，仙乐隐隐约约传来，胭脂上头的鱼儿一下皆往海上游去。

胭脂忙伸出手捞住一只："你们去哪儿？"

"天涯海角的仙钟响了,仙界必有大喜,我们要去海面上瞧瞧热闹。"

话音刚落,透明鱼儿便溜走了,底下的海石突然动了,慢慢伸出巨爪往前爬。

胭脂一下从巨石上面落了下来,转身一看才发现那像山一样高大的巨石是一只龟,只是他身上布满海草,将他的形状遮得严严实实,显然是沉睡了许久。

胭脂往后腾游了几步,面带惊奇道:"你这也是要去海面上瞧热闹?"

那龟都没正眼看胭脂:"东海又能瞧得到什么热闹,最多看看上头彩鸟纷飞起舞,我不过是看那仙钟千万年间鸣了一次,心头欢喜罢了。"

他说着伸展了一下巨爪,感叹道:"上一回仙钟长鸣七七四十九日,还是帝仙初生,众仙归位,贺临仙上。我那时不过也只有巴掌大小,如今年岁太久,都有些忘了钟鸣之声是怎样的悦耳。"

胭脂低头瞄了眼自己的手掌,这龟是吃了什么长大的,那么大只了!

但这话是不好问的,毕竟是人家龟自己的事,便随口接道:"帝仙初生好是气派,我记得我出来的时候,正逢百鬼夜行,可是凄凄惨惨……"

那龟闻言看了眼胭脂,嗤之以鼻道:"这帝仙亘古以来也不过堪堪出了两个,一个早在千千万万年前就寂灭了,还有一个便是如今的叶容帝仙,仙法高深不可测度,严苛制己,最重清规戒律,言行举止皆为仙界之尺,你等蝼蚁尘埃之物如何能与之相比?"

他说着便慢慢腾了起来,往海面上游去,龟身带起的巨大漩涡,卷得胭脂不由自主地转了好多个圈,等她慢慢悠悠停了下来却还在愣神之中。

叶容……

好名字。

她慢慢伸手去拿发间的花木簪,才发现发间那个熟悉的位置已经没了木簪,摸遍了整个脑袋也没有,往日那木簪在她死后都会跟上她,这一回却没有了……

那是不是意味着,他们之间彻底断了……

胭脂放下手,脸上浮起一丝苦笑。

龙子从远处游来,到她跟前喜气洋洋高声道:"胭脂,快上来,天界大喜,如今正是最好办事的时候,我带你去九重天上讨讨关系弄个身份碟,往后你也好在仙界长久待下去。"

胭脂闻言一愣,不想仙界如此讲究,正想着,龙子便伸出爪子按在她跟前:"快上来。"

胭脂眼睛倏然一下发亮,做梦都没想过自己还能骑龙上天,她忙顺着龙爪往上爬，才一上去便看见顾梦里抱着孩子坐在前面。

顾梦里没去看她，只是看着怀里的孩童把玩着海星。

胭脂微微一愣，眼里眸光瞬间暗淡下来，默了一瞬，慢慢行到她身后几步外坐下。

龙子待她坐定了，便一下腾飞而起，冲出海面直往天上悠悠扬扬飞去，在漫天流云中隐显。

胭脂看着漫天流云心事重重，此时，顾梦里抱着的孩童极为兴奋地叫出声："哇！娘亲，你看好大的云！"

顾梦里低眉轻笑，连声音都添了三分温柔。

胭脂听在耳里，嘴唇轻抿，忍不住问道："第一个给他养了？"

顾梦里闻言微微一僵，眼眸轻转，复杂几许，终究当作不曾听见，没有回答胭脂的话。

胭脂问后也觉自己可笑，龙子怎么可能允许她带着别人的孩子跟着他，孩子显然是给苏幕养了，想到此便胸口生闷，满心苦涩再也无力开口。

天界仙乐重重，彩鸟时不时变换阵法在空中翩翩起舞，满地轻云，浮浮沉沉，似在空中行走。

到了天界，龙子便化为人形带着她们一道走，孩童自然而然要抱，龙子便弯腰抱起，顾梦里跟在后头，三个人一看便是一家。

胭脂刻意落慢几步走着。

待到了命簿司，龙子抱着孩童先带着顾梦里进去，过了一会儿，忙又出来对着胭脂道："若是喜欢看，便带你四处转转，这身份碟一道道手续下来，轮到你可要许久。帝仙历劫归来，帝君大喜，设宴款待群仙，众仙皆在，这般盛景可万年不曾得见。"

胭脂闻言点了点头，实在不想再闷着，便说道："你进去陪着他们吧，我自行看看就行了。"

"没事的，有梦里在呢。难得来一趟，我也想四处看看，说不准还能有幸瞧见帝仙是什么模样！"说着，龙子便带头而去。

二人一路跟着仙侍走，才找到了位置，不过是极外场的小宴，往里处他们便进不去了。

这处皆是散仙一类，不过也已然是很盛大的宴席了，仙侍宴中排排而过，斟酒倒茶，一举一动，赏心悦目。

空中仙女飞舞，衣带飘扬，舞姿朝圣，变化多端，叫人不敢错眼，唯恐少看了一眼觉得可惜。

忽闻天际传来庄重沉厚的声音，隐隐带着圣意："众仙齐聚，贺吾界帝仙归来，然帝仙喜静，不便照拂，便由本帝君替他敬列座众位，今日列位大可不醉不归。"

众仙忙起身举杯应到，一饮而尽。

一坐下便听宴中议论纷纷。

"吾便说帝仙必不会来，我等修仙数万年，到如今都不曾见过帝仙模样，实在惭愧。"

"在这处是见不到帝仙的，帝仙门下弟子众多，倒不如多修道法拜入门下，说不准哪一日便能看见。"

"帝仙此次渡法太过高深，吾等实在参悟不透，在旁观望不同于亲身历劫，倒不如也下凡尝一尝这恶人之劫……"

"万万不可行此大险，此间执念深重，稍有不慎沉沦其中，便是永世不能回仙道，生生世世皆历恶人之劫，万劫不复，即便回了仙道，若掺执念，一朝走火入魔，必然堕仙，那可是满盘皆输。"

"善，仙身得来不易，修行更是极难，吾等不及帝仙定法高深，还是不要行这自取灭亡之事！"话音刚落，席间皆仰天大笑，又举杯畅饮，讨论不休。

龙子从仙侍那处取了仙桃，递给胭脂，说道："看来咱们走不了大运，便只能吃仙桃了，走吧，再去别处瞧瞧。"

胭脂闻言便跟着龙子走，百无聊赖间拿起仙桃啃了一口，水分极足，满齿桃香，一时满心满眼都是手中这个大桃子。

才走了没多久，前头龙子一下站住，看着前头，双目圆睁，表情极为震惊。

胭脂捧着桃子一口口啃着往前走，见状便抬头一看。

那人与一白发白胡的老者迎面走来，轻轻浅浅的声音低低传来，听在耳里似闻仙乐。

路过他们时，那人清清淡淡瞥了他们一眼，微微颔首便收回了视线，似乎相识又似乎不相识，与老者一步步相谈而去。

胭脂的眼睫毛一闪，手中的桃子一下滚落在地，从边缘处落了下去。

"你此次所尝之劫太过磋磨心性，还是回去缓一缓，渡法不急，来日方长。"

叶容闻言不再勉强，平平静静告别了长须老者便往回走，缓步而行，不紧不慢，面上不起波澜。

到了宫内，只取一经安安静静看着，神情专注认真，一丝多余的动作都没有。

殿内清香袅袅升起，四下又隐隐约约传来细微声音，分不清楚何处而来，却无孔不入。

"梨花是不是都在离别的时候开？"

"我不想黄泉路上还跟你这样的人一道走，黑漆漆的都没有光，太难走了……"

"可惜了那小小阴物，不知帝仙历劫之意，白受千刀万剐之苦……"

"那小阴物受了那么多年剐刑，那时可是哭着叫您呢，那一声声真是天可怜见……您可要听一听？"

"您可要听一听？"

"可要听一听？"

那一声声如念咒般传来，蛊惑人心，乱人方寸，殿外忽有黑色烟气丝丝缕缕透进来。

叶容连眼风都没分去，像是习以为常，仿佛这些本就是他的一部分。他握着手中的竹简，玉面平静温润，修长的手指微微收紧。

忽然一声凄厉嘶哑的叫声破空传来，隐隐约约间好像在喊他，口齿不清像是没了舌头发不出声音，只能模糊嘶哑地喊叫着，一声声的凄厉喊叫，听着就叫人心头发颤。

这其中的害怕、痛苦、绝望，种种情绪交织在一起，叫人听一声便身临其境，受不住半点。

叶容浑身一凛，猛地握紧手中的竹简，片刻间竹简便化为灰烬，在指间如沙粒般洒落在衣摆上。

他静静看了半晌，终是站起身往一处墙面缓缓走去。待进到前头，那墙面微微一晃便作虚无，走进去后，又恢复为一道墙。

黑色烟气时如恶鬼，时如烟云，偶发尖利煞气笑声，自始至终一步步跟着。

里面没有任何摆设，四周皆是墙，只有中间端端正正摆着两件喜服，喜服上头摆着一只绣着胭脂盒的荷包，里头隐有发丝透出来。

叶容慢慢伸出手轻轻抚过喜服，上头的纹路触感他都极为熟悉。

可惜只穿过一会儿工夫……

她现下喜欢吃桃子了，那桃子比她的两只手都大，拿得动吗？

身上的仙力慢慢开始四散，叶容安安静静地看着，看了许久，终究慢慢闭上眼，权作视而不见。

突然周围气流越来越拥挤，似海水一般波涛汹涌，忽如内有巨核猛地炸开，荡出千万里之外，上至九重天，下至地狱魔都，皆如地龙震荡。

须臾过后，天际各角落慢慢浮起黑色烟气，一丝一缕，如煞如厉，丝丝缕缕慢慢透进叶容身体，不见半点排斥，直至最后一缕烟气消散在体内，合二为一。

他才慢慢睁开眼，眼里波澜不惊，玉容生辉，白皙的额间隐现堕纹，初显光芒，纹路越发鲜红。

长须老者惊见仙力暴走，回头一望果然见整个九重天云散万里，天柱倾塌沦为废墟。忍不住长声哀叹，深以为憾，早知今日就不该让他去行那险事！

他这样的高度成了堕仙，往后群仙只怕会纷纷效仿……

如此一来，仙界才是万劫不复！

遇见他始料未及，龙子根本不等胭脂反应便马上将她带下了九重天。

地上忽起震动，地龙翻起，东海海水翻腾如海啸。

龙子眼见此景忙抓住胭脂，迎着风浪跳进去，一进东海二人便被海水拍打得分不清方向。

水流越发湍急，如同张开血盆大口的猛兽，稍有不慎就可能葬送于东海，龙子化成龙形，伸手探爪，一旁已不见了胭脂！

胭脂被翻涌的波涛打得晕头转向，只觉被人拦腰抱住，在海水中往后极速拖去，避开海啸山崩便下了深海而去。

深海比之上头平静许多，胭脂反应过来时已离龙子十万八千里之外。此人法力太过可怖，吓得她忙挣扎起来，身后的人纹丝不动，抓住她的手，慢慢和她十指紧扣。

胭脂看着那手，和衣袖的清简纹路，心中波澜迭起。她慢慢回头，只见身后的人眉眼清隽依旧，只是额间一道暗红堕仙纹，半仙半魔，似正似邪。

那人似笑非笑，轻启薄唇浅声道："夫子，阿容盼你许久了……"

## 贰贰

## 夫子

"老朽已经修炼了六百余年,这熊生唯愿见一见帝仙,当初若不是帝仙指点一二,老朽早已不知身在何处。"

"伯伯,你长得像熊又像猫也就算了,怎么记性还不好?都和你说了百八十遍了,九重天那位已经落下来了,依我看还是不要修什么仙道了,连帝仙都仙不仙魔不魔的,咱们这些又有什么必要修仙?"

"你这是年纪轻不晓事,凡在上者,所行之事皆非我们所能揣度。帝仙堕出仙门,自有他的用意,这天下怨气皆集他身,不知渡了多少鬼魅精魂,就连黄泉路都被那些投胎的魂灵踏平了。听上头说,帝仙除了性子比以往稍稍不稳当些,倒也没什么妨碍。"

"怎么没有妨碍,若是帝仙入了魔道怎么办,覆巢之下,焉有完卵,倒不如早早弃仙入魔来得安全!"

"九重天十有八九瞒了大消息,我们这些散仙自来不得看重,到时死在前头的必是我们!"

胭脂站在远处山头听着,忧心忡忡,怀里的小龙也被吵醒了,见不到自己的娘亲又开始流泪。

胭脂忙摸了摸他的头:"等他气消了,我就想办法把你送回去还给你爹爹娘亲,还有你的祖父,乖,不哭了……"

小龙呜咽一声，将脑袋趴在胭脂的胳膊上，耷拉着眼，时不时呜一声，可怜得很。

胭脂捏了捏他软嫩嫩的小龙角，只觉虚得很。

她夸下了海口，可她如今是泥菩萨过江，自身难保。

叶容那时性子不稳定，她心中恨苦他，说话自然是不好听的，这可不就成了点火小能手……

惹怒得他将东海的水搅得天翻地覆，整个东海险些付之一炬，龙子都差点被他磨死在海里。若不是顾梦里被仙官带得及时，说得个中缘由，恐怕东海已经被山填平了去。

胭脂又看了眼怀里的小龙，真没有想到那个姑嵩竟不是仙，这一步步分明就是要将他拉下，这千万年的道行一朝散尽，成了堕仙便永生永世都不可能再重返仙道。

她一想到这些心中就极为难受，到底是自己害了他。

胭脂也耷拉着眉眼，抱着怀里沉甸甸的小龙，慢吞吞往半山腰走去，漫山遍野的花丛绵延而去，到了他们住的地方。

他将自己和小龙带到这处后便离开了，好几日都没有音信，也不知去了何处。

胭脂推开篱笆走进去，却听见后头衣摆拂过花丛的细微声响，她转头一看，他果然回来了。

只是……满身是血，连眉眼间都沾染了血迹，衬得眉间那堕仙纹越发鲜红，连眼眸都隐隐泛着鲜红的血光，鲜血顺着修长的手指一滴滴落下，落在盛开的野草花上，越发刺眼。

小龙被他满身的煞气吓得不轻，躲在胭脂胳膊肘里瑟瑟发抖，他不过才五岁的孩子，之前被叶容吓回了原形，到如今都变不回去，现下见了他更是不敢看他。

胭脂心下发沉，山里那散仙到底是说错了，成了堕仙又如何会有为仙者的慈悲心肠，执念太深难免偏激，又如何会处处顾忌？

他入魔道是早晚的事……

叶容自远处山花烂漫中一步步走来，近到她跟前时，胭脂都不敢抬头看他。他这副模样实在太可怕，早已没了为仙时的沉穆清雅，她甚至觉得他下一刻就会杀了自己……

叶容的眉眼沾了血，衬得肤色白皙干净，容色越发出挑惑人，突然伸出手摸上她的脸，浅声道："夫子，这么久不见，连看看阿容都不愿意吗？"

胭脂只觉面上一片湿意，鼻尖传来淡淡的血腥味，轻抬眼睫便对上他的眼，忍不住心头一颤，他的眼眸红得像是要滴血，看着就瘆得慌。

她微微蹙眉，忍不住别开眼，不发一言。

叶容轻笑一声，手慢慢下移，放在了小龙的头上，微微捏了捏小龙角。小小的龙角一下子就染上了血，小龙在胭脂的怀里抖成了只鹌鹑。

叶容轻飘飘看了眼胭脂，才往屋里走去。

胭脂站了许久，忙将吓坏了的小龙抱到隔壁的屋里，又去外头接了一盆清水端进屋里，便见他坐在暗处静静看着自己。

胭脂犹豫许久，才轻声道："我替你擦洗一下……"

她默站了许久也不见他回应，又被他看得极为不自在，便硬着头皮走到他跟前，将水盆放在桌案上，拧干了湿布，正要伸手替他擦，却又不知该从何着手。

他们如今算不上熟悉，可以说是非常陌生，她甚至不敢碰他一下。他们最后闹得那般不好看，便是知道是个误会，她那些伤人的话他也不可能装作没有听到过。

屋里静得针落下都听得见，胭脂见他看过来，忙伸出手去，轻轻擦着他眉眼的血迹。

离得近了，胭脂只觉他的视线落在自己的面上，浑身微微有些发颤起来，连气息都放缓了些。

她胡乱擦了几下，忙又把布放到水盆里沾湿晾干，动作僵硬至极。却见他伸手拿过她手中的布，拉过自己坐在他的腿上，伸手轻轻揽过她的细腰。

胭脂微微一颤，忙伸手撑在他的肩膀上，却摸到一片湿润，他的衣衫被血染湿，渐渐也染湿了她的衣裳，极不舒服。

他看了胭脂许久，慢慢抬手在她的脸上轻轻擦拭，力道轻缓，他们二人靠得比刚才近了许多，胭脂都能感觉到他轻微的呼吸，喷到自己的面上微微发痒。

胭脂的眼眸微闪，眼睫毛轻轻发颤，整个人僵硬得不行。

叶容细细擦完后，抬眸看了她一眼："怕我吗？"

胭脂默不作声，说不怕是假的，可他这样是她害的，她又有什么资格说怕？

叶容微微垂下眼睫："若是不愿意陪我就算了，我如今这样也没什么办法再回去了……"

胭脂闻言心中一疼，也管不了那许多，忙环上他的脖子抱着他，轻轻道："我愿意陪你……"

叶容轻嗤一声，言辞微讽："夫子不是说不愿意和我一道走黄泉路，何必勉强自己做不愿意做的事？"

胭脂被狠狠一噎，想起自己说的话就面上发烫，垂着眼不敢动，有心想说那是误会，可看了眼他的神情又不敢接话，只敢喃喃道："没有勉强……我那时因为顾梦里的话，气昏了头才……"

她不提这话还好，一提这话就揭起了后头一大段。

叶容嗤笑出声，将手中的湿布甩到水盆里："别人说什么你就信什么，你想过我吗？"

水盆里的水溅起，惊得胭脂微微一颤，她说错了话，她应该说姑嵩的，可现下是不能再说了，机会只有一次，她再多言在他面前便是狡辩。

胭脂见他一言不发，神情越来越冷，忙凑上去亲了亲他，哄道："想你呢，做梦都想你……"

叶容的神情倒是微微缓和，眼里血色淡了许多，看着她依旧平平道："想我什么？"

胭脂答不上来，那时什么都想，就唯独不敢去想他，跟刺一样，露出来就会扎伤人。

叶容揽着她的腰微微用力，片刻后便松开了她，站起身："这般就答不出来了，想来还是别人的桃子好吃，我现下这样……也给不了你那么好吃的桃子。"

胭脂没承想一晃神，他又想到了别的，早知道她就不吃那个桃子了，平白又有个不是……

这般下去如何得了，以他的记忆和不饶人的性子，这账起码要翻到第一世去，这叫她如何站得住脚，没得他越想越气，她还如何哄得住？

她忙上前抱住他，没脸没皮道："我不爱吃桃子，桃子哪有阿容合我心意？"

叶容稍稍缓和了脸色："那如果用那个给你桃子的人来换我呢？"

胭脂也不管脸皮什么的了，言辞坚定道："千千万万个来也不换的，我就要你一个。"

叶容闻言终于笑起来，低头在她的唇上轻啄，亲了一下又一下，慢慢便变了味道。

胭脂被他吻得一步步后退，靠上了后头的桌案，又慢慢坐上了桌案。他抱着她，低哑着声道："夫子，我真没想到可以这样对你，要是早知道你喜欢，我一开始就该……"

胭脂羞得脚趾都缩了起来，什么喜欢，哪有这样瞎扣帽子的！她忙捂住他的嘴："别胡说！"

胭脂醒来只觉浑身酸疼，她真是被叶容骗了，低估了他的劲头，起先倒是温和的，到了后头就越发过分，还非要这种时候唤她夫子。

胭脂臊得不行，都不敢去看他，他倒是越发兴奋起来，磨得她受不了。

胭脂小心翼翼地在被窝里伸手按腰，却发现抱着她的手慢慢下移，替她轻轻揉按着。

胭脂一抬头便对上了他的眼，他像是整夜没睡一直看着她，眼里的血光已经淡去了，恢复了温润如玉的模样，唯独不变的是那额间的堕仙纹。

胭脂微微垂下眼，窝在他的怀里一动不动，腰上的力道轻重适中，隐隐有一股热流聚着，酸疼慢慢被缓解。

良久的静默过后，胭脂觉得舒服了许多，便按住他的手，清了清嗓子："好多了……"

可惜显然是折腾得狠了，便是清了嗓子，那声音中的喑哑无力还是在，听着便让人倍觉怜惜。

叶容伸手将她圈进怀里，颇有些心疼道："嗓子都哑了，想不想喝水？"

胭脂听不下去了，哪有这般事后诸葛亮的，刚才求他时权作没听见，现下倒来扮好人了。

她累得不想动，也不想理他。

叶容伸手将她的脸轻轻捧起来："夫子为何不理人？"

胭脂浑身不自觉泛起一阵红，伸手轻轻推他，嗔道："不要这样叫我。"

叶容握住她的手，在手心轻轻把玩，看着她，颇有几分意味深长："夫子这般以身教导弟子了，若是不尊敬有加，岂不有违尊师之道？"

胭脂被他说得抬不起头，既接不了话又收不回手，只能泪眼汪汪地小声求他："别这么欺负我好不好……"

殊不知如此可怜模样，更招人欺负，她话都还未说完，就被他以吻封口，手又被他按着动弹不得，胭脂只觉他的呼吸烫得人受不住。

良久，他才停下来，唇瓣相磨许久才低沉道："夫子好过分，都将弟子勾上床榻了，现下却来说弟子欺负你。"

胭脂只觉心跳快得连呼吸都有些困难，言辞艰难道："我……没有勾你……"

"夫子什么都记得，却不告诉身为弟子的我，又与我这般耳鬓厮磨，还说没有存着勾引的心思，只怕是早想着我，却说不出口，便百般花心思地勾我，再半推半就地从了我……"叶容言辞轻慢，叫着夫子，却半点没有敬重，只拉长音调故意戏弄道，"夫子可真是好算计……"

"不是你想的这样……"胭脂只觉他步步逼人，有心解释却又无从说起，急了一身汗。

叶容突然翻身压了上来，似笑非笑道："夫子好过分，明摆着的事，还要与弟子争辩。"

这般亲密无间，让胭脂心慌意乱，都不敢去瞧他，这二人都躺在一块儿了，她说什么都太过苍白，迷迷糊糊间竟还觉得他说的有几分道理。

胭脂又想起往日自己说话太伤人，越想越内疚，便什么都依了叶容，他想怎么样就怎么样，随便他如何，也不敢吭一声。却不想这般退后，往后如何还能在他面前抬得起身板，可不就被人死死捏住？

叶容显然是不打算轻易放过她的，若不是隔壁的水漫到了这个房里，她借机哭求，怕是没那么容易脱身。

其实便是叶容答应了她，她也没这么容易下了他的床榻，穿衣的手都是颤巍巍的，又引得叶容抱着捉弄似的啃了一遍，才慢条斯理地替她穿衣。

胭脂下了床榻，差点腿一软扑倒了在榻边，水越发满了也不敢耽搁，忙往隔壁屋里去。

这一进屋里可不就是小龙哭了吗？

小龙窝在被窝里，一抽一抽的，哭得极为可怜，整个屋子都湿漉漉的，还在不间断地往外冒水。

胭脂一踏进去，那水都漫过了脚踝，小龙听见动静抬头看了看，见是胭脂便越发委屈起来，又将脑袋埋在被窝里面呜咽起来。

胭脂忙走近一看，怕是真的伤心了，整个床榻都湿透了，只留了两只嫩生生的小龙角给她瞧。

胭脂忙将他从被窝里捞出来，抱在怀里哄着，却见叶容站在屋外，神情莫测地看着她手里的小龙，那模样像是已经忘了这是他自己从东海龙王那处"抱"来的龙孙。

胭脂微有些僵硬，怀里的小龙也一僵，不敢哭了，小身子又开始颤起来。

胭脂见叶容走进屋里，也不敢提言宗与顾梦里，只开口道："怕是想念他祖父了……"

"如此娇气，还抱着做什么，将他扔到山头里放养便好了。"叶容上前几步，二话不说拎起小龙的颈脖。

小龙吓坏了，"呜"的一声，忙用爪子抓住胭脂的衣袖，水汪汪的小龙眼惊恐地看着她，整只小龙抖成了虚影。

叶容一把扯过小龙就往外走。

胭脂急得一跺脚，忙跟了上去，也不敢多话，眼巴巴望着他手里拎着的小龙。

叶容出了屋，连院子也没出，站在篱笆里头，一抬手就要将小龙扔出去。

胭脂上前抱住他的手，轻声细语道："他年纪还小呢，想家会哭是正常的，往后就不会这般哭了……"

叶容听得进去才有鬼，另一只手拎过小龙，"嗖"的一下扔出极远，小龙掉在花丛里滚了几滚，便没了动静。

胭脂忙扶着篱笆探出头去看，半天也没见一点动静，怕是吓晕了，她回头看向叶容，恼道："你若是不喜欢他，何苦把他抢来，将他送回东海便是了，东海龙王可盼着这小龙孙。"

"送回去？"叶容言辞越显讥讽，"东海的人既然不晓得什么话该说，什么话不该说，便该有个教训，要他们一只龙崽已让他们得了天大的便宜。"

叶容神情冷漠，眼里血光稍闪即逝，他微微一怔，忙转身快步回屋避开了胭脂。

胭脂只以为他还在气头上，也不敢追上去多言，以他现在的性子，惹急了真说不准会做出什么来。

胭脂又看向花丛里，不知该如何是好，去捡回来吧，她又不敢；可不捡回来吧，她又不放心。

"看见没，那就是山里最近说的那只窝囊废。"

"为何说她是只窝囊废？"

"她跟他夫君说话连声大气都不敢喘，能站着便不敢坐着，能坐着便不敢躺着，连看一眼都不敢。"

"天啊，哪有这么窝囊的，真是开了眼界！"

此处是连绵不断的灵山，山里精怪成群，便是没化成人形也已有了灵识，没走几步便会碰到会说话的精怪。

胭脂抬头一看，果然见枝头上几只小鸟立在那处，一脸鄙夷地看着她。

她的面色登时就不好看了:"你们说谁?"

山里这群又岂是好惹的,胭脂在叶容面前又确实是只扶不起的阿斗,自然也没什么震慑力,当即就挑衅道:"窝囊废,窝囊废……"

胭脂气得头发都要竖起来,俯身捡起一块石头就砸了过去,怒道:"住口!"

鸟儿四散飞起,扑腾着翅膀往上飞去,边飞边叫:"窝囊废,窝囊废……"

胭脂差点背过气去,忙深吸一口气,瞪着那群鸟也管不得旁的,一个飞身上树就抓住了几只,硬生生将它们头上那撮最好看的毛——拔秃了才罢休。

只是这般折腾费去了不少时间,她忙扔掉了手中哭得撕心裂肺的秃鸟们回去。

胭脂推开篱笆门,见院里没人便松了一口气,却不想叶容正巧从屋里走出来,乌发玉簪光华流转,素白简衫,温润雅致,行走间细碎耀眼的阳光散落衣摆间,不着一饰亦显风度。

胭脂抿了抿嘴,有些不敢往他跟前凑,他如今对她来说既陌生又熟悉,他现下与往日做派完全不同,看着温温和和,实则极为严苛。

昨日她偷偷摸摸去替小龙仔洗澡,一脚踩滑落进了湖里,便被他罚着写了万字悔过书。

而这悔过书今日是要交的,可她写到一半就跑去山里晒太阳了……

胭脂趁着他没开口,忙胡乱解释道:"龙崽哭了,我去看了看他。"

叶容眉眼肃然,淡淡望来:"写完了吗?"

胭脂轻轻摇了摇头,有些憋屈,她都这样说了肯定就是没有写完,还这般逼问,一点面子都不给她留。

叶容微一敛眉,暗含不悦:"半个时辰后,我要见到你写的东西。"扔下一句,便没再管胭脂,头也不回地往后头的书房里去。

胭脂见他这样抛下一句话就走了,站在原地呆愣半晌,情绪一下跟火山喷发一般不可收拾。

哪有这样的,夜里就亲亲抱抱的,白日里却连个笑容都不肯给,还这般严肃。

胭脂越想越生气,又想到那几只破鸟嘴碎的话,便越发气恼憋屈,她下定决心从今晚开始再不让他抱着睡了,她要打地铺去!

胭脂做好决定便怒气冲冲进了屋去,趴在桌前有气无力地写起悔过书。

余光瞥见外面跟着精怪漫山遍野乱窜着的龙崽,心里颇有几分羡慕,写了几笔便不乐意写了。

始作俑者一点罚都没收到,她这个好心帮忙的,却要在这儿写悔过书,凭什么！

她越想越不甘心，当即拿了桌上写好的一叠，往后头书房走去。

胭脂一推开门都还没踏进去，气势便已经弱了大半，见到书案前的叶容，更是跟锯了嘴的葫芦一般，说不出话来。

叶容抬头看向她，放下手中的笔往后一靠，疑惑道："写完了？"

胭脂颇有些心虚地点点头，上前将手中的一叠纸递给他。

叶容见她如此神情，微挑眉梢，接过她递来的厚厚一叠纸，一页页翻看起来。

胭脂见他看得仔细，心下越发有些虚，见他一页页翻看到后头，本还温和的脸色慢慢阴沉起来，眉间微微聚拢在一起。

她有些后悔自己刚才的一时冲动，接下来还不知道被他怎么折磨。

胭脂越看心中越慌，便低下头去看着和衣裳同色的鞋面，面上各绣着一只小巧可爱的胭脂盒，绣线极为特殊，在阳光下走动会折射出五光十色的光晕，也不知他从哪里弄来的，各种各样的胭脂盒让她穿不过来。

正想着，叶容已经翻完了她的悔过书，冷眼看她淡漠道："去重写。"

胭脂猛地抬起头，满眼不可置信："为何！我写了这般多，难道一个字都不可以吗？"

叶容将她那堆纸随手扔在了书案上，毫不留情道："你根本就没有认识到自己的错处，写得再多也不过是白费功夫。"

胭脂低下头，平平道："我不写。"

"今晚若是不写好，你往后便不用晒太阳了。"

胭脂见他这样冷冷冰冰的，心里委屈至极，脾气也上来了，忙道："不晒就不晒！"

叶容闻言眉间重重敛起，将那叠纸拍在桌面上，严厉道："你再说一遍。"

胭脂给他吓得心跳漏了一拍，颇为错愕，他这些日子从来就没有对自己这般大声过。

叶容见她懵懵懂懂，一时气上心头，语气极重，言辞也越显淡漠："如果你连这般简单的错处都想不到，那我便真的要怀疑你的脑袋里究竟都装了什么，还是说你一贯这样自私，从来不为他人着想？"

这话可真是刺人心了，还是来自心上人的指责，叫她如何受得了，当即便红了眼眶，又见他生人勿进的冷淡模样，委屈到了极点，她都这么乖了，他还这样对自己。

胭脂一时也不想看见他，眼眶一红便带着哭腔冲他尖利喊道："再也不理你了！"红着眼往外跑，也不理会他叫她站住，脚还没踏出书房就被一股力吸了回去，又回到了叶容跟前。

　　叶容看她红了眼眶，静默不语。

　　二人僵持许久，他伸手揽过她抱坐在怀里。

　　胭脂低着头不看他，以往都会主动伸手去抱他，现下直挺挺地坐着，心里拧成一股绳，想起他说的话就忍不住委屈地掉了几颗金豆子。

　　叶容将人揽在怀里，用衣袖轻轻替她擦眼泪，缓声轻道："旁的话不听，偏把我的气话听进去。"

　　他一软和下来，胭脂更委屈了，窝在他的怀里也不肯说话，只将脸埋在他的肩头默默淌眼泪。

　　叶容感觉到肩头一片湿润，心疼坏了，忙抱着她轻声哄道："都是我错了，往后再不这么说了好不好？"他微默一刻，又轻声道，"你不知道那湖怪有多危险，还好这次我在，要是我不在呢……胭脂，我实怕了，我不喜欢你以后去这么危险的地方。"他说到最后，声音都有些发颤起来。

　　胭脂忙抬起头安抚道："我在呢，一直在呢，你瞧我好好的呢，往后我一定会注意的。"胭脂想起他严厉的模样就怕，"你为何不与我说，非要我自己想，也不给点提示，写错了就冷着脸凶我，整日不给笑脸的，我看着就怕。你心思这么深，我每天都跟在大海里捞根针似的，捞不到，你还要罚我。"

　　叶容看着她泪眼汪汪的委屈模样，指腹划过她的脸颊，轻轻抹去她的眼泪："我怕你记不住。"

　　见胭脂眼眶哭得泛红，他心疼地亲了亲："以后再不这样了。"说着又一一亲过泛红的眼睛鼻尖，软嫩的脸颊，一点不敢重，生怕碰坏了她似的。

　　胭脂被他这般细细密密地亲着，他的长睫毛轻轻扫在脸颊上，微微有些发痒，睁眼便看见他近在咫尺的眉眼，清雅如画，他的容色太盛，连仙道不屑的堕仙纹在他的额间也不显半点邪气乖张，反倒衬得别有极致韵味。

　　那轻轻的触碰叫胭脂的耳尖微微泛红，她的心口一下下慌跳，她也轻轻碰了碰他回应一下，伸手环着他的窄腰，乖巧得不像话。

　　叶容抱着软绵绵暖呼呼的胭脂，心里柔软得跟棉花一样。

　　胭脂见他面色和煦，毛又不自觉长了起来，窝在他的怀里伸出手，做出一副手疼的表情，想要争取多点同情心，柔声道："手腕都写疼了呢……"

叶容伸手握住她白皙的手,手腕半点也不见红,瞧着也灵活,他握住她的手微微滑到手腕,抬眼看向她,问道:"这里?"

胭脂看着他认真的眼,有些心虚,便胡乱点了下头。

叶容不疑有他,握着胭脂的手腕,垂眼轻轻揉按起来。

胭脂看着叶容清隽的侧颜,微垂眼睫认真专注的模样,开心得跟吃了蜜一样甜,勉力克制住在他的怀里打滚乱蹭的荒唐念头。

窗外微微荡进暖阳风,掺杂着青草泥土的清新气味,偶有几声清脆悦耳的鸟啼声响起。

胭脂想起那群秃头鸟,可恨没抓回来,不然也好叫它们睁大鸟眼看看,她究竟哪处是个窝囊废!

胭脂看着浑身是泥的龙崽,提起他就往大水缸里一浸,怒道:"龙崽!和你说了多少遍,不要和那只泥鳅学着往泥地里钻,你是只龙懂吗,要是让东海龙王知道,他会把这个山头淹没的!"

龙崽在水中"咕噜噜"直冒水泡,根本听不见胭脂讲什么。

胭脂将他放在水缸中涮了一涮,又拎起来甩干,放到另一个干净的水缸里涮,一缸接一缸,末了又拿起刷子,将他正面、反面翻来覆去刷了个遍,倒是洗得极为干净。

龙崽终于吃不消了,泡泡都冒不动了。

叶容在院子里给她摆了一排大水缸,用来给她洗龙崽,胭脂也乐得轻松,这样涮着洗可快多了。

胭脂正洗着便见远处走来两个人,一个是胭脂在九重天时见过的那个白须老者,还有一个抱着一只胖得像吹了气的犬儿走在后头。

那人一副上气不接下气,立时就要断气的模样,好不容易到了这处,便将那犬儿往地上一扔:"哮天,往后别想我带你出来,这点山路都懒得爬,你瞧瞧你有多少肥肉。"

哮天犬趴着地上闭目养神,显然是一只大爷。

胭脂拿着刷子看傻了眼,她还真的没有见过这么胖的犬儿。

龙崽见胭脂不刷了,便浮在水面吐了个水泡,趴拉在缸边钻出脑袋,看见哮天犬,满眼惊奇,忍不住"哇"了一声。

白须老者推开篱笆门走了进来,看着胭脂和蔼道:"你的夫君呢?"

胭脂闻言颇有些羞怯："他出去了，你们去里头等等吧。"

白须老者不语，二郎神闻言也没工夫再教训哮天犬，神情慢慢凝重起来，二人皆是忧心忡忡。

胭脂微微垂下眼睫毛，藏在心下的不安终于慢慢浮上来，他那日满身是血回来，就已经在她的心里藏了一根刺。

这些日子，他表现得太完美了，看不出一丝不妥，就像刻意隐藏起来了一样。

可是走火入魔的仙人是不可能做到这般仙风道骨的，若没有执念苦毒，又何以堕仙？

胭脂勉力掩饰心中的不安，放下了刷子，将龙崽从水缸里抱出来放在地上，对着二人强颜欢笑道："你们坐吧，我去给你们沏茶。"

白须老者闻言微微颔首，率先在院里的木桌旁坐下。

二郎神为示敬重，立着不坐。

胭脂端了茶盏出来，便见叶容从远处缓步走过来，她忙将茶盏放在桌上，往前几步迎了上去，满眼担心地看着他。

叶容将手里的野草花递给她，在她的额间轻啄一下，又摸了摸她的脸颊，温声道："去屋里玩。"

龙崽看见叶容忙往土里钻，奈何此处的土太过结实，他的龙角太软了，费了吃奶的劲也钻不进去。见自己的"靠山"从面前走过，忙追着她呜咽着要抱抱，胭脂见状弯腰一手抱起了龙崽，快步往屋里去。

胭脂在屋里转了一圈，耷拉着眼，一手拿着野草花，一手抱着龙崽在榻上坐下。

叶容设了结界，她什么也听不见，只能百无聊赖地看着手里的野草花，他结花还真是固执，一成不变，每一次都结得差不离。

胭脂盯着看了许久，怀里的龙崽已经睡着了，她趴在窗边顺着窗缝偷偷看去。

叶容已经起身送他们出去，胭脂颇有些不开心，怎么这样，背着她讲悄悄话。

白须老者临走之前，递给了叶容一本书简，面含忧虑，意有所指劝道："静心忍性，方有益成，涂炭生灵，必酿大祸。"

叶容眉眼温和，伸手接过，目送他们离去，面上的温和一下散尽，手中的书简也化作了粉末，顺着他干净修长的手指散落在风中，片刻间便了无踪。

胭脂心里一惊，不自觉握紧手下的窗檐。叶容似有察觉突然转头看来，正对上胭脂这处，眼神阴冷得很，叫人毛骨悚然。

胭脂吓得往后一退，不小心压到了睡出气泡的龙崽。

龙崽一下被压醒，惊恐地唤了一声，见叶容进屋，忙跳起来顶开窗户窜了出去。

叶容慢慢走过来，手撑木榻弯身看向她，面色极为和煦，眉眼透着温暖笑意。

仿佛胭脂刚才看错了，那样的眼神怎么可能出现在一个这么温润如玉的人身上。

胭脂根本不敢看他，低下头避开他的视线，瞳孔不安地转动着，神情动作极为紧张僵硬。

叶容看了许久，突然伸手过来，胭脂下意识地一躲，叶容的手顿在半道，久久不说一句。

气氛突然紧张起来，那种叫人透不过气的窒息感袭来。

良久，他伸手拿起那束野草花，端详片刻，忽道："看见了？"

他眼里颇有几分漫不经心，微微挑起的眉梢暗含邪意的探究，全无往日沉穆清隽的感觉，那日满身是血的杀神模样又浮现眼前。

人还是这个人，感觉却完全不一样，就像是一个陌生人，穿着叶容的壳站在她面前。

是，她看见了，那本书是道家的清心诀，他往日有看，如今……却碾碎了。

胭脂突然觉得无法面对，她接受不了，哪怕她做足了准备，也接受不了。

她忙起身往榻一旁逃开，却被叶容倾身拦着，一把揽进怀里。

胭脂整个人被他抱了满怀，清冽气息扑面而来，他太用力了，胭脂感觉自己都要被他嵌进身体。

胭脂难受地挣扎起来，用力推他，全身都在反抗。

叶容任由她扭成了麻花一般地挣扎，只面无表情地抱着她不松手。

胭脂见他不松手，越发气苦，咬着牙死命挣扎起来。

二人无声较劲了许久，叶容终是变了神情，忍不住开了口："我就知道你会这样！"那语调几乎是咬牙切齿，似在崩溃边缘。

胭脂只觉一滴水滑进她的颈脖处，她看向他，微微一怔，他的眼睫毛润湿，眼眸隐显水泽，委屈伤心苦涩皆在眼里，百种掺杂。

胭脂再也提不起半点力气推他，伸手抚过他的堕仙纹，指尖又轻轻划过他原本雅致清润的眉眼，一阵锥心刺骨，忍不住哽咽出声。

叶容用力吻了上来，交缠厮磨到发疼，湿润的眼睫扫过她的脸颊，微有湿感，拂面花香风稍起凉意，深吻和气息却越发炙热烫人。

胭脂被叶容缠着磨了许久，累得昏睡过去，醒来时却发现自己在另外一座山的木亭里。

眼前是那只胖乎乎的犬儿，见她醒了便一屁股坐在她的腿上。

胭脂觉得她的腿差不多废了。

亭里传来轻斥声："哮天，下来！"二郎神上前一步，挥苍蝇一般赶着它，哮天犬眼皮一垂，旁若无人般睡起了觉。

二郎神忍无可忍，撩起衣袖动起了手。

胭脂看着他们从眼前缠斗到了远处，一时狗毛与碎布齐飞，只觉稀奇不已。

"你是叫胭脂吗？"胭脂看向亭里的另外一个人，白发百须，却不显老态龙钟，眼里神采奕奕，是一个极有精气神的老人家。

胭脂微微点了点头，心一直悬着，阿容那般做派，她根本不知道该如何做。

老者看着外头沉思许久，才慢慢开口娓娓道来："叶容自幼便不曾行差踏错一步，一言一行皆是众仙标尺。他的起点太高，有些东西看不真切，苍生疾苦看得见却体会不了，难免失了人情滋味，而……姑嵩不一样。"

胭脂聚精会神听着，却不防他提到了这个名字，她如今想起来还是怕，他的名字就代表了那段暗无天日、毫无指望的日子。

仙者命数不折，年岁与日月同寿，便也不能清楚地记得所有事情，老者又断断续续讲道："他们一开始走的就是截然不同的两种路，姑嵩是散仙之子，一生下来便是无人问津，一步步修炼才能到人眼前，拜在了叶容门下……"

胭脂面露吃惊，眼里满是错愕。

老者看向她："他是叶容最看好的弟子，也是九重天上除叶容以外最有前途的仙。他与叶容不同，叶容无情无欲，如玉石无瑕却也冰冷，适合高高在上被人供奉，叫人不得亲近。

"而姑嵩谦逊友善，乐于助人，在众仙之中名声极好……"

胭脂低头不语，老者口中所说的两个人就好像陌生人一般。

"可惜世事无常，万事皆有变数。"他微微一顿，"姑嵩所求太多，叶容这个师者太过耀眼又高于凌霄，他越来越不甘心，他怨愤仙道不公平，刚极易折反而陷入歧途，助纣为虐，终为魔道开路。"

胭脂默然不语。

"叶容严苛却又心思良善，不知座下弟子为何弃仙道入魔道，他不明白苦恶为何，也不愿九重天再出这么一个姑嵩，便生出了渡劫尝苦之心……"老者说到此处，颇为感慨，"他堕仙之后，我曾经极为后悔，若是当初劝他一劝，也不至于如此。可如今我不这般想了，我倒是喜欢他如今的模样，以往无趣得紧，说话一板一眼，什么时辰该做什么事，又该花多少时候，都定得清清楚楚，就连走路的跨度都是一毫不差，像是计算过一般，比我这个老头还要古板许多。"老者说着比画出一个长度，含笑调侃道。

胭脂见状忍不住微微笑起，确实，他迈步的长度就是这么长，到如今也还是这样。

见胭脂笑了，老者才道："今日与你说这么多，是因为姑嵩求到了我这处，他二人与我有旧，我不可能置之不理。叶容更是自小看到大的，从来不曾犯错处，如今却要开那七煞锁魂阵，涂炭生灵……"

胭脂猛地站起来："你说什么！"

老者看着她不语，眼神却已经回答了她，就是七煞锁魂阵。

"七煞锁魂这种阵法古书有记，由于太过灭绝人性，早已被仙魔两道摒除在外，无人敢用，无人敢施。阵法变幻莫测，脚踏八门，牵一发而动全身，日日夜夜对拘留在法阵内的生物进行噬心摧残，直至魂魄飞散，如同遭受千刀万剐的酷刑一般，不会立刻死去，只会慢慢地熬干生命。"

胭脂越想越害怕，眼前的一切化作虚无。

茫茫之中，老者的声音似在耳边，又在远处："九重天上不知他与魔界有何仇怨，非要这般赶尽杀绝，此阵一出，魔界生灵涂炭，皆在阵中生不如死。虽说仙魔势不两立，但我们若是这般灭绝人性，又与魔道有何区别？叶容以血祭煞，血咒封印，等闲不可查之，我夜观天下之象，不日便会开启，你一定看紧叶容，万不可离他半步，否则后果不堪设想。"

胭脂猛地睁开眼，却发现自己还在屋里的床榻上。

外头天色已晚，身旁已经不见了叶容的踪影，她忙起身四处找了一圈皆不见人，心下越发慌乱。

胭脂环顾四周，忍不住带着哭腔唤道："阿容！"

夜里的山头一片漆黑，空空荡荡的，回应她的只有周围呼啸的冷风。

忽然一声巨响从远处传来，空中腾起红色的烟云，远远传来似怨似咒的凄厉哭叫声。

胭脂忙往那处而去，可无论飞掠了多远，她都接近不了那个地方。

地裂巨响震耳欲聋，胭脂所站的位置也连着震动起来。

忽然身旁飘过一只极年幼的精魅，婴儿般的大小，青紫色面上布满一道道血丝，凑到胭脂面前，诡异一笑。

胭脂避开那魅童视线，强作镇定，往后退去。

叶容堕仙之时，收尽天下煞气，鬼魅精魂渡过千千万万，剩下的便是执念太深渡不去的，煞气即便离了己身，也能重新化出来。

遇见这种狠厉的精魅，最好的逃命方法，便是装不认识！

"娘亲，你为什么掐死孩儿？"

胭脂狠一蹙眉，冷静道："你认错人了。"

那魅童紧紧盯着胭脂，一时笑出了血泪，一阵尖利的刺笑声后，一直重复着一句："为什么掐死孩儿？"

胭脂被迎面而来的怨煞压得透不过气，这种精魅，平生罕见，便是当年乱葬岗最为忌惮的那位，也不及这魅童的一根指头。

"娘亲，你来陪我吧，孩儿怕冷……"魅童伸出稚嫩且长出尖利指甲的手，一下飘来，还未靠近胭脂，一旁突然伸来一只极长的舌头，一下就将那魅童卷走了。

胭脂瞪大眼睛看去，是一只脖子拴着白绫，面色苍白的女怨，形容极其可怖，看到胭脂，舌头又飞快袭来。

速度之快不过眨眼间，胭脂根本反应不及，一时冷汗直冒，一股黑色煞气忽从胭脂周遭冒出，时如烟气，时如人形。

舌头伸来时煞气突然一分为二，变幻出两只大手，一把抓住女怨的舌头一扯，女怨发出尖利凄厉的叫声，舌头一时冒出锋利的刺，扎得人握不住。

大手不慌不忙用力一拉，手指灵活地打了个蝴蝶结。

她们还没反应过来，一阵怪叫声便从天际传来，地面发出剧烈的震动，胭脂左摇右摆站立不稳，一下扑倒在地。

胭脂一旁飘过一只半面鬼，低头看了她一眼，便往前飘走，紧接着又一只，接连不断，从胭脂周围密密麻麻飘走。

胭脂呆若木鸡地趴着，这些精魅好多她都不曾见过，乱葬岗那些鬼魅精魂长得可齐整正常多了。它们似乎都急着赶路，没空理会胭脂。

女怨也跟着走了，刚才的黑气消失得无影无踪。

胭脂呆愣了半晌，心里越发急切起来，她小心翼翼地站起来，一只只从她上头飘来的精魅见她插队，便低声骂着她。

胭脂忙站起身混在里面往前走，它们一只只皆往远处飘去，面上神情极为向往，如同朝圣一般。

她走了很久就是过不去，身旁的精魅换了一批又一批，只有她看似在走，实则原地不动。

一只只精魅看着胭脂皆幸灾乐祸，胭脂越发气恼，必定是叶容在自己这处设了结界。

正当她一点法子也没有的时候，身后突然有一股力推着她往前走，耳边传来老者的声音："七煞快要出来了，你一定要想尽一切办法拦住叶容开阵……"

那股力道将她快速往前推去，胭脂从众精魅中飞速而过，周遭的精魅皆成虚影。

片刻工夫就到了队伍尽头，胭脂一看脚下是无边悬崖，凌空而起的凛冽风劲呼啸而来，悬崖尽处连到天际，下面林木叠生，扭曲如蛇般诡异。

上空漫天红云密布，林中一下下震动，似有什么极大的东西出来，地皮也跟着扭曲。

胭脂一眼就看见站在悬崖尽头的叶容，茶白衣摆随风而起，似要飞升的仙者，身姿似一把锋利的剑即将出鞘。

他静静地看着阵中，神情漠然，额间的堕仙纹如血般鲜红，面上无悲无喜，垂于身旁的手正在滴血，血染上了茶白的衣摆，如点点红梅。

天际暗云滚滚而来，电闪雷鸣，一下劈到眼前，地动越发剧烈。叶容慢慢抬起染血的手，周遭精魅皆兴奋地尖利嘶吼。

胭脂耳旁响起老者的急声："快拦住他！"

老者声音一落，胭脂马上喊道："阿容！"

叶容闻言微微一动，慢慢转头看来，血红的眼眸暗藏嗜血的杀机。他无动于衷地看着胭脂，眉眼不再带着温和笑意，如看一个陌生人。

胭脂心下一寒，忙提起裙摆飞快向他那头跑去，悬崖上的风越发狂乱，几乎要把胭脂吹走。

叶容转回头，伸手并了双指在掌心划开极大的血口，血似有魂，蜿蜒而起，如同胭脂周围那黑气一般，时如烟云，时化人形，往林中半空厉吼而去。

他微微启唇吩咐道："魑魅魍魉魁魅魃，听吾号令。"

耳边一声急道："快！"

胭脂忙扑过去抓住他的衣摆："别开阵！"

"起！"三道声音几乎一同响起，叶容声音刚落，地皮便剧烈震动起来，地下巨兽嘶吼着冲出地皮，直顶凌霄，其大不可形容。

胭脂的眼睛根本看不全它的模样，接连六只，一只比一只大，冲上天际，如黑云压顶，覆盖了整个天际。

胭脂忙起身抱住他的腰使劲往回拉，也亏得是叶容在她身上设了法，才会相安无事，若是旁的来，别说靠近叶容，便是一踏阵就会爆体而亡。

胭脂青筋暴起，却拖不住叶容一步，她心下越发害怕，他这一步迈出去，往后永远都不可能回头，有些错误犯了一次，便是最后一次，没有改的机会。

她忙绕到他面前握住他的手，泪眼婆娑地哽咽道："我不怕疼，那些刀子其实一点都不疼……"

这可真是一句刺心话，叶容只觉心口被狠狠一扎，几近疯癫，歇斯底里地喝道："我疼！"温和面目第一次瞠目狰狞到可怖，眼眸的血光越发鲜红，浑身戾气骤起，"我要魔界覆灭！"说完，便拉着胭脂的手往后一扯，声音带着滔天的怒火与恨意，响彻天际，"吾血祭天，尔等苟全，以吾之血，灭魔众族！"

一声声兴奋凄厉的嘶吼声震耳欲聋，七煞的声音齐齐响起："吾等唯愿与帝仙立下死契……"

胭脂心下大慌，忙冲到他面前死死抱住他，猛地咬住他的唇，不让他们继续交流。

叶容伸手要拉她，胭脂忙勾着他的脖子死命与他缠磨，用力得唇瓣都磨破了。

胭脂慢慢耗尽了力气，却抱着他不敢松手。她慢慢离开他的唇，无奈笑起，眼里却落下泪来："你若是这样一意孤行，又要我怎么帮你还债，难道……还要我再历一次？"

叶容默然站立许久，眼里的血光慢慢消散殆尽，眼眸隐显水泽，像是慢慢恢复了理智。

他抱着胭脂，满心生疼却不敢松手，像是怕一松手，她就要再受那样的苦一般。

七煞其中一只性子比较急，它一见帝仙冷落了它们，抱着只阴物不松手，便不打招呼猛地挤上前头，却忽略了自己块头比较大，硬生生撞上了前头堵着的两只。

既为煞，那脾气可不就是一点就着，一言不合便扭打在了一起，其他几只见状皆上前劝，无奈块头大，打起来自然会伤到旁的。

其他几只好心劝架，却不小心被磕着碰着，如何能忍得了，一时间七煞便在天上地下扭打起来，弄得天开地裂，极为惨烈。

场下精魅看得越发起劲，皆叫嚷起来，纷纷赌起哪只煞会打赢。

早间的细雨渐下渐停，青石板路面被微微浸湿，又慢慢干去，春雨过后的清新空气沁人心脾。

早间的摊子忙过一阵便冷清下来，街上只有零零散散的几个行人。

老板娘拿着抹布有一下没一下地擦着桌子，豆腐花也就早间一阵生意。

远处慢慢走来一人，清简布衫，雅整个人如水墨画一般写意。

老板娘手下一顿，人便慢慢走到她跟前，低沉干净的声线低低传来，清清浅浅不染杂质，说道："店家，一碗豆腐花。"

老板娘愣了一瞬，手下意识往身上擦了擦，局促片刻忙去将豆腐花装了碗，端给眼前的人。

那人伸手接过，瓷白碗上头的青花已然黯淡，本是古旧得登不上台面，却被干净白皙的手衬出了几分雅致古朴的韵味。

那人慢慢走远，青石板上或干或湿的雨迹，如同随意泼墨的山水画一般风流写意，人散即消，只余桌上的一锭银子。

叶容进了客栈，缓步上楼推开房门，将豆腐花放在桌案上，屋里安安静静，大开的窗户微透和煦春风。

叶容慢条斯理绕过雕花镶鸟屏风，床榻上青纱垂帘，微起褶皱，朦朦胧胧看不清模样。

叶容上前撩起纱帘，榻上的人睡得极甜，锦被踢乱，整个人埋在里头，胭脂色的裤脚微微上卷，露出白生生的小脚，脚趾如暖玉般精致，细腰露出白嫩嫩的一截，小衣微有散乱，隐隐约约透出雪白的肌肤。

叶容的视线慢悠悠往上扫过，脸颊有一道粉嫩的睡痕，视线落到微微张着透气的唇瓣上，不由得眉眼带笑，在床榻边上坐下，俯身在她的面颊的睡痕上轻轻落下一吻，面上又软又滑，不禁又轻轻摩挲起来。

胭脂睡得迷迷糊糊，只觉一个人靠过来轻轻蹭她，身上带着微微凉意，唇瓣也微微有些凉，清冽熟悉的气息慢慢染上周身。

胭脂伸手推他，别过头迷迷糊糊嘟囔道："走开，我要睡觉……"手被轻轻握住，手指传来微凉的触感，感觉软软的。

胭脂微微睁眼，便听他温润中暗带清凉的声音低低传来，如春后轻雨润湿，缓缓道："豆腐花要凉了，起来吃了再睡。"

"不吃……"胭脂又闭上眼,喃喃道。

身上的人微微起身,将她揽进怀里,轻声不解道:"昨夜还嚷着要吃,早上就不要了?"

胭脂靠在他身上,睡眼惺忪,那是昨晚想的,现下她只想睡。

街上开始慢慢热闹起来,贩夫吆喝声高起,阳光从窗里透进来。

叶容抱着软绵绵的胭脂,手在她的背上随意轻抚:"太阳都出来了,你还不起来晒太阳?"

胭脂听见太阳就消了睡意,一下子就兴奋起来,她真的太久没晒太阳了。

那日阵中精魅皆被白须老者渡去,阵没开始就结束了,魔道得了喘息的机会,姑嵩也依了与老者的约定,心甘情愿入了轮回。

那命簿太过惨烈,这一世世折磨,连胭脂都不敢看下去,姑嵩倒是眼睛也不眨地投了胎,果然是混魔道的,对自己也狠得下心。

只唯有一个问题,便是七煞关不回去了,都不知它们是怎么挤在地底下的,这么一只只的,硬是塞不回去了。

自从七煞缠上叶容了以后,胭脂就再没晒过太阳,它们黑压压地堵在屋子上头,每天屋子里都是暗无天日。

胭脂一出门便看见它们用藐视的眼神看着自己,她做什么都盯着瞧,胭脂也就不敢出屋了。

龙崽倒是天不怕地不怕的,这么小一只,跟它们玩得挺起劲,真是拦都拦不住。

那几只皮又厚得很,且不怕疼,怎么揍都没用,就是死赖着不走,每天用湿漉漉的眼神看着叶容,极为委屈的模样。

叶容便带着胭脂换了地方晒太阳,那几只那么大也不好跟来凡间,才算消停了些。

胭脂窝在叶容的怀里半晌,突然想到今早醒来最重要的事情还没有做,忙抬起头看向他,才想起他已经将堕仙纹隐去。

他那时很不喜这堕仙纹,胭脂便每日醒来先亲亲他的额间,这样他一整日的心情就会特别好。

现下隐了自然不需要她再画蛇添足,没得又让他想起那些不开心的事。

胭脂见窗外日头越盛,赶忙起来穿戴齐整,去外间将豆腐花一口喝尽。

叶容见人一下离开了他的怀抱,怀里的温热也慢慢散去,有些不适应,他伸手摸了摸自己的额间,面色微沉。

胭脂欢欢喜喜地等着叶容带她出去玩，等了许久也没见他出来，便进了屋里去找他，却见他靠在榻上，根本没打算出门的样子，见她进来也不理睬。

胭脂慢吞吞走到他身旁，幽怨道："你不是说今日带我去看戏吗？"

叶容扫了她一眼："我说过吗？"

胭脂闻言只觉晴天霹雳，他的表情真的就像从来没有答应过她一样，可明明昨日答应了的！

骗子！昨日还说带她去看戏，今日就当作没这回事儿，果然男人在床榻上说的话是不能信的。

胭脂气得恨不得挠他，昨日什么都依他了，今日还给她脸色看！

胭脂越想越憋屈，当下便气鼓鼓嚷道："那我自己去！"话还没说完，就被叶容伸手一拉，按在他的腿上，屁股被重重打了一下。

胭脂忍不住瞪圆了眼，只觉面子被他彻底践踏，她臊红了脸，忙张牙舞爪要起来。却被叶容一只手按在腿上，平平道："你说话不算话，往后若再言而无信，就扒了裤子打。"

明明是他错，竟然这般颠倒黑白，还真把她当窝囊废了不成。

胭脂被他按着怎么也起不来，越想越觉得威严扫地，忍不住怒道："孽障，明明是你说话不算话，竟然还来倒打一耙！"

胭脂等了半晌，见他没说话，毛便又长了几寸，端着脸摆出了夫子的派头："还不放手，这般成何体统……"话还没说完便感觉叶容一下撩起了她的裙摆，动手扯她的衣服。

胭脂见他来真的，吓得差点哭出来，光天化日之下叫她的脸面往哪里摆，忙死命拉着衣服，在叶容的腿上扭成了麻花一般："卿卿！不要这样，我错了，我知道错了！"

叶容眉眼一弯，将她整个翻了个身，煎饼一般摊在腿上，温声道："说说看，哪错了？"

似曾相识的画面让胭脂有些欲哭无泪，她一边心慌慌地想着错处，一边偷偷摸摸把裙摆系了个死结。

叶容任由她做着小动作，结系得再牢也防不住他。

叶容把手放在她嫩嫩的肚子上揉了揉，低声催促："夫子想出来了吗？"

胭脂眼珠子一转，脆生生说了句："我这样想不出来，要抱着你才想得出来！"

这招可真是百试不爽，下一刻胭脂便被拉起来，窝进了他的怀里。

胭脂忙出手揽住他的脖子，将脑袋埋在他的颈窝处磨蹭，小声哼哼唧唧。

　　叶容抱着人，低声提醒道："卖乖也没用，若是没想出来还是要罚的。"话是这样说，却忽略了自己话里不经意间流露的宠溺，半点没有震慑力。

　　胭脂细细琢磨了一遍，实在想不出来自己今日做错了什么事，想了想便抬头在他的额间亲了亲，再去瞅他的神情，果然变了……

　　叶容的嘴角微微上扬，浅浅笑意如微波荡漾般染上眉梢，眉眼一弯，一下就对她笑开了颜。


　　胭脂一直想知道第二世她那样去了，他后来究竟如何，又有没有看到自己……

　　可每次问他，他都只是笑着摇摇头，那笑容太过苍白，胭脂便不忍心再问了。

　　日思夜想，蒙眬间便做了一个梦……

　　那是鸟语花香的春日，眼前一排檀木珠帘轻轻摇晃，屋外连着湖，屋中的陈设就像谢府一般。

　　院落里声声鸟啼不息，衬得春日极为繁盛。

　　屋里弥漫着药味，一声声闷咳低低传来。

　　那声音极为熟悉，床榻上的人原本乌黑的发间掺杂半数白发，他这个年纪本不该华发早生，不该缠绵病榻，可事与愿违。

　　"二爷，药熬好了，您多少喝一些吧。"

　　他看着望不到外头的墙："外头是不是有鸟啼声……"

　　谢远见他神志清醒了些，轻声道："是，春日来了，外头鸟儿多了许多，停在枝头叽叽喳喳叫个不停，很是热闹。"

　　床榻上的人不知有没有听见，苍白的面容浮起微弱笑容："那就好……"

　　话到最后若不细听根本听不清，气若游丝般，风一吹便散了。

　　刚才说话的人闭目许久，再也不曾睁开眼。

　　谢远静坐了许久，终是抹了一把泪，叹息道："若是留个孩子给你，也不至于这般……"

　　眼前景象一下消散，胭脂梦醒之后，泪水便止不住往外流，难怪他不肯说，这般若再开口说一次，便是揭开伤疤再疼一次。

　　胭脂心疼得不行，一时泪湿枕侧，好在连着几日叶容都在闭关，修身养性，没叫他瞧见。

　　不过她忽略了屋外七只狗腿子，前些日子回来后，七煞便琢磨出了个法子，将自己变成了拳头大小,节省了不少空间。

七煞也一下开了窍般,想方设法讨好胭脂,在她面前狠卖一阵萌,彻底讨得了欢心,叶容便也没再赶它们走,由着它们赖在山头。见到胭脂这么哭了一个"特大情况",怎么能不去向叶容禀告,忙一只接一只,你追我打地奔到叶容闭关的地头,正巧碰上了出来的叶容。

"帝仙,那只阴物……"
"滚开,我是老大,我来讲!"
"都闭上大嘴,明明是我先听到的。"
"呸,我第一个看到的!"
"哎,就你脸大,还你第一……"
"还能不能讲,不能就让开,别堵着碍事!"

叶容耐着性子听了一会儿,半晌没听到有用的,终究没耐住性子一脚将扭打成一团的七煞踢到路边,径直往山头走去。

胭脂正坐着抹眼泪,哭成了只花猫,便见眼前一道阴影遮住她,抬头一看是叶容,忙伸手在脸上胡乱抹了一把,搓得脸生疼。

叶容拿开她的手,在她面前慢慢蹲下,指腹在她的面颊上轻轻抹泪,心疼道:"说了不要将龙崽送回去,现下送走了,你又哭。"

胭脂微微垂下眼睫毛,小声抽咽道:"不是因为龙崽……"她伸出手指,戳了戳自己软软的肚皮,极为苦恼,"我的肚子怎么都没动静?"

实在是连着两世,她的肚皮都没动静,不禁便有些怀疑阴物是不是不能生?

叶容神色微微一变,伸手握住了她戳着自己肚皮的细白小指,犹豫片刻才郑重道:"我们不能有孩子……"

不是不会有,而是不能有。

胭脂一怔,极为不解:"为什么?"

叶容微微垂下眼睫,终是苦笑道:"我堕仙之时集尽天下煞气,这些都是会过给孩子的,我尚且不能控制好自己的性子,更何况是孩子,稍有不慎便会为祸六道。"

胭脂微微低下头,一声不吭,极为低落。

叶容见状微微敛眉,心中虽有遗憾,却也是没有办法,握着她的手轻轻道:"别的都行,只这个不行。"

胭脂闻言身子往前一倾,伸手抱住他,哽咽道:"我知道的,只是你那时那么想要个孩子，现下却不行了……"

叶容将她圈在怀里，良久才道："万事皆有定数，我有你便好了。"

胭脂忙心疼地亲亲他，以示安抚，却不知不觉间变成了他亲她。

送上门的哪有不吃的道理，更何况叶容连着几日都没碰她，一沾上自然就脱不开手了。

这可苦了胭脂，心疼他吃了这么多的苦，如今又连着几日不见，便也顺着他。

哪承想他后头的日子越发变本加厉，闭关几日倒是修身养性了，可欺负她的时候一点不温和，这每每几日攒在一起，叫她如何吃得消？

胭脂泪眼汪汪跟他求了好多次，倒是每次都答应了，可没一次做到的！

胭脂一怒之下，趁着他闭关时离家出走，七煞以为她又要出去玩，便死命缠着她带它们去。

胭脂拿了个竹笼，将它们全部装了进去，背上时小脸一下煞白，差点压弯了背脊，无奈道："你们好沉呀！"

七煞忙收紧肚皮，妄图憋气减轻重量。

胭脂咬着牙，一步一个脚印，背着笼子极有勇气地离家出走了。

胭脂到了凡间便撒了欢地玩，她最大，什么都是她说了算，让她颇有些乐不思蜀。

扬州可真不是一般的好玩，以往她没银钱去玩，现下倒是可以的，动辄一掷千金。

扬州流言四起，有一个背着笼子的女财主，那银子可是好骗得很，戏要是唱得好，就给你砸一筐银子。

而胭脂自然是不知晓流言的，正漫无目地一路看花灯，突然就碰到了一个眼熟的，她看着卖花灯的白须老者，一脸错愕道："您怎么在这儿卖花灯？"

老者的花灯可不比一般，好看又讨喜，摊子前头围满了人，极为热闹。

老者边递花笼边回道："日子好，闲来无事便替月老小子送送姻缘。"说罢指向家对面那处摊子，一个慈眉善目的老者，白胡子绑了个麻花辫，上头系着根红线，正笑眯眯地一盏一盏递灯笼。

胭脂见状目瞪口呆。

"小阴物怎么离家出走了？"老者开口问道。

胭脂支支吾吾说不出缘由，总不能跟人说叶容老在榻上欺负她吧。

花灯摊子忙过一阵便歇一阵，老者笑了笑："何时生娃娃啊？抱来九重天给我们玩玩。"

胭脂低下头，喃喃道："他说不能生，生出来会过给煞气，祸害人。"

老者捻须一笑："既如此，多生几个平摊平摊便好了。"

胭脂闻言呆若木鸡，竟然还有这种操作，可到底不是她当家做主，便也只能听听而过，更何况万一真出了祸害，又要他们如何办？

老者拿起一盏花灯递给胭脂，胸有成竹道："别怕，你夫君虽然无趣了些，但厉害得很，生了他自然会想法子，这些事不必你担心，头回下来的那三个小子记得抱来给我们玩玩。"

胭脂提着花灯，呆愣愣地往客栈走，将七煞一只一只抓回笼子里，准备回家去。

可抓到第六只便没了，胭脂以为自己数错了，忙将七煞又倒出来，重新点了一遍，还是六只，确确实实少了一只，她忙急道："还有一只呢！"

六只被胭脂翻来倒去，折腾得一阵头晕，根本没工夫回答胭脂。

胭脂在屋里找了一遍也没找着，忙将它们抓回笼子，猛地背起笼子便往外跑。

笼子里的七煞被一甩，皆东倒西歪地撞到笼壁上，其中一只险些晕吐了去。

胭脂出了客栈，提着灯笼一路找去，人群中突然传来一阵惊叹声。

胭脂抬头一看，原来是街两边的花灯引人瞩目，一盏盏琉璃灯颇为古朴精致，与别的花灯完全不同，倒像是胭脂第一世搬去给叶容之贺生辰的灯。

她被花灯吸引去了，一路而去，便见街尽头灯火阑珊处，站着一个人，暗处蹲着一只黑乎乎的煞。

举手投足风流写意，手执火折子将一盏盏灯点起，华灯洒下的光落在他惑人的面容上，越显温润如玉，眉宇渐显清穆风度，眼眸清澈干净，隐透仙人禅意。

夏风轻轻拂过，街上琉璃华灯微微旋转，折射出五光十色的耀眼光芒，衬得整条街若星河坠落，似脚踏星辰。

灯下的人遥遥望来，眉眼染上好看的笑，微启薄唇轻轻唤道："夫子。"

胭脂的眼里微泛泪花，朝他那个方向走去，越走越快后来变成了跑，乌黑的发如丝丝飘起，胭脂色的裙摆层层叠叠如花瓣绽放，鞋面绣着的胭脂盒在花灯下折射出若隐若现的光芒。

离得越近胭脂便越欢喜，一下扑向笑看着她的人，一个劲地往他的怀里挤："卿卿，卿卿……"

叶容抱起胭脂往上掂了掂，宠溺道："在外头都吃了什么，重了这般多。"

胭脂忙摇了摇后头的笼子，装起可怜道："那是七煞重，我对你日思夜想，都没心思吃东西呢,你看我都瘦了……"

这话叶容非常受用,面上笑意越盛,眼眸如隐星辰般璀璨夺目,仰头在她娇嫩的唇瓣上轻啄一下,离家出走的罚可以暂且往后挪一挪。

满街的华灯初上,是那日林中挂满的华灯,他一直想与她一起看,今日终于成了心愿。

三世历劫,虽有苦痛,吾心不悔。

## 贰叁

## 孩子

成亲那日，仙界的来了一大半，流水席直摆到了山脚下，隔壁几座山也摆满了。

胭脂头回见这样摆流水宴的，然她的见识实在太狭隘了，以叶容的想法，这样的摆法不行，不够平整，是以他打算把山移走几座，全部用来摆流水宴。

几座山头的精怪们哭倒了一片又一片，山里小路都汇成了小溪，胭脂无法，费了九牛二虎之力才成功阻止他移山。

饶是如此流水宴还是大摆了一个月，帝君把九重天上的仙厨全派了下来，每日挥勺挥得手骨折，才堪堪赶满了宴席。

更别说九重天上的织女了，本来一年就织一件绝品，现下接了帝仙成婚的喜服，可是差点累得送了命，她是真没见过哪家成亲要整整一月的，一日还要换早中晚三件喜服，不过织女是不敢怠慢的，每一件都花了大心血。

喜服花的心思多了，重量自然就不轻，胭脂动辄就要换一身，累得只觉叶容还记着往日种种，故意折磨她，奈何她是个窝囊废，只敢在心里小声嘀咕。

待到成亲过后，胭脂心心念念着想给叶容生个"小包子"，可他实在太过谨慎，每一日都记着给他自己用药，防得是密不透风。

她暗暗找了许久的缺口，才琢磨出他酒量极差，远没有做苏幕的时候好，有一回吃了几颗酒心糖果就醉得失了往日的清明，说什么就做什么，好摆布得很。

胭脂将前些时日酿好的甜酒倒进瓷白碗里，葡萄的清甜香味扑面而来，她略微尝了一口，忍不住皱了皱眉，有些过甜了，也不知道他会不会喝。

正想着，身后进来一人环住她的腰，闻见清甜的酒香，又看了眼她手中的甜酒，浅声道："我也要。"

胭脂喜上眉梢，这可真是自动送上门的，倒省了好多工夫哄骗他喝，她忙将碗递给他，叶容却没接。

这表示可太明显了，以胭脂日日夜夜苦心琢磨他那变幻莫测的心思来说，简直是杀鸡焉用牛刀！

她低头喝了一大口，在他的怀里转过了个圈，伸手勾住他的脖子往下一拉，贴上他的唇喂给他。

叶容弯了眉眼，笑意都要从眼睛里溢出来了，揽着她的腰，极为受用，就着她的小嘴喝完后，又轻轻贴着她的唇瓣摩挲，感叹道："好甜。"

胭脂心下一喜，又喝了一口，如法炮制地喂给他，这般没几下他就有些站不住脚了，微微倚在她身上，眼神迷蒙一片："不要了。"

胭脂心想：这还由得了你？

胭脂忙扶着他靠在灶台旁，端起碗将里头还剩的大半酒往他的嘴里送，故作委屈喃喃道："卿卿，还有一点点，我特地给你酿的，你不喝完我会难过的。"

叶容靠在她身上，眼睛眨了眨似有些困意，见胭脂这般求，便就着碗一口一口喝着。

胭脂小心翼翼地哄着，那架势跟灌良家子弟酒一般。

待碗见了底，胭脂才作罢，使了吃奶的劲才勉强扶起他跟跟跄跄往外走。叶容的脚步已经明显飘浮，全靠她撑着，重得胭脂上气不接下气，边喘气边说道："卿卿，咱们……回屋里生……生包子，可多了……有三只呢……"

叶容似乎没听明白胭脂的话，只面露疑惑，轻轻重复道："……包子？"

胭脂看了他一眼，清润的眉眼微显迷惑，玉簪束发，眉眼雅致干净，一副无力招架的文弱君子模样。她莫名红了脸，微微羞怯道："是呀，一定和你一样好看。"她顿了顿，又低声说了句，"这样你也不用每次都眼馋别人的……"

她本以为他是真的不在乎要不要孩子，可有一回在凡间听戏的时候，她看得极为入神，待回过神来去找他时，却发现他在外头拿着串糖葫芦去哄一个小萝卜头，那眼里的神情叫人看着便觉心酸。

可他为人真的是古板得一成不变，认定了不能生便是不能生，即使有再多的变数，他也不会允许出现。

这叫胭脂又心疼又难受，想着多生几个平摊也好，免得他每日还要苦心抑制体内的煞气。

胭脂下定了决心，把他拐到了屋里去，一步步吃力地将他扶上了榻，接下来便不知该怎么办了，以往都是他欺负她，现在轮到自己却有些下不了手。

叶容躺在榻上，长睫毛一下一下轻眨着，安静无害，鸦青色的衣衫微乱，衬得面容白皙好看，胭脂细细打量了一番，才意识到秀色可餐原来是这么个意思。

胭脂想着便忍不住一笑，伸手去解他的衣带，只是心太虚了，手抖得不行，解了半天也没解开，见人一点反抗也没有，又抬眸看了他一眼。却见他正看着她的手解他的腰带，没了往日那欺负人的劲头，只静静看着，一副好欺负的模样。

她的手微微一颤，他轻掀眼帘看向她，伸手握了上来，连带着腰带也握住，言辞轻惑道："夫子，你要干什么？"

这尾音微微落下，倒越显胭脂是个勾弟子脚的坏夫子，她面上一时烧得烫极了，忙低头在他的额上落下一吻以示安抚。

今日一定要成，否则下回他生了警惕，可就没那么好骗了。

胭脂忙站起身解自己的衣带，又理所应当地去解他的，却不想他的耳朵竟泛起淡粉色。

胭脂纳闷：他往日明明坏得很，今日怎么变了个人似的？

"夫子心悦我？"

那浮浮沉沉的声音传到胭脂的耳里，面皮便"轰"的一下彻底红了，她真是低估了这不要面皮的度，这几个字合起来莫名着煞阴物！

胭脂爬上去亲了亲他，唇瓣被酒水微微浸湿，越显唇色水光潋滟，甜而不腻正正好，见他睁着眼看着她，安安静静等着答案，胭脂便一脸羞怯地答应了。

叶容闻言满心欢喜，抬头碰到她的唇瓣，一下一下轻轻触碰摩挲。

榻边玉色轻纱微微垂落，半遮半掩，只余一色旖旎。

待到天色微亮，胭脂趁着叶容酒还没醒，忙起身将他的衣衫理好，连发冠都梳得整整齐齐，床榻被角理得平平整整，一丝一毫的地方都没放过，像是什么都没发生过的样子。

胭脂才安下心去给他熬了解酒汤，端去的时候人已经醒了，还抬手按了按额角，见她什么事也没有地走进来，神情微惑。

胭脂心慌，一本正经地将解酒汤放在桌案上，蹦跶到床榻旁，一脸乖巧道："卿卿,你醒了呀,我才给你喝了这么一点,你就睡了这么久,可把我无聊坏了。"

叶容闻言一笑,伸手摸了摸她的脸,问道:"累不累?"

胭脂靠在他身上:"好累,我都带着七煞在外头玩了一大圈了。"这话可就有些此地无银三百两了。

叶容低头看着她,胭脂一丝马脚也没露,可面上的疲倦还是挂着的,刚才都没好好歇一歇,现下还要打起精神和他应对,也确实累。

叶容倒也没说什么,掀开锦被将她裹到被窝里,低头在她的额头上亲了亲,温声道:"这般累便多歇一会儿。"

胭脂躺在榻上看着他出了屋,见他果真以为自己只是做了个梦,欢喜地抱着被子在床榻上来回滚,可到底还是高兴得太早,没过多久叶容就端着一碗药进来了,胭脂一闻味道便知道是避子用的。

脚步声渐近,胭脂钻到被窝里装死,听见他把碗放在榻边的矮凳上,不由得愁眉苦脸,心里感叹道:真难骗!

下一刻便被他从被窝里捞了出来,揉了揉她装睡的脸:"喝了药再睡。"

胭脂恨得直咬牙,一点不能露出马脚,好不容易才弄到手的机会,绝对不能轻易放手,便扒着他的手,满眼无辜道:"咱们今日衣裳都没有脱,为什么要喝这个?"

叶容闻言轻笑出声,低下头来在她耳旁浅声道:"身上都是我的味道,还要狡辩。"

胭脂闻言只觉晴天霹雳,倒在榻上哭丧着脸说不出话来。

叶容转身端了药递到她眼前,胭脂看着碗里淡黄色的药汁,只觉肚子里已经有了三只包子,委屈地直吐了两个字:"苦呢……"

叶容端着药,轻声哄道:"给你加点糖好不好?"

胭脂幽怨地看了他一眼,细白的小指头划着他的腿,拉着哭腔颤抖着声音:"有三只呢,你怎么忍心……"

叶容闻言哭笑不得,伸手握住她的小指头,反驳道:"什么三只不三只的,根都没扎稳,没有事。"

胭脂见他面色和煦,忙逮住机会道:"这一回三只,下回一定更多,既然能平分煞气,那就多生几只,我身子可棒了,能生十几二十只……"

叶容的脸色当即就不好看了,将碗重重放在凳子上:"胡闹,十几二十个,你的身子……"

胭脂忙开口截道："不要十几二十个了，就一个，就一个嘛……"

叶容一言不发，胭脂蹭过去，一脸委屈，满眼"你连包子都不给我"的可怜模样。

叶容终究没撑过一刻，还是妥协了，这么可怜巴巴望着他，便是要星星也不得不摘给她。

叶容同意了，包子的事便是板上钉钉的事，胭脂每日无时无刻关注着，肚皮终于有了动静。

胭脂欢喜得不行，叶容却没怎么欢喜，他不该一时心软答应的，答应了一次就有第二次，以怀里人这个得寸进尺的皮性子，只怕是会缠着他多生几个。

怀孩子本就辛苦，生的时候又极疼，到那时她一定会哭得喘不过气来，叶容想一想都觉得难受，整晚整晚都睡不着觉，脾气也越发压制不住，这几日又该去趟魔界"散散心"了。

叶容正想着，怀里人微微动了一下，片刻后又小心翼翼往外挪，钻出被子坐起身，偷偷摸摸掀开里衣，戳了戳自己的细白肚皮。

胭脂看了平平的肚皮许久，皱着眉头捏了捏，怎么还没见大，等得好心焦，她后面的任务很重，生了三只后还要把接下来的十几只提上日程。

生一个就要十个月，实在太慢了！

为何阴物不能像那湖里的鲤鱼精一样，一生就一堆？

胭脂正愤愤不平，身后的人掀开被子将她揽进怀里，温热的手掌抚上她细嫩的肚皮，问道："怎么了？"

"我看看肚子大了没有。"

叶容闻言忍不住轻笑出声："这才一个月，怎么可能这般快就大起来？"

胭脂窝在他的怀里不敢声张，怕他猜到自个儿的"宏图大业"，眼珠一转换了个话题："我明日想去山里采蜂蜜。"

他将她撩起的衣摆往下一拉，盖住了肚子，戏谑道："你又不是蜜蜂，采什么蜂蜜？"

"采来给你泡蜂蜜柚子茶喝，很甜的，你一定会喜欢。"

叶容忍不住满眼笑意，抱着她往榻上一倒，盖上了被子，说道："等我处理完手上的事先。"

胭脂将被子往下扒开了一点，抬起头看着他："我可以自己去的。"

叶容一把搂住，揉乱了她的头发，反驳道："不行，我不放心。"

胭脂只能作罢，自从肚皮有了动静，叶容就不让她离开视线之外了，有时候她都觉得他想把自己拴在裤腰带上。

　　他这些时日要整治魔界肆意妄为的那一群"魔头"，每日都待在书房，可把胭脂闷坏了，外头的蜜蜂精都比她快活。

　　胭脂以为自己苦，可魔界那群"魔头"才是苦不堪言，自从魔界招惹到叶容以后，便越发让叶容觉着魔界不能不治理，便是魔，也该学点规矩。

　　自那以后便时常会去魔界"走一走"，性子别说是难伺候了……

　　说人嫌狗弃都是轻的，那性子可是变化莫测，极不稳定，稍有不慎便是电闪雷鸣极其可怕，也唯独就胭脂觉得她家卿卿温和无刺。

　　如果说往日那魔尊还能与他较量一番，现下却是没法了，叶容堕仙时仙力尽散以换煞气，魔尊根本无法与之匹敌，毕竟他并没有走火入魔，如何斗得过这么个丧尽天良的。

　　魔尊熬不住他这般明里暗里折磨人的性子，一心效仿姑嵩入魔界渡悲苦劫，他宁愿生生世世不得好死，也不愿意与叶容多周旋一刻。

　　叶容自然是不让的，是以连山里的胭脂都常听到魔尊郁结到跳井、上吊、自刎等诸如此类的传言。

　　胭脂想着就觉得魔尊真是没用，当年她被叶容折磨的时候还不是咬咬牙熬了过来，这魔界长尊竟然成日里寻死觅活，好是不知羞。

　　然而胭脂显然想到太简单了，叶容何曾真正折磨过她，在她身上闹的小脾气与那儿比起来简直就是和风细雨。

　　第二日一大早，叶容便先带着她采蜂蜜去了，可到肚子八个多月的时候就不可能了，便是偷偷溜出去也会给叶容逮住。

　　胭脂枯坐了半晌，看着七煞在山里放着她的风筝玩。

　　七煞瞧见胭脂趴在窗头眼巴巴看着，皆有些"同情"，于是它们放风筝放得更欢了。

　　胭脂气得脸鼓鼓，将窗子狠狠关上，挺着肚子慢悠悠走到叶容旁边，也不说话，就一脸委屈地站着。

　　叶容抬眼一看便是一张苦巴巴的小脸，满眼幽怨，揽着她坐下，摸了摸她的小脸，宽慰道："看完这本书，就带你出去晒太阳。"说着便翻开摆在书案上的书。

　　"我不要晒太阳，我想要放风筝……"胭脂耷拉着眉眼，有气无力道。

这毛可真是太久没修理了，肚子都八个月了还想着放风筝，这不找削吗？

可是最近叶容太温和了，对她是含在嘴里怕化了，捧在手里怕摔了，让她越发不听话。

叶容闻言眉心一蹙，忍不住语气一重："放什么风筝！"

叶容感觉到胭脂微微一缩，又觉得自己太凶了，伸手摸了摸她的肚子，缓和了语气有商有量道："等生完了，就把七煞串起来给你当风筝放好不好？"

胭脂闻言心里一喜，忙欢欢喜喜地答应了，可等叶容开始念书给她听的时候，就挨不住双目放空。

内容太枯燥乏味了，他的声音闻之似流水溅玉般动听，可窝在他的怀里太舒服暖和，胭脂没撑多久就眼皮一挨睡着了。

叶容抱着胭脂念了一会儿，便见怀里人没有了小动作，气息逐渐平缓，低头一看果然睡着了，便没接着念下去。

纤细的眼睫毛像小扇子一般铺开，睫毛尾微微翘起，偶有细微发颤。

叶容静静看着她的睡颜，伸手轻轻抚过她的眉眼，指腹在她软嫩的脸上摩挲，忍不住低头在她的面上轻轻亲吻，一会儿工夫，半个时辰就晃过去了。

等到胭脂悠悠转醒，见叶容念完了书，不由得心中一喜，说道："好了吧，我们去晒太阳。"

叶容扣着她的腰，慢条斯理回道："才念了几页，还有大半本没念完。"

胭脂看了眼那厚厚的一本书，苦着脸愁道："那太阳都要下山了。"

"那也得看完。"这显然就是没得商量了。

胭脂不甘心得很，低头去扒他的手，扒不开便不乐意地扭了起来。

叶容随着她闹，手却扣着不放，翻开一页，开始朗声读道："君子博学于文，约之以礼，亦可以弗畔矣夫……"

胭脂见他不理人还按着她听书，忍不住就伸手撕了一大页——可真是给宠坏了，搁以往哪有这样的胆子，现下竟敢公然挑衅，实在皮太痒了。

叶容肃着脸抓住她的手，将她牢牢抓住的书页拿出来，在她细嫩的手心打了一下，声音听着倒是极大，却一点力气也没舍得使。

胭脂忙逮着机会，不声不响地靠在他身上，泪眼汪汪地看着手心。

这可真是抓住了叶容的命门，没撑多久就舍不得了，带着她出去晒了一下午的太阳。

孕中终究是连一本书都没听完，胭脂插科打诨，装乖卖委屈，硬生生熬到了生下三只小包子。

胭脂生的时候出乎意料地没有哭,也确实这点疼比起她往日挨过的刀,根本就不值一提。

叶容终于松了绷着的弦,每日都有些踩在云里的感觉。孩子太小了,白白嫩嫩的三只,一排摆在榻上可讨人喜欢了,抱在怀里就舍不得松手,软绵绵的,还会哭,一个个哭起来像小老头。

可煞气终究不是开玩笑的,即便再可爱,这三只脾气也不好,动辄就闹坏脾气,小的时候倒是好管,再长大一些就不得了了,漫山遍野地惹是生非。

有一回竟然把山脚下的湖怪拖出湖去,打算做成菜吃。

他们找去的时候,火堆都架好了,三个小身板蹲在火堆旁,正争辩着是烤起来吃还是炒起来吃……

那湖怪好大一只,窝在一旁,哭得梨花带雨,浑身颤抖,湖里的小鱼仔都看不下去了,实在是天可怜见。

那一回可把叶容气得不轻,重重责罚了他们一顿,他们竟然还不服气,极有脾气地和叶容讲道理,他们凭本事抓的大怪怪,为什么不能吃!

叶容理他们才有鬼,二话不说狠狠罚了几次,他们就不敢再惹是生非了,毕竟论脾气坏,他们亲爹才是个中翘楚,根本惹不起……

胭脂站在屋外喂鸟,她做的鸟食是方圆百里最好吃的,山里的鸟嘴都给她养叼了,每隔几日就来要,好几只是往日被她弄秃了的,现下好不容易头上的毛长了回来,见了她不敢多话,生怕一个不小心被她认出来又揪秃了去。

七煞其中一只见这群鸟吃得欢,忍不住尝了一口,结果差点呕出了肺,这甜不甜咸不咸的,还没糖葫芦好吃,怎么下得去口。

其他几只见了也一只接一只地尝,没想这般难吃,便开始七嘴八舌相互埋汰起来,没说几句就又开始扭打成一团。

鸟儿淡定地吃着鸟食,让开了一小块地皮,这几只黑乎乎的玩意儿自来了就没消停过,山里的精怪早见怪不怪了。

"娘亲。"小包子还没到,小奶音已经远远传来。

胭脂一转头,就见三只短腿小包子争先恐后地跑来,一群鸟吓得不轻,一下四散而去,这三个小的比胭脂可怕多了,简直就是混世魔王,上回险些被他们抓去当弹炮玩。

老大拉着胭脂的衣摆，抽咽道："娘亲，爹爹欺负我们……"

老二拉着胭脂的裙摆抹眼泪，像是受了天大委屈的模样，可怜道："爹爹坏……"

老三挤到胭脂跟前，小眼湿漉漉的，冲着她伸出小手，说道："娘亲，手手疼。"

胭脂心疼得不行，忙抱起了最近的这只，给他揉小手。老大、老二一见，黝黑的眼珠满是不敢置信，整个世界一下崩塌了。

娘亲为什么不抱他们！

娘亲一定是不要他们了！

一时间皆小嘴一撇，崩溃地坐在地上，哭得撕心裂肺。

胭脂忙放下手中的，去抱另外一只，可抱起了这只，那只又哭了，她一只阴物又不能一下抱起三只，他们不好哄极了，而且越哭越伤心，一会儿工夫胭脂就被闹得手忙脚乱，满头大汗。

忽然周遭气流就不对劲了，黏着胭脂哭的三只包子立刻就静了声。

胭脂抬头一看，果然是叶容来了，就站在不远处静静看着他们，应该说是看着黏在她腿边的三只包子。

叶容看着一张张神似自己的小脸哭成了花猫，又轻描淡写地扫了一眼他们的小嫩手。

三小只忙将快把胭脂裙摆攥成菜干的一只只小手松开，皆低着头乖乖站着，完全没了在胭脂面前闹腾的嚣张气焰。

"既然有这个力气哭闹，便再去将《礼记》抄五遍。"

三只闻言一声也不敢吭，排着队迈着小短腿往刚才逃出来的书房去。

胭脂看着委屈的小背影就觉得好心疼，忍不住嘀咕道："他们加起来还没有十岁呢，你太严苛了。"

叶容看了她一眼，轻描淡写地问了句："你也想抄？"

胭脂神情微一恍惚，忙凑上去抱着他的胳膊当作什么都没说过："卿卿，我给你做了新甜糕。"这可真是进步了许多，以往可就只认准了桂花糕做，如今还知道做新花样。

叶容揽过她笑着调侃道："什么味的？"

屋里突然响起婴儿啼哭，胭脂忙转身进屋去。

里屋摆着一排摇篮，白嫩嫩的小脚丫一蹬一蹬的，小嘴微张，哭得小脸皱巴巴。

胭脂一时不知抱哪只好，刚才可被折腾得够惨，现下便有些不知所措。

叶容可果断多了，上前抱起一只哭得最凶的，轻声哄着往外头去。

最会闹的那只被隔离了，余下两只可就乖多了，胭脂忙轻轻摇起摇篮，不多时就不哭了，睁着湿漉漉的小眼看着胭脂。

白嫩嫩的小模样叫胭脂心都化了，她俯身在小额头上亲了一下，小包子小嘴一咧甜甜地笑了起来，胭脂忍不住又各亲了一次。

胭脂看着两只小包子，一时又想起了其他几只。也不知怎么回事，生了六只，却只有这么一只软嫩嫩的女儿，不过唯一的好处，便是煞气被前面的哥哥们平分了不少去。

这小女儿性子温和乖巧，一双小眼蕴生灵气，软嫩嫩的一只，笑起来可讨人欢心了，每回带出去看戏总招人喂糖。

胭脂本还担心，这般软性子会招上头几个坏脾气的欺负，可没想到她多虑了，以叶容那明里暗里的折磨法，根本是不可能发生的事。

每回爹爹要罚他们的时候，只要妹妹出现就不会凶了，语气都会轻柔很多很多，像是怕吓坏妹妹……

他们虽然小，但一下就领悟了个中奥妙，每日抢着抱软嫩嫩的妹妹出去玩，铆足了劲讨她欢心，倒是让胭脂省了不少心。

暖春的轻风拂面，缕缕花香打着圈儿萦绕进屋，屋旁一排窗迎着花丛而开，一串铃铛轻轻摇晃着，荡出空灵悦耳的轻铃声响。

两小只摇着摇着就睡着了，胭脂起身去了外头，叶容正抱着小包子站在院子里，扫了眼四散着趴在院子里晒太阳的七煞，哄着哭得上气不接下气的小包子，说道："爹爹让它们给你跳肚皮舞看好不好，嗯？"

此话一出，七煞就弹了起来，它们好歹也是威名远播的大祸物，帝仙竟然要它们跳肚皮舞，这实在太过埋汰它们了，究竟将它们摆在了何处！

奈何权衡利弊之后，感叹惹不起的终究是惹不起，只能硬生生忍下来，想着该如何跳出一段赏心悦目的肚皮舞。

它们围成一团战战兢兢商量了许久，却听叶容又不悦道："罢了，它们一团漆黑，跳起来也不好看。"

这可真是拿刀子扎七煞的心窝子，一团漆黑怎么了，它们明明黑得这么可爱，难道他瞎了吗！

包子弄不明白他爹爹的心思，一脸懵懂地看看这个又看看那个。

胭脂闻言耳根微烫，先前生了三只后，他就不让生了，她为了哄骗他，又是喂酒，又是跳了些面红耳赤的舞，没想到他还记着。

怀里的小包子终于不哭了，叶容抱着往回走，一转身便对上了胭脂羞答答的眉眼，不由得挑了挑眉梢。

胭脂的心率一快，下意识垂眼避开，只觉落在身上的视线很烫人，眼前钻进来一只小包子，睁着小眼歪着小脑袋瞅她。

面前一道阴影笼着她，胭脂伸手去抱小包子，叶容却不放手，她抬眼一看，果然见他颇为意味深长地看着她，胭脂面上发热，越发不自在起来："别这样看我……"

叶容低头靠过来，压低了声音，轻轻问了句："那要怎么看你才好？"尾音在唇齿间微微一绕，落在耳里、心口便微微一紧。

胭脂的眼睫毛轻颤，看着他慢慢靠近，薄唇轻轻碰上自己的。

小包子睁着小眼，看着爹爹、娘亲，一脸呆怔。

胭脂忙往后一仰，捂上小包子的眼睛，慌道："他会看见的。"

"这样就看不见了。"叶容伸手抚上她的后脑勺，低头吻了下去。

可怜的小包子夹在中间挤成了"小肉包子"。

这日下凡间去看戏，胭脂抱着一只包子，看着抱着一只背着一只走在前面的叶容，浅色衣衫干净雅致，玉带束腰衬得身形修长，两只包子在身越发叫人移不开眼。

她故意放慢了脚步，隔了段距离矮下身子对着后头排队跟着的三只悄悄吩咐道："一会儿一定要看紧你们爹爹，不能让他再买下去了，否则屋里都摆不下了，你们的大玩偶们就没地方搁了。"

胭脂也是没办法，叶容这个大手笔真是一如既往。

不！应该是变本加厉了，以往只给她一个人买，倒也不会摆不下，可现下情况不一样了，多加了这么六只，东西便多了六倍。

基本上他的眼睛扫过的东西，都得买回去，长此以往，这座山头怕是建不下屋子放东西了。

三只包子很认真地点了点头，忙小跑着追上了前头的爹爹。

胭脂放下了心，便慢悠悠在后头晃着，怀里的小包子突然伸出了白嫩嫩的小指头，小身子一个劲地前倾。

胭脂抱着往摊子那处走，一看又是白须老者，手中正拿着拨浪鼓，看见她抱着的小包子，哄道："来来来，小不点，快来给我抱抱，给你拨浪鼓玩。"

　　胭脂笑着将怀里的包子递过去，老者一抱到小包子激动得不行，忙冲对面的月老喊道："抱到啦，抱到啦！"

　　月老忙一溜烟过来，急着抢，忙道："给我抱抱，先给我抱一会儿！"

　　胭脂见状颇有些哭笑不得："你们这回又是送姻缘？"

　　老者闻言眉头竖起，像是气得不轻，哀怨道："我这是算准了时候等你们，你那夫君太小气了，上回向他要一只来抱抱，那眼神冷得快冻死人，我又不是不还……"白须老者面不改色，虽然他是打算百八十年以后还，可话还没说出口呀！

　　胭脂想了想忍不住笑出声，这确实是他做得出来的事。

　　"娘亲，爹爹他开始买了……"老二跑得最快，一下冲到胭脂面前拉住她的裙摆，睁着小眼一脸慌张。

　　胭脂："！"

　　老大随后而来，一脸惊恐道："娘亲，爹爹已经买了七十只差不多模样的胭脂盒了……"

　　片刻后，老三边跑边大声嚷嚷着："娘亲，爹爹把铺子里的衣裳全买了，连外头的铺子挂布都没放过！"

　　胭脂："……"

【全文完】

图书在版编目（CIP）数据

三弃公子.完结篇/丹青手著.—南京：江苏凤凰文艺出版社，2024.5
 ISBN 978-7-5594-7378-3

Ⅰ.①三… Ⅱ.①丹… Ⅲ.①长篇小说-中国-当代
Ⅳ.① I247.5

中国国家版本馆 CIP 数据核字（2022）第 233293 号

## 三弃公子.完结篇
丹青手 著

| 选题策划 | 林 璧 |
| --- | --- |
| 责任编辑 | 王昕宁 |
| 特约编辑 | 林 璧 查 婷 |
| 出版发行 | 江苏凤凰文艺出版社 |
| | 南京市中央路 165 号，邮编：210009 |
| 网 址 | http://www.jswenyi.com |
| 印 刷 | 北京盛通印刷股份有限公司 |
| 开 本 | 700mm×1000mm 1/16 |
| 印 张 | 21.5 |
| 字 数 | 373 千字 |
| 版 次 | 2024 年 5 月第 1 版 |
| 印 次 | 2024 年 5 月第 1 次印刷 |
| 书 号 | ISBN 978-7-5594-7378-3 |
| 定 价 | 49.80 元 |

江苏凤凰文艺版图书凡印刷、装订错误，可向出版社调换，联系电话 025-83280257